T0270322

EL CAZADOR

Dark Verse 1

EL CAZADOR

RuNyx

Traducción de Ana Isabel Domínguez Palomo
y M.ª del Mar Rodríguez Barrena

Papel certificado por el Forest Stewardship Council®

Título original: *The Predator*

Primera edición: junio de 2024

Printed in Spain – Impreso en España

ISBN: 978-84-666-7902-2
Depósito legal: B-7960-2024

Compuesto en El Taller del Llibre, S. L.

Impreso en Black Print CPI Ibérica
Sant Andreu de la Barca (Barcelona)

BS79022

Para mis fans.
Para todos los lectores que me han acompañado a lo largo de los años.
Estoy aquí gracias a vosotros

Cuando miras al abismo,
el abismo te devuelve la mirada.

FRIEDRICH NIETZSCHE

NOTA DE LA AUTORA

Este es el primer volumen de la serie Dark Verse. En este mundo todo será oscuro, brutal y descarnado. Tanto los personajes como sus comportamientos y sus circunstancias son el resultado directo del mundo que habitan. En él, la moralidad es gris, y la humanidad, cuestionable. En cada libro iré explorando más la oscuridad y el bien que aún puede existir en ella. Sin embargo, si algo te incomoda, te animo sinceramente a que pares de leer. Este es un libro para adultos, con contenido explícito, imágenes brutales y comportamientos problemáticos. Espero que disfrutes sumergiéndote en este universo conmigo.

Nota: Dado que el cociente intelectual de la protagonista es altísimo, hay ciertos patrones repetitivos en su pensamiento. Su mente repite una y otra vez todo lo que encuentra fascinante. Por eso notarás que ciertas frases se mencionan en múltiples ocasiones a lo largo del libro.

PRÓLOGO

La Alianza

Ciudad Tenebrae, 1985

En una noche fría y oscura de invierno, mientras el viento aullaba y el cielo lloraba aguanieve, dos hombres de la Organización Tenebrae se encontraron con dos hombres de Puerto Sombrío en medio de la nada. Aunque las dos familias llevaban más de diez años enfrentadas, la rivalidad empezaba a ser perjudicial para sus respectivos negocios. El suyo era un mundo pequeño y no podían seguir atacándose cuando había acuerdos importantes y lucrativos de los que ambas podían beneficiarse. Había llegado el momento de ponerle fin a una década de rivalidad y de comenzar una colaboración duradera.

El líder de Puerto Sombrío, poco acostumbrado a las gélidas temperaturas comparadas con las de su ciudad del oeste, temblaba bajo su pesado abrigo. El líder de la Organización Tenebrae se rio. Veía el sol incluso menos de lo que veía a su mujer. Mantuvieron una conversación jovial. Sus acompañantes, uno por cada bando, se mantuvieron como simples observadores.

Después hablaron del negocio. Las armas y el alcohol serían la cara visible de la operación. Había llegado el momento de poner en marcha un nuevo proyecto, el primero de ese tipo en la familia. El líder de Tenebrae sugirió la idea. Era algo nuevo, aún poco común en el mundo, pero con un gran futuro y que podría reportarles más dinero del que habían soñado. El líder de Puerto Sombrío estuvo de acuerdo. Ambos juraron mantenerlo en secreto, como un negocio oculto, y dejar que todo el mundo pensara en las armas y el alcohol como su actividad principal.

El líder de Tenebrae abrió el maletero de su coche. Dos niñas de no más de ocho años yacían inconscientes, sin saber lo que les esperaba.

Ambos intercambiaron una pequeña sonrisa y un apretón de manos.

—Por el futuro —dijo uno.

—Por el futuro —repitió el otro.

Y así comenzó la Alianza.

1

Acecho

En la actualidad

El cuchillo se le clavaba en el muslo.

«No debería estar aquí».

Ese pensamiento retumbaba una y otra vez en la cabeza de Morana. Tenía los nervios a flor de piel, aunque intentara parecer distante. Fingió beber un sorbo de la copa de champán llena sin dejar de mirar a la multitud. Aunque sabía que unos cuantos sorbos de la burbujeante bebida serían maravillosos para calmarla, se abstuvo. Esa noche necesitaba más mantener la mente fría que tragar coraje líquido. Tal vez. «Ojalá», pensó.

La fiesta estaba en pleno apogeo y se celebraba en el extenso jardín de la casa de alguien de la familia Maroni. Dichosa Organización Tenebrae. Se alegraba de haber investigado a fondo en los últimos días.

Desde las sombras, echó un vistazo por el jardín bien iluminado, fijándose en los rostros que había visto en las noticias a lo largo de los años. Algunos los había visto en su propia casa mientras crecía. Observó a los soldados de la Organización, deambulando entre la multitud con expresión estoica. Observó a las mujeres, que en su mayoría se limitaban a colgarse del brazo de los hombres con los que habían llegado. Observó al enemigo.

Ignoró el picor que le provocaba la peluca y se limitó a estudiarlos. Se había cuidado mucho de parecer otra persona esa noche. El largo vestido negro que había elegido ocultaba los cuchillos que llevaba en los muslos, uno de los cuales se había movido de alguna manera y se le estaba clavando. Había comprado en la *dark web* la pulsera que le adornaba la muñeca, la cual dispensaba a través de una ranura oculta un veneno en forma de aerosol que no estaba disponible en el mercado. Se había recogido la melena oscura en un moño tirante para ponerse una sedosa peluca rubia cobriza y se había pintado los labios de un rojo tentador. No era su estilo en absoluto, pero era necesario. Llevaba días planeando esa noche. Llevaba días confiando en que ese plan funcionara. No podía estropearlo. No cuando estaba tan cerca.

Miró la mansión, que asomaba tras la multitud. Era una bestia. No había otra forma de describirla. Al igual que un antiguo castillo oculto en las colinas de Escocia, la casa —un extraño híbrido entre mansión moderna y castillo ancestral— era una bestia. Una bestia que tenía algo suyo en la barriga.

El aire nocturno era fresco y fragante por las flores que se abrían de noche. Se estremeció con disimulo, intentando contener los escalofríos que le recorrían la piel.

El sonido de una estentórea risa masculina le llamó la atención. Observó al hombre, corpulento y canoso, mientras hablaba con otros en el rincón norte de la propiedad. El paso del tiempo le había llenado la cara de arrugas y, a esa distancia, parecía tener las manos limpias.

Sin embargo, las tenía manchadas de sangre. De muchísima sangre. Como el resto de la gente de su mundo. Pero él en concreto se había ganado el honor de ser considerado el más sanguinario de todos, incluido su padre.

Lorenzo Maroni, el Sabueso, era el líder de la Organización Tenebrae. Ya llevaba más de cuarenta años de carrera, la lista de sus antecedentes penales era más larga que su brazo y su crueldad era objeto de admiración en su mundo. Morana había estado rodeada de gente como él el tiempo suficiente como para que eso no la perturbara. O, mejor dicho, como para que no se le notara.

Junto a Lorenzo estaba su hijo mayor, Dante Maroni, el Muro. Aunque su cara bonita engañaría a muchos, ella había investigado lo suficiente como para no subestimarlo. Con la misma constitución de una pared de ladrillos, sobresalía por encima de casi todos los demás y era todo músculo. Si los rumores eran ciertos, había asumido un papel clave en la Organización hacía casi diez años.

Fingió beber otro sorbo de champán, intercambió una sonrisa educada con una mujer que la miró y al final dejó que sus ojos se desviaran hacia el hombre que estaba en silencio junto a Dante.

Tristan Caine.

Era una anomalía. El único miembro sin lazos de sangre que había usado precisamente su sangre para prestar juramento a la familia. Era el único miembro sin lazos de sangre que ocupaba un puesto tan alto en la Organización. Nadie sabía exactamente qué lugar ocupaba en la jerarquía, pero todos sabían que estaba muy arriba. Todos tenían teorías sobre el motivo, pero nadie lo conocía con certeza.

Morana lo observó. Era alto, solo unos cuantos centímetros más bajo que Dante. Vestía un traje negro de tres piezas, aunque parecía más informal por no llevar corbata. Su pelo rubio oscuro era casi castaño, lo llevaba casi rapado y a esa distancia sus ojos parecían claros.

Ella sabía que eran azules. Un azul impactante. Había visto fotos suyas, imágenes en las que parecía impasible hasta un punto sorprendente. Estaba acostumbrada a los rostros inexpresivos de su mundo, pero él lo llevaba a un nivel superior.

Aunque su complexión musculosa era atractiva, esa no era la razón por la que le resultaba difícil apartar la mirada. Eran las historias que había oído sobre él en los últimos años, espiando conversaciones ajenas, sobre todo las de su padre.

Según se decía, Tristan Caine era hijo del guardaespaldas personal de Lorenzo Maroni, que había muerto mientras protegía a su jefe hacía casi veinte años. En aquel entonces, Tristan era pequeño y su madre se marchó tras la muerte de su marido.

Por razones desconocidas, Lorenzo tomó al muchacho bajo su protección y lo formó personalmente en las labores del oficio. A esas alturas, el señor Caine era un hijo para Maroni el Sabueso. Algunos hasta decían que lo prefería a sus hijos biológicos. De hecho, se rumoreaba que cuando este se retirase, Tristan sería el jefe de la Organización, no Dante.

Tristan Caine, el Cazador.

Lo llamaban «el Cazador». Su reputación lo precedía. Rara vez salía de caza, pero si lo hacía, no había escapatoria. Iba directo a la yugular. Sin medias tintas. Sin juegos. Pese a su actitud imperturbable, era más letal que el cuchillo que le se le estaba clavando en el muslo a Morana.

Él era, también, la razón por la que ella había ido a esa fiesta.

Iba a matar a Tristan Caine.

Como hija del líder de la familia de Puerto Sombrío, la vida había preparado a Morana para muchas cosas, pero no para aquello. A pesar de haberse criado rodeada de delincuencia, había estado protegida de la fealdad de su mundo hasta un punto sorprendente. De pequeña, la educaron en casa, después fue a la universidad y en ese momento trabajaba por cuenta propia como desarrolladora. Todo muy normal.

Precisamente por eso *no* estaba preparada para afrontar aquella situación. No estaba preparada para infiltrarse en la casa de los enemigos de su padre y, por extensión, los suyos. Y, definitivamente, no estaba preparada para asesinar a uno de dichos enemigos.

Quizá no tuviera que matarlo. Quizá le bastaría con secuestrarlo.

«Sí, claro...».

Durante más de una hora observó con atención a Tristan Caine sin que resultara demasiado obvio, a la espera de que se moviese. Por fin, después de pasarse un buen rato pegado a Maroni con una expresión ceñuda en su apuesto rostro, se apartó de él y echó a andar hacia la barra.

Morana se debatió entre acercarse a él allí mismo o esperar a que entrara en la casa. Tras dudar durante una fracción de segundo, se decidió por la segunda opción. La primera era demasiado peligrosa y, si la descubrían, no solo significaría su sentencia de muerte, sino una guerra entre las dos familias. Una guerra entre mafias. Se estremeció solo de pensar en las espantosas historias que había oído a lo largo de los años.

También se preguntó si estaba siendo lógica al querer matar a ese hombre.

Tal vez no, pero lo que sí necesitaba hacer era entrar en la casa y descubrir dónde había escondido su programa.

Todo empezó por un reto de su exnovio (al que nadie conocía). Como también era desarrollador, la había desafiado a crear el programa informático más complejo que pudiera. Y como a ella le encantaban los retos, sucumbió.

Ese programa era su Frankenstein; un poderoso monstruo que salió mal y escapó a su control. Tenía la capacidad de destrozar digitalmente a cualquiera, de extraer cualquier secreto de lo más profundo de la red y de destruir gobiernos enteros, mafias enteras, si caía en las manos equivocadas.

Y había caído en las peores manos posibles. El gilipollas de su ex, Jackson, se lo robó hacía tres semanas, cuando ella lo terminó, y luego desapareció.

Cuando le siguió la pista, descubrió que, en realidad, Jackson se había acercado a ella por órdenes de la Organización. Más concretamente, del señor Caine. No tenía ni idea de cómo se había enterado él de sus habilidades y del programa.

Estaba jodida. Muy jodida.

No podía decírselo a su padre. No, bajo ningún concepto. Los delitos que había cometido eran demasiado graves. Había mantenido una relación con alguien ajeno a la familia, había desarrollado un programa sin ninguna medida de seguridad que era una bomba de relojería, y lo peor de todo..., si su padre se enteraba de que había ido a parar a manos de la familia Maroni, la mataría sin pestañear. Morana era consciente de ello y, la verdad, no le importaba. Sin embargo, no sería justo que otras personas inocentes vieran sus vidas destruidas por el error que ella había cometido.

Así que, tras semanas de investigación y acecho, por fin había logrado crearse una invitación falsa para asistir a la fiesta que se celebraba en Tenebrae. Su padre pensaba que había ido a la ciudad para verse con sus inexistentes amigas de la universidad. Sus guardaespaldas la creían borracha y durmiendo en la suite de su hotel, cerrada con llave.

Se había escapado. Se había metido en lo más profundo de la boca del lobo. Tenía que hacerse con el programa y largarse de allí cagando leches. Y tenía que hacer todo eso sin que el Cazador diera la voz de alarma. La única forma de lograrlo era matándolo.

Al pensar en que ese hombre lo había planeado todo con Jackson le hirvió la sangre.

Sí... Matarlo no sería un problema. Las ganas de hacerlo aumentaban cada vez que pensaba en el muy cabrón. Apretó los dientes.

Por fin, tras apurar un vaso de whisky, Tristan Caine echó a andar hacia la mansión.

Hora del espectáculo.

Morana asintió para sus adentros mientras dejaba la copa de champán en la bandeja de uno de los muchos camareros que iban de un lado a otro. Caminó en silencio hacia el sendero casi oculto que él había tomado. Guarecida entre las sombras, su vestido oscuro la ayudaba a pasar desapercibida. Tras adentrarse en el sendero, la fiesta quedó amortiguada a su espalda y los arbustos que flanqueaban el sendero se hicieron más espesos.

Veía la figura alta y corpulenta de Caine, que avanzaba con rapidez hacia los escalones de la casa. Los subió de dos en dos y ella se apresuró a seguirlo, intentando no perderlo de vista.

Echó un vistazo a su alrededor, se agachó y subió los escalones. A su izquierda vio la fiesta y a los guardias apostados por los jardines. Morana frunció el ceño, extrañada por la falta de seguridad en torno a la propia casa, y entró en ella traspasando la enorme puerta de doble hoja, que estaba entreabierta.

Y vio que un guardia atravesaba el vestíbulo hacia ella.

Con la adrenalina recorriéndole las venas, se agazapó detrás de la primera columna que vio y recorrió con la mirada la enorme entrada hasta llegar a la gigantesca araña de cristal que colgaba del techo. Vio que Caine enfilaba un pasillo a la izquierda del vestíbulo y lo perdió de vista.

De repente, sintió que alguien le tiraba del brazo.

El guardia corpulento la miró con el ceño fruncido.

—¿Se ha perdido, señorita? —le preguntó, con expresión recelosa, y antes de pensárselo mejor, Morana cogió el jarrón que tenía al lado y se lo rompió en la cabeza. El hombre abrió los ojos de par en par antes de desplomarse y ella escapó, echándose la bronca en silencio.

«¡Joder, joder, joder!».

Había sido demasiado descuidada.

Respiró hondo y se concentró en la tarea que tenía entre manos, tras lo cual se agachó todo lo que pudo hasta llegar al pasillo. Una vez en él, se detuvo a quitarse los zapatos de tacón para no hacer ruido y empezó a correr. En cuestión de segundos se encontró en una esquina en la parte trasera de la casa, ante una escalera que conducía a una solitaria puerta.

Tragó saliva y subió, con el corazón acelerado.

Una vez en el descansillo, se acercó de puntillas a la puerta. Tras tomarse un segundo para respirar hondo, se sacó el cuchillo de la funda del muslo, consciente del pequeño moratón que le había dejado. Aferró el pomo de la puerta mientras se ponía los zapatos, y la abrió.

Se asomó y vio lo que parecía un dormitorio de invitados en penumbra. Estaba vacío. Frunció el ceño, entró y cerró la puerta sin hacer ruido.

Antes de que tuviera la oportunidad de examinar sus alrededores, se abrió una puerta al otro lado de la enorme estancia. Se acuclilló en un rincón con el corazón en la garganta, y vio que el hombre salía del cuarto de baño y arrojaba la chaqueta del traje a la cama. Se fijó en los tirantes oscuros que llevaba por encima de la camisa blanca, cuyo almidonado cuello se había desabrochado. La tela se tensaba sobre su pecho, que era muy musculoso. Pensó que seguramente también tendría los abdominales marcados.

Aunque se odiaba a sí misma por fijarse, no podía negar que era muy, muy atractivo. Lástima que fuera igual de cabrón.

Lo vio sacarse el móvil del bolsillo de los pantalones y mirar la pantalla, concentrado. Sin apartar los ojos de esa musculosa espalda, Morana se enderezó y salió de su escondite en las sombras.

Era ahora o nunca.

Se acercó a él, empuñando el cuchillo con la mano un poco temblorosa y los nudillos blancos, sin atreverse siquiera a respirar para no alertarlo. Estaba a unos dos pasos de su espalda cuando alzó el cuchillo sobre esta, justo por encima del lugar donde supuestamente estaría su corazón, y dijo con toda la frialdad que pudo:

—El menor movimiento y es hombre muerto.

Vio que los músculos de su espalda se tensaban, uno a uno, incluso antes de que ella hablara. Si no hubiera estado tan acojonada y furiosa, la habría fascinado.

—Interesante —replicó él con voz serena, como si su vida no estuviera a merced de la temblorosa mano de Morana.

Ella agarró el cuchillo con más fuerza.

—Suelte el teléfono y levante las manos —le ordenó, y lo vio obedecer sin titubear.

Su voz rompió el tenso silencio.

—Dado que aún no estoy muerto, supongo que quiere algo.

Ese tono de voz completamente imperturbable no contribuyó a calmar sus nervios. ¿Por qué no parecía afectarle lo que estaba sucediendo? Podía abrirlo en canal. ¿Se le escapaba algo?

Le corría el sudor por la espalda y le picaba la cabeza por culpa de la peluca, pero se concentró en su espalda. Tras sacar el cuchillo que llevaba en el otro muslo, se lo colocó en el costado, justo sobre el riñón. Él se tensó un poco más, pero no movió las manos, y se mantuvo firme.

—¿Qué quiere? —preguntó, con un tono tan inalterable como sus manos.

Morana respiró hondo, tragó saliva y habló.

—La memoria USB que le dio Jackson.

—¿Qué Jackson?

Morana apretó un poco más los cuchillos a modo de advertencia.

—No finja que no sabe de qué cojones le hablo, señor Caine. Lo sé todo sobre sus tratos con Jackson Miller. —Él mantuvo la espalda rígida, a pesar de que a ella le bastaría un segundo para atravesarle la piel con los cuchillos—. ¿Dónde está el USB?

Se produjo un breve silencio antes de que él inclinara la cabeza hacia la izquierda.

—En mi chaqueta. En el bolsillo interior.

Morana parpadeó sorprendida. No esperaba que se rindiera con esa facilidad. Quizá bajo toda esa fachada de tío duro se escondía en realidad un cobarde. Tal vez los rumores y las historias eran inventados.

Miró hacia la chaqueta, y todo sucedió en la milésima de segundo que le llevó esa pequeña distracción.

De repente, se golpeó de espaldas contra la pared y descubrió que tenía la mano derecha (en la que todavía sujetaba el cuchillo) inmovilizada. Apoyada bajo la barbilla estaba su propia mano, de la cual se había apoderado un Tristan Caine mucho más fuerte y mucho más furioso que ella.

Morana parpadeó y lo miró a los ojos, azules y llenos de rabia, paralizada por lo que acababa de suceder. No estaba preparada para algo así. Mierda, no estaba *para nada* preparada para algo así.

Tragó saliva. Tenía en el cuello la hoja de su propio cuchillo, empuñada por su propia mano que él aferraba. Sintió el frío metal amenazando su piel morena. Su otra mano, grande y áspera, le sujetaba la otra muñeca por encima de la cabeza, rodeándola con los dedos como si fuera un grillete. Sintió cómo pegaba el cuerpo, mucho más grande y musculoso que el suyo, a ella; esos pectorales cálidos aplastaban su pecho tembloroso; el olor almizcleño de su aroma le invadía los sentidos; le aprisionaba las piernas con las suyas, a cada lado, dejándola completamente inmóvil.

Tragó saliva, lo miró a los ojos y enderezó la espalda. Si iba a morir, no mostraría miedo y mucho menos ante alguien como él.

Tristan Caine se inclinó hacia ella y dejó la cara a escasos centímetros de la suya. Sus ojos eran fríos y su voz sonó cruel cuando dijo en voz baja:

—Aquí, justo aquí... —Acercó la punta del cuchillo a un lugar de su cuello ladeado situado justo debajo del mentón—.

Es un punto débil. Si te apuñalo, morirás antes de pestañear siquiera.

Morana sintió que se le revolvía el estómago, pero apretó los dientes, negándose a demostrar su angustia, escuchándolo en silencio mientras él descendía con el cuchillo por su cuello, en dirección hacia la parte donde le latía el pulso.

—Aquí. Morirás, pero no será rápido.

El corazón le latía a toda velocidad en el pecho y le empezaron a sudar las palmas de las manos al ver la expresión de su rostro. Él volvió a mover el cuchillo hacia un punto cercano a la base del cuello.

—Y aquí... ¿Sabes lo que pasa si corto aquí?

Morana guardó silencio y se limitó a observarlo. Su voz era burlona, como si intentara seducirla con la tentación de la muerte.

—Te dolerá —siguió él, impertérrito—. Te desangrarás hasta morir. Sentirás cada gota de sangre que salga de tu cuerpo. —Su voz le recorrió la piel—. La muerte llegará, pero tardará muchísimo. Y el dolor será insoportable. —Mantuvo el cuchillo firme en ese lugar y su voz se tornó escalofriante—. Bien. Si no quieres que eso suceda, dime quién te ha enviado y de qué USB hablas.

Morana parpadeó confundida, antes de caer en la cuenta de que él no la había reconocido. Claro que no. En realidad, nunca se habían visto y, en lo que a primeros encuentros se refería, ese dejaba mucho que desear. Seguramente solo había visto alguna foto de pasada, como ella había visto las suyas.

Tras humedecerse los labios secos, susurró:

—El USB es mío.

Lo vio entrecerrar un poco los ojos.

—Ah, ¿sí?

Ella también entrecerró los suyos, porque la ira, que antes la había abandonado ante el miedo, regresó con fuerza.

—Sí, lo es, cabrón. Me he dado una paliza para crear ese programa y no pienso permitir que lo uses. Jackson me lo robó y he venido desde Puerto Sombrío porque necesito recuperarlo.

Hubo un instante de silencio y esos ojos azules recorrieron su cara antes de que la sorpresa se apoderara de ellos.

—¿Morana Vitalio?

Ella asintió con un gesto brusco, teniendo cuidado con la afilada hoja que le oprimía la garganta. Tristan Caine la miró de arriba abajo, deteniéndose en la peluca y en sus labios, fijándose en todo lo que pudo abarcar de ella antes de mirarla de nuevo a los ojos.

—Vaya, vaya, vaya... —murmuró, casi para sí mismo, mientras apartaba la hoja un centímetro y relajaba un poco el mentón ahora que conocía su identidad.

Morana abrió la boca para pedirle que quitara el cuchillo justo cuando se oyó un fuerte golpe en la puerta que tenían al lado. Se le escapó un gritito de sorpresa, y él le soltó la mano que tenía sobre la cabeza para taparle la boca.

¿En serio? ¿Qué pensaba que iba a hacer? ¿Gritar pidiendo ayuda en la casa de la Organización Tenebrae?

—Tristan, ¿has visto a alguien por la casa? Han noqueado a Matteo en la planta baja —dijo una voz grave desde el otro lado de la puerta, con un acento muy marcado.

Morana sintió un peso enorme en las entrañas, como si hubiera tragado plomo, y abrió los ojos de par en par cuando esos ojos azules se clavaron en ella. Él respondió mientras levantaba la ceja derecha.

—No, no he visto a nadie. —Siguió con la mirada clavada en la suya—. Bajo en unos minutos.

Morana escuchó que el hombre se alejaba, y una vez que sus pasos dejaron de oírse, Tristan Caine le retiró la mano de la boca. Sin embargo, no retiró el cuerpo.

—¿Te importaría quitarme el cuchillo del cuello? —preguntó Morana en voz baja, con los ojos fijos en él.

Él elevó un poco más la ceja que había levantado y se inclinó hacia ella sin mover el cuchillo ni un milímetro.

—Deberías saber que no hay que entrar en casa del enemigo sola y desprotegida. Y deberías saber que nunca hay que acechar a un cazador. Si olemos sangre, empieza la cacería.

Morana apretó los dientes. Le picaba la palma de la mano de las ganas de darle un bofetón por esa actitud tan condescendiente.

—Quiero que me devuelvas el USB.

El silencio se prolongó unos segundos. Después él retrocedió un paso y le soltó los brazos, no sin antes arrebatarle los cuchillos, que procedió a examinar.

—Venir aquí ha sido una estupidez, señorita Vitalio —dijo en voz baja, mirándola—. Si mi gente te hubiera encontrado, estarías muerta. Si tu gente se hubiera enterado, estarías muerta. ¿Querías que se declarara la guerra?

¡Menudo hipócrita! Morana se acercó un paso más a él, dejando unos centímetros de espacio entre ambos, y lo fulminó con la mirada.

—Haga lo que haga estoy muerta, así que a mí no me parece ninguna estupidez. ¿Sabes lo que puede hacer el programa que guarda ese USB? La guerra hipotética que me acusas de querer iniciar... pues imagínatela diez veces peor. —Inspiró hondo mientras intentaba razonar con él—. Mira, solo tienes que darme el USB para que pueda destruirlo, y me largaré.

Se produjo un tenso silencio, que se prolongó durante unos largos minutos mientras él la contemplaba con aquellos ojos azules de una forma tan enervante que la incomodó. Después de esos momentos que parecieron interminables, Tristan Caine le entregó el cuchillo y dijo:

—Debajo de la escalera hay una puerta. Te conducirá a la verja de entrada. Sal de aquí antes de que alguien te vea y se desate el caos. Estoy disfrutando de una noche de tranquilidad en meses y lo último que me apetece es limpiar tu sangre del suelo.

Morana respiró hondo y aceptó los cuchillos.

—Por favor.

Por primera vez, Morana captó el atisbo de algo nuevo en sus ojos, pero él se limitó a cruzar los brazos por delante del pecho y a inclinar la cabeza para ponerse a la altura de su mirada.

—Largo.

Suspiró y supo que la había derrotado. No podía hacer nada más. Y volver a casa significaba contárselo a su padre. Lo que significaba la muerte o el exilio. «Joder».

Morana asintió, saboreando la amargura en la boca, y se dio media vuelta, extendiendo un brazo para agarrar el pomo de la puerta, consciente de que él seguía mirándola.

—¿Señorita Vitalio?

Volvió la cabeza hacia él y descubrió un brillo en sus ojos que hizo que el corazón le diera un vuelco y se le encogiera el estómago. Siguió mirándola un momento en silencio antes de decir:

—Estás en deuda conmigo.

Morana parpadeó sorprendida, sin comprender.

—¿Cómo?

Esa mirada se hizo aún más intensa. Sus ojos azules la abrasaron.

—Que estás en deuda conmigo —repitió él.

Morana arrugó los labios.

—¿Y se puede saber por qué cojones te voy yo a deber nada?

—Por haberte salvado la vida —respondió—. De haber sido otro, ahora mismo estarías muerta.

Frunció el ceño, confundida, y vio que sus labios se estiraban un poco mientras seguía mirándola con esa expresión que no acababa de entender.

—No soy ningún caballero, no voy a dejarlo pasar —añadió en voz baja—. Me debes una.

Y entonces él acortó la distancia que los separaba. Morana tragó saliva, con la mano en torno al pomo de la puerta mientras el corazón le latía con fuerza, y echó la cabeza hacia atrás para mantener los ojos clavados en los suyos. Él la miró en silencio un instante, tras lo cual se inclinó hacia ella sin apartar la mirada y sintió su aliento rozándole la cara y el olor almizcleño de su aroma en la nariz cuando susurró:

—Y algún día me la cobraré.

A Morana se le entrecortó el aliento.

Y luego salió corriendo de la habitación.

2

Choque

Dios, de verdad que no debería estar allí.

Ese podría ser el título de su autobiografía, teniendo en cuenta que siempre acababa metida en ese tipo de situaciones. Si alguna vez la escribía, estaba segurísima de que a mucha gente le interesaría leerla. Al fin y al cabo, ¿cuántas hijas de mafiosos, que además eran un genio, exponían sus vidas en papel para el consumo público? Incluso podría ser un superventas si vivía lo suficiente para escribirlo. Tal y como iban las cosas, dudaba de poder regresar a casa sana y salva.

El miedo le atenazaba la boca del estómago como un peso enorme y amenazaba con aflojarle las rodillas mientras se dirigía con piernas temblorosas hacia el edificio abandonado. Ella era un genio, sí, pero por Dios, también una *imbécil.* Pero imbécil de campeonato. Una imbécil que no bloqueaba a su exnovio infiel en el móvil. Una imbécil que había dejado que dicho exnovio gilipollas le dejara un mensaje. Una imbécil que, por algún estúpido motivo, lo había escuchado.

Estaba sentada en su dormitorio, trabajando con el portátil en intentar deshacer los desastrosos efectos de su programa, cuando Jackson le dejó el mensaje.

Aún oía el pánico que impregnaba su voz mientras susurraba las palabras a toda prisa. Aún sentía que las palabras susurradas le ponían la piel de gallina. Aún recordaba el mensaje completo, palabra por palabra, porque lo había escuchado diez veces. No, no porque todavía lo quisiera ni nada parecido, sino porque estaba sopesando qué hacer.

Era una imbécil.

Tenía su frenética voz grabada en la cabeza.

«¡Morana! ¡Morana, por favor, tienes que escucharme! Necesito tu ayuda. Es cuestión de vida o muerte. El programa... El programa está... Lo siento mucho. Por favor, reúnete conmigo en Huntington con la Octava. Verás un edificio en construcción. A las seis de la tarde. Estaré escondido en el interior, esperándote. Te prometo que te lo explicaré todo, pero ven sola. Por favor. Te juro que van a matarme. Por favor, te lo suplico. El programa está...».

Y el mensaje se interrumpió.

Se quedó una hora entera sentada, con la vista clavada en el móvil, mientras sopesaba las posibilidades. Las posibilidades eran muy simples.

Posibilidad uno: era una trampa.

Posibilidad dos: no era una trampa.

Simples, pero totalmente desconcertantes. Jackson era una víbora de la peor calaña, lo sabía bien. Cabía la posibilidad de que le hubieran pagado para que hiciese la llamada, de la misma manera que le habían pagado para que la espiase. Había fingido el afecto que sentía por ella durante semanas. En comparación, ¿qué era una llamada de unos pocos segundos fingiendo nerviosismo? Ya la había engañado una vez, así que ¿intentaba engañarla de nuevo? ¿Sería una trampa?

Sin embargo, eso era lo que la había convencido. ¿Quién iba a tenderle una trampa? ¿La Organización? Se infiltró en su centro de operaciones la semana anterior. Entró en la guarida del león, se enfrentó cara a cara con su famoso Cazador y salió ilesa. Sabía que no querían declarar una guerra entre mafias, de lo contrario Tristan Caine la habría desenmascarado aquella misma noche. Pero no lo hizo. La dejó marchar. No tenía sentido que ahora le tendieran una trampa.

Y si no se trataba de la Organización, ¿quién iba a querer que Jackson llamara simulando estar histérico? ¿Era una trampa? ¿Estaría siendo demasiado cauta? ¿Estaba asustado de verdad o lo fingía?

Por desgracia, ella no podía permitirse el lujo de dejar pasar la oportunidad. Porque si estaba asustado, y si de verdad sabía algo sobre el programa, tenía que verlo. Tenía que escucharlo. Tenía que recuperar el programa, por las buenas o por las malas.

Claro que la última vez que lo intentó por las malas no salió muy bien.

Seguía conmocionada por haber estado a merced de Tristan Caine, un hombre famoso por su crueldad. La había inmovilizado contra la pared y la había amenazado con sus propios cuchillos apuntándola al cuello. Y la había dejado marchar. De hecho, le había dicho dónde estaba la puerta que conducía a su libertad, hacia su huida encubierta de la mansión Maroni, esa fortaleza bestial, en plena fiesta.

Recordó la incredulidad que sintió al hacer autostop para volver al hotel. La incredulidad que le provocó su propia audacia. La incredulidad por el intento fallido. La incredulidad por lo cerca que había estado. La incredulidad que él le suscitó.

El encuentro, aunque fugaz, inició una tensión palpitante que la acompañaba desde su vuelta de Tenebrae. Había pasado una semana desde que regresó, una semana desde que se coló en los dominios de los Maroni, una semana desde que fracasó a la hora de recuperar el USB. Una semana durante la que le había ocultado la verdad a su padre. Si lo descubría, es decir, cuando lo descubriera, lo pagaría muy caro...

Se desentendió de esos pensamientos que la distraían, enderezó los hombros y notó el tranquilizador frío del metal en la cintura, donde había escondido su pequeña Beretta, cubierta por un sencillo top amarillo. Salvo por las llaves de su Mustang rojo descapotable, no llevaba nada encima, de modo que tenía las manos libres, con el móvil en el bolsillo de los pantalones negros anchos.

Después de lo de la última semana se había teñido de castaño el pelo, que antes llevaba rubio, en un intento por desprenderse de los sombríos rescoldos del encuentro. Se cambiaba de color a menudo. Con tantas cosas en su vida que escapaban a su control, le gustaba llevar la voz cantante en lo que se refería a su aspecto. Sus nuevos rizos oscuros se agitaban en una coleta alta. Además llevaba las gafas. Incluso se había puesto zapatos planos por si necesitaba salir corriendo.

Tras decirle a su padre que se iba de compras a la ciudad, Morana se marchó antes de que sus matones pudieran seguirla. Se había escabullido de aquella forma tantas veces que ya solo recibía una mirada de reproche por su parte.

En realidad, no es que su padre se preocupara por su seguridad, simplemente quería mantener el control que ejercía. El control sobre sus hombres, sobre ella, sobre las negociaciones con el enemigo. Ambos habían renunciado hacía tiempo a fingir que no eran conscientes de cuál era la verdad. Por su parte, y desde hacía mucho, Morana había dejado de sentirse decepcionada. Lo cual la empujaba a comportarse de una forma que oscilaba entre la valentía y la temeridad.

Ir a aquel lugar estaba justo en el punto medio.

Una vez que entró en la obra, pasada la verja de hierro forjado que protegía el único edificio en construcción de la calle abandonada, echó un vistazo a su alrededor para examinar la zona. El sol estaba ya muy bajo en el cielo, preparado para hundirse en el horizonte en cualquier momento, y lanzaba la luz justa para que el edificio proyectara sombras largas y espeluznantes en el suelo, mientras el cielo iba perdiendo poco a poco el color púrpura para pasar a un gris frío, con la luna a la espera de salir.

Sentía que el viento le enfriaba la piel, lo que le provocó un leve escalofrío que le recorrió los brazos desnudos y le erizó la piel, poniéndole el vello de punta como soldaditos preparándose para la batalla. Sin embargo, lo que la había asustado era otra cosa.

Águilas. Decenas de águilas sobrevolaban en círculos el edificio, una y otra vez, llamándose entre ellas mientras la cacofonía de sus chillidos se perdía entre el batir de sus alas contra el viento.

Estaba anocheciendo, y seguían sobrevolando el alto edificio, indicándole algo sobre la estructura. No era una obra normal y corriente. En algún lugar de su interior había un cadáver o —miró de nuevo las aves, lo numerosas que eran— más de uno.

No debería estar allí. Ni de coña.

Contuvo el nerviosismo repentino y se echó un vistazo al reloj. Las seis en punto. Era la hora. ¿Dónde estaba Jackson?

El repentino zumbido del móvil en el bolsillo la sobresaltó. Soltó el aire despacio para calmar su acelerado corazón, lo sacó a toda prisa y miró el número. Jackson. Se lo llevó a la oreja y aceptó la llamada.

—¿Morana? —le susurró con su voz tan conocida.

Ella frunció el ceño. ¿Por qué susurraba?

—¿Dónde estás? —musitó ella mientras miraba a su alrededor, en busca de algo inusual. Cualquier cosa fuera de lo común, aparte de las dichosas águilas.

—¿Has venido sola? —preguntó Jackson.

Las arrugas en el entrecejo de Morana se acentuaron, y todos sus sentidos se pusieron en alerta.

—Sí. ¿Me vas a decir qué está pasando de una vez?

Vio que Jackson asomaba la cabeza por la puerta del edificio. Le hizo un gesto para que avanzara.

—Entra, rápido —oyó que le decía a través del teléfono.

Morana desvió la mirada hacia la construcción, que se alzaba hacia el cielo como un monstruo ruinoso rodeado de aves de la muerte. De haber estado viendo una película, se habría partido de risa ante una escena tan manida y evidente, pero lo último que le apetecía en ese instante era reírse. Estaba cagada de miedo. Aquello no le cuadraba en absoluto.

—No pienso moverme ni un milímetro hasta que me digas de qué va todo esto —replicó, manteniéndose donde estaba, delante del edificio, mientras veía a Jackson asomarse por la puerta de nuevo.

—¡Joder, Morana! —masculló él, soltando un taco por primera vez y con el nerviosismo patente en su voz—. ¡No va a entrar!

Se quedó paralizada al oír que él le gritaba a alguien que estaba a su espalda, y la certeza de que la había traicionado por segunda vez se le clavó en las entrañas. Puto imbécil. Le había tendido una trampa.

Morana no perdió ni un solo segundo más y se agazapó detrás de unos escombros antes de sacarse la pistola de la cinturilla de los pantalones. Le quitó el seguro, estiró los brazos y se preparó para apuntar y disparar en cuanto fuera necesario. El corazón le martilleaba en el pecho, su respiración se volvía más agitada conforme la adrenalina le corría por las venas. Lo único que rompía el silencio eran sus jadeos y los chillidos de las águilas, que seguían gritando en el cielo, por encima de ella, sobrevolando en círculos el edificio que apestaba a muerte.

Debía volver al coche.

Desvió la mirada hacia la verja, calculó la distancia que había entre ella y el montón de escombros, y se dio cuenta de que estaba a unos cien metros. Joder. Si ya tenían a alguien encañonándola, ni de coña podría correr todo ese espacio abierto sin recibir un balazo.

«Piensa». Tenía que pensar.

—¡Morana! —Se encogió mientras Jackson la llamaba desde el edificio—. ¡No te haremos daño! ¡Solo queremos hablar!

Claro, qué gracioso.

Apretó los dientes consumida por la rabia, muriéndose de ganas de dejarlo sin dientes de un puñetazo. ¡Uf, cómo le encantaría darle un puñetazo!

—¡Sé que te gustan los jueguecitos, nena, pero esto va en serio!

Detestaba que la llamase «nena», lo detestaba con todas sus fuerzas. Hacía que se sintiera como una de esas fulanas que revoloteaban alrededor de los hombres en su mundo. Debería habérselo cargado.

—Oye, lo entiendo —siguió Jackson, cuya voz se iba acercando poco a poco adonde se encontraba ella—. Sé que me odias por llevarme el programa, pero solo fue por dinero, nena. Me gustabas. Podremos ayudarte si tú nos ayudas.

¿Iba colocado?

Morana sujetó la pistola con más fuerza.

Se oyó un disparo. Las águilas se volvieron locas.

Ella dio un respingo al oír el estruendo y al mirar hacia arriba vio que las aves se desbandaban, presas del caos, frenéticas, y sintió que el corazón le latía al mismo ritmo con el que batían sus alas. Esperó que Jackson hablara de nuevo, pero no lo hizo. El miedo que sentía en el estómago aumentó.

—Te prefiero rubia.

Se le atragantó el aire al oír la voz que le llegó desde atrás. Esa voz que desde hacía una semana no podía olvidar. Esa voz que le había descrito entre susurros las distintas formas en las que podía matarla, acariciándole la piel con suavidad. La voz de whisky fuerte y de pecado.

Morana levantó la mirada y la clavó en el cañón de la Glock que le apuntaba a la cabeza. Despacio, fue subiendo la vista hasta los dedos seguros y firmes que la empuñaban; hasta los antebrazos expuestos bajo la camisa negra remangada, de músculos marcados; hasta los hombros que sabía que poseían la fuerza necesaria para inmovilizarla contra una pared sin que pudiera hacer nada; hasta la barba incipiente que le cubría la mandíbula cuadrada y, por fin, hasta sus ojos. Unos ojos *tan* azules. Tan azules y tan despojados de expresión.

Se permitió solo un segundo, un segundo de admiración femenina, antes de recordarse quién era él. Y, al hacerlo, alzó el brazo, apuntándole al corazón mientras Tristan Caine seguía apuntándole a la cabeza en un silencioso duelo.

Morana se puso en pie, sin apartar los ojos de los suyos, sin que le temblara el brazo con el que sujetaba el arma, y ladeó la cabeza.

—Y yo te prefiero muerto.

Él mantuvo esa expresión estoica de su rostro, aunque entrecerró los ojos ligeramente. Permanecieron en silencio unos minutos, apuntándose el uno al otro, y Morana se dio cuenta de que no tenía sentido. Sabía que no iba a matarla. Tuvo muchas oportunidades de hacerlo la semana anterior y no las aprovechó. No iba a hacerlo entonces.

—Ambos sabemos que no vas a dispararme, así que guardemos las armas. ¿Te parece bien? —sugirió ella con afabilidad, sin parpadear en ningún momento para no darle la oportunidad de actuar.

Tristan Caine esbozó media sonrisa, pero el gesto no le llegó a los ojos. Acto seguido levantó el brazo y lo retiró como si agitara una bandera blanca, y ella dejó caer el suyo sin quitarle ojo. En cuanto bajó el arma, él invadió su espacio personal y le colocó la pistola justo entre los pechos, con la cara a pocos centímetros de la suya. El olor de su sudor y de su aroma se mezclaron en el aire a su alrededor y entonces, de alguna extraña manera, cada mota azul de sus ojos se hizo más intensa, incluso en aquella oscuridad que los rodeaba.

Se inclinó hacia ella despacio, con la mirada severa fija en sus ojos, antes de pronunciar unas palabras en voz baja que la dejaron sin respiración:

—Sé de algunas zonas de tu cuerpo —dijo al tiempo que le rodeaba la nuca con la mano libre, sujetándola con fuerza, como un aviso de amenaza, mientras el arma seguía sobre su desbocado corazón—. Zonas que tú no conoces. Zonas en las que puedo dispararte y hacerte daño sin que mueras. —Se inclinó todavía más hacia ella, y Morana sintió su susurro como un fantasma sobre la piel mientras echaba la cabeza hacia atrás para sostenerle la mirada. Él seguía acunándole la nuca con la mano mientras la observaba desde arriba, sin apartar los ojos de los suyos—. La muerte no es el plato principal, corazón. Es el postre. —Se le endureció la expresión todavía más y tensó los dedos contra su nuca a modo de advertencia—. Nunca caigas en el error de creer que me conoces —dijo con voz gélida—. Puede que sea el último que cometas.

El corazón le latía como un animal salvaje que corría para salvar su vida. Aunque el pecho se le agitaba por algo que no quería ni contemplar, Morana apretó los labios por la osadía de ese hombre, por su tremenda arrogancia. ¿Por qué todos los tíos de su entorno se comportaban como si estuvieran nominados a Gilipollas del Año?

Se armó de valor y extendió el brazo antes de darse cuenta, al tiempo que le enganchaba la rodilla con la pierna, dejándose llevar por todo su entrenamiento de defensa personal. Dio un tirón con la pierna mientras lo empujaba con el brazo, tirándolo al suelo duro con fuerza, y la asaltó una sensación triunfal al ver la sorpresa cruzar por su cara durante un segundo. En un instante, él volvió a ponerse de pie con un movimiento tan ágil que la habría maravillado de ser otra persona. Pero no había terminado con él.

Ahora fue Morana quien invadió su espacio personal. Le clavó un dedo en los duros pectorales que se intuían por debajo del cuello desabrochado de la camisa, con la cabeza ladeada para seguir mirándolo a los ojos y decir con más frialdad que él:

—Nunca caigas en el error de creer que me das miedo. Será el último que cometas.

Tristan Caine apretó los dientes, clavándole la mirada, y la tensión entre ellos aumentó hasta tal punto que podría cortarse con un cuchillo. Él siguió con esa pose gélida. Ella sintió que le ardía la sangre mientras respiraba con dificultad.

Alguien interrumpió el momento.

—Debo decir que es raro ver a una persona, y más a una mujer, que no le tenga miedo a Tristan.

Morana se dio media vuelta y vio a Dante Maroni a escasa distancia, con ese enorme cuerpo enfundado en un traje que estaba fuera de lugar en una obra y que sería más adecuado para la fiesta en la que lo había visto la semana anterior. Llevaba el pelo oscuro peinado a la perfección, hacia atrás, dejando al descubierto unos pómulos afilados por los que matarían los modelos de todo el mundo. Iba bien afeitado. En el índice de su mano derecha vio dos gruesos anillos de plata, así como en el dedo corazón de la izquierda. También lucía una sonrisa educada de la que Morana no se fiaba ni un pelo. La herencia mediterránea era evidente en su piel morena. No podía negar que Dante Maroni era un hombre guapo.

Se acercó a ella con una mano extendida y una sonrisa por la que Morana se habría apostado hasta su título universitario que pagaba todos los meses.

—Dante Maroni —dijo en voz baja y educada a modo de presentación, cogiéndole una mano entre las suyas, grandes y suaves, antes de darle un apretón. Sin embargo, la sonrisa no llegaba a sus ojos marrones—. Es un placer conocerla, señorita Vitalio. Aunque preferiría que hubiera sido en otras circunstancias.

—Yo preferiría que no hubiera sido en ninguna —replicó Morana antes de poder morderse la lengua, ya que los años de enemistad hacían que le hirviera la sangre, y también el hecho de que seguramente ese hombre tuviera el USB y el poder de destruirla. Y seguramente también fuese quien había disparado a Jackson. Estaba convencida de que estaba muerto.

Dante Maroni sonrió de nuevo y siguió mirándola con esos ojos oscuros.

—No tiene ningún miedo, como he dicho. Puede ser algo peligroso.

Morana debería tatuárselo en la frente. A lo mejor así hacía caso a esas palabras.

Como se le estaba agotando la paciencia, echó un vistazo a su alrededor, pero no vio a nadie en las inmediaciones. «Vale». Estaba en una obra abandonada con dos reputados, reputadísimos, miembros de una familia mafiosa, que por casualidad era enemiga de la suya, y que la habían atraído hasta allí por algún motivo. No era el lugar más seguro, pero no la habían matado. De momento. Eso significaba algo, ¿no?

—¿Por qué estoy aquí, señor Maroni? —preguntó, exasperada y con ganas de encontrarle sentido a todo—. ¿Y dónde está Jackson?

—Dante, por favor —la corrigió con otra sonrisa.

Tristan Caine salió de detrás de ella y se colocó junto a su hermano de sangre, con esos brazos fornidos cruzados por delante del torso también musculoso, sin el menor indicio de sonrisa en los labios. Se veía el atisbo de un tatuaje por debajo de las mangas.

Morana miró a los dos hombres, ambos reputados mafiosos, ambos despiadados, y vio el marcado contraste entre ellos. No podía identificar exactamente la diferencia, salvo la intensidad que envolvía al señor Caine y de la que el otro hombre carecía. La intensidad con la que la observaba, con ese apuesto rostro desprovisto de toda expresión.

Ignoró dicha intensidad y volvió a mirar a Dante. Sin embargo, sentía la intensidad abrasándole la piel allá donde la mirada de Tristan Caine la tocaba. Los ojos de Dante eran dóciles en comparación.

Se concentró y apretó los dientes.

—Dante entonces.

El hombre suspiró, sin soltarle la mano de entre las suyas.

—Jackson está muerto.

Morana sintió una punzada en el estómago, pero nada más. No sabía qué decía eso de ella como persona. Quería sentirse mal. Pero, por alguna razón, no era así.

Se limitó a asentir sin decir nada, porque no sabía qué decir que no pusiera de manifiesto lo poco que la afectaba la muerte de su exnovio.

Dante asintió también y le apretó la mano antes de hablar de nuevo, mientras Caine permanecía en silencio a su lado y se limitaba a observarlos como un halcón.

—Necesitábamos reunirnos contigo sin hacer saltar las alarmas —explicó Dante—. Y la única manera era conseguir que Jackson te trajera hasta aquí.

—¿Por qué necesitáis reuniros conmigo? —quiso saber Morana, que se esforzó por no mirar al hombre que guardaba silencio.

Dante titubeó un instante y, por primera vez desde la aparición de su hermano de sangre, Caine habló con esa voz grave y ronca.

—Por el programa.

Se le paró el corazón al oírlo mientras lo miraba levantando las cejas.

—Explícate —exigió.

Tristan Caine le devolvió la mirada con tranquilidad, o con toda la tranquilidad que pudo con esos ojos que no dejaban de atravesarla como si fueran rayos X.

—Supones que el USB con el programa está en mis manos —dijo.

Morana frunció el ceño.

—Sé que lo está.

—¿Por qué? —preguntó Dante, haciendo que lo mirase. Morana los observó en silencio un segundo. El desconcierto la hizo parpadear varias veces antes de que pudiera hablar, dirigiéndose a los dos.

—Cuando Jackson me robó el programa —respondió, moviendo la cabeza de uno a otro alternativamente—, rastreé el registro de llamadas de su móvil y sus movimientos desde que me conoció. Todo llevaba hasta ti —terminó, señalando al otro hombre.

Se hizo un breve silencio, que Dante rompió.

—¿Y supusiste que Tristan había contratado a Jackson para espiarte?

Morana asintió, pero la incertidumbre empezaba a embargarla.

—El caso es que yo ni siquiera sabía de tu existencia —terció Tristan Caine con sequedad.

Mentiroso. Morana clavó la mirada en él entonces, con los ojos entrecerrados, mientras recordaba el momento en el que él reconoció su nombre. ¡Pues claro que sabía de su existencia! Pero, por algún motivo, estaba mintiendo.

Él la desafió con la mirada a que le dijera a la cara lo que claramente estaba pensando, a que se atreviera a contar que había estado en la propiedad Maroni sin permiso, en ese dormitorio, a solas con él.

Morana miró de nuevo a Dante mientras apretaba las manos y los dientes.

—¿Me estáis diciendo que no contratasteis a Jackson?

Dante asintió con gesto serio.

—Ni siquiera sabíamos que el programa existía. Parece bastante potente, y si cae en malas manos, nuestras dos familias estarán jodidas. Por eso hemos venido a tu ciudad. Era esencial reunirnos contigo.

—¿Y cómo os enterasteis de la existencia del programa entonces?

Dante señaló al hombre que tenía al lado.

—Tristan me contó lo que sabía después de que lo llamaras la semana pasada exigiéndole que lo devolviese. Dadas las circunstancias, supusimos que debíamos venir a verte.

¿Que ella lo había llamado? Morana lo escudriñó mientras intentaba averiguar por qué él no le había contado la verdad a su hermano de sangre. Pero no logró ver nada.

Morana resopló, mirándolos a ambos.

—¿De verdad pretendéis que os crea? ¿Después de que hayáis matado a Jackson?

—No te hemos matado a ti —repuso Tristan Caine en voz baja, con una mirada inclemente, peligrosa. La expresión de sus ojos le provocó un escalofrío que le recorrió la columna.

Intentó pensar en él como «Tristan» a secas, pero no pudo. No era «Tristan» para ella; era Tristan Caine, y su cerebro había empezado a obsesionarse con el nombre. Enderezó la espalda.

—Todavía —apostilló—. ¿Cómo puedo saber que no me vais a matar ahora?

—Porque no queremos empezar una guerra —respondió Dante, que por fin le soltó la mano mientras negaba con la cabeza—. Por mucho que nuestras familias se odien, lo cierto es que no podemos permitirnos una guerra ahora mismo, no con las fuerzas externas que nos acechan. Solo hemos matado a Jackson para silenciarlo. Él estaba convencido de que había estado tratando con Tristan. Sin embargo, tu muerte provocaría una fricción innecesaria.

Su razonamiento tenía sentido, pero Morana no se fiaba ni un pelo de ellos. Volvió a clavar la mirada en esos ojos azules que la observaban.

—¿Estás diciendo que alguien se tomó la molestia de planear todo esto para inculparte, incluyendo el detalle de contratar a Jackson, a sabiendas de que yo le seguiría el rastro?

Él encogió esos anchos hombros, con los ojos fijos en ella.

—Yo no he dicho nada.

Ahora que tenían público, ¿adónde había ido a parar toda esa elocuencia que derrochaba a la hora de hablar de asesinatos y violencia? Furiosa, Morana cruzó los brazos por delante del pecho y vio que los ojos de Dante se desviaban un segundo por el gesto. Tristan Caine no apartó la mirada de sus ojos ni un momento.

La costumbre hizo que Morana se subiera las gafas por el puente de la nariz.

—¿Y ahora qué? ¿Queréis que formemos equipo o algo así?

—O algo así —fue su elocuente respuesta.

El timbre de un teléfono rompió de repente la quietud que se había hecho tras esa afirmación, haciendo que Morana diera un pequeño respingo. Dante sacó su móvil mientras intercambiaba una mirada con su silencioso compañero, antes de excusarse y alejarse hacia la parte posterior del edificio en construcción. En cuanto dobló la esquina, Morana echó a andar hacia la verja, donde la esperaba su coche, ignorando al hombre que tenía a su espalda.

—No deberías irte sin oír nuestra versión —dijo cuando ella se acercaba a la verja.

—Ni aunque me pagarais un millón de pavos —le soltó ella sin aminorar el paso, con todo el cuerpo vibrándole por la tensión.

Estaba a punto de llegar al coche cuando, de repente y sin previo aviso, se vio aprisionada contra el capó, y el mundo se torció de modo que el cielo nocturno quedó sobre ella, acompañado de la cara de Tristan Caine. Le había agarrado las dos manos con una sola, sujetándoselas por encima de la cabeza, mientras con la otra le presionaba el torso, manteniéndola en el sitio.

Se resistió. Él no se movió.

Se retorció. Él no se movió.

Forcejeó. Él no se movió.

En su intento por zafarse de los grilletes que le aprisionaban las muñecas, se debatió contra el capó de su propio coche, pataleando, intentando morderle los brazos, pero él siguió sobre ella, sin moverse, sin hablar, con la mandíbula apretada.

—Tengo tan pocas ganas de tocarte como tú de que te toque —masculló con sequedad, mientras su aliento le caía sobre la cara y la miraba con ojos glaciales.

—Venga ya... —replicó ella con evidente sarcasmo y los ojos en blanco—. En los dos encuentros que hemos tenido se ha notado lo poco que te gusta tocarme. Acorralarme contra superficies planas es un horror para ti.

A él le refulgieron los ojos y torció los labios con gesto feroz, resaltando la cicatriz que tenía en la comisura del labio inferior.

—No te pareces en nada a las mujeres a las que me gusta acorralar. Y desde luego que a ellas no las desprecio.

—A mí no me desprecias —repuso ella.

—No. —Él sacudió la cabeza mientras se le endurecía cada vez más la mirada, con una determinación creciente. Al cabo de un instante Morana lo vio tomar una bocanada de aire—. A ti te odio.

Ella parpadeó, confusa por el veneno que rezumaba su voz, y frunció el ceño. Sabía que no eran admiradores el uno del otro, pero tampoco se merecía esa aversión por su parte. Ni siquiera la conocía.

—¿Por qué? —le dio voz a la pregunta que tenía en mente.

Tristan Caine fingió no haberla oído, pero se inclinó con mirada gélida, lo que le provocó a Morana un estremecimiento de miedo mientras permanecía con los brazos inmovilizados sobre la cabeza, y dijo con voz grave y contundente:

—Si no te mato es porque no quiero empezar una puta guerra. —Su tono la hizo temblar. Su mirada le encogió el estómago—. Pero que no pueda hacerte daño no significa que no vaya a hacértelo.

Morana lo contempló atónita por la ferocidad de su odio.

—¡Ni siquiera me conoces!

Él permaneció en silencio un largo momento mientras iba bajando la mano que tenía sobre su torso. A ella se le desbocó el corazón por el pánico. Forcejeó y él se detuvo justo por debajo de su ombligo, un gesto más propio de un amante que de un enemigo, con los ojos clavados en ella.

—Hay gente que me pertenece. Tengo mi propio territorio. No vuelvas a invadirlo. —Descendió un poco más con la mano hacia el hueso de una de sus caderas, en una clara amenaza, haciendo que a Morana se le disparara el pulso, con la mirada fija en ella y esa voz susurrante justo contra su piel—. Que no se te olvide.

¡Pero qué huevos tenía! Aturdida, Morana forcejeó con más fuerza, lanzando patadas.

—¡Gilipollas!

Él se arrimó un poco más, los labios muy cerca de su oreja.

—Fiera.

La soltó al oír unos pasos que se aproximaban. Se enderezó, y volvió a ponerse la máscara de inexpresividad, como si jamás se la hubiera quitado, como si no hubiera estado sobre ella amenazándola hacía un segundo, como si no fuera el detestable ser humano que era. Morana se irguió con las piernas temblorosas mientras lo fulminaba con la mirada. Tenía el pecho agitado, los puños apretados, y se estremecía por la rabia apenas contenida.

Dante, ya cerca, la miró de arriba abajo, con el ceño fruncido.

—¿Estás bien?

Morana sintió que le temblaba el mentón, que su corazón estaba lejos de calmarse. Tenía tantas ganas de sacar el arma y disparar a Tristan Caine que apenas podía contenerlas. Sacudió la cabeza al tiempo que levantaba la barbilla, irguiendo la espalda, y lo miró fijamente mientras esbozaba una mueca furiosa.

—Por mí, os podéis desangrar hasta morir.

Abrió la puerta del coche y se giró hacia el hombre que la había convertido en ese desastre de persona en cuestión de segundos, clavándole la mirada.

—Y tú no te me acerques.

Vio que algo cruzaba por esos ojos azules, sin que llegara a reflejársele en el resto del semblante, algo que él enmascaró antes de que pudiera verlo de verdad. Se dio media vuelta para subirse al coche y dio marcha atrás para poder salir de la calle. No miró por el espejo retrovisor. No se permitió fijarse en otra cosa que no fueran sus manos sujetando con fuerza el volante. No se permitió sentir otra cosa que no fuera la sangre que le atronaba en los oídos.

Todo tenía su momento. Sabía que algún día llegaría el suyo.

Tal vez no al día siguiente. Ni al siguiente. Pero tal vez el siguiente. O el siguiente a ese.

«Un día, algún día», se juró con toda la rabia palpitando en su cuerpo, estremeciéndola hasta que casi ni sentía los dedos de lo fuerte que apretaba el volante; la rabia que hacía que ardiera como nunca; la rabia que le hizo soltar un gemido solo para poder desahogarse.

Algún día, se juró, mataría a Tristan Caine.

3

Marcaje

Tenía que contárselo a su padre. Ya no le quedaba más remedio.

Morana vio la verja metálica de la mansión abrirse y la casa blanca al otro lado, recortada contra el cielo nublado y gris, ocultando las capas de rojo que la cubrían. Por más manos de pintura que su padre ordenase que le dieran, Morana seguía siendo consciente de las salpicaduras de sangre que había debajo, de los horrores que el blanco impoluto ocultaba. Había crecido en esa casa, al igual que su padre, y al igual que el padre de su padre. Pertenecía a su familia desde hacía tres generaciones, y cada dueño añadía algo más a la extensa propiedad.

Su familia había sido la primera en el crimen organizado. A Puerto Sombrío, en aquel entonces, se la conocía como la ciudad de los muelles. Situada en la costa oeste del país, conectada con aguas internacionales a través del mar y localmente gracias al río que la atravesaba, era y seguía siendo uno de los principales centros mercantiles. Sus antepasados habían visto la cantidad de beneficios que se podían obtener en aquel negocio y se habían apoderado de la ciudad, expandiéndose poco a poco con los años por toda la región.

Su residencia constaba en un principio de un solo edificio. Su difunto abuelo y, más tarde, su padre la habían ampliado hasta convertirla en la gran mansión que le revolvía el estómago. Sobre todo por el ala adicional que había añadido su padre, donde se ocupaba de los asuntos de negocios «delicados». Nunca se aventuraba a entrar en esa ala a menos que fuera absolutamente necesario. Como ese día.

Recorrió despacio la avenida de entrada mientras tragaba saliva, viendo a su paso el exuberante y verde césped. Observó la ventana de su habitación en el segundo piso, donde tenía una suite entera para ella sola, con un dormitorio y un pequeño estudio donde trabajaba; su propio vestidor; su propio todo. Siempre había sido así.

No le había faltado de nada mientras crecía, al menos en el aspecto material. Si quería un ordenador nuevo, lo tenía en cuestión de horas. Si quería un vestido nuevo, podía elegir de todo un muestrario. Antes creía que esa disposición a darle cuanto deseara era una señal del afecto de su padre. La sacaron de su error a una edad muy temprana.

Su padre la había mantenido en una planta por encima de la suya para controlar sus movimientos. Había complacido sus deseos para que no intentara complacerlos por su cuenta. Morana dejó de desear cosas al percatarse de ello y empezó a tomar sus propias decisiones. Al menos en la medida de lo posible.

Mientras se acercaba a la entrada, custodiada por dos guardias, Morana se preguntó cómo habría sido crecer con su madre a su lado. ¿La casa se habría convertido en un hogar de haberla tenido?

Su madre abandonó a su padre y esa vida pocos años después de dar a luz. El matrimonio de Alice y Gabriel Vitalio se celebró por el único motivo más antiguo que el amor: los negocios.

El padre de Alice era un empresario turbio que trabajaba con Gabriel, y sellaron un acuerdo vitalicio con ese matrimonio concertado. Su madre había procurado adaptarse a esa vida, a ese mundo. Se esforzó de verdad. Pero al final, después de casi dos años, decidió marcharse. Según tenía entendido Morana, quiso llevársela con ella cuando se fue, pero su padre se negó en redondo y le dio un ultimátum: o se iba sola o no se iba. Claro que tampoco sabía hasta qué punto eran ciertas esas historias.

No recordaba gran cosa de su infancia. E ignoraba dónde estaba su madre. Había intentado seguir su rastro en más de una ocasión, sin que su padre lo supiera. No había obtenido resultados. Estaba claro que su madre no deseaba que la encontraran, y después de haber estado casada con Gabriel Vitalio, tampoco podía culparla.

Su padre nunca había pretendido mantenerla al margen, protegerla o engatusarla con una falsa sensación de seguridad. Desde que tuvo la capacidad para entender cosas, Morana había entendido todas las cosas horripilantes y sangrientas que ocurrían en su mundo...; cosas que se suponía que los padres debían ocultarles a sus hijas.

Por irónico que resultara, admiraba y detestaba eso de él. Por ese mismo motivo sabía que él consideraría el programa como una traición y que la mataría. Que esa sería su forma de demostrarle compasión a su hija. Escogería a un sicario para que la asesinara y le diría que lo hiciera sin provocarle dolor. Al fin y al cabo, había que dar ejemplo cuando se traicionaba a Gabriel Vitalio, líder de Puerto Sombrío.

Morana aparcó el coche en la plaza que tenía asignada y, cuando se bajó, oyó que los truenos retumbaban en el cielo. Miró hacia el arco de la puerta que había por encima de la corta escalera que conducía al interior de la casa. Uno de los muchos matones de su padre estaba apoyado en ella, y Morana suspiró, ignorándolos como había hecho durante casi toda su vida, para entrar. Salvo por algunos miembros del personal, nunca hablaba con los hombres de su padre, mucho menos se mostraba amigable. La ignoraban, y ella les devolvía el favor.

El interior de la casa estaba decorado con buen gusto. Un vestíbulo conducía a la escalinata y un pasillo a su izquierda llevaba a la otra ala. Cerró los ojos un segundo, consciente de que se dirigía a su propia muerte, pero sabiendo que tenía que hacerlo. Mentirle a su padre costaría muchísimas más vidas inocentes. Con sus contactos y todo lo que sabía, tal vez él pudiera recuperar el programa y destruirlo.

Echó a andar despacio hacia la única parte de la casa que rara vez pisaba. Se concentró en mantener la respiración calmada y la cabeza despejada mientras apretaba las manos a los costados. Pasara lo que pasase, no suplicaría. No suplicaría por su vida, por el programa ni por nada.

Dejó que su mente repasara el encuentro que acababa de tener en la ciudad. Tras despistar de nuevo a sus guardaespaldas, había ido al centro para reunirse con un compañero de la universidad, un hombre muy inteligente, en busca de consejo, con la esperanza de que pudiera ayudarla a rastrear su programa. Había intentado hacerlo por su cuenta, pero después de una semana esforzándose hasta que le ardieron los ojos y le dolieron las manos, él había sido su último recurso. De modo que le explicó el problema por encima, esperando alguna solución milagrosa que a ella se le hubiera pasado por alto. No la había. Debido a la propia naturaleza del programa, su compañero le había comentado que no conseguiría recuperarlo a menos que se encontrase a unos quince metros. Y eso era imposible porque: a) no lo tenía, y b) no sabía dónde estaba. Jackson creyó que estaba en manos de la Organización. Pero, dado que los hijos de la Organización habían acudido a ella en busca de ayuda, estaba casi convencida de que no era el caso.

O tal vez sí.

Tal vez lo tenía Tristan Caine.

¿Y si en realidad el programa sí que estaba en su poder y se lo estaba guardando por alguna razón? Morana había sido testigo de cómo le mentía a su hermano de sangre sin pestañear siquiera, y después había intentado asustarla a ella. ¿Y si había contratado a Jackson y había fingido que le tendían una trampa para inculparlo? No sabía nada de aquel hombre como para creerlo. Por lo que había visto y oído, Tristan Caine no era lo que parecía ser (aparte de un gilipollas).

Cuantas más vueltas le daba, más convencida estaba de que ese hombre ocultaba algo. Todas sus amenazas habían sido con un único objetivo: espantarla. Y, al huir de él, Morana le había dado justo lo que quería. Pero la pregunta era ¿por qué? ¿Por qué había permitido que se fuera de la fiesta de la Organización sin delatarla? ¿Por qué se había reunido con ella después, acompañado de Dante, solo para mentirle a este y matar a Jackson? ¿Por qué la había amenazado si no quería su ayuda? ¿Qué buscaba? ¿Qué tramaba? Y Dios no lo quisiera, pero si tenía el programa, ¿por qué fingía no tenerlo? ¿Por qué mandarla a ella, y a los miembros de su propia familia, a una búsqueda sin sentido? ¿Significaba algo el programa para él, acaso?

Y, solo por hacer de abogada del diablo, si Tristan Caine no tenía el programa, ¿por qué iba a querer ahuyentarla si ella era su mejor baza para encontrarlo?

¿Qué cojones quería?

Joder, ese tío era un libro lleno de páginas en blanco y escritas con tinta invisible que no tenía la menor idea de cómo revelar. Ocultaba tanta información, tantas respuestas, y lo único que ella conseguía sacar de él era frustración.

Suspiró y sacudió la cabeza, borrando la imagen del que era el primer nombre en su lista de objetivos si lograba vivir lo suficiente como para matarlo. Sin embargo, en aquel momento Morana no podía permitirse el lujo de pensar en Tristan Caine ni en el desconcertante odio que este le profesaba.

Tenía otras cosas en las que concentrarse.

Como llamar a la puerta de su padre.

—Quítatelo de encima ya —mascculló para sí misma, haciendo acopio de valor—. No eres una cobarde. Eres brillante y has creado algo increíble y aterrador a partes iguales. Asume la responsabilidad.

Los truenos retumbaban en el exterior, como si el cielo se estuviera riendo a su costa. Le sudaban las palmas de las manos cuando levantó una, pero se detuvo al oír voces en el interior.

—¿Ella lo sabe? —Reconoció el fuerte acento del hombre de confianza de su padre, Tomas.

—No —respondió este con su voz de barítono—. Y nunca lo sabrá.

¿De quién hablaban?

—Entiendo que es para proteger a tu hija...

Su padre interrumpió lo que Tomas estaba a punto de decir.

—No me preocupa su protección. Me preocupa la nuestra.

Así que estaban hablando de ella. Pero ¿qué era lo que se suponía que ella no debería saber?

—¿Qué quieres decir? —preguntó Tomas, verbalizando los pensamientos de Morana.

Hubo una larga pausa antes de que su padre volviera a hablar.

—Es peligrosa, pero no tiene ni idea de hasta qué punto. Es mejor que lo mantengamos entre nosotros.

Tomas debió de darle la razón, porque, acto seguido, la puerta se abrió y descubrió a Morana con el brazo levantado, lista para llamar, tras lo cual la saludó con un gesto de la cabeza. Se alejó de ella sin mediar palabra, moviendo su cuerpo bajo y sombrío con una agilidad que ella sabía que era letal.

Morana se giró y vio que su padre estaba hablando por teléfono con alguien mientras se paseaba por delante de la ventana. Su pelo negro, el mismo color que ella había heredado (y el motivo de que empezara a teñírselo), se veía acentuado por un solo mechón canoso sobre la frente ancha, lo que le añadía cierta gravedad a su expresión y hacía que los demás lo tomaran incluso más en serio. Lucía un bigote y una perilla bien cuidados, como siempre, y solo las diminutas arrugas que le enmarcaban los ojos indicaban el paso del tiempo. Desde lejos no aparentaba más de treinta y muchos.

Desvió los ojos oscuros hacia donde ella estaba. La ausencia de alegría en su mirada al verla, la ausencia de desagrado, la ausencia de emoción era algo que ya no le provocaba a Morana ni siquiera una punzada de dolor. En cambio, sí hizo que su curiosidad se disparara.

—Espera —mascculló al teléfono, con voz grave y cierto acento, a la vez que la miraba con las cejas levantadas.

—Tengo que hablar contigo —dijo ella sin entrar en detalles, plantada en la entrada de la lujosa estancia, mientras su cerebro iba a toda velocidad.

Él asintió.

—Después de la cena. Tenemos reserva en el Carmesí. A las siete y media. Espero verte allí.

Regresó a la conversación telefónica.

Aún desconcertada por lo que había escuchado a escondidas, Morana cerró la puerta al salir y miró la hora en el móvil. Ya eran las seis.

Suspiró y echó a andar hacia la escalinata, hacia su suite, esforzándose en respirar despacio.

Iba a averiguar lo que habían querido decir con aquello.

Carmesí era uno de los restaurantes más caros, bonitos y elitistas de Puerto Sombrío y estaba situado en pleno centro. Además, lo frecuentaban familias de la mafia. Era de los preferidos de su padre, rezumaba clase y buen gusto en cada pared, y el interior estaba decorado en varios tonos de rojo, con tenues luces cálidas que creaban un ambiente íntimo.

Morana lo odiaba. Por completo. El ambiente, la clientela, todo. Cualquiera pensaría que las personas con demasiado rojo en sus vidas evitarían ese color. En lugar de eso, parecían deleitarse con él.

Lo odiaba. Odiaba las miradas que le echaban a veces los hombres con los que su padre hacía negocios, como si fuera un maniquí expuesto. Odiaba que esperasen que se quedara callada y se limitara a ser una cara bonita sin opinión, cuando tenía más cociente intelectual que todos los reunidos a la mesa. Y odiaba que a su padre no le afectase todo aquello.

Solo había un punto positivo: no sonreía si no le apetecía y, por suerte, eso era algo que su padre nunca la obligaba a hacer. La mayoría de las veces se quedaba sentada con el ceño fruncido escuchando hablar a los hombres. Unas veces jugaba con el móvil. Otras se limitaba a mirar por la ventana, observando a las parejas risueñas que paseaban cogidas de la mano, a las familias felices que se tenían los unos a los otros y poco más.

Y aunque sus compañeros de mesa habían comentado su comportamiento en alguna ocasión, su padre nunca les había hecho caso. Se trataba de un acuerdo tácito entre ellos. Morana iba al restaurante en su propio coche, se sentaba y comía en silencio, se comportaba como una buena hija abnegada y se marchaba también en su propio coche. Y, en sus veinticuatro años, el trato no había cambiado nunca.

Sentada a la mesa habitual para seis comensales, Morana cerró los ojos y escuchó el retumbar de los truenos de las conversaciones de la gente del restaurante. El cielo llevaba todo el día amenazando con descargar un chaparrón, pero no había llegado a hacerlo de verdad desde la tarde. El viento frío del exterior la llamaba. En cambio estaba atrapada en el interior, con el aire acondicionado que le ponía la piel de la gallina en los brazos desnudos.

Había llegado hacía media hora, ataviada con un sencillo vestido azul sin mangas que caía desde la cintura en suaves ondas hasta las rodillas y se le ceñía al torso. Los tirantes le dejaban al descubierto media espalda y un poco de la curva de los pechos. Se había puesto sus zapatos de tacón preferidos de color rosa claro. Puesto que no le importaba la impresión que pudiera causarle a la persona con la que iba a reunirse su padre, se había dejado el pelo suelto, había pasado de las lentillas y se había maquillado lo mínimo. Y después había pasado esa media hora. La clientela del restaurante no paraba de hablar, al igual que sus compañeros de mesa, que discutían acerca de una nueva inversión naviera.

Sin embargo, ella estaba distraída por la inminente charla que debía mantener con su padre.

Suspiró y echó un vistazo por el establecimiento, reparando en los ocupados camareros y en la animada multitud, yendo con la mirada de grupo en grupo, dejando que su mente divagara.

Y, de repente, se incorporó.

Dante Maroni se encontraba sentado a un par de mesas de distancia con otros dos hombres que no conocía, pero que estaba segura de que pertenecían a la Organización, ensimismado en la conversación que estuvieran teniendo.

Morana apartó la mirada a toda prisa, con el ceño fruncido. Había transcurrido una semana desde que maldijera a Dante y a su hermano de sangre y los dejara plantados en el edificio abandonado. Una semana. ¿Qué hacía él todavía en la ciudad? ¿Y qué probabilidad había de que su padre cenara en el Carmesí la misma noche que Maroni se hallaba allí?

Y justo entonces, cuando un recuerdo descarnado la invadió, a Morana se le aceleró la sangre en las venas.

¿Tristan Caine también estaba en la ciudad?

Se le revolvió el estómago.

Se excusó con discreción, haciéndoles un gesto con la cabeza a sus acompañantes, y se puso en pie. Su padre la observó un segundo con sus ojos oscuros antes de concentrarse de nuevo en su acompañante.

Intentando pasar desapercibida, Morana miró con disimulo hacia la mesa de los Maroni y respiró aliviada al darse cuenta de que Dante no había advertido su presencia. O, en caso de que así fuera, lo ocultaba bien. Al igual que sus compañeros; aunque ninguno de ellos era un hombre de ojos azules con tendencia a acorralarla contra las superficies planas que encontraba.

En silencio, entrecerró los ojos y se ocultó en una hornacina en penumbra desde la que se podía ver todo el restaurante. Una vez allí, recorrió el local con la mirada , poniendo especial atención en las personas.

No estaba.

No estaba en ninguna parte.

Morana soltó un fuerte suspiro mientras se relajaba.

Y en ese momento se le paró el corazón.

Estaba allí. Estaba allí mismo.

Caminando, no, acechando, avanzando despacio hacia la mesa como si el restaurante le perteneciera, como si hasta el último resquicio de aire le perteneciera y pudiera hacer lo que quisiera con él. Una pequeña parte de Morana no pudo evitar admirar esa elegancia poderosa y letal. Pero una parte todavía mayor puso en alerta todas sus defensas.

Él se sentó justo al lado de Dante.

Y luego levantó la mirada hacia ella, como si hubiera sabido exactamente dónde estaba escondida todo el tiempo.

Morana no apartó la vista. No en esa ocasión.

No se sintió intimidada. Ni al sentir el peso de aquella intensidad concentrado en ella; ni al notar su corazón desbocado, que latía con tanta fuerza que estaba segura de que todos podían oírlo; ni al ver que Dante y los otros dos hombres seguían la mirada de Tristan Caine y la clavaban en ella. No se dignó a dedicarles una mirada, no apartó la vista de él, decidida a no acobardarse, a no admitir la derrota. Ni siquiera parpadeó.

Irguió la espalda y, sin apartar la atención de él, echó a andar con tranquilidad hacia su mesa, consciente de que Tristan Caine le sostenía la mirada con la misma intensidad que ella a él, consciente de la sangre que le atronaba los oídos. El ruido del restaurante se fue apagando hasta convertirse en un lejano zumbido mientras él se recostaba en la silla, como si tuviera el puto derecho de mirarla, de comérsela con los ojos.

Era una invasión. Y ella respondió en consecuencia, ocupando su sitio en la mesa.

En su mirada sentía sus manos inmovilizándola. En su mirada sentía su cuerpo sólido aprisionándola. En su mirada sentía el frío de todas y cada una de sus calculadas amenazas.

Estuvo a punto de que se le cortara la respiración. Pero logró controlarse.

Le cayó por la espalda una gota de sudor, que se enfrió por el aire acondicionado provocándole un leve estremecimiento. Un estremecimiento que, al parecer, él captó a mesas de distancia, porque en cuanto ella tembló, *algo* cobró vida en sus ojos, algo que no fue capaz de descifrar, algo que no era triunfo, algo que no era un alarde. Nunca había visto ese *algo* en concreto dirigido hacia ella y con semejante intensidad.

De repente, Morana percibió la presencia de su padre y de sus compañeros de cena, y fue consciente de golpe de que un paso en falso por parte de cualquiera de los dos desataría una violencia que teñiría de rojo el Carmesí.

—Morana.

Saliendo de su ensimismamiento, ella se volvió y vio que su padre estaba en pie con el resto de los comensales, esperando para irse. Se ruborizó un poco, se levantó y se despidió de esas personas cuyos rostros seguramente olvidaría, muy consciente de esa mirada intensa que la taladraba. Uno de sus compañeros de mesa, un hombre de treinta y tantos, a juzgar por su aspecto, le cogió la mano y le besó los nudillos, clavando en ella unos ojos insípidos.

—Ha sido un placer conocerla.

Sí, claro. Morana dudaba mucho que supiera cómo se llamaba siquiera. Aun así asintió y apartó la mano, controlando el impulso de limpiársela en el vestido antes de volverse hacia su padre.

—Te veo en casa en un rato. Podemos hablar entonces.

—Tu guardaespaldas te seguirá.

Su padre se despidió con un gesto de la cabeza y acompañó a los demás al exterior, seguido por su equipo de seguridad, y dejó a un solo hombre atrás para que la siguiera en coche hasta casa. Sin embargo, Morana se había quedado parada donde estaba, con la respiración agitada, sin que esa mirada la abandonara en ningún momento. El peso de la verdad la aplastaba.

Sacudió la cabeza, se dio media vuelta y volvió a posar la mirada en esos intensos ojos azules justo antes de recoger el bolso y dirigirse hacia la puerta trasera.

—Señorita Vitalio. —El encargado la saludó con un ademán respetuoso. Morana le devolvió el gesto con la cabeza, acostumbrada a que el personal supiera quién era.

Tras unos cuantos saludos más, llegó a la salida que daba al callejón trasero del restaurante, dispuesta a tomar el atajo hasta su coche. En cuanto puso un pie en el exterior, seguida de cerca por el hombre de su padre, un trueno ensordecedor partió el cielo en dos. Morana aceleró, sus tacones golpeando el asfalto, y casi había llegado al final del oscuro callejón cuando otro par de pasos se unieron a los que ya la seguían.

Se detuvo en seco y se giró para ver que Tristan Caine se acercaba a ella a grandes zancadas, con su enorme cuerpo envuelto en una cazadora de cuero marrón y unos vaqueros oscuros. Sus zancadas firmes y seguras iban derechas hacia Morana. Se quedó inmóvil, aunque una pequeña parte de ella le gritaba que saliera corriendo. La acalló y se mantuvo firme, observando cómo él se detenía a escasos pasos de ella. El hombre de su padre le apuntó con la pistola.

—Atrás o disparo.

Tristan Caine lo miró con una ceja levantada, sin parecer preocupado por el arma que le apuntaba al corazón. Casi con indiferencia, agarró al guardaespaldas de la muñeca y después, con un movimiento que casi dejó a Morana boquiabierta, se la retorció y se la dobló hacia atrás. El hombre cayó de rodillas con un grito agudo, su pistola ahora en manos de su contrincante y amenazándolo a él. Había cambiado las tornas tal y como hiciera con Morana aquella primera noche, cuando le arrebató sus cuchillos y los usó contra ella.

Y lo había hecho sin dejar de mirarla siquiera.

Mensaje recibido.

Morana se clavó los dedos en las palmas de las manos mientras le ordenaba a su corazón que se calmara, pero justo entonces se dio cuenta de otra cosa al verlo desarmar a su guardaespaldas. Ella no llevaba armas. Joder.

Con el pulso desbocado, Morana mantuvo la mirada clavada en Tristan Caine, a la espera de ver su siguiente movimiento. La oscuridad del callejón proyectaba sombras sobre la mitad de su cuerpo, haciéndolo parecer más letal todavía.

Tristan Caine le quitó la pistola al hombre de su padre, la descargó y le asestó un puñetazo en la cara que lo dejó inconsciente. Impresionante. Lo habría llamado «fanfarrón» si no estuviera segura de que no lo hacía por presumir. Pero sabía que no se trataba de vanidad. Al ver la facilidad con la que hizo todo eso, Morana supo que le hubiera resultado muy sencillo matarla en cualquier momento. No era algo que le gustara saber.

Se cruzó de brazos, mirándolo sin decir nada, sin querer ser quien apartara la vista ni rompiera el silencio.

Él parecía decidido a lo mismo.

Sus actos la desconcertaban casi tanto como él mismo. Sabía que no se tenían aprecio, que no había afecto alguno entre ellos, y también sabía que aprovecharían la oportunidad de mandar al otro al fondo del océano en cuanto pudieran.

Sin embargo, no sabía qué pretendía al seguirla así en aquel momento y dejar fuera de combate a su guardaespaldas, aunque suponía que no lo hacía solo para quedarse mirándola a metro y medio de distancia con una tormenta amenazando. Morana no pensaba quedarse allí más tiempo. Conducir con lluvia era un coñazo.

Suspiró y se dio media vuelta en dirección a su coche, pero se detuvo en seco al descubrir que Dante y los otros dos hombres bloqueaban la salida del callejón; lo bastante lejos de ella para no oírla, pero lo bastante cerca como para no dejarla escapar. El miedo le provocó un escalofrío que la recorrió por entero antes de que pudiera contenerlo.

—No sabía que tu padre te prostituía con sus amigos, señorita Vitalio —dijo Tristan Caine en voz baja a su espalda.

Morana sintió que el miedo se convertía en rabia al oír su voz, esa misma voz que había intentado asustarla la semana anterior, esa misma voz que había recitado sobre su piel distintas formas de asesinarla durante su primer encuentro. La furia aumentó al escuchar sus palabras, pero la reprimió. Se volvió hacia él.

—¿A qué viene tanta formalidad, sobre todo teniendo en cuenta la clase de libertades que te tomas? —le preguntó con voz tranquila.

Lo vio entrecerrar un poco los ojos, aunque su expresión permaneció impasible.

—No me he tomado ninguna libertad —replicó él con el mismo tono que ella—. Todavía.

Un relámpago atravesó el cielo, iluminando el callejón y mostrándole a Morana con nitidez el hombre que tenía delante.

Lo estudió un segundo mientras se forzaba a mantener la calma y la objetividad. Tristan Caine tenía un plan. Y ella prefería morir antes que quedarse con la intriga.

Dio un paso hacia él, casi invadiendo su espacio personal, aunque la diferencia de altura suponía una desventaja para ella. Incluso con los tacones, apenas le llegaba a la barbilla. Echó la cabeza hacia atrás para mantener el contacto visual, con el corazón desbocado en el pecho, observándolo para ver si reaccionaba de alguna manera. No lo hizo.

—Me pregunto —dijo Morana al tiempo que le dedicaba una sonrisa elocuente y la rabia le abrasaba el cuerpo— si se supone que eso tiene que intimidarme.

Esas palabras sí provocaron una reacción. Levantó una ceja. La taladró con la mirada.

—Si no te intimidara, serías tonta.

Ella se permitió una sonrisa torcida al oírlo.

—Soy muchas cosas, señor Caine. Tonta no es una de ellas. Razón por la que sé que tus amenazas no valen una mierda.

De repente, en los ojos de Tristan Caine, mientras ladeaba la cabeza, refulgió ese mismo *algo* indefinible que Morana había visto en el restaurante. Permaneció callado, a la espera.

Ella avanzó un paso más, sin saber de dónde salían las ganas de provocarlo. Daba igual, lo importante era hacerlo. Había echado la cabeza atrás cuanto podía, incluso con los zapatos de tacón, para no apartar la mirada de él en ningún momento.

—Ah, sí —dijo en voz baja, acercándose, casi rozándole el pecho con la barbilla—, ¿de verdad creías que me asustaste con ese numerito de «no invadas mi territorio» en el coche? Para nada. Lo único que conseguiste fue cabrearme.

Él no pronunció palabra alguna, no movió un solo músculo. Se limitó a mirarla con esos ojos azules, y a Morana se le desbocó todavía más el corazón incluso mientras seguía hablando.

—¿Por qué no te lo quitas de encima y punto? —lo retó, tirándose un farol, con la mirada clavada en él—. Ahí mismo tienes un muro. Incluso hay un coche. Acorrálame e «invade mi territorio». O, si me odias tanto como dices, hazme daño. Mátame. ¿Por qué no lo haces?

Morana se dio cuenta de que, para cuando terminó su discurso, ella temblaba por completo mientras que él permanecía inmóvil. Mantenían las miradas entrelazadas y sus cuerpos casi se tocaban.

Durante un largo instante, él se limitó a mirarla con esos ojos gélidos mientras algo ardía en sus profundidades, y ella sintió que el corazón le latía en un *staccato* salvaje contra las costillas, golpeándolas con fuerza, casi reprendiéndola por sus palabras, pero se esforzó por controlar la respiración y evitar que su pecho se agitara. Ese hombre se abalanzaría sobre ella al menor indicio de vulnerabilidad.

Despacio, después de unos segundos eternos, él levantó la mano y la agarró de la parte posterior del cuello, casi como la caricia de un amante. La palma era tan grande que le abarcó toda la nuca. Morana se quedó inmóvil, con los músculos paralizados, al darse cuenta de repente de que había cometido una estupidez. ¿Y si él no iba de farol y había provocado a la bestia con sus palabras? Tristan Caine podría matarla en ese mismo instante y hacerla desaparecer de la faz de la tierra sin que nadie lo supiera.

Morana sintió que él le recorría despacio la mandíbula con el pulgar, aún sujetándola, manteniéndole la cabeza inclinada hacia atrás, sin dejar de mirarla a los ojos, con la áspera yema del pulgar rozándole la piel suave casi con delicadeza. Un escalofrío la recorrió por completo bajo su mirada de halcón, un escalofrío que, ante la reacción de su cuerpo, no pudo controlar; y vio que él esbozaba una especie de media sonrisa torcida. La sombra de su barba parecía incluso más viril desde tan cerca y resaltaba la pequeña cicatriz del labio. Él detuvo el pulgar sobre su pulso acelerado y Morana sintió, frunciendo la boca, que el corazón le latía con más fuerza, que se le desbocaba todavía más.

—Te late demasiado deprisa el corazón para alguien que aparenta estar tan tranquila —murmuró él, y las palabras le acariciaron la cara a Morana, con el leve aroma al whisky que debía de haber bebido en el aliento y su propio aroma, una extraña mezcla de sudor y colonia con una nota almizcleña, invadiéndole los sentidos. Sentidos que mantuvo en alerta para fijarse en los anillos azules de sus ojos, en las largas pestañas que bajaron una vez cuando parpadeó, en todos los detalles. Tristan Caine se inclinó más hacia ella y, con la boca a escasos centímetros, dijo en voz baja y letal—: Te advertí que no creyeras, ni por un segundo, que me conoces.

—Y yo te advertí que no creyeras, ni por un segundo, que me das miedo —replicó ella, susurrando también.

—Que no te quepa duda de que te mataré si se me presenta la ocasión —le dijo él mientras se le endurecía la mirada.

—Pero esa es la cuestión, Caine. Esta no es la ocasión. —Morana enderezó la espalda y retrocedió, apartándose de su mano, ignorando el hormigueo que sintió al notar los músculos de sus antebrazos, y apretó los dientes—. Así que, por ahora, ten algo muy presente: este es mi territorio, mi ciudad, mi casa. Ya no eres bienvenido aquí. Márchate antes de que te echen con los huesos rotos.

Tristan Caine la taladró con la mirada una vez más, y justo entonces empezó a soplar el viento, agitándole el vestido a Morana alrededor de las piernas.

—Algún día, señorita Vitalio —repuso él en voz baja—, voy a disfrutar al cobrarme esa deuda que me debes. —Se inclinó hacia ella y le acercó la boca a la oreja. El asomo de barba le rozó la piel mientras Morana apretaba las manos para contener otro escalofrío—. Y ¿sabes qué? Tú vas a disfrutar pagándomela.

El muy…

Antes de que Morana pudiera pronunciar una sola palabra, él se alejó a grandes zancadas hacia el coche donde esperaba su séquito, dejándola sola en el callejón. Mientras ella observaba las duras líneas de su cuerpo moviéndose rápidamente hacia el coche, Tristan Caine les dijo a los suyos:

—Ya hemos terminado aquí.

Ah, pero no habían terminado. No habían terminado en absoluto.

Pero ¿por qué la habían interceptado en el callejón? Si había sido por el programa, ¿por qué marcharse sin mencionarlo? Y si no había sido por eso, ¿por qué reunirse con ella?

¿Qué cojones quería ese hombre?

No sabía qué quería de ella, por qué parecía decidido a cobrar una deuda que ella ni siquiera consideraba como tal. Tristan Caine seguía siendo ese libro de tinta invisible que Morana era incapaz de descifrar. Un libro que no le apetecía leer en absoluto. No. Quería quemarlo y esparcir las cenizas al viento. Quería romper las páginas y que se deshicieran bajo la lluvia.

Sin embargo, mientras todos se metían en el coche y ella se quedaba quieta en el callejón, justo cuando otro relámpago volvió a iluminar el cielo en el momento en el que él abrió la puerta del coche, Tristan Caine se giró una última vez para observarla. Ella le devolvió la mirada y vio ese algo indescifrable hirviendo en su intenso escrutinio.

Mientras el corazón le latía tan deprisa como un pájaro que aletea frenético contra su jaula para liberarse, Morana lo vio tal y como era.

Un cazador, un animal salvaje en la piel de un hombre.

Y lo supo con una certeza innegable que surgía de la médula de sus huesos.

No habían terminado.

4

Herida

Morana gimió delante del portátil, sin hacerle mucho caso al calambre que sentía en el cuello después de haber pasado tanto rato mirando la pantalla. Estaba probando todas las ideas, todas las combinaciones y permutaciones que se le ocurrían para rastrear el programa, pero no dejaba de chocarse con un muro. Se mordió el labio y sus dedos volaron sobre el teclado mientras tecleaba el código y pulsó ESC para comprobar si las medidas de seguridad funcionaban. La pantalla se quedó en blanco.

Otra vez. ¡Joder!

Totalmente frustrada, golpeó la mesa con las palmas de las manos y se apartó con brusquedad. Fue hacia la ventana de su dormitorio mientras se bajaba las gafas. Empezaba a sentir un dolor palpitante justo debajo de las sienes. La medianoche ya había pasado y seguía sin encontrar una solución. Aunque ese no era el único motivo de su frustración. Dos noches antes, quiso hablar con su padre tras la cena. Cuando volvió a la mansión después de que Tristan Caine la retuviera, el hombre de confianza de su padre le comunicó que este había tenido que salir de la ciudad por un asunto muy urgente y que no estaba claro cuándo regresaría. Aunque una parte de sí misma se sintió aliviada por retrasar aquella conversación inevitable, otra se puso tensa, deseosa de enfrentarse de una vez por todas a la ira de su padre y zanjar el tema.

Durante dos días, Morana lo había intentado todo y había fracasado de mil maneras distintas, lo cual solo había servido para avivar su frustración.

Y los pensamientos que la asaltaban sobre Tristan Caine cuando menos se los esperaba no habían sido sino gasolina para el fuego. No pensaba en su aspecto rudo ni en su reputación. No. Lo que recordaba era su intensidad. Por alguna razón, la había pillado desprevenida ese odio ardiente hacia ella, esa aura amenazadora que nunca había experimentado y que no hacía sino alimentar la aversión que ese hombre le provocaba.

Apretó los dientes, volvió la cara hacia la ventana y miró hacia el oscuro jardín que había debajo. Un olmo enorme plantado junto a la avenida ocultaba su suite a ojos de cualquiera que llegase, pero no impedía que ella los viera.

La propiedad dormía. Solo soplaba una brisa en la noche tranquila y la luna era un óvalo incompleto en el cielo oscuro plagado de estrellas.

Estaba cansada. Muy cansada. Los remordimientos por sus actos habían sido una constante que la había ido minando poco a poco desde dentro, y sus intentos fallidos y desesperados por solucionarlo aumentaban esa sensación. Lo único que quería era contárselo todo a su padre y enfrentarse al castigo que él considerara necesario. Lo único que quería era acabar con todo aquello, de un modo u otro, para poder centrarse en recuperar el programa antes de que cayera en malas manos. Suponiendo que siguiera viva para hacerlo, claro. Perseguir al ladrón desde el más allá no era su estilo.

También necesitaba sincerarse por otra razón. Al parecer, los hijos de la Organización sabían de la existencia del programa y estaban interesados en él. Lo que desconocía era si Tristan Caine se había hecho con él, y fingía no tenerlo, o si lo estaba buscando de verdad. Ese hombre no tenía nada auténtico. Capas enterradas debajo de más capas. Un día evitaba que la descubrieran y la mataran, y al siguiente la amenazaba de muerte. ¿A qué jugaba? ¿Acaso podía un hombre capaz de mentirle a su propio hermano de sangre con semejante facilidad ser sincero? Y aunque lo fuera, ella no tenía motivos para creerlo.

Sin embargo, como estaba empeñada en hacer de abogada del diablo, a su cerebro se le ocurrió otra posibilidad, muy evidente y muy peligrosa. Si Tristan Caine decía la verdad, eso significaba que otra persona había contratado a Jackson para que se pegara a ella y sacase información. Ese alguien podría pertenecer a la Organización, aunque no era muy probable, ya que de ser así Dante Maroni y Tristan Caine estarían libres de sospecha. Y a menos que el propio Maroni el Sabueso estuviera interesado en ella, cosa que dudaba, no se le ocurría ninguna otra persona de la Organización que estuviese siquiera al tanto de sus habilidades.

Eso quería decir que tal vez hubiera una tercera parte implicada. Una tercera parte misteriosa, lo cual nunca era bueno. ¿Quiénes eran y cómo era posible que supieran de su trabajo?

Mientras miraba fijamente a la luna, otra posibilidad le golpeó el cerebro. ¿Podría ser alguien de su propio bando? ¿Alguien que quisiera declarar una guerra y que la estuviera usando a ella como peón? Entre su propia gente no faltaban aquellos a los que les encantaría ver caer a la Organización, pero ¿había alguien tan atrevido como para implicarla?

La súbita vibración del móvil rompió el silencio, sobresaltándola, y de su boca salió un gritito vergonzoso antes de que pudiera contenerse. Con el corazón acelerado, respiró hondo y sacudió la cabeza. Volvió a la mesa, donde su teléfono seguía vibrando, y miró el identificador de llamadas. Era un número desconocido.

Cogió el aparato con manos inseguras, aceptó la llamada y no dijo nada, a la espera de que alguien hablase.

El silencio se prolongó un instante.

—Señorita Vitalio.

Atónita, cogió aire, ignorando el ligero escalofrío que le recorrió la espalda, el repentino sobresalto que le aceleró el corazón, el recuerdo de ese hombre acariciándole la mandíbula con el pulgar que hizo que se le cerraran los ojos y se le tensaran los músculos. Lo odiaba. Odiaba que su cuerpo traidor reaccionara a esa voz grave y ronca. Odiaba que se le acelerase la respiración al oírla derramándose sobre ella. Odiaba que la hubiera vuelto a pillar desprevenida.

Pero ella había nacido sabiendo jugar a aquel juego.

—¿Quién es? —preguntó, sin emoción alguna en la voz.

Se produjo una pausa de unos segundos y Morana percibió la tensión al otro lado de la línea. Se sentó en el sillón, miró el número y lo tecleó con rapidez en el portátil para buscar información.

—Me alegra ver que tu lengua afilada no entiende de horarios —dijo él, con un tono tan inexpresivo como el de ella, sin delatar absolutamente nada.

La búsqueda en el portátil no produjo resultado alguno. Cabrón astuto.

—Lo dice el hombre que me llama a medianoche —replicó ella, tecleando otro comando para anular el anterior y rastrear el número—. ¿Cómo has conseguido mi número?

En esa ocasión sí percibió algo en su voz.

—No tienes ni idea de con quién estás hablando, ¿verdad?

Era un imbécil arrogante, pero ingenioso. Por supuesto que era ingenioso. El dolor de cabeza de Morana quedó relegado a un segundo plano mientras el rastreo avanzaba hasta el 89 por ciento.

—El caso es que...

Si las voces fueran bebidas, la suya sería un whisky añejo del siglo pasado, uno que acariciaba la lengua y bajaba por la garganta, dejando un reguero de fuego en el interior y haciendo que cada célula del cuerpo fuera consciente de su presencia. Morana cerró los ojos y disfrutó de un trago de whisky antes de darse cuenta de repente de lo que estaba haciendo. Estaba al teléfono a medianoche con el enemigo, saboreando su voz. ¿Qué coño le pasaba?

Antes de que él pudiera pronunciar otra palabra, Morana cortó la llamada, dejó el teléfono en la mesa y soltó el aire con fuerza. Debía controlarse. Aquello era ridículo. Tenía que evitar que la desconcertase. O acabaría arrojándola a los leones.

Su portátil emitió un pitido una vez completados los resultados del rastreo. Abrió los ojos y contuvo la respiración, atónita.

La llamada procedía de su propiedad. Para ser más exactos, se había efectuado justo fuera del ala donde estaba ella. ¿Qué cojones hacía allí?

Se puso en pie sin poder contenerse y sacó uno de sus cuchillos del cajón, los mismos que él había utilizado contra ella. Tras coger el móvil con la otra mano, se movió despacio hacia la ventana donde había estado un momento antes. Se asomó al exterior y echó un vistazo a su alrededor, intentando descubrir algo entre las sombras.

El teléfono sonó de nuevo y se mordió el labio antes de contestar.

—No me cuelgues jamás —dijo él con voz amenazadora, dura.

Morana tragó saliva, pero habló como si no le hubiera afectado.

—Lo siento, debo de haberme perdido el memorándum. ¿He herido tu gigantesco ego?

Una pausa larga.

—Aunque deteste hacer esto, tenemos que hablar de negocios.

—¿Desde cuándo la Organización hace negocios con la hija del enemigo?

—Desde que creó un programa que puede destruir a ambos bandos.

Morana apretó los dientes, abrumada por la ira.

—Y ¿para qué has venido? ¿Para convencerme con tu encantadora personalidad? Deberías haber enviado a Dante para eso.

La tensión crepitaba en el silencio que se hizo entre ellos y sintió el fuerte impulso de volver a colgar.

—Lo habría hecho, pero él no puede hacer lo que estoy a punto de hacer yo.

Antes de que Morana pudiera parpadear siquiera, la llamada se cortó. Frunció el ceño, se guardó el móvil en el bolsillo de los pantalones cortos, y agarró con fuerza el cuchillo que tenía en la otra mano mientras miraba de nuevo hacia el exterior, confundida por el significado de esas últimas palabras.

Al ver una sombra que se movía, entrecerró los ojos tras los cristales de sus gafas, pero no logró distinguirlo. Era imposible que Tristan Caine dejara la seguridad de la penumbra en la propiedad. Desde su posición ventajosa, Morana veía a los guardias que patrullaban en el extremo opuesto; la seguridad era muy estricta, sobre todo en ausencia de su padre. En menos de dos minutos completarían el recorrido y echarían a andar hacia su ala.

Tristan Caine era hombre muerto.

Aunque se movía con mucha viveza para serlo.

Lo comprobó al observarlo avanzar entre las sombras, pasando de una a otra, apenas distinguible incluso desde su posición privilegiada. Era imposible que pasara por la puerta principal sin que lo detectaran. Ni de coña.

Aunque no parecía dirigirse a la puerta principal, situada a su izquierda. Con una agilidad que cuando menos tuvo que admirar, aunque se reprendió por ello, Morana observó confundida que se dirigía directamente hacia la pared. ¿Qué iba a hacer? ¿Atravesarla?

Se detuvo debajo de ella, hacia la derecha, todavía en la oscuridad, pero lo bastante visible como para que ella pudiera distinguir a grandes rasgos la ropa negra que llevaba. Desconcertada, y más que curiosa por ver qué haría a continuación, se quedó boquiabierta al verlo saltar al alféizar de la ventana del gabinete de la planta baja y agarrarse a uno de los bajantes del canalón que descendía por la fachada, por la que empezó a trepar.

Iba a escalar por la pared.

¿Iba a escalar por la pared?

Tristan Caine iba a morir esa noche, de eso estaba segura. Ese hombre y la sangre de la Organización terminarían en el suelo, debajo su ventana. Tristan Caine iba a palmarla en su propiedad y desataría una puta guerra. ¿Estaba loco? A Morana le importaba una mierda que quisiera romperse el cuello, pero ¿no podía hacerlo lejos de su ciudad, bajo la ventana de otra persona? Sería mejor que los guardias lo atraparan vivo.

Aunque su mente le decía que los alertara, Morana fue incapaz de mover la lengua mientras seguía los avances de esa figura con los ojos. Para ser tan corpulento parecía muy ágil. No quería admirarlo en absoluto, pero era imposible negar la realidad mientras lo veía moverse. Seguiría siendo una zorra con él, pero no estaba ciega.

Lo vio asir la barandilla metálica del balcón del primer piso, separar los pies de la pared y quedar suspendido en el aire por la fuerza de un brazo. Acto seguido se sujetó con la otra mano, impulsó los pies hacia arriba y saltó sobre la baranda con una ligereza de la que no debería haber sido capaz, no con tantos músculos en el cuerpo. Unos músculos que Morana sabía que eran tan duros como reales, porque había estado pegada a ellos repetidamente.

Él calculó el momento del salto para que coincidiera con la llegada de los guardias haciendo su ronda, completamente ajenos al hecho de que había un intruso en la propiedad. Se quedó agazapado en el balcón, observándolos en silencio mientras se alejaban. Se suponía que eran los mejores de la ciudad. Estaba claro que Morana tenía que hacer que los despidieran.

Sacudió la cabeza, mirándolo a través del cristal, sin entender cómo iba a llegar a su ventana desde el balcón de abajo, ya que no había bajantes ni barandillas ni nada. Solo pared. Los guardias desaparecieron de nuevo.

Justo cuando pensaba que no podía sorprenderla más, lo vio saltar para subirse a la barandilla y mantenerse en pie en un equilibrio perfecto. Ni siquiera se paró para tomar aire antes de empezar a recorrerla con habilidad hasta llegar a la pared.

«¿Y ahora qué, campeón?».

Advirtió que miraba a su alrededor para luego sacar algo del bolsillo del pantalón cargo negro, y ni siquiera le dio tiempo a pensar que podía tratarse de una bomba antes de que él lo lanzara hacia arriba para engancharlo al alféizar de su ventana. Lo siguiente que vio Morana fueron las manos de Tristan Caine aferradas al alféizar y después a él, izando todo el cuerpo, dispuesto a entrar por la ventana que ella tenía al lado. Era como presenciar *Misión Imposible* en vivo y en directo. Se le hizo un nudo en la boca del estómago, exactamente igual que cuando veía las películas, y los latidos de su corazón le retumbaban en los oídos como si hubiera sido ella la que acabara de trepar dos pisos por la fachada de su casa.

Al menos, la incursión de Morana en su territorio había sido más discreta. No había tenido que hacer tantos alardes.

En cuanto él accedió a su suite, ella retrocedió con el cuchillo en alto junto a la cabeza, en una postura de combate, tal como le había enseñado su instructor. Lo vio aterrizar en el suelo enmoquetado, rodar de espaldas y ponerse en pie. Llevaba una camiseta negra de manga larga que se le ceñía a todos y cada uno de los tendones y músculos del torso; unos pantalones holgados remetidos en la caña de las botas militares negras y un auricular en la oreja. Parecía listo para infiltrarse en una fortaleza. Morana supuso que debería sentirse halagada.

Sin embargo, justo en aquel instante en el que su escrutinio había finalizado y el de él no había hecho más que comenzar, Morana cayó en la cuenta de que ella estaba vestida para dormir. Llevaba unos pantalones muy cortos y una camiseta de la universidad que casi le dejaba un hombro al aire, sin sujetador.

Aunque se ruborizó tanto que sintió que le ardía la cara, mantuvo la postura de ataque y la expresión estoica, observándolo. Él clavó sus penetrantes ojos en los suyos, provocándole un cosquilleo en el cuerpo que ella cortó de raíz al apretar más los dedos con los que empuñaba el cuchillo. Tristan Caine se tocó el auricular, sin apartar la vista de ella, y dijo en voz baja:

—Estoy dentro. Corto.

Qué elocuente.

Desvió la mirada hacia el cuchillo y luego la miró a los ojos, sin tensión alguna en el mentón, cubierto por la barba del día, y con una postura relajada. Sin embargo, Morana no pensaba dejarse engañar. Había sido testigo de lo rápido que cambiaba y no tenía intención de respirar tranquila mientras lo tuviera a menos de metro y medio de distancia.

Él no dijo ni una palabra, se limitó a examinarla con esos inquietantes ojos. Sabía lo que intentaba hacer: enervarla. Y aunque funcionó, no dejó que se le notara.

—La forma en la que acabas de trepar por la fachada... —dijo como si estuvieran manteniendo una conversación distendida, con un tono tan falso que le dieron ganas de poner los ojos en blanco—... acaba de confirmarme lo que siempre he sabido que eras. —Él se limitó a levantar una ceja—. Un reptil —concluyó Morana, sonriendo de oreja a oreja.

A él le tembló la comisura del labio donde tenía la dichosa cicatriz, pero no permitió que su mirada se ablandase.

—Un cazador.

—Delirios de grandeza —replicó ella, tratando de ignorar el hecho de que la intensidad de sus ojos le estaba cortando la respiración. Si Morana hubiera sido un perro, esa mirada habría hecho que se tumbara boca arriba para mostrarle sumisión. Sin embargo, no era un perro, solo una mujer que pensaba seguir comportándose como su igual. Debía permanecer así. Tenía que concentrarse—. ¿Sabe tu psiquiatra que los sufres? —Él dio un paso en su dirección y ella se enderezó, apuntándole con el cuchillo y manteniendo la mano firme—. No, de eso nada. Como te muevas otra vez, saldrás de aquí con una cicatriz.

Él se detuvo y la intensidad de su mirada aumentó.

—Y dices que el que delira soy yo...

Morana apretó los dientes, embargada por el deseo de darle un puñetazo en la cara y posiblemente romperle la nariz. Se mantuvo fuera de su alcance. Cuanto antes acabara con aquello, mejor.

—Estoy segura de que no has venido para mirarme, por mucho que parezcas disfrutar haciéndolo —dijo, sin apartar los ojos de los de él—. ¿Qué haces aquí?

El Cazador parpadeó una vez, completamente inmóvil, como si estuviera listo para abalanzarse ante el menor movimiento.

—Devolviéndote el allanamiento de morada.

Morana calló, a la espera. Notaba que la sangre le corría demasiado deprisa por las venas, tenía la piel demasiado caliente para sentirse cómoda y su pulso era más alto de lo normal. Adrenalina. Estaba inundada de adrenalina. Ni más ni menos. Luchar o huir. Puro instinto. Sí, eso lo explicaba.

Tristan Caine ladeó la cabeza sin quitarle ojo, y el movimiento le otorgó un aspecto todavía más letal a la tenue luz de las lámparas de la habitación.

—Como he dicho —dijo con esa voz que la había llevado a cortar la llamada, la voz que parecía whisky, la que la excitaba. Morana se sacudió mentalmente, centrándose en sus palabras—, he venido por un asunto de negocios. Por nuestra parte, Dante y yo somos los únicos que conocemos la existencia del programa. Por la tuya, creo que tú eres la única. —Morana no dijo nada. Se limitó a esperar, y él añadió—: Queremos mantenerlo así, contenido. La información correcta en las manos equivocadas puede causar un desastre.

El comentario la hizo levantar las cejas en un gesto burlón.

—Y se supone que tengo que creerme que sois hombres de honor aunque, en realidad, te haya visto mentir a los de tu propio bando sin pestañear. Dime, ¿por qué debería creer cualquier palabra que salga de tu boca, Caine?

Esos ojos azules se endurecieron y él dio otro paso hacia ella. Morana blandió el cuchillo en el aire en señal de advertencia. El hombre se detuvo.

—Preferiría que no lo hicieras —dijo, y la frialdad de sus ojos le provocó un escalofrío.

Antes de que pudiera añadir otra palabra, Morana oyó que se abría la verja de la mansión y, después, el sonido del claxon de los coches mientras entraban en la propiedad. A esas horas de la noche, eso significaba que su padre había regresado.

Mantuvo la mirada fija en él, observando cualquier indicio de movimiento, y el corazón empezó a latirle más deprisa al darse cuenta de que su padre estaba en casa al mismo tiempo que Tristan Caine. Si la pillaban, su muerte estaba garantizada.

Suspiró. El dolor de cabeza de antes volvió con más intensidad.

—¿Cómo sé que no tienes el programa? —le preguntó.

—No lo tengo —se limitó a decir él. Morana vio la sinceridad en sus ojos. La convicción. Ignoró ambas.

—Vale —replicó—. Supongamos que no lo tienes. Llevo días intentando encontrar la forma de destruirlo por mi cuenta. No funciona. —La frustración aumentó al recordar todos esos esfuerzos inútiles—. ¡Pero si colarme en tu casa fue mi último recurso! Créeme, Caine, hacer negocios conmigo no es buena idea ahora mismo.

Él entrecerró los ojos, evaluándola.

—Eso no lo decides tú. Nos has involucrado en este asunto y ahora debes solucionarlo.

—Y si no, ¿qué? —replicó ella, enarcando las cejas. Empezaba a dolerle el brazo por tenerlo tanto tiempo en alto.

Lo vio esbozar una sonrisa torcida.

—Si no, bajo ahora mismo para reunirme con tu padre y contarle lo que está pasando.

Morana puso los ojos en blanco, porque sabía que no iba en serio.

—No lo creo. Has dicho que querías mantenerlo en secreto. Además, la que pensaba decírselo a mi padre era yo.

—¿Sí? ¿Ibas a hacerlo? —preguntó él, y sintió que se le ponía el vello de punta al oír su tono.

Antes de que Morana pudiera siquiera enderezar la espalda, Tristan Caine la agarró de la muñeca, le dobló el brazo a la espalda y la giró. Ella levantó una pierna para intentar golpearlo en la rodilla, pero él la esquivó, le atrapó las dos muñecas con una mano enorme y apretó el pecho contra sus omóplatos, sin dejarle espacio para revolverse. Con la otra mano le agarró el pelo, sin tirar pero con firmeza, y le echó la cabeza hacia atrás para que pudiera mirarlo. El cuchillo de Morana cayó al suelo enmoquetado con un ruido sordo. Forcejeó para zafarse de él, pero, como ya era habitual entre ellos, la tenía inmovilizada.

—No juegues con juguetes que no entiendes —le susurró él al oído y su aliento le rozó el hombro que la camiseta le había dejado al aire, provocándole un escalofrío que no fue capaz de contener. Un escalofrío que estaba segura de que él podía sentir. Un escalofrío que hizo que le faltara el aliento. Sin embargo, la condescendencia de su tono la obligó a apretar los dientes.

Morana templó los nervios y, consciente de que tenía las manos trabadas, intentó golpearlo en la cara con la cabeza, aunque falló porque él se agachó en el último momento. Sin embargo, sí que aflojó la fuerza con la que la agarraba. No le hizo falta más. Ella se tiró al suelo, le golpeó los pies para que perdiera el equilibrio y cogió el cuchillo al mismo tiempo. En cuanto Tristan Caine cayó de espaldas, se colocó a horcajadas sobre su torso y le colocó el extremo del arma bajo la nuez, mirándolo a los ojos.

Él le devolvió la mirada. La tenue luz de la habitación le ensombrecía la mitad de la cara, pero no había ni rastro de miedo en sus ojos, no parecía preocupado en absoluto. Permaneció quieto, con los brazos retenidos a los costados por los muslos de Morana.

Ella se inclinó hacia delante, sin perder el contacto visual, y susurró, con toda la rabia y el odio que sentía recorriéndole el cuerpo:

—Un día de estos te voy a arrancar el corazón y me lo quedaré de recuerdo. Te lo prometo.

Creyó que el silencio sería su réplica, o que lo vería apretar la mandíbula, o que le soltaría alguna bordería. Pero no fue así. Él se rio entre dientes.

«¿En serio?».

—Supones que tengo corazón, fiera.

No obstante, la diversión se esfumó con la misma rapidez con la que había aparecido. Siguió inmóvil debajo de ella, observándola, y el silencio crispó el ambiente, incrementando la tensión. De repente, Morana fue consciente de la cercanía de sus cuerpos y un estremecimiento que le llegó hasta los mismísimos huesos le recorrió la columna. Se le habían subido los pantalones cortos, se le habían subido con el forcejeo, dejando al descubierto más piel de lo que hubiese preferido. Los pezones se le endurecieron debajo de la camiseta de algodón a causa de la pelea, no por los cálidos músculos que tenía bajo ella, ni por la intensa mirada de esos ojos que la taladraban. No era por eso.

Ahora que lo tenía debajo, no sabía qué hacer. No podía quedarse sentada sobre él para siempre, aunque fuera tentador. No podía matarlo en su propia casa, aunque eso fuera todavía más tentador. No podía hacer nada. Y el muy cabrón lo sabía. De ahí su postura relajada.

Disgustada consigo misma, Morana se incorporó, le quitó el cuchillo del cuello y echó a andar hacia la ventana, llena de una frustración que había sustituido al deseo después de dejar de mirarlo. Aquello no los conducía a ninguna parte. Cerró los ojos un instante y los abrió una vez tomada una decisión. Después se volvió hacia él, que estaba de pie a unos metros, observándola con esa dichosa atención intensa.

—Entonces, básicamente, lo que quieres es que colaboremos

para encontrar el programa y destruirlo, sin decírselo a nadie, ¿no? —preguntó con voz serena.

—Sí —respondió él sucintamente.

Morana asintió.

—¿Y cómo lo haremos?

—Como sea —contestó con ese tono tajante que no admitía discusiones—. Seguiremos las pistas.

Ella volvió a asentir, respiró hondo y lo examinó.

—Tengo una condición.

El tictac del reloj. El parpadeo de las luces. Sus respiraciones.

Él continuaba callado, a la espera de que siguiese hablando. Morana titubeó, aunque no supo por qué, antes de tragar saliva y hablar.

—Trabajaré con Dante, no contigo.

Silencio.

Algo relampagueó en esos ojos azules antes de que él pudiera contenerlo. La tensión llenaba el aire y su mirada parecía casi eléctrica. A Morana le latía el corazón con fuerza. Se le encogió el estómago. Sintió un escalofrío, muy consciente de sí misma, de todo lo que la rodeaba.

Lo vio andar hacia ella con los pasos lentos y medidos de un cazador, su apodo. En sus ojos resplandecía un fuego que Morana era incapaz de interpretar. Su rostro parecía tallado en granito: los dientes apretados, los músculos en tensión. Ella se mantuvo firme sobre los pies descalzos y le acercó el cuchillo a la garganta en cuanto él invadió su espacio personal. La hoja le presionó la piel cuando él colocó una mano en el marco de la ventana, junto a su cabeza. La miró y lo vio tragar saliva. Sintió su aliento cálido en la cara. El rastro de su aroma almizcleño y el sudor la envolvió, haciendo que se estremeciera y acelerándole el corazón mientras sus ojos la atravesaban.

De repente, Tristan Caine levantó la otra mano y la interpuso entre el filo y su garganta. Morana abrió los ojos de par en par, atónita, al ver que lo retiraba aferrándolo con fuerza y dejando que le cortara la piel. La sangre corrió por su palma hasta la muñeca, y de allí siguió por la de Morana hasta llegarle al codo en un cálido reguero. Él no esquivó su mirada en ningún momento, ni cuando ella jadeó, ni cuando intentó apartar el cuchillo, ni cuando tragó saliva. Siguió agarrando la hoja con esos ojos penetrantes clavados en los suyos mientras el líquido rojo le goteaba por la piel, con la cara a escasos centímetros de distancia y la mirada inquebrantable. Unos ojos azules contra unos pardos.

Algo estaba ocurriendo en ese momento. Algo que el cerebro de Morana no podía comprender, pero de lo que su cuerpo era consciente de forma instintiva. La sangre siguió atronándole en los oídos. El corazón siguió latiéndole a la misma velocidad. Siguió respirando demasiado aprisa. Se le aflojaron las rodillas. Se le encogió el estómago. La incredulidad se apoderó de ella y se transformó en otra cosa, en algo que no había experimentado antes.

Tristan Caine la miraba como una fuerza de la naturaleza y ella le devolvió la mirada, incapaz de apartar los ojos, cautivada por aquella intensidad férrea e implacable.

Y, de pronto, él soltó el cuchillo.

—Trato hecho.

Su voz brusca y gutural alcanzó a Morana un segundo antes de que él se apartada súbitamente y saliera por la ventana de un salto, sin darle ocasión de coger aire siquiera.

Ella no se asomó para ver si había conseguido salir, ni para verlo fundirse con las sombras. No se movió del sitio. No respiró.

El corazón le retumbaba en el pecho como un nubarrón de tormenta. Le faltaba el aliento como si hubiera corrido una maratón. Se estremeció. Por todas partes. Le temblaron las manos y el cuchillo volvió a caer al suelo, esa vez cubierto de sangre.

Morana bajó la mirada hacia el cuchillo caído y sintió como si una espada le hubiera atravesado el pecho. La opresión que le atenazaba la garganta era inexplicable. Sus pensamientos enmarañados carecían de toda lógica mientras seguía allí, congelada, incapaz de moverse, incapaz incluso de respirar.

Pasó la mirada del cuchillo a sus temblorosas manos, y se fijó en el reguero rojo de sangre que tenía en la derecha, que empezaba en la muñeca y terminaba en el antebrazo, como si su piel hubiera llorado una lágrima ensangrentada que después había absorbido.

La sangre de su enemigo. La sangre del único hombre al que odiaba.

La sangre de Tristan Caine.

Verla debería llenarla de satisfacción. Que él hubiera aceptado sus condiciones debería llenarla de satisfacción. Que se hubiera marchado sin más, sin hacer de aquella noche una catástrofe, debería llenarla de satisfacción.

Morana se agachó y cogió el cuchillo, moviéndose de modo casi mecánico, con la mente dispersa a causa del tsunami que anegaba su cuerpo, las emociones revueltas en un remolino irreconocible y el cuerpo entero temblándole como una hoja perdida en la tormenta. Dio unos pasos, arrojó el cuchillo ensangrentado en la papelera y se quedó observando cómo el rojo manchaba el papel blanco a su alrededor, filtrándose, marcándolo, cambiándolo.

Y mientras el viento le acariciaba la piel desnuda, los nervios crispados y la ropa que la cubría, Morana sintió que algo la llenaba.

Sin embargo, no era satisfacción.

Era cualquier cosa menos satisfacción.

5

Espera

Dante Maroni

Nos vemos esta tarde en Cianuro. A las 8. Te espero en la zona VIP.

Cianuro era la discoteca más popular de la ciudad. Pertenecía a la Organización Tenebrae.

Morana nunca había estado en un club nocturno.

Recordaba haber visto uno por primera vez en la tele cuando tenía doce años. Las luces hipnóticas, los cuerpos moviéndose, la música a todo volumen... era el decorado de fondo mientras los dos protagonistas tonteaban mirándose desde lejos antes de empezar a bailar en plan sensual rodeados de personas, tan cerca que a Morana le entraron ganas de arrimar sus cabezas con fuerza para que se besaran. Fue una experiencia reveladora. Una experiencia que sabía que ella jamás viviría.

Ya de niña sabía que no debía desear cosas imposibles. En aquel entonces tenía miedo de su padre, de sus enemigos, de sí misma. La aterrorizaban todas las cosas que sabía que desearía si salía de su burbuja. Los clubes nocturnos también la asustaban. Las noticias y los informes sobre chicas violadas después de que las drogaran echándoles algo en la bebida había hecho que se volviera incluso más precavida.

Más de una década después, allí estaba, de pie frente al espejo de su tocador. Contempló su reflejo durante un momento. El pelo castaño teñido le caía ondulado alrededor de la cara mientras se ponía las lentillas.

Tenía una cara bonita, tampoco de las que inspiraban poesía, pero sí agradable a la vista. Ligeramente redondeada; con labios de tamaño normal que había pintado de rojo oscuro; nariz recta, aunque corta, en que antaño solía llevar un piercing; y unos ojos color avellana con motitas verdes.

Era bajita, más bien menuda, con unos pechos decentes, un buen culo y la zona baja del vientre con una obstinada redondez de la que no conseguía deshacerse. Se alisó el vestido verde esmeralda, que se le ajustaba con un fruncido bajo las tetas y le caía hasta las rodillas, ladeó la cabeza y se preguntó si se parecería a su madre. Salvo por su color natural de pelo, la verdad es que no veía nada de su padre en ella.

Nunca se había puesto aquel vestido en concreto. Se lo había comprado como regalo de cumpleaños, sin saber cuándo lo iba a usar o si acaso llegaría a hacerlo. Esa noche parecía la ocasión perfecta.

La suave tela del vestido sin tirantes se le ceñía al torso, moldeándole los pechos a la perfección, y se fruncía justo por debajo, desde donde caía formando suaves pliegues en distintos tonos de verdes más oscuros hasta las rodillas, donde acababa con un bajo desigual. La espalda era escotada, pero sin adornos. Llevaba zapatos negros de tacón. Nunca se había arreglado así. Claro que tampoco había ido nunca a un club.

Volvió a leer el mensaje en el teléfono, comprobando la hora.

Cianuro era un club que la Organización Tenebrae poseía en la ciudad de su padre, cosa que no entendía.

Al parecer, según contaban, su bando y el de la Organización fueron aliados en el pasado, hacía mucho tiempo. Pero algo cambió y surgió la enemistad. Sin embargo, aunque a esas alturas se odiaban con ferocidad, ambos bandos tenían negocios en el territorio del otro. Y todos entendían que, a pesar de que cualquier indicio de hostilidad recibiría su respuesta, la integridad de sus negocios debía respetarse.

Podría decirse que Morana estaba sorprendida de que la hubieran invitado al club. Como mucho se había esperado otro edificio en obras con un montón de águilas sobrevolándolo. Pero, al parecer, se reservaban ese tipo de puntos de encuentro para las reuniones más sangrientas. Supuso que debería sentirse aliviada.

Mientras la niña que llevaba dentro saltaba de emoción, la mujer en la que se había convertido mantenía la calma. Era un lugar público, y dudaba que alguien intentara hacerle daño allí, pero no dejaba de ser el club del enemigo.

Tras apartarse de su reflejo, cogió el bolso negro de mano —donde llevaba una pequeña Beretta— y el móvil, y salió de la habitación cerrando la puerta. Al bajar la escalera sintió que las palmas le sudaban un poco por los nervios. Su ala de la casa estaba vacía, salvo por unos cuantos guardias apostados en distintas zonas. Unos guardias que eran unos inútiles, dada la facilidad con la que los habían dejado en evidencia dos noches antes.

Sacudió la cabeza para desterrar esos pensamientos, salió de la casa y se dirigió hacia su coche, que estaba aparcado en la entrada, ante el césped envuelto en la oscuridad.

La llamaron por teléfono. Era su padre.

—Llévate a los guardias —le ordenó con voz seca y cortante nada más aceptar la llamada.

Morana se puso tensa, se detuvo en seco y miró hacia la otra ala, donde estaba el gabinete de su padre. Nada de «¿Adónde vas?», «¿Cuándo volverás?» o «Ten cuidado».

—No —respondió ella con la misma voz indiferente que llevaba años usando con él, conteniendo una punzada de dolor antes de que la atravesara. Colgó sin darle opción a que pudiera replicar, aunque probablemente no lo hubiera hecho, y caminó a paso ligero hacia el coche. No. Su padre no discutía las cosas ni se explicaba. Simplemente tomaba decisiones por su cuenta. Y eso significaba que iban a seguirla.

Morana se puso al volante, arrancó el motor y salió de la propiedad mientras su pequeño rugía, obedeciéndola, al pasar por la gigantesca puerta de la verja. Una vez que dejó atrás la casa, miró por el retrovisor. Tal como sospechaba, vio que un vehículo negro iba detrás.

Algo parecido a la exasperación se extendió por sus venas. Llevaba años haciendo lo mismo: rechazando la protección que le imponían y deshaciéndose de los guardaespaldas. Ya estaba hecha toda una experta y, aun así, su padre no tiraba la toalla.

Cambió de carril con pericia en cuanto llegó a una zona con tráfico, pisó el acelerador a fondo y sintió que la velocidad se apoderaba de ella a medida que dejaba atrás a los otros vehículos. Las motos y los coches tocaban el claxon a su alrededor, y el aire frío del coche mantenía a raya el sudor en su piel, pese al subidón de adrenalina. Sabía que los hombres de su padre intentarían alcanzarla. También sabía que fracasarían, porque atrapar a Morana Vitalio cuando esta no quería que la atrapasen era algo que pocos podían hacer.

Y esa era también una razón por la que odiaba a Tristan Caine.

Porque siempre conseguía dejarla en desventaja, incluso cuando Morana quería impedírselo, poniendo de manifiesto el control que tenía él sobre su cuerpo mientras ella tenía que luchar por mantenerse en calma.

Morana apretó los dientes al darse cuenta de que su mente se había desviado hacia él. Otra vez.

Se había sacado de la cabeza el episodio de hacía dos noches y se había jurado a sí misma que no volvería a pensar en ello. Porque ese desastre de persona en el que se había convertido entonces, paralizada en su habitación, con la sangre de su enemigo en la mano, esa suma de extremidades invadida por la confusión, esa mujer que ni siquiera se había atrevido a respirar por puro desconcierto… no era ella. Morana Vitalio no se comportaba como una niña patética a la que le tiraban sobras. Morana Vitalio no le demostraba su vulnerabilidad a nadie más que a sí misma. Morana Vitalio no le enseñaba la yugular a un hombre que iba directo a por ella.

Se había criado entre tiburones. Y había aprendido a no sangrar.

Pero lo odiaba porque él sí había sangrado. Porque la había sorprendido. Porque había hecho algo que ella nunca creyó que haría. Porque la hizo reaccionar no como Morana Vitalio, sino como otra persona. Y aborrecía admitir que el alivio que había creído sentir por su propio estado quedó aniquilado por esas gotas de sangre, y no entendía la razón. Tampoco quería entenderla. Era un episodio de su vida que dejaría atrás con gusto.

Giró a la izquierda para seguir en dirección hacia el club, negando con la cabeza para quitarse todas esas ideas de encima, y se concentró solo en la reunión con Dante y en disfrutar al máximo de su primera experiencia en un club. No quería emborracharse ni perrear con cualquier idiota de turno. No, solo pretendía sentir las luces sobra la piel; el ritmo de la música en la garganta; los distintos olores que la envolverían.

Siguió unos kilómetros más por una carretera solitaria y vio un almacén alto de color gris que se elevaba hacia el cielo. Un enorme cartel azul hielo brillaba en lo alto del edificio, indicándole que estaba en el lugar correcto. Se detuvo en una plaza del aparcamiento exterior mientras un aparcacoches se acercaba a ella, salió y declinó su ofrecimiento mientras le daba las gracias con un gesto de la cabeza. El viento frío le provocó un escalofrío en la espalda desnuda mientras caminaba a toda prisa hacia el local. El ruido de la música se hacía más fuerte a cada paso que daba en dirección a las altas puertas metálicas.

Un portero musculoso que casi la triplicaba en estatura la miró de arriba abajo mientras se aproximaba, con la mano en el pomo de la puerta y la cicatriz que le cubría la mitad derecha de la cara medio oculta detrás de unas gafas de sol. Morana no entendía por qué la gente se las ponía por la noche.

—Solo con invitación —dijo el hombre con voz ronca, sin moverse.

Ella levantó las cejas.

—Morana Vitalio, invitada de Dante Maroni.

El rostro oscuro del hombre no reveló la menor expresión, pero abrió la puerta para dejarla pasar. El ruido estalló de repente en los oídos de Morana. Inspiró profundamente y entró en la discoteca, consciente de que la puerta se cerraba tras ella. Una pequeña parte de sí misma, recelosa, le recordó que era la hija del enemigo de la Organización, dueña de ese club, en el que se había adentrado sola y desprotegida. Se le aceleró la respiración al mismo tiempo que el miedo le recorría de forma breve la espina dorsal. Sin embargo, se sacudió la sensación de encima y se quedó de pie junto a la entrada, observando aquel sitio.

El interior del almacén, reconvertido en pista de baile, estaba decorado en cromo y azul hielo, con luces frías que se atenuaban y encendían alternativamente según el ritmo intenso de la música que pinchaba el DJ desde su cabina, situada en el extremo izquierdo. La barra se emplazaba a la derecha, y tras ella los camareros atendían a la multitud. Había guardias de seguridad apostados con discreción en los rincones, observando los cuerpos que se deslizaban unos contra otros.

Al observar el gentío, Morana no se sintió fuera de lugar con su ropa. De hecho, estaba bastante segura de que con la tela de su vestido se podría tapar al menos a cinco de las mujeres allí presentes. Levantó tanto las cejas que estas casi le rozaron el nacimiento del pelo, pero esbozó una sonrisa por la alegría, simple pero tremendamente valiosa, de estar lejos de su casa, de su vida, aunque solo fuera por un segundo. Aspiró la mezcla de olores: colonia, perfume, sudor y alcohol. Ladeó la cabeza mientras la música le aporreaba los tímpanos. Sintió que golpeaba el suelo con un pie, siguiendo el ritmo.

Todo era una novedad.

Alzó la mirada y vio que Dante Maroni se acercaba a ella, ataviado con una camisa oscura informal y unos pantalones que gritaban «¡Estoy forrado!». Él le sonrió con educación mientras se movía con elegancia pese a su corpulencia y la evaluaba con la mirada. Morana miró a su alrededor para asegurarse de que había venido solo, como le había pedido. Así era. No obstante, eso no la relajó, por mucho que la sonrisa que reflejaba su apuesto rostro fuera de cordialidad.

Él señaló hacia un lugar situado por detrás del bar, que Morana supuso que se trataba de la zona VIP, y le hizo un gesto para que lo acompañara. Ella lo siguió despacio. Se percató de que él le rodeaba la espalda con un brazo para mantener alejados de su cuerpo a los que bailaban. Le agradeció el gesto muy a su pesar, sobre todo cuando se adentraron en la marea y algunos intentaron meterle mano, lo que le provocó una oleada de asco.

Para cuando llegaron a la barra, Morana sentía que el corazón le latía más rápido que la música y que la adrenalina inundaba su organismo. Tragó saliva y siguió a Dante hasta una zona apartada, separada del bar, donde por alguna razón el volumen era más bajo. Había mullidos sofás de color burdeos a lo largo de las paredes, y la iluminación tenue creaba zonas íntimas donde sentarse.

Morana se acercó a la sección que él le indicó, observando el espacio, y se detuvo de repente con el cuerpo rígido.

Tristan Caine estaba sentado en uno de los sofás que había a su derecha, vestido con un traje de chaqueta y una camisa blanca que reflejaba las luces azules, con el cuello desabrochado y sin corbata. No quedaba en él nada del hombre de hacía dos noches. Morana clavó la mirada en la venda blanca que le envolvía la mano, un recordatorio de que sí se trataba de la misma persona. El mismo ser primitivo, disfrazado de hombre civilizado.

Una mujer estaba sentada a su lado. Era alta, morena y despampanante, y llevaba un vestido plateado que le quedaba de maravilla. Su lenguaje corporal dejaba claro que era amiga del hombre que tenía al lado.

Morana apartó la vista para no quedarse mirándolos.

Dante la condujo hacia la izquierda, hacia el área opuesta, que estaba relativamente vacía, y le indicó que tomara asiento. Adrede, Morana se sentó en el sofá que miraba a la pared, de espaldas al otro hombre, y Dante inclinó su enorme cuerpo para acomodarse en el asiento frente a ella.

Morana supuso que, cuando Tristan Caine posara los ojos sobre ella, se le erizaría el vello de la nuca o se le pondría la piel de gallina, pero no sucedió nada de eso. Al parecer, no estaba fulminándola con la mirada. «Estupendo».

—Ha sido una coincidencia que él esté aquí —le aseguró Dante—. Sé que me pediste que no estuviera presente, así que no le dije dónde íbamos a reunirnos. Llegó hace unos minutos con Amara. —Se adivinaba cierto tono de disculpa en su voz e incluso desvió esos ojos castaños hacia lo que ocurría a espaldas de Morana, observando en silencio mientras su expresión se ensombrecía. ¿Se debía esa expresión a su hermano de sangre o a la mujer que lo acompañaba?

Morana carraspeó, haciendo que Dante volviera a dirigir su mirada oscura hacia ella. Con un parpadeo, las sombras de su rostro se despejaron y en su lugar adoptó una expresión de educado interés que ella estaba segura de que llevaba practicando mucho tiempo.

—¿Podemos centrarnos en el programa?

—Por supuesto —replicó él. Apoyó la espalda en los cojines mientras un camarero les llevaba unos aperitivos—. ¿Te apetece beber algo?

Morana negó con la cabeza. Cruzó las piernas a la altura de los tobillos y las manos sobre el regazo, un poco incómoda con la situación. Un escalofrío le recorrió la espalda.

Él había puesto la mirada sobre ella.

Morana respiró hondo y relajó el cuerpo para disimular su reacción.

—Seré sincero contigo, Morana —dijo Dante, usando su nombre de pila. Estiró el brazo sobre el respaldo del sofá, un movimiento que le tensó la camisa sobre aquel torso tan bien formado—. No tengo nada personal contra ti, así que mientras no supongas una amenaza o un peligro para mi gente o para mí, nos llevaremos bien.

Ella entrecerró los ojos y asintió.

—Lo mismo digo.

—Bien. —Él asintió también, un gesto que hizo que las luces azules se reflejaran en su pelo oscuro.

Durante un instante desvió la mirada de nuevo a la escena que se desarrollaba detrás de ella. Y bastó con eso, con ese rápido parpadeó, para que Morana fuera consciente de que su atención estaba puesta en aquella chica..., en Amara. Le dio la sensación de que no solo se fijaba en ella porque fuera una mujer atractiva con un vestido estupendo, sino por algo más. Morana hizo caso omiso de la compasión que la invadió de repente y se mordió el labio.

—Señor Maroni, tal como le dije al señor Caine —empezó Morana, consciente de que el susodicho estaba detrás de ella, observándola de vez en cuando—, no sé qué hacer. Creé el programa, pero Jackson lo robó antes de que pudiera añadirle medidas de seguridad. No tengo esperanzas de encontrarlo, y no podré destruirlo a menos que lo tenga materialmente.

—Tristan me lo contó —repuso el otro hombre con un tono repentinamente serio. El aura de responsabilidad que lo rodeaba en aquel instante era tan fuerte que, de pronto, se puso de manifiesto que Morana estaba ante el primogénito de la Organización—. Da igual la hostilidad que exista entre nuestras familias, lo importante es que el programa es letal para ambos bandos, y no podemos permitirnos una guerra entre nosotros teniendo en cuenta las fuerzas externas que buscan la forma de invadirnos.

—¿Podría haber sido alguien de fuera? —preguntó Morana, verbalizando su temor mientras se acomodaba contra los cojines con un cosquilleo en la nuca.

Dante negó con la cabeza.

—No lo creo. Solo quien conozca a tu familia podría estar al tanto de tu trabajo. —Hizo una pausa—. Incluso podría tratarse de alguien de nuestro bando que tiene la intención de inculpar a Tristan.

—¿Y por qué querría incriminarlo uno de los vuestros? —preguntó Morana con genuina curiosidad.

El hombre que tenía delante se encogió de hombros, aunque su expresión siguió siendo grave.

—Por muchas razones. Celos por sus habilidades, por la obvia preferencia que nuestro padre demuestra tener por él... Joder, tiene enemigos de sobra dentro de la Organización como para que alguien quiera vengarse.

Morana sintió que se le encogía el estómago al recordar la facilidad con la que Tristan Caine había mentido a su hermano de sangre. Ella seguía sin estar segura de que no fuera el culpable, y que incluso fingiera que lo estaban acusando.

—Hemos rastreado las transacciones de Jackson —dijo Dante, y su voz irrumpió en sus pensamientos, haciéndola fruncir el ceño.

—Ya te lo dije, todas señalan a Caine.

—Sí, pero cuando las analizamos al detalle, descubrimos anomalías —repuso—. Estamos rastreándolas, pero como esta es tu especialidad, ¿podrías echarnos una mano para acelerar el proceso?

A Morana aquella alianza le resultaba extraña. Sin embargo, asintió y extendió la mano para coger la memoria USB que él le ofrecía.

—Aquí está toda la información que hemos reunido hasta ahora.

Ella la guardó con cuidado en el bolso, se puso de pie y él la imitó. Dado que Dante había sido amable hasta el momento, le dijo en voz baja:

—Te avisaré si encuentro algo.

Dante Maroni ladeó un poco la cabeza, con los ojos clavados en ella.

—¿Puedo preguntarte por qué te negaste a trabajar con Tristan?

Morana levantó una ceja.

—¿Puedo preguntarte qué pasa entre Amara y tú?

La amabilidad del hombre se esfumó de repente cuando se puso rígido, y la ira cruzó su rostro antes de que volviera a ponerse la máscara de cortesía, limitándose a fruncir levemente los labios. Aquello le recordó a Morana que Dante no era ningún hijo florero; era el primogénito de Maroni el Sabueso, sangre de su sangre. Él la fulminó por un instante con la mirada y después la desvió hacia la mujer en cuestión antes de posarla de nuevo sobre Morana con una sonrisa renuente en los labios.

—El valor tarda solo un segundo en convertirse en estupidez —dijo en voz baja, con una expresión alerta en esos ojos oscuros—. Tenlo en cuenta.

Morana sonrió. Así que había tocado fibra sensible, ¿no?

—Haz caso a tus propios consejos —replicó ella con el mismo tono antes de darse media vuelta y echar a andar hacia el bar.

Mantuvo la vista al frente, sin desviarla nunca hacia los lados, pero aun así fue consciente de la mirada de Tristan Caine siguiéndola. Tragó saliva mientras una gota de sudor le caía por el canalillo. Tenía todos los músculos tensos.

Llegó a la barra con la boca seca. La música sonaba más fuerte fuera. Se inclinó intentando llamar la atención de uno de los camareros. El hombre, de unos treinta años, con una camiseta negra, la miró con frialdad de arriba abajo. Morana frunció el ceño por semejante reacción, sin comprenderla.

—¿Qué te pongo? —preguntó, elevando la voz por encima del estruendo.

Morana estudió la expresión de sus ojos, el vacío que había en ellos, y sintió que un escalofrío la recorría. Ni de coña; no pensaba aceptar alcohol de ese hombre.

—Un zumo de naranja.

El camarero se giró y Morana arrugó el entrecejo, intentando recordar si lo había visto antes. No lo conocía. Pero tal vez él sabía que era la hija del enemigo.

Suspiró mientras cogía el vaso de zumo que el hombre acababa de empujar hacia ella y se volvió hacia la pista de baile, saboreando la refrescante bebida y saciando su sed, con los ojos clavados en la masa de cuerpos que se movían frente a ella.

—Anton, un JD con hielo.

La voz de whisky y pecado llegó desde su izquierda. Morana tragó saliva, pero se negó a girarse, se negó a admitir su presencia y apretó los dientes mientras aferraba con más fuerza el bolso y el vaso, sin apartar la vista de los bailarines en la pista.

Notaba la mirada de esos ojos azules sobre ella. Sabía que él estaba allí. Pero no se volvió. Se terminó el zumo que le quedaba despacio, allí de pie, consciente de su presencia junto a ella, de que él estaba a escasos centímetros, todo músculos y fuerza, también ignorándola. Y le pareció fenomenal.

Debería alejarse. Debería dejar el vaso en la barra y salir por la puerta, sin decirle una palabra, sin dirigirle una mirada, sin nada. Sin embargo, por alguna razón insondable, aquello se convirtió en algo tan absoluto como un concurso de miradas en el que perdía el primero que parpadeaba. Se convirtió en un choque de voluntades. Si se alejaba, si huía, equivaldría a haber parpadeado, y prefería morir antes que ser la primera en ceder.

La música la envolvía, casi encerrándola en una burbuja en la que solo existían su corazón palpitante y su pulso acelerado. Siguió quieta, observando sin pensar a los bailarines, sintiendo la presencia que tenía al lado con todo el cuerpo. Una presencia que ni se iba, ni se movía, ni hacía nada. Simplemente estaba allí, y eso, por alguna razón, era suficiente.

—¿Morana Vitalio?

El momento se esfumó. Cerró los ojos, sintiendo que la tensión la abandonaba, y se volvió hacia la persona que la había llamado para descubrir a la chica que había visto sentada junto a Tristan Caine. La contemplaba con los ojos verdes más raros que había visto en la vida, de un color parecido al de un bosque a medianoche. El elegante vestido que llevaba resaltaba a la perfección sus curvas voluptuosas. Tenía una melena morena salvaje, rizada. Amara.

—Sí —contestó Morana, recelosa y sin entender por qué esa mujer quería hablar con ella.

Algo parecido a la compasión apareció en los ojos verdes de Amara mientras estudiaba a Morana. Sin embargo, antes de que pudiera pronunciar palabra, la joven desvió la mirada hacia donde ella sabía que estaba Tristan Caine y meneó la cabeza, tras lo cual se dio media vuelta. Completamente desconcertada por el extraño y abrupto encuentro, Morana se quedó ahí plantada, parpadeando mientras miraba el lugar donde había estado Amara hacía un segundo. ¿Se podía saber qué coño significaba aquello?

Apuró la bebida sin volverse para mirar a Tristan Caine.

Y entonces se tambaleó.

¿Qué cojones...?

Bajó la mirada hacia el vaso de zumo vacío y frunció el ceño mientras las luces se difuminaban un poco ante sus ojos y el mundo empezaba a dar vueltas.

¿Alguien le había echado algo en la bebida? ¿Había sido el camarero raro?

No. No. No. Aquello no podía estar pasándole a ella. Y mucho menos en ese instante, en ese lugar.

Sacudió la cabeza para despejarse lo suficiente como para caminar y se volvió hacia la entrada. Intentó dar un paso. Se tambaleó de nuevo y estuvo a punto de caerse.

Alguien la agarró de los brazos para sostenerla desde atrás. Notó unas manos ásperas sobre su piel suave.

Parpadeó y sintió la lengua pastosa e hinchada mientras el mundo seguía girando y empezaron a temblarle las rodillas. Se estremeció a medida que la música le golpeaba dolorosamente el cráneo. Le pesaban los párpados. El miedo se le acumuló en el estómago porque, si se caía en ese club, estaría muerta si alguien se enteraba o su padre lo descubría. Aquello la serenó un poco, justo cuando aquellas manos que la sostenían la instaron a girarse.

Morana parpadeó al ver el azul que la miraba a la cara, las manos ásperas y bruscas que la sujetaban. De repente, una de ellas la aferró por la barbilla para echarle la cabeza hacia atrás, y la acorraló contra la barra para estudiar sus ojos un segundo, antes de que a ella se le empezaran a cerrar.

—¡Joder!

El exabrupto, que casi pareció un gruñido, hizo que Morana levantara los párpados y volviera a mirarlo, solo para tambalearse bajo la fuerza de aquel odio azul y ardiente que le quemaba la piel. Había sentido que la observaba, pero no sabía de qué manera la había mirado. ¿El odio había estado llameando en sus ojos durante todo ese tiempo? ¿Ese era el motivo del cosquilleo que había sentido en el cuerpo?

Se le cortó la respiración y comprendió que nadie la había detestado nunca tanto como él. Intentó abrir la boca para preguntarle por qué, cuál era el origen de semejante aversión, pero sus labios se negaron a cooperar.

La mano que le sujetaba la barbilla la zarandeó, obligándola, de nuevo, a fijarse en esos iris infernales mientras el corazón le martilleaba el pecho y la piel se le quemaba bajo su contacto, mientras le plantaba batalla a la somnolencia con implacable concentración.

—No voy a salvarte otra vez —masculló él entre dientes, su expresión lívida. Sacó el teléfono con la otra mano. La venda que envolvía la palma y cubría el corte del cuchillo hizo que a Morana se le encogiera el estómago—. Dante —lo oyó decir con voz tensa, controlada—, alguien le ha echado algo en la bebida. —Se hizo el silencio mientras Dante contestaba. Y luego—: No voy a quedarme para hacer de héroe. Amara puede cuidar de ella hasta que se recupere.

Antes de que Morana pudiera tragarse el nudo que se le hizo en la garganta, sintió que el odio la consumía —por el hecho de estar a su merced, por su flagrante desprecio, por el cabrón que le había drogado el zumo, por la situación entera— y que él la empujaba de regreso a la zona VIP, aferrándola del brazo. Notaba la rabia contenida en su cuerpo, y ella misma temblaba al estar tan cerca. En el poco tiempo que lo conocía, jamás lo había visto así.

¿Qué cojones había pasado? ¿Qué estaba pasando? Morana sentía la mente confusa mientras avanzaba asediada por el calor de ese cuerpo tras ella.

La preciosa mujer del vestido plateado se acercó con el ceño fruncido por la preocupación.

—¿Qué ha ocurrido?

—Me da igual —fue la brusca respuesta procedente del hombre que Morana tenía al lado—. Tengo que irme.

La soltó casi como si su contacto le hubiera abrasado las manos. Y cuando lo hizo, a Morana le flaquearon las rodillas y se dejó caer en uno de los mullidos sofás al tiempo que contemplaba con mirada somnolienta su musculosa espalda mientras él se alejaba. La invadió una furia absoluta, tan intensa que empezó a temblar a la vez que las ganas de darle un puñetazo le corrían por las venas, aunque era dolorosamente consciente de que no era capaz de mover un solo dedo.

Amara se sentó a su lado, le frotó la espalda para tranquilizarla y suspiró. Clavó la mirada de sus ojos verdes en la de Morana.

—Siento que te haya tratado así.

Ella parpadeó, adormilada, y tragó saliva. La oscuridad comenzó a invadir su visión periférica y el mundo empezó a detenerse mientras su respiración se ralentizaba.

—Tienes que entender que, para él...

Quería seguir escuchándola. No sabía por qué demonios le interesaba, pero quería entender el porqué de su odio, de su intensidad. Pero, aunque Morana intentó retenerla, la voz de Amara empezó a alejarse, se le cerraron los ojos y los músculos se le relajaron mientras se apoyaba en los cojines. Sucumbió por completo al olvido, sin saber si despertaría para ver otro día.

6

Persecución

La sobresaltó una sacudida.

Desorientada, Morana abrió despacio los pesados párpados, aunque le escocían los ojos, y lo que vio fueron árboles que se sucedían deprisa en la oscuridad y largos trechos de una carretera solitaria que pasaba frente a ella. El ronroneo de un motor irrumpió en su aturdida conciencia un segundo después, junto con el olor a ambientador de coche, el aire cálido y el cuero que sentía contra la parte posterior de los muslos y los omóplatos. Todo aquello le resultaba muy familiar.

Parpadeó mientras se incorporaba de golpe, y ese repentino movimiento hizo que se mareara y que un sordo ramalazo de dolor le golpeara el cráneo. Aun así examinó lo que había a su alrededor. El elegante interior de color crema, los adornos (unas gafas y una pistola) que colgaban del espejo retrovisor, un libro de bolsillo de misterio sobre el salpicadero, su bolso de mano negro...

Estaba en su propio coche.

Y una mujer lo conducía. Una mujer con un vestido plateado atrevido, que la miraba con expresión preocupada en sus ojos de color verde oscuro. ¿Dónde la había visto antes...?

—¿Cómo te encuentras? —le preguntó ella con tono suave y tranquilizador, aunque en mitad de aquel silencio, a Morana le pareció que sonaba ronca.

La conocía de algo. Sacudió la cabeza para despejarse y sopesó la pregunta, al mismo tiempo que comprobaba, hasta donde podía ver, si la mujer llevaba algún arma encima. ¿Que cómo se encontraba...?

—Aturdida, creo —masculló, y frunció el ceño—. ¿Quién eres?

Ella la miró, un poco alarmada.

—Amara. Nos conocimos hace una hora en el club. ¿No te acuerdas?

Ahora que lo decía, Morana empezaba a acordarse de detalles. El encuentro con Dante. El USB que había guardado en el bolso de mano. Ir a la barra. El camarero raro. Una mujer que se acercaba para presentarse. Y...

Apretó los dientes cuando todo acudió en tropel a su memoria. Le hirvió la sangre como si fuera la lava y se clavó los dedos en las palmas mientras el ácido le quemaba el pecho. Los recuerdos regresaron, y con ellos la rabia absoluta que casi volvió a dejarla temblando y con ganas de golpear algo con violencia.

Inspiró hondo, se giró hacia la mujer y la atravesó con la mirada.

—¿Por qué estás conduciendo mi coche?

Amara le dirigió una mirada antes de clavarla de nuevo en la carretera.

—Pasaron cosas después de que perdieras el conocimiento —contestó con esa voz suave y ronca a la vez, y Morana comprendió que era su tono normal—. Ya no estabas a salvo en el club, así que me pareció que lo mejor era sacarte de allí.

Morana la miró con los ojos entrecerrados, intentando saber hasta qué punto era sincera.

—¿Y lo has hecho porque eres todo bondad?

—En parte —respondió la mujer en voz baja—. Aunque en realidad lo he hecho porque Tristan me lo ha pedido.

Vale.

A Morana se le desbocó el corazón en cuanto su cerebro procesó las palabras de Amara. Sin embargo, antes de que pudiera decir algo, esta añadió con aspereza:

—Nos está siguiendo ahora mismo.

¿Cómo?

Morana giró la cabeza para mirar la carretera desierta que se extendía tras ellas. En efecto, las seguía un enorme todoterreno negro, lo que le dio a entender que todavía no estaban muy lejos del club y que les faltaban kilómetros para llegar a la mansión.

Los faros la deslumbraron, aunque el vehículo mantenía una distancia de al menos diez coches entre ellos, yendo a la misma velocidad que Amara.

—¿Pero a este qué le pasa? —masculló Morana, porque no comprendía para nada a ese hombre, aunque lo de querer darle un puñetazo en la nariz sí lo tenía muy claro. Apretó los dientes.

—No estoy segura de ser la persona adecuada para contestarte —respondió Amara, y Morana se volvió hacia ella, intentando ignorar los faros que captaba con su visión periférica.

—Ibas a decirme algo —le recordó ella—. Antes de que perdiera el conocimiento.

Al ver que Amara apretaba los labios sin responder, Morana suspiró, consciente de que no iba a sacarle nada. Sentía curiosidad por esa mujer, de manera que le preguntó:

—¿Estás en la familia?

Amara esbozó una sonrisilla, pero negó con la cabeza.

—Técnicamente no. —Dado que Morana guardó silencio, a la espera de que añadiera algo más, prosiguió—: Mi madre era el ama de llaves de la casa Maroni. Me crie con ellos, pero nunca he sido de la familia.

—¿Te adoptaron? —preguntó interesada.

La otra mujer negó con la cabeza.

—No. Al único al que han adoptado ha sido a Tristan.

Morana la observó en silencio mientras un mal presentimiento le atenazaba el estómago por algún motivo.

—Pero ¿conoces a la familia?

Amara la miró de reojo con expresión dura.

—Sí, pero si crees que voy a contarte algún secreto, te equivocas. Si no me fui de la lengua a los quince, no voy a hacerlo ahora.

Morana levantó las cejas.

—¿Quince?

La mujer aferró el volante con más fuerza y apretó los labios un segundo antes de suspirar.

—Otros mafiosos me secuestraron y me retuvieron. Intentaron que hablara y, cuando me negué..., me dañaron las cuerdas vocales.

A Morana le partió el corazón oír aquello y sintió algo parecido a la admiración. Imaginarse a una chica de quince años enfrentándose al horror y negándose a rendirse... Morana sabía muy bien cuánto costaba ser fuerte en un mundo como el suyo y, aunque esa mujer era el enemigo, no pudo evitar respetarla. Así que lo hizo. En silencio.

—Dante y Tristan me encontraron al cabo de tres días. Dante me llevó a casa, pero Tristan se quedó para limpiar —siguió Amara por lo bajo, con esa voz que se había convertido en la suya por fuerza bruta, mientras solo se oía el ronroneo del motor de fondo—. Estaban furiosos, no solo porque yo era una de los suyos, sino porque consideran que la violación es algo imperdonable. Siempre han sido muy protectores con las mujeres y los niños. Por eso, precisamente, lo que ha sucedido esta noche no es lo normal.

Morana asimiló esa información y después soltó una carcajada escéptica.

—¿Quieres decir que lo normal es que Tristan Caine no sea un gilipollas?

—No, sí que lo es —replicó Amara sin despeinarse—, pero es un gilipollas honorable. Y lo que ha pasado esta noche no es honorable se mire por donde se mire.

¿Por eso las estaba siguiendo? ¿Por su retorcido sentido del honor?

Sí, ya, y los cerdos volaban con suaves alas de color rosa.

Ese hombre estaba tramando algo. Como siempre. El problema era que Morana no había conseguido averiguar el qué.

—No voy a defenderlo ni a excusar su comportamiento. Por mucho que entienda por qué actúa así, es él quien debe disculparse.

Aunque Amara se negaba a darle respuestas, a Morana empezaba a caerle bien por la lealtad que demostraba. No permitió que se le notara.

—¿Y entonces qué quieres decir? —quiso saber ella, con las cejas levantadas.

Amara la miró durante un segundo antes de apartar la vista.

—El hombre que te drogó, el camarero del club, lleva casi dos décadas trabajando para la familia. Después de que Tristan te dejara conmigo, fue a lidiar con él. La cosa se puso... tensa. Así que volvió, te metió en el coche y me dijo que te llevara a casa. Pero nos ha estado siguiendo todo el camino. Eso es lo único que te voy a decir. Interprétalo como quieras.

Ese era el problema. Que Morana no tenía ni puta idea de qué pensar de él.

Con el corazón acelerado, miró por la ventanilla y se dio cuenta de que ya no les quedaba mucho para llegar a la mansión. No podía volver a la casa. No en esas circunstancias. No podría estar medio drogada e inestable cuando existía la posibilidad de que su padre exigiera de repente hablar con ella en plena noche. Y era una posibilidad muy real, porque Morana había vuelto a dar esquinazo a sus guardaespaldas. No. No podía volver, todavía no, no hasta que se recuperara y pasara un rato a solas.

Tragó saliva y tomó una buena bocanada de aire.

—Para el coche, por favor.

Amara la miró.

—¿Por qué?

Morana levantó la ceja.

—Porque es mi coche y voy a conducir yo.

—Te han drogado hace nada —le recordó la otra mujer con mucha sensatez.

—Me encuentro bien, y solo faltan unos kilómetros —le dijo Morana.

Amara redujo un poco la velocidad, pero no se detuvo, y ella captó su indecisión.

—Para el coche —repitió, en esta ocasión con más firmeza.

Vio que la mujer se mordía los labios, pero acabó por meterse en el arcén de la carretera casi desierta y frenar despacio. Se hizo un silencio repentino en el coche, y la combinación de la quietud del motor y la calma mientras las hileras de árboles flanqueaban la carretera se volvieron espeluznantes. Morana contuvo un escalofrío y se volvió hacia la mujer con una sonrisa débil.

—Gracias por cuidarme mientras estaba vulnerable —le dijo con sinceridad—. No lo olvidaré.

Amara le devolvió la sonrisa y se quitó el cinturón.

—Sé lo que es ser una mujer sola en territorio enemigo, y no se lo deseo a nadie. No me des las gracias. Me basta con que me devuelvas el favor si algún día lo necesito.

Morana asintió mientras se abría un momento de camaradería entre ellas. En otra vida, en otro mundo, podría haber sido amiga de Amara.

Sin embargo, no estaba en otra vida ni en otro mundo.

Su realidad era esta. Y su realidad era estar sola.

Por eso se bajó del coche y se quedó de pie bajo la pálida luz de la luna mientras el viento helado le acariciaba la piel. Comprobó qué tal iba de equilibrio sobre los altísimos zapatos de tacón. Salvo por una ligera sensación de entumecimiento, todo parecía estar bien. Echó a andar hacia la puerta del conductor justo cuando el todoterreno que las seguía frenaba a pocos metros de ellas.

Morana se despidió de Amara con un gesto de cabeza cuando esta se bajó para dirigirse al recién llegado vehículo.

—Cuídate, Morana —le dijo, y tanto esa voz ronca como el hecho de conocer el motivo de que la tuviera así hicieron que a Morana se le encogiera el corazón—. Ojalá nos veamos otro día en mejores circunstancias.

—Lo mismo digo —susurró ella mientras observaba a la mujer con el brillante vestido plateado echar a andar hacia el todoterreno negro.

Sin mirar los cristales tintados, Morana se sentó al volante de su coche, se abrochó el cinturón y ajustó el retrovisor. Vio a Amara subirse a la parte trasera del otro vehículo, que hizo un cambio de dirección y se alejó hacia la oscuridad.

Y que las había estado siguiendo por ella.

A la que había estado siguiendo era a Amara.

Se quedó sentada en el coche, aferrando el volante sin darle al contacto, procesándolo todo. Necesitaba asimilarlo. Respirar. Sola.

La habían drogado en el club, lo cual tampoco era tan sorprendente teniendo en cuenta quién era ella y dónde se había metido. Debería haber tenido más cuidado. Había cometido un desliz y podría haber muerto por ello. Aunque no había sido así. Tristan Caine la había arrastrado a la zona VIP para dejarla con la única mujer de aquel lugar que sería amable con ella. Él tenía que haberlo sabido. Ella no había sido consciente, pero él sí. Y después había vuelto al bar, según Amara, para ocuparse del camarero. Luego, cuando la situación se había puesto fea, la había llevado en brazos hasta su propio coche y le había dicho a Amara que la acompañase a casa.

¿Por qué?

La rabia que sentía Morana no se había mitigado ni un poco. Lo único que había cambiado era su nivel de confusión, que iba en aumento. No le cabía duda de que él la odiaba. No sabía por qué, pero Tristan Caine le profesaba un odio visceral.

Podría haberla dejado en manos de Amara y haberse desentendido por completo. De hecho, había llamado a Dante para decirle que iba a hacer precisamente eso. Sin embargo, no lo había hecho. Y Morana no entendía el motivo. La gente hacía esas cosas por bondad, y esa era una palabra que jamás asociaría con Tristan Caine, no en lo tocante a ella, no en un millón de años. Él no hacía nada por tener buen corazón.

«Supones que tengo corazón».

Entonces, ¿por qué...? ¿Qué sentido tenía sacarla de allí? ¿Lo había hecho porque ella se encontraba en el territorio de la Organización? ¿Por la vieja cantinela de que no querían declarar la guerra? ¿Por...? No se le ocurría ninguna explicación válida. A pesar de que no se había esperado que él se comportara como el pedazo de gilipollas que había sido, al menos no la había dejado sola, vulnerable, con alguien a quien ella no conocía, aunque él sí.

¿¡A qué venían esos pensamientos!? ¡Ella no era su responsabilidad! No era responsabilidad de nadie más que de sí misma. Había metido la pata y, en aquellos momentos, debería estar muerta, no sintiendo un nudo extraño en el estómago por un hombre que no le debía absolutamente nada.

Sin embargo, su curiosidad —y algo más— se negaba a darse por satisfecha, se negaba a dejarlo estar. Necesitaba una razón que explicara su comportamiento, algo que él nunca le daría, algo que no tenía por qué darle, que no debía darle; algo que ella no conseguía descifrar por sus propios medios. Y eso era muy frustrante. Se le daba bien descifrar a la gente, pero con él resultaba imposible. Imposible.

El sonido del motor de un coche que se aproximaba la sacó de sus pensamientos.

Desvió la mirada hacia el retrovisor y vio el vehículo que se acercaba. Era grande y estaba cada vez más cerca.

Un todoterreno.

A Morana se le paró el corazón durante un instante antes de que empezara a palpitarle, desbocado. Observó con atención que el coche se colocaba tras ella, a pocos metros, y que el conductor apagaba el motor.

El corazón le bombeaba de forma errática y le sudaban las palmas de las manos mientras esperaba a que sucediera algo.

Se oyó el canto de un ave nocturna procedente de algún punto entre los árboles, un sonido fuerte y melancólico en la inmensidad. La luna seguía brillando y derramando su luz sobre la escena. El pulso le latía con la rapidez de las alas de un pajarillo frenético.

¿Qué cojones estaba pasando?

Sin apartar los ojos del espejo retrovisor, se dijo que haría bien en ponerle lunas tintadas al coche y luego empezó a contar cada una de sus respiraciones, intentando calmarse. A ese ritmo iba a darle un ataque.

Una respiración.

Dos respiraciones.

Tres.

No sucedió nada. La puerta del todoterreno no se abrió. Las luces no se encendieron. Morana no apartó los ojos del retrovisor en ningún momento.

Y después, a caballo de toda esa nada, le pasó otro pensamiento por la cabeza.

¿Era el mismo coche siquiera?

Le bastó una mirada a la matrícula para saber que sí, pero ¿quién estaba al volante? Cabía la posibilidad de que Tristan Caine hubiera regresado al club con el todoterreno y de que otra persona lo hubiera cogido para dar una vuelta.

Si era el caso, y quienquiera que estuviera al volante había sabido dónde encontrarla, no estaba segura de si sería buena idea arrancar. Aunque le pisara a fondo para intentar llegar a su casa, el otro coche era más grande, más voluminoso y más rápido; haría añicos el suyo como si nada. No quería provocar hostilidades repentinas.

El mal presentimiento que sentía aumentó, aguijoneándola cada vez más a medida que respiraba. Morana abrió el bolso y le dio las gracias mentalmente a Amara por no haberle quitado el arma cuando cogió las llaves de su coche. La preparó con un rápido movimiento, echó el seguro de la puerta y dio gracias por los cristales antibalas. Después se mordió el labio, sin saber qué hacer.

Algo en su interior le decía que no era él. Puede que Tristan Caine la odiase, pero se lo decía a la cara. Ese, en cambio, no era su estilo. Morana decidió no pararse a analizar cuándo había empezado a conocer a ese cabrón. Se limitó a concentrarse en el presente.

Había otra persona, a pocos metros, dispuesta a hacerle daño. Desvió la mirada hacia el móvil antes de clavarla de nuevo en el retrovisor. Podía llamar a su equipo de seguridad, pero eso significaría alertar a su padre de su reunión con la Organización y del motivo que la había propiciado, algo que no podía suceder. En el mejor de los casos, las relaciones entre ambas familias eran precarias. No se podían poner a prueba. No por esto. No por su propia estupidez.

Dios, debería haber dejado que Amara la llevara a casa.

Enderezó la espalda. No. Nada de arrepentimientos. A lo hecho, pecho.

Morana tragó saliva, respiró hondo, agarró la llave de contacto y, tras una última mirada al vehículo inmóvil, arrancó.

En cuanto lo hizo, el conductor del todoterreno pisó el acelerador.

Con el corazón en la boca, Morana aferró con fuerza el volante y metió la marcha para incorporarse a la carretera. El otro coche salió tras ella, manteniendo una distancia de unos pocos metros, toda una amenaza dada la velocidad que llevaban. Se le puso la piel de gallina y sintió escalofríos mientras probaba a acelerar, a frenar, a conducir de forma errática. No se quitó de encima a su perseguidor. Para nada.

La adrenalina le corría por las venas mientras su mente funcionaba a marchas forzadas para encontrar una salida, con el pulso disparado a esas alturas. Se negaba a permitir que le dieran caza como a un animal para matarla. No.

Apretó los dientes y estaba a punto de acelerar de nuevo cuando un fuerte ruido se impuso a la sangre que le zumbaba en los oídos. Miró de nuevo por el retrovisor y vio que una moto se aproximaba por la carretera, con el motorista acelerando a fondo. Se hizo a un lado para que tuviera espacio y pudiera pasar, ya que no quería involucrar a un inocente en esa locura, y vio que el todoterreno hacía lo mismo.

El motorista acortó la distancia, y justo cuando Morana creyó que iba a adelantarlos, sucedió una cosa rarísima.

Hizo una maniobra brusca y se coló entre su coche y el todoterreno.

¿Pero qué cojones estaba pasando?

Aquel podría haber sido el título de la noche en general: *¿Qué cojones estaba pasando?*

¿El de la moto estaba loco? ¡Iba a provocar una catástrofe!

Morana se pegó de nuevo al arcén, consciente de la separaban pocos kilómetros de su casa, y se volvió para ver el inminente desastre. Sin embargo, este no llegó a suceder.

El motorista se sacó un arma de la cinturilla de los pantalones mientras mantenía la velocidad y el equilibrio con la otra de forma impresionante. Cambió de dirección en la carretera vacía, girando ciento ochenta grados con brusquedad y poniéndose frente al todoterreno. Levantó la pistola mientras Morana lo observaba, hechizada, con el corazón en un puño, y apuntó a una de las ruedas delanteras.

Disparó una vez, y el coche empezó a dar volantazos antes de frenar en seco.

El motorista se detuvo por completo, de espaldas a ella, y miró a la enorme bestia que era el otro vehículo como si fuera un monstruo de verdad. Mantuvo el brazo estirado, aún apuntando al todoterreno, con el casco oscuro puesto. Morana se fijó en la camisa blanca que se tensaba sobre la ancha espalda del hombre y que llevaba metida por la cinturilla de unos pantalones oscuros. Se fijó en los puños remangados sobre los antebrazos musculosos, y en el atisbo de unos tatuajes por debajo de la tela, mientras él mantenía la mano libre en el manillar de la enorme moto.

Empezó a dolerle el cuello de mirar hacia atrás, pero no apartó la vista, ni siquiera parpadeó, con el corazón desbocado ante lo que estaba presenciando.

Todo se detuvo. El todoterreno. La moto. El motorista. Por completo. Como si estuviera teniendo lugar un duelo silencioso, un enfrentamiento que Morana no entendía. Sin embargo, percibía la tensión que crepitaba en el aire, pesada y lista para explotar en cualquier momento.

Todo se detuvo. Todo, salvo su pecho, que se agitaba por su respiración entrecortada. Quienquiera que fuese el motorista, Moraba estaba de su parte. Le había parecido peligroso cuando lo había visto en movimiento, pero así, quieto, aquella impresión no había hecho sino acrecentarse.

El todoterreno aceleró. El motorista ni se inmutó.

Su oponente dio marcha atrás. Deprisa. El motorista tensó la espalda.

Absolutamente anonadada, Morana presenció cómo, pese a tener una rueda pinchada, el vehículo daba media vuelta y se alejaba como alma que lleva el diablo.

Si le dieran un dólar por cada vez que pensaba «¿Qué cojones está pasando?»...

El motorista siguió inmóvil un instante, hasta que el todoterreno desapareció de su vista. Entonces volvió a acelerar con la moto y se giró hacia ella. Morana volvió la vista al frente mientras él avanzaba para detenerse junto a su coche. Clavó la mirada en la intimidante moto y en el hombre que la conducía, pero fue cauta y no bajó la ventanilla. Aunque se hubiera interpuesto entre su posible acosador o asesino y ella, no sabía quién era. Y ya había tenido más que suficientes «qué cojones» por una noche.

El hombre se llevó una mano al casco y Morana desvió la mirada hacia los tendones que le recorrían los antebrazos expuestos, hacia la parte visible de ese tatuaje que le parecía familiar, y sintió un aleteo en el estómago al ver el movimiento de esos músculos. Se le aceleró la respiración.

Él se empezó a levantar el casco con una mano, en cuya palma llevaba una venda blanca que Morana no había alcanzado a distinguir antes, cuando estaba lejos, y el aleteo que sentía se detuvo en seco, sustituido por una tormenta que la arrasó por dentro.

Sabía a quién pertenecía esa mano vendada. Sabía a quién pertenecían esos antebrazos. «¡Mierda!».

Bajó el casco ante él. A través del cristal, Morana se topó con unos magnéticos ojos azules que la observaban, fijos en ella, mientras su dueño se inclinaba un poco hacia atrás, en una postura en apariencia despreocupada, para apoyarse sobre esa bestia de moto que llevaba, a horcajadas sobre ella con la misma elegancia con la que había escalado los muros de su casa. Se llevó un dedo al auricular que llevaba en la oreja y, de repente, una vibración inundó el coche de Morana.

Ella ahogó un grito de sorpresa y cogió el móvil. Observó la pantalla antes de mirarlo de nuevo a él.

Estaba llamándola. A menos de medio metro de distancia, con un cristal entre ambos, él al descubierto y ella resguardada en el coche. Estaba llamándola. Y ella estaba dejando que el móvil sonara y sonara, incapaz de apartar la mirada de él, con el corazón encabritado en el pecho y una gota de sudor recorriéndole lentamente la columna.

Él no retiró la mano de la oreja. La vibración no se detuvo. Su mirada no flaqueó. Azul contra marrón verdoso. En mitad de una carretera desierta.

Siguió llamándola, sentado en la moto, a su lado, y ella siguió ignorando la llamada, aferrando el volante con la mano libre con tanta fuerza que los nudillos se le pusieron blancos.

Después de un largo, larguísimo minuto en el que ninguno de los dos cedió, Morana pulsó el botón verde del teléfono y se lo acercó a la oreja. Lo oía respirar al otro lado, y su propia respiración se aceleró, su pecho moviéndose al compás del de él. Él inspiró, y con ello tensó la tela de la camisa, y ella observó los movimientos de sus músculos al soltar el aire mientras oía la exhalación con nitidez a través del móvil. Nunca había sentido la respiración de nadie, no de esa manera. No llegaba a ser distante. No llegaba a ser íntimo. Quería ponerle fin a aquello, fuera lo que fuese. Aún sentía que la aversión que él le provocaba la llenaba por entero, pero era incapaz de pronunciar una sola palabra para romper ese silencio tenso.

Tenía muchas cosas que decirle..., tenía muchas preguntas. ¿Por qué no se había mantenido alejado de la reunión con Dante? ¿Por qué había hecho lo que acababa de hacer? ¿Cómo había sabido que ella necesitaba ayuda? Necesitaba respuestas. Necesitaba dar rienda suelta a su rabia. Sin embargo, era incapaz de apartar la mirada, de apartar los ojos de los suyos; no pudo ni murmurar.

Lo único que podía hacer era respirar. Respiraciones rápidas y superficiales que se transformaban poco a poco en bocanadas profundas. Sincronizadas con las de él.

Y al darse cuenta de ello, se sintió turbada.

Lo suficiente como para parpadear y apartar la mirada.

Lo suficiente como para arrancar el coche y alejarse.

Lo suficiente como para pulsar el icono rojo del móvil.

No entendía lo que estaba sucediendo. No le gustaba. De modo que optó por huir de ello. El hecho de estar a solas con él, teniendo en cuenta de qué manera la afectaba, la ponía en una posición vulnerable. No debería enseñarle la yugular voluntariamente al hombre que se había hecho célebre por lanzarse directo a ella. Pero el cerebro de Morana había cogido la mala costumbre de no funcionar correctamente cuando él estaba cerca.

El móvil vibró de nuevo y ella miró por el retrovisor para descubrir que lo tenía justo detrás, siguiéndola. Aceptó la llamada.

—Te dije que no me colgaras jamás —le advirtió con ese tono que recordaba al whisky, con un deje duro, intimidatorio.

Y sus palabras rompieron el hechizo que su voz tejía.

—No voy a quedarme al teléfono si lo único que oigo es el sonido de una respiración que da mal rollo —replicó mientras tragaba saliva, dando gracias por el hecho de que no haber sonado tan falta de aire como se sentía.

Silencio. Sin embargo, él no cortó la llamada.

Morana se preguntó si debería darle las gracias por su intervención. Supuso que sería lo educado. Pero que le dieran por culo a la educación.

—¿Quién iba en el todoterreno? —preguntó en voz baja.

—Lo averiguaré cuando vuelva —respondió él en voz baja, con el ruido del viento de fondo mientras iba a toda velocidad tras ella.

Morana desvió de nuevo los ojos hacia el retrovisor.

—No hace falta que me acompañes —dijo con sequedad.

Él replicó con una voz igual de agria.

—Ya te dije que no soy un caballero. No es por eso.

—¿Y entonces por qué es? —preguntó ella.

—Por asegurarme de que la información que llevas en el bolso no cae en malas manos.

Claro.

Morana se había olvidado por completo de las pistas que Dante le había dado para que las examinara. Pistas que inculpaban a Tristan Caine. Por supuesto que él querría mantenerlas a salvo. Eso explicaba muchas cosas. Volvió a colgarle porque la sensación de estar conectada a él la inquietaba, y ya había tenido suficiente por una noche.

Permaneció en silencio el resto del camino, concentrada en la carretera. El móvil no volvió a sonar, pero él la siguió hasta que la verja de la mansión apareció delante de sus ojos.

Se detuvo tras ella cuando Morana frenó.

De forma deliberada, se negó a mirarlo, ya que no quería que la atrapara de nuevo, y sintió el peso de su atención en la nuca provocándole un cosquilleo. Sacudió la cabeza y emprendió de nuevo la marcha para traspasar la verja de la propiedad en cuanto esta se abrió. Lo vio alejarse y se relajó un poco mientras recorría la avenida de entrada. Y por fin, después de varios minutos atravesando el camino que dividía en dos la amplia extensión de césped, Morana aparcó en su plaza habitual.

Apagó el motor y se quedó sentada en silencio, respirando hondo para tranquilizarse. Justo entonces, el teléfono le vibró de nuevo.

Iba a tener que hacer más yoga.

Descolgó. Su voz ronca y grave la envolvió de nuevo haciendo que cerrase los ojos.

—Nadie más que yo tiene derecho a matarte, señorita Vitalio —dijo él en voz baja—. La última cara que verás será la mía. Si se trata de morir, tu vida me pertenece.

Y después, por primera vez, fue él quien cortó la llamada.

7

Forcejeo

Los dos guardias apostados junto a la enorme puerta de doble hoja de la mansión la observaron con pasividad mientras se acercaba.

Morana mantuvo la espalda recta y la barbilla en alto. Fue un alivio que las piernas no le temblaran sobre los zapatos de tacón; el fuerte dolor de cabeza era el único recordatorio de que la habían drogado. La luz de la luna y la de los alógenos del suelo se mezclaban en una erótica combinación de blanco y dorado, haciendo que el camino pareciera casi etéreo. Si hubiera sido otra persona recorriendo ese sendero en aquel momento, habría pensado en fuegos fatuos y cuentos, en largos paseos bajo la luna llena, en una calidez que la protegiera del frío del viento.

Sin embargo, era ella y conocía bien ese camino. Sabía que esas piedras que parecían etéreas no eran más que una ilusión creada para ocultar la sangre y las vísceras que corrían por debajo, un espejismo creado para hechizar e impresionar a los de fuera y recordar a los de dentro a cuánta profundidad podían esconderse los secretos cuando era necesario. Los secretos eran las piedras que pavimentaban esos senderos. Las amenazas eran la verdad que yacía bajo el suelo, y en el viento flotaban mórbidas historias sobre hombres perdidos a los que nunca se volvería a ver.

Morana hizo el recorrido hacia el ala en la que dormía, el ala en la que había dormido durante décadas. Le tenía más cariño a ella que a la mansión en sí.

Uno de los guardias levantó la mano y pulsó el auricular que llevaba al tiempo que alzaba la otra con brusquedad para detenerla.

—¿Sí, jefe...? —dijo con voz ecuánime antes de prestarle atención a la orden que le estaban dando y volverse hacia ella—. Su padre la espera en el gabinete.

«Qué alegría...».

Morana puso los ojos en blanco y rodeó al corpulento hombre para entrar en la casa, pisando con fuerza sobre el mármol. La iluminación del interior estaba atenuada, ya que era más de medianoche, y la del pasillo que conducía a los aposentos de su padre se iba apagando a medida que ella recorría ese espacio infinito flanqueado por obras de arte que decoraban las paredes hasta la puerta del gabinete. Mantuvo la respiración controlada, sin una sola gota de sudor en todo el cuerpo, sin que el estómago se le encogiera. Sentía un dolor palpitante en las sienes, pero era soportable.

Después de la noche que había tenido, Morana dudaba mucho que hubiera algo que su padre pudiera hacer que le hiciera volver a soltar un «qué cojones».

Por fin llegó a la puerta, sin el menor rastro de miedo en el cuerpo, y llamó.

—Adelante —contestó al instante su padre con su voz de barítono.

Morana entró en el espacioso gabinete. No desvió la mirada hacia las columnas que iban del suelo al techo para acoger todos los libros, ni hacia las preciosas cristaleras al fondo a la derecha que daban al jardín, ni hacia el arma que estaba bien expuesta en el organizado escritorio. No. Entró y clavó los ojos en su padre, mientras este la observaba con detenimiento, y tomó asiento en el sillón que había frente a él.

Silencio.

Permaneció callada, acostumbrada a sus manipulaciones mentales, que practicaba incluso con su propia hija. Sin embargo, como Morana era un genio, se las había aprendido todas desde muy pequeña. El viento sopló al otro lado de las ventanas cerradas. El enorme acuario situado en la pared izquierda burbujeó. El gran reloj emplazado junto a la estantería marcaba un ominoso segundo tras otro.

Tic. Tac.

Tic. Tac.

Silencio.

Su padre la observaba. Ella lo observaba a él.

Su padre se repantingó en su sillón. Ella mantuvo el rostro impasible, con su frecuencia cardiaca bajo control.

Y, por fin, él inspiró hondo.

—Esta noche has estado en Cianuro.

Morana se limitó a levantar las cejas.

Él la estudió un segundo más antes de hablar, con voz vieja y cascada de tanto usarla con sus hombres. Solo con sus hombres. Morana podía contar con los dedos de las manos la cantidad de palabras que le había dicho a ella a lo largo de los años.

—¿Qué hacías en Cianuro?

Se hizo la tonta.

—¿Por qué quieres saberlo?

Él se inclinó hacia delante, con los dientes apretados, lo que acentuaba el corte de su barba.

—Ese club pertenece a la Organización.

Aquello empezaba a parecerle gracioso.

—¿Y?

—Sabes perfectamente que no entramos en su propiedad. Ni ellos en la nuestra. —El tono acerado que empleó no admitía discusiones—. Y tú no habrías podido entrar a menos que alguien te hubiera invitado.

Morana permaneció en silencio, limitándose a contemplarlo con expresión impasible.

—Quiero un nombre —exigió su padre. Ella mantuvo el rostro impasible. Él soltó un taco y dio un puñetazo en la mesa con los ojos oscuros relampagueando por la furia—. Tienes un apellido y una reputación por ser mi hija. No permitiré que ningún descendiente mío mancille el nombre de esta familia. Estamos hablando de la Organización. Quiero que me digas con quién has estado prostituyendo tu apellido.

Morana apretó dientes y manos al tiempo que la rabia la consumía por entero. Le temblaron los puños mientras los cerraba con fuerza, manteniendo el torso y la mirada inmóviles. Un tiburón. Su padre era un tiburón, así que ella no podía sangrar. Ni una sola gota. Sin embargo, pese a que había aprendido a no sangrar, también había aprendido a hacer sangre.

Siguió tranquila, con la máscara bien puesta, y esbozó una sonrisilla desdeñosa antes de hablar.

—Tus hombres no pueden acercarse a menos de un kilómetro del local, ¿verdad?

Vio que a su padre se le marcaban las arrugas alrededor de los ojos mientras apretaba los labios.

—Debes mantenerte pura hasta que te cases. Así funcionan las cosas, es lo que siempre te he dicho. Si me desobedeces deliberadamente...

Morana se rio.

—¿Qué vas a hacer?

—Seré yo quien elija a tu marido, Morana —le recordó él con voz gélida—. Que no se te olvide.

Morana apretó los dientes y se mordió la lengua. Se había golpeado contra ese muro de piedra y había salido magullada tantas veces que había perdido la cuenta. Detestaba ese mundo. Detestaba que todos los hombres se creyeran unos capullos privilegiados. Detestaba que todas las mujeres tuvieran que someterse a su voluntad o sufrir de por vida. Despreciaba ese mundo. Al mismo tiempo era lo más parecido a un hogar que había conocido en la vida. A veces se preguntaba por qué no había huido. Tenía dinero y talento, lo tenía todo. Y se había quedado por algún motivo que se le escapaba. Y en ese momento, con el programa perdido, estaba obligada a quedarse.

—¿Solo querías hablarme de eso? —preguntó ella con tirantez, manteniendo la voz lo más calmada que pudo.

—La conversación no ha terminado.

—Yo creo que sí.

—Quiero un nombre.

—Y yo no te voy a dar ninguno.

Se miraron fijamente. A Morana le daban punzadas de dolor en la cabeza y el agotamiento le llegaba hasta la médula de los huesos, pero ni pestañeó. Se puso en pie y se dio media vuelta para marcharse.

—A partir de ahora te seguirán más hombres —anunció su padre, haciendo que se parase—. He ordenado que te detengan si te sueltas de la correa.

La rabia casi le sacudió el cuerpo antes de poder controlarse. ¿Correa? No era un puto perro. Aunque desde luego que tampoco la trataba como a una puta hija.

«Si se trata de morir, tu vida me pertenece».

Al pensar en las palabras que le había dicho Tristan Caine unos minutos antes, los engranajes de su cerebro empezaron a funcionar. Cogió aire.

—Haz que tus hombres me sigan bajo tu propia responsabilidad, padre —le dijo con frialdad—. Si uno de ellos me pone un dedo encima, le dispararé.

Él hizo una pausa antes de hablar.

—Ellos a ti también.

Morana recordó los ojos del hombre que había reclamado para sí el derecho de matarla. Nadie más que él la mataría. Sabía que lo había dicho en serio.

Se encogió de hombros.

—En ese caso morirán.

Antes de que su padre pudiera añadir algo más, salió del gabinete y echó a andar hacia su ala. Apretó el paso en cuanto estuvo sola. Se dirigió deprisa a su habitación y, una vez dentro, cerró la puerta con llave. Se desvistió, se aseó y después sacó el USB del bolso y lo guardó en su mesita de noche. Después, cansada y entumecida, se metió entre las suaves sábanas marrones, apoyó la cabeza en la almohada y suspiró con la vista clavada en la ventana.

No era la primera vez en su vida que se daba cuenta de que estaba completamente sola.

Su padre quería que fuera una marioneta a la que controlar y hacer desfilar a su antojo. Morana sabía que lo que decía sobre su matrimonio iba muy en serio. Y también que ella nunca se casaría con alguien así. A veces se preguntaba qué habría sido mejor, si haber recibido amor de su padre antes de que este se enfriara de aquella forma, para al menos conservar algún recuerdo feliz de su infancia, o que la distancia entre ellos existiera desde siempre.

Se acordaba de cada desaire que había sufrido de niña, se acordaba de lo pronto que se había prometido a sí misma que nunca permitiría que volvieran a tratarla así, lo rápido que se había endurecido. La habían criado una sucesión de niñeras, mujeres que nunca se quedaban el tiempo suficiente para que estableciera un vínculo con ellas y, cuando llegó a la adolescencia, Morana asumió que jamás estrecharía lazos con nadie, ni en esa prisión ni en ese mundo. Así que se dedicó en cuerpo y alma a la informática. Ir a la universidad fue una batalla que solo ganó después de decirle a su padre lo ventajoso que sería contar con un recurso como ella a su lado. Al final él accedió, pero le puso guardaespaldas para que la siguieran cada día y limitó el contacto que tenía con los demás. Después, Morana conoció a Jackson.

El gilipollas de Jackson, que la había conducido al gilipollas de Tristan Caine.

Soltó el aire con fuerza, parpadeando. Era incapaz de entender a ese hombre. Y, la verdad, ni siquiera quería hacerlo, pero ya que no dejaba de aparecer en su vida y ella tenía que tratar con él de todos modos, prefería saber con quién (o con qué) estaba tratando y no ir a ciegas.

Cuando se trataba de Tristan Caine, siempre siempre parecía ir a ciegas. Ese tío soltaba sinsentidos constantemente, reivindicando el derecho a matarla como si ella fuera una preciada gacela a la fuga, y el odio que le profesaba era genuino. Sin embargo, había amenazado a Morana demasiadas veces como para que esta lo creyera. Y, aun en el caso de que él de verdad tuviera intención de matarla, a ella no le preocupaba demasiado, puesto que ya dormía bajo el mismo techo de un hombre que la mataría en cualquier momento sin inmutarse siquiera.

No. No eran las amenazas ni que hubiera reclamado tener derecho sobre su destino lo que la inquietaba. No del todo. Eran sus actos. Era la forma en la que la había soltado, como si el contacto de Morana quemase y, acto seguido, le había salvado la vida. Era la forma en la que se había cortado voluntariamente con su cuchillo y, acto seguido, había aparecido en una reunión a la que no estaba invitado.

Era un péndulo. Oscilaba de un extremo a otro en cuestión de segundos. Y eso desconcertaba e irritaba a Morana, porque no conseguía entenderlo. En lo más mínimo. Y odiaba no entenderlo.

Tristan Caine ocultaba algo, pensó con la vista clavada en la ventana.

Había llegado la hora de que ella descubriera el qué.

Morana se quedó al día siguiente en su suite, trabajando en el USB que le había dado Dante.

Sacó muchísima información de él, sobre todo una serie de direcciones IP que no pertenecían a Tristan Caine, aunque habían intentado que lo pareciera. O eso, o Tristan Caine era un genio del mal capaz de incriminarse a sí mismo para parecer inocente, algo que, la verdad, no cogería a Morana por sorpresa, no si tenía en cuenta todo lo que había oído sobre él y lo que había visto.

Sin embargo, con la mirada clavada en la pantalla, aceptó la posibilidad de que no era, de hecho, el culpable en lo que a robar el programa se refería. Pero ¿de qué más era inocente?

Morana negó con la cabeza, sacó el móvil y llamó a Dante, como dijo que haría. Echó un vistazo por su suite mientras comunicaba, iluminada por la escasa luz que entraba a través de la ventaba, ya que las nubes cubrían el cielo y el viento soplaba con fuerza entre los árboles.

—¿Morana? —Dante Maroni respondió al tercer tono—. ¿Has encontrado algo? —le preguntó, directo al grano. Bien.

—Sí —contestó ella, cambiando de pestaña en la pantalla para ver todos los detalles—. Hay una lista de direcciones IP que he rastreado hasta un almacén en Tenebrae y otro aquí, en Puerto Sombrío. Sin embargo, hay una que no deja de dar error cuando intento rastrearla. Básicamente es un virus que se autodestruye.

—¿Eso quiere decir que quien está detrás de esto sabe lo suficiente de informática como para crear e instalar un virus que se autodestruye? —preguntó Dante en voz baja.

Morana se encogió de hombros.

—O podrían haberle dicho a Jackson que lo hiciera. Se le daba bien programar.

Dante suspiró.

—Vale. Llamaré a Tenebrae para que alguien le eche un vistazo. Envíame la dirección.

—De acuerdo.

—Otra cosa —añadió—. ¿Podríamos vernos de nuevo para que me devuelvas el USB? No quiero arriesgarme a que se filtre información en internet, pero me gustaría tener toda la información desencriptada.

Morana frunció el ceño.

—Está bien, pero ¿y después?

—Luego hablamos. Tengo que colgar.

Tras decir eso, Dante cortó la llamada y le mandó una dirección por mensaje. Era un bloque de apartamentos en la parte oeste de la ciudad, cerca de la costa. Seguramente era el lugar en que se habían refugiado durante su estancia en Puerto Sombrío.

Morana se arregló en tiempo récord. Se puso unos pantalones negros anchos con numerosos bolsillos y un top rojo suelto sin mangas, se calzó unos zapatos planos sencillos y cómodos y se hizo una coleta. Cogió el móvil y las llaves del coche en la mano y metió el USB a buen recaudo en el bolso con su arma, se lo colgó del hombro y salió hacia la puerta principal.

Le sonó el teléfono justo cuando llegaba al coche. Vio el nombre de su padre en la pantalla y rechazó la llamada antes de meterse en su Mustang rojo y ponerse en marcha. Dos coches grandes salieron tras ella. «Qué bien».

Miró por el retrovisor y se incorporó a la carretera. Cambió de carril y aceleró deprisa, sin previo aviso, igual que siempre. No había mucho tráfico, lo que le permitió zigzaguear entre los vehículos y dirigirse a toda velocidad hacia la costa, totalmente concentrada en el asfalto y en deshacerse de los puñeteros coches que la seguían.

Logró dar esquinazo a uno, pero el otro seguía pegado a ella cuando ya casi había recorrido la mitad del trayecto. Morana se dio cuenta, molesta, de que no iba a conseguir despistarlo. Y no podía llevarlo con ella al punto de encuentro. Joder.

Apretó los labios, sacó el móvil y puso el altavoz mientras llamaba al último número en el registro. Sonó. Y sonó un poco más antes de que la comunicación se cortara, sin que obtuviera respuesta.

Morana volvió a mirar por el retrovisor y constató que el otro coche continuaba ahí, pegado como una lapa a ella. Y empezaba a ser un problema, porque apenas tenía cinco minutos de margen.

La irritaba no ser capaz de despistar a su sombra, pero lo asumió y aminoró mucho la marcha antes de llamar de nuevo.

Sin respuesta.

Casi aplastó el móvil por la frustración antes de inspirar profundamente para despejar mente. Dante no le cogía el teléfono. Muy bien. Hora de hacer de tripas corazón.

Bajó por la lista de contactos y encontró el número que buscaba. Dejó el pulgar sobre él mientras desviaba la mirada hacia el otro coche una vez más. Y pulsó.

Se le aceleró el corazón y se le encogió el estómago.

Y eso, precisamente eso, era lo que no entendía. Se había enfrentado a su padre sin la más mínima reacción mientras él la interrogaba; pero solo con oír el tono de llamada, su cuerpo cobraba vida, se ponía en alerta con todos los sentidos. Tenía que encontrarle una explicación, por su propia cordura. Pero también tenía que hacer algo con los dichosos guardaespaldas y saber adónde debía dirigirse.

—Señorita Vitalio.

Esa voz. La voz de amenaza de muerte y whisky añejo. Morana tragó saliva y se obligó a concentrarse.

—Señor Caine —replicó ella con un tono tranquilo, atenta de nuevo a la carretera—. He quedado con Dante, pero me están siguiendo. Lo he llamado, pero no contesta.

En parte esperaba que él se regodeara porque ella estuviera pidiéndole ayuda, o que por lo menos le soltara un comentario mordaz, pero la sorprendió el tono sombrío con el que habló en voz baja.

—Dante está ocupado con algo importante. ¿Te ha pedido que te reúnas con él en el 462 de...?

—Sí —lo interrumpió.

Hubo una breve pausa antes de que él hablara.

—Párete donde estés. No cuelgues.

Con el pulso desbocado, Morana se detuvo en silencio, sin saber por qué lo obedecía, y se quedó a la espera. Al otro lado de la línea se oía el ruido de un motor de fondo y ella se dio cuenta de que se trataba de esa dichosa moto. Era lo último que le hacía falta.

Morana podía oírlo sobre la moto, y se le formó un nudo en el estómago. Él se mantenía en silencio. No la clase de silencio que usaba para hacerla hablar a ella. Solo silencio. No le hizo gracia fijarse tanto en ello.

De repente empezó a tronar, y el peligroso sonido procedente del cielo se sumó al rugido de la moto.

—Ponte en marcha —le ordenó él con sequedad.

Morana miró por el retrovisor y vio que la moto se acercaba cada vez más al vehículo de sus guardaespaldas. Se incorporó a la circulación, con el corazón en la garganta mientras la asaltaba una sensación rarísima de *déjà vu*. La moto de Tristan Caine volvió a interponerse con destreza entre ella y su perseguidor. Lo vio reducir la velocidad, haciendo que el coche que la seguía frenara para evitar el choque, y entonces le ordenó con voz ronca:

—Pisa a fondo.

Ella no titubeó en esa ocasión, sino que aceleró todo lo que pudo y sintió que el coche se lanzaba hacia delante, con la adrenalina rugiéndole en las venas mientras el viento aullaba a su paso. Una última mirada al retrovisor antes de doblar a la izquierda le permitió ver al otro coche muy, pero que muy atrás, y a la moto zigzagueando entre los huecos del tráfico para acercarse a ella a toda velocidad.

Morana giró, cruzó el puente y se dirigió hacia la puerta que tenía por delante, que daba acceso no a un complejo de edificios, sino a uno solitario y alto que casi tocaba el cielo plomizo.

Entró en el garaje a toda prisa mientras los guardias de la entrada le hacían gestos para que pasara, buscó un hueco para aparcar y apagó el motor.

Nada más bajarse del coche y cerrarlo, Morana vio que la moto accedía al aparcamiento. Tristan Caine detuvo esa bestia de vehículo frente a su coche sin problemas, con el casco oscuro aún en la cabeza.

Llevaba unos pantalones militares de color tostado y una camiseta negra, un atuendo informal que indicaba que no había estado de reuniones. Morana siempre lo había visto con camisa y pantalón de vestir cuando estaba en público.

Al ver cómo pasaba una fornida pierna por encima de la moto para bajarse, cómo tensaba y relajaba el muslo para ponerse de pie y cómo abultaba los bíceps para quitarse el casco, Morana parpadeó. No la sorprendían la barba incipiente, o el pelo, o los ojos de aquel color increíble, sino la expresión de su cara. Por primera vez desde que lo conocía, vio algo parecido al placer en su rostro, tan solo el atisbo de una expresión, pero en un hombre como él, suficiente para calificarlo como expresión. Estaba mirando su moto, y Morana se dio cuenta de que era el trayecto lo que le había provocado esa reacción. No sabía por qué la sorprendía, pero así era.

Y entonces él desvió la vista hacia donde se encontraba Morana, y su gesto cambió por completo: se le endureció la mirada y volvió a ponerse aquella máscara impasible.

Morana mantuvo el contacto visual, y su corazón retumbó al ritmo de los truenos en la lejanía; el sonido, un choque alto y claro en el cielo. Se le alteró el pulso por algún motivo. No lo entendía, no conseguía entender por qué le seguía la corriente. Era un juego. Un desafío. Morana no apartó la mirada de Tristan Caine, y él no apartó la mirada de ella, pues ninguno quería ser el primero en rendirse.

El aparcamiento estaba vacío y el sonido de las gotas de lluvia al caer resonaba en el silencio del amplio espacio, como balas que golpeaban el suelo desde el cielo.

A Morana le sonó el móvil. El sonido la sobresaltó en el silencio, y bajó la mirada. Dante.

—¿Sí? —dijo al descolgar mientras devolvía la mirada al lugar donde Tristan Caine seguía junto a su moto, apoyado en ella con los brazos cruzados, con esos fuertes antebrazos a la vista, cuyas venas y tatuajes no hacían sino acrecentar el aura de brutalidad que lo envolvía. Cualquiera que no lo conociese podría pensar que estaba relajado, recostado contra su vehículo. Nada más lejos de la verdad. Morana podía ver la alerta que escondía en el gesto de ladear la cabeza, veía la expresión concentrada de sus ojos, los músculos tensos, preparados para atacar.

—Lo siento. Me ha surgido un asunto urgente. ¿Has llegado? —preguntó Dante.

—Sí. —Ella permaneció inmóvil.

—Genial. Dale el USB a Tristan. Está en el ático —le dijo Dante, aunque el hombre en cuestión estaba, en realidad, a menos de un metro de ella, taladrándola con la mirada.

—Vale, pero la próxima vez yo decido el sitio —replicó Morana y, tras una pausa, Dante accedió antes de colgar.

Se metió el teléfono en el bolsillo y dejó de mirar a Tristan Caine para rebuscar en el bolso. Encontró el USB, se quedó plantada donde estaba y extendió la mano.

—Dante me ha pedido que te lo dé.

Él alargó la suya, y rozó los dedos de Morana con los suyos. Ella sintió un cosquilleo que le subía por los brazos y le bajaba por la columna a partir de ese único punto de contacto.

Él no apartó la mano. Ella tampoco. En cuestión de segundos se convirtió en otro juego en el que ninguno pensaba ceder. Las sensaciones invadían a Morana, se le acumulaban en el abdomen y le corrían por la sangre, embriagándola un poco mientras se esforzaba por mantener los ojos clavados en los suyos, azules y penetrantes, incapaz de descifrar su expresión. Si no hubiera sentido su carne y su sangre apretadas contra su propio cuerpo, creería que era un cíborg. Insensible. Frío. Distante.

Sintió que su corazón acelerado se cubría de hielo.

—¿Por qué me odias? —le preguntó. Era lo único para lo que no hallaba respuesta, lo único que le molestaba más de lo que estaba dispuesta a admitir.

Tristan Caine apretó los labios de forma casi imperceptible y apartó la mirada un instante. De repente se tensó, y dejó de mirarla por completo para observar el aparcamiento. Morana parpadeó, recuperando el juicio, y echó un vistazo a su alrededor.

Pero todo cuanto veía eran vehículos vacíos, todo cuanto oía eran los truenos y la lluvia.

De pronto, él tiró de ella con la mano con la que la había estado tocando con las yemas de los dedos y le tapó la boca con la otra para ahogar el grito que a Morana se le había estado a punto de escapar. En un abrir y cerrar de ojos, ella pasó de estar de pie junto a su coche a encontrarse con la espalda contra una columna, con un hombre muy musculoso pegado a su pecho, una mano sobre la superficie y otra sobra su boca.

Intentó morderlo, y él la miró una sola vez, indicándole con esa mirada de alerta que no hiciese ruido. Aunque la invadió la rabia, asintió. Él le destapó la boca y se inclinó más hacia la columna mientras examinaba la zona. Su torso le rozaba los pechos al respirar. Y aunque Morana se percató de ese detalle, no se concentró en eso y se mantuvo atenta, notando un subidón de adrenalina por segunda vez en media hora, notando cómo el corazón se le desbocaba, el estómago se le cerraba, y trató de...

Un movimiento.

Morana cambió un poco de postura para ver mejor, y el hombre que tenía pegado a ella siguió la dirección de su mirada. Cuatro matones, cuatro tíos muy corpulentos, salieron de detrás del coche que ella estaba observando y se abalanzaron sobre ellos sujetando unos cuchillos.

Con el corazón a punto de salírsele del pecho, Morana presenció, estupefacta, antes de que pudiera dar un paso siquiera, cómo Tristan Caine derribaba a uno y se movía con agilidad hacia otro. Uno de ellos se apartó del grupo para dirigirse hacia ella. Morana nunca se había considerado una tía dura por su fuerza física. Ni hablar. Lo era por su cerebro, e hizo uso de él en ese momento. Le quitó el seguro al arma al mismo tiempo que la sacaba y, sin pestañear, disparó a su oponente en la rodilla.

El tipo cayó al suelo con un grito, gimiendo de dolor mientras se agarraba la pierna, y Morana se volvió para ver a dos hombres en el suelo, inconscientes o muertos, y a Tristan Caine tumbado de espaldas con el último hombre encima. Levantó el arma de forma instintiva antes de controlarse. Se dijo que no iba a salvarlo. De eso nada. Si él no lograba salir de esa solo, entonces Morana habría conseguido que alguien hiciera el trabajo sucio por ella.

Aún así, observó con el corazón en la garganta cómo los dos hombres intercambiaban patadas, atacándose con movimientos más veloces de lo que sus ojos eran capaces de captar, antes de que el matón estampara a Tristan Caine contra el suelo con tanta fuerza que a ella se le habrían partido las costillas. Sin embargo, él levantó las piernas sin perder un segundo, aprovechando el impulso del ataque, le rodeó el cuello con los tobillos, le dio la vuelta y le hizo una llave, estrangulándolo.

—¿Para quién trabajas? —le preguntó al hombre jadeante con frialdad, sin el menor rastro de agotamiento por el esfuerzo físico que acababa de hacer a pesar de que su pecho se agitaba—. ¿Quién te envía? —insistió. Era lo mismo que le había preguntado a ella cuando se conocieron y la acorraló contra una pared, amenazándola con sus propios cuchillos.

El otro hombre escupió en el suelo y sacudió la cabeza. Y Tristan Caine le partió el cuello.

A Morana no le era ajena la muerte, ni los asesinatos. Formaba parte de su mundo tanto como el hecho de que las mujeres estuvieran a merced de los hombres. Así que no se encogió, ni jadeó, ni expresó emoción alguna, aunque se le revolvió el estómago y le temblaron un poco las manos, que aún sujetaban el arma.

Tristan Caine se puso en pie y se acercó al hombre al que ella le había disparado. La miró de reojo, tal vez en busca de alguna herida, antes de dirigir su atención al hombre.

—Habla o muere.

El hombre hizo una mueca.

—Voy a morir de todas maneras.

Tristan Caine ladeó la cabeza.

—Pero puede ser doloroso o no. Tú decides.

El hombre perdió el conocimiento.

Morana seguía a unos pasos de distancia, con la vista fija en su rostro, cuando él se volvió para mirarla.

—Deberías irte —le dijo en voz baja.

Ella asintió, conmocionada, y se giró hacia su coche blandiendo el arma en la mano, con los ojos bien abiertos por si había más atacantes con cuchillos. Echó a andar hacia el vehículo. Cuando levantó la mirada del suelo, se paró en seco.

Su Mustang seguía justo donde lo había dejado, pero le habían rajado las ruedas. Morana se quedó congelada, con la vista fija en el coche. Se lo había comprado con su propio dinero. Era su primer coche. Era el único amigo que tenía, el único amigo que comprendía sus ansias de libertad. La había acompañado en sus escapadas, había sido su cómplice. Morana lo había reparado por su cuenta y le hacía puestas a punto los fines de semana. Lo quería con locura. Y allí estaba, con las ruedas rajadas.

Acababa de ver que mataban a un hombre y ella misma le había disparado a uno, pero fue en ese momento cuando se sintió ultrajada, fue en ese momento cuando se le llenaron los ojos de lágrimas.

No obstante, no podía estremecerse, no podía llorar, no podía demostrar vulnerabilidad alguna.

Él estaba detrás de ella.

Morana enderezó la espalda y adoptó una expresión neutra.

—Imagino que tienes otro coche que pueda coger prestado —dijo con voz totalmente serena.

—Sí, pero con esta tormenta no es seguro conducir.

Ese comentario hizo que Morana se diera media vuelta y clavase la mirada en esos ojos azules. Se percató de que tenía una mancha en la cara de cuando había forcejeado en el suelo.

—¿Te preocupa mi seguridad? —preguntó con marcada incredulidad.

Él levantó las cejas.

—Me preocupa mi coche.

Claro. Si en algo podía sentirse identificada Morana, era sobre preocuparse por un coche. Asintió.

—En ese caso, llamaré a un taxi.

Él frunció un poco el ceño.

—No vienen taxis a esta zona.

Por supuesto. Morana miró, con un nudo en el estómago, la lluvia que caía con furia en la entrada del aparcamiento, y se mordió el labio mientras buscaba una solución. No podía llamar a su padre, porque todo se iría al traste. Conducir era impensable, porque la visibilidad sería nula y había una distancia considerable. Los taxis estaban descartados. ¿Qué opción le quedaba?

El corazón se le desbocó al darse cuenta. No le quedaba ninguna.

Se volvió hacia él y se topó con su mirada. La miraba fijamente con aquellos ojos azules, tan azules que su frialdad quemaba, que hacían que la sangre le corriera por las venas y le zumbara en los oídos.

Tristan Caine ladeó la cabeza, como si la estuviera analizando, antes de abrir la boca, y a ella casi se le salió el corazón del pecho.

—Parece que te quedas conmigo, señorita Vitalio.

8

Vuelco

Momentos. Momentos sorprendentes y surrealistas.

Si alguien le hubiera dicho unas semanas antes a Morana que pasaría una noche sola en el ático del hijo de sangre de la Organización, habría recibido una buena colleja a modo de respuesta. Claro que, si alguien le hubiera dicho que sería capaz de infiltrarse en la casa de los Maroni, tampoco se lo habría creído. Ni el desconcertante hecho de que él continuara salvándole la vida al mismo tiempo que se reservaba el derecho a matarla.

Surrealista.

Caminó aturdida hacia el ascensor, incapaz de creer, de creer de verdad, que iba a pasar la noche fuera de casa, en el ático de Tristan Caine. Esas cosas no le sucedían a ella. Y sin embargo, allí estaba, caminando con porte seguro para no delatar en lo más mínimo su agitación interior, en alerta por el hombre que caminaba a su lado. No entendía cómo alguien tan corpulento podía moverse con tanta elegancia a pesar de haberlo visto hacer uso de ella al trepar por la fachada de su casa, al inclinar su moto y luchar contra hombres más grandes que él. Y el hecho de admirarlo la cabreaba.

Le echó un último vistazo a su Mustang con las ruedas destrozadas y el corazón le dio un vuelco mientras la rabia se apoderaba de ella, desterrando el dolor a un segundo plano y dejando a su paso tan solo la ardiente necesidad de vengarse de quien se había atrevido a ultrajarla de aquella manera. Se las iban a pagar. A lo grande.

Morana vio, por el rabillo del ojo, que Tristan Caine estiraba la mano y pulsaba un código en el teclado situado junto al segundo ascensor, que era de uso privado.

Él clavó su mirada azul en ella un instante, y Morana se la sostuvo, aunque no pudo leer nada en ella. ¿Hasta qué punto odiaba tener que dejarla entrar en su territorio? Morana habría odiado verse obligada a ello, y mucho. Pero como él había entrado en su dormitorio la otra noche, supuso que aquello era lo justo.

Se oyó el timbre que anunciaba la llegada del ascensor y las puertas de acero se abrieron, revelando una espaciosa zona en la que cabrían unas diez personas. Como el galante caballero que era, Tristan Caine entró en primer lugar con paso ligero y se volvió para mirarla, sin un atisbo de buena educación en sus gestos.

Curiosa pero alerta, Morana respiró hondo, dio un paso tras él y entró. Una vez en el ascensor, lo vio pulsar el único botón del panel e introducir otro código, tras lo cual las puertas se cerraron.

Las puertas se cerraron, y lo que Morana vio la hizo apretar las manos para controlarse. Eran espejos.

Su mirada se encontró con la de Tristan Caine en el reflejo, y el corazón empezó a latirle a toda velocidad inexplicablemente mientras el ascensor empezaba a subir.

Él estaba de pie en un rincón, apoyado contra la pared con las piernas cruzadas a la altura de los tobillos y los brazos cruzados por delante del pecho, observándola con una expresión casi curiosa, carente del odio al que la tenía acostumbrada. Morana levantó las cejas y no movió ni un músculo, con la sangre atronándole los oídos y el cuerpo vibrándole de arriba abajo.

Necesitaba distraerse. Por más que se resistiera a admitirlo, el espacio cerrado, el reflejo y su mirada la estaban afectando.

—¿Quiénes eran esos hombres? —preguntó, con voz serena, sin delatar absolutamente nada.

Él se mantuvo un momento en silencio.

—No lo sé. Creo que alguien te quiere muerta, señorita Vitalio.

—¿Aparte de ti, quieres decir? —se burló ella, poniendo los ojos en blanco.

Lo vio inclinar la cabeza hacia un lado como si la estuviera analizando.

—¿No le tienes miedo a la muerte?

Morana sintió que esbozaba una sonrisa que no le llegaba a los ojos.

—Una aprende a no temerla cuando duerme con ella bajo el mismo techo todos los días.

Sus miradas se encontraron durante un segundo tenso, y el corazón empezó a martillearle a Morana en el pecho al ver que sus ojos la examinaban.

—Así es —dijo en voz baja.

Por suerte, las puertas se abrieron en ese instante y Tristan Caine salió.

En cuanto lo hizo, dejándola a su espalda, Morana respiró hondo y se dio cuenta de que había estado conteniendo el aliento todo el tiempo. Sacudió la cabeza, sin entender por qué su cuerpo la traicionaba de ese modo. Detestaba reaccionar así incluso mientras sentía que una parte de sí misma, que llevaba en coma desde que tenía memoria, despertaba. Necesitaba comprender qué era aquello y cómo controlarlo. Estaba en aguas desconocidas y no tenía ni idea de lo que había al otro lado. Fue lo bastante sincera como para admitir que, aunque solo fuera un poco, eso la aterraba.

Morana tragó saliva mientras observaba la forma en la que a él se le flexionaban los músculos de la espalda al caminar. Salió del ascensor, que se abría directamente al ático. Tuvo que contener una exclamación de asombro al ver lo que tenía delante.

La pared más alejada del enorme espacio era de cristal. Una interminable superficie de cristal.

Vio las nubes oscuras en el cielo, el horizonte de la ciudad a un lado y el mar al otro. Eran unas vistas impresionantes. Jamás había disfrutado de una escena tan potente, tan descarnada, tan hermosa. Recorrió con mirada hambrienta toda la cristalera, pero no se acercó, consciente de que Tristan Caine observaba cada uno de sus movimientos.

Tras cuadrar los hombros y apartar la mirada de la espectacular panorámica, se volvió para descubrir el resto de la estancia.

El ático, enorme y espacioso, la sorprendió por lo cómodo que parecía. No sabía qué había esperado, pero desde luego no había sido ese gran salón con dos zonas de asientos diferenciadas, decorado en distintos tonos de gris y azul, con detalles en acero y cromo. En un extremo había una alargada chimenea eléctrica. Sobre ella colgaba una gran obra de arte abstracto con los mismos tonos del fuego, matices de rojo y amarillo mezclados en una danza decadente, el único despliegue de color intenso en toda la estancia.

Los mullidos sofás eran de color gris claro y azul oscuro; las mesas, de cristal y acero, estaban colocadas sobre alfombras azul marino de aspecto caro. El mármol del suelo era negro con vetas doradas, lo que creaba un bonito contraste con la decoración. La pared presidía el espacio desde la chimenea hasta la cocina americana, que contaba con una mesa de comedor para seis personas y taburetes altos repartidos por la isla. Al otro lado de la cocina había una puerta negra, junto a la cual comenzaba una escalera que se curvaba hacia la planta de arriba.

Morana miró al fin a Tristan Caine, quien señaló la puerta del fondo con la cabeza.

—Es una habitación de invitados. Puedes quedarte ahí —dijo, y su voz le produjo un escalofrío que apenas pudo contener.

Antes de que Morana pudiera replicar, él se giró hacia el ascensor. ¿Se iba? ¿Iba a dejar sola en su casa a la mujer que odiaba más que a nada? ¿Qué clase de idiota hacía algo así?

—¿Te parece prudente dejarme aquí sola? —le preguntó en tono burlón, sin dar crédito—. ¿En tu territorio?

Él se detuvo un instante, pero acabó entrando en el ascensor y se dio media vuelta para mirarla, con el rostro convertido en una máscara impenetrable.

—No tengo nada que merezca la pena robar. Estás en tu casa, señorita Vitalio.

El ascensor se cerró.

Morana sintió que la incredulidad luchaba en su interior con una extraña emoción. Se encontraba en un territorio totalmente desconocido y no tenía ni idea de cómo proceder. ¿Había cámaras? ¿Debería hacerle caso y actuar como si estuviera en su casa?

Ni siquiera sabía por qué dudaba, teniendo en cuenta que él no respetaba en absoluto su espacio personal.

Con la respiración entrecortada, contempló el cielo que se iba oscureciendo sobre la ciudad. Sintió una punzada de envidia. Tristan Caine podía disfrutar de aquella vista cada día que pasara en Puerto Sombrío.

Morana se volvió hacia el dormitorio de invitados con un estremecimiento y echó a andar, contemplando todo el espacio, puesto que era tan sorprendente como confuso, como todo lo relacionado con él.

Abrió la puerta de la habitación, entró y miró a su alrededor. Era una estancia sencilla, con una cama de matrimonio de aspecto cómodo, un armario en un rincón, una ventana y una cómoda. Morana entró, suspiró y empezó a revolver en los cajones en busca de algún arma. No encontró nada. Luego miró en los armarios en busca de ropa para cambiarse. Nada.

Pasó al cuarto de baño. Tenía un tamaño aceptable, al igual que el dormitorio de invitados y estaba equipado con lo básico: ducha, inodoro, bañera.

Aunque le daba igual, claro. No planeaba relajarse en absoluto. De ninguna manera. Solo quería familiarizarse con el entorno. Después de refrescarse un poco y de quitarse el polvo de la cara, salió en silencio de la habitación. Regresó al salón y miró hacia la escalera de caracol, preguntándose qué habría allí arriba.

Se encogió de hombros y subió un peldaño tras otro, recorriéndolo todo con la mirada a su alrededor. Joder, lo mataría solo por esas vistas. Cuando se detuvo en lo alto de la escalera, Morana volvió a parpadear sorprendida.

Esperaba encontrarse un pasillo, unas puertas, algo. En cambio, la escalera llevaba directamente a un enorme (¡gigantesco!) dormitorio principal que más bien parecía un loft oculto. Sin embargo, lo que más le llamó la atención fueron los colores.

Mientras que el salón resultaba agradable pero frío, esa estancia era justo lo contrario. No había ni una pizca de gris en ninguna parte. Había tonos marrones y verdes; las paredes estaban paneladas, interrumpidas por puertas de madera de roble que ella supuso que conducían a un vestidor y al cuarto de baño.

La cama era de dos metros y parecía cómoda y acogedora. Así podría definir el dormitorio: cálido y acogedor, capaz de evocar mañanas perezosas entre sábanas enredadas.

¿Se podía saber quién era ese hombre?

Allí, en lo alto de la escalera, Morana se detuvo a contemplar con asombro los detalles de la cama más grande que había visto en la vida. Las sábanas eran de color marrón, como las suyas, y había almohadas más que de sobra para hacer un fuerte en el que esconderse. El suelo de mármol negro hacía que el lugar pareciera incluso más una guarida. La pared del fondo también era de cristal y mostraba una vista preciosa del mar.

La habitación parecía acogedora. Hogareña.

Morana sintió una punzada en el pecho e iba a marcharse justo cuando la puerta que había frente a ella, en la esquina de la habitación, se abrió, expulsando una nube de vapor.

Se le paró el corazón.

Tristan Caine salió, con tan solo una toalla en las caderas, de espaldas a ella.

Morana parpadeó, abrió la boca y lo devoró con la mirada.

Debería haberse marchado discretamente, aprovechando que él aún no había reparado en su presencia. Debería haber bajado en silencio la escalera y fingir que no lo había visto. Debería haberse dado media vuelta.

No lo hizo.

Se quedó quieta, congelada, recorriendo las numerosas cicatrices esparcidas por la piel morena de la espalda de Tristan Caine, viendo cómo se estiraban sus músculos cuando él abrió un armario para buscar algo. Morana se fijó en cada cicatriz, allí donde la piel se había oscurecido, rugosa —cortes, balazos y quemaduras— y el corazón se le encogió justo en el mismo instante en el que él se quedó inmóvil.

Totalmente inmóvil. Como ella.

Tristan Caine giró la cabeza, y esos ojos azules se clavaron en los de Morana.

A ella le cortó la respiración.

Cuando él se volvió por completo, ella pudo ver las extensas cicatrices de su torso, esa carne magullada y marcada para siempre. ¿Por qué clase de infierno había pasado ese hombre? Morana se fijó en sus tatuajes, algunos de los cuales no podía distinguir, en las cicatrices, en los músculos tensos y trabajados, en esos pectorales que subían y bajaban rítmicamente mientras él la observaba. Ella le sostuvo la mirada, intentando ocultar la extraña sensación que sentía en el pecho, pero sabiendo que había fracasado al percatarse del cambio en su mirada.

Tristan Caine dio un paso deliberado, lento, medido, mientras sus ojos la taladraban. Morana se mantuvo en el sitio, sin retroceder ni un milímetro, sin desviar la vista. A estas alturas, ya estaba familiarizada de sobra con aquel juego y, aunque no debería hacerlo, participaba con gusto.

Lo vio dar otro paso hacia ella. La toalla, que llevaba enrollada en torno a las caderas, le dejaba los abdominales, y ese rastro de vello que desaparecía por el borde hacia abajo, completamente a la vista. Morana fue capaz de fijarse aún sin apartar la mirada de la de él, con el corazón latiéndole con fuerza y los puños apretados, parada en lo alto de la escalera.

Un paso más y lo tuvo a un par de metros de ella, con todo el cuerpo tenso pero bajo control. El azul de los ojos era clarísimo y tenía las pupilas algo dilatadas. Y entonces Morana comprendió que ella no era la única afectada por aquello que había entre ellos, fuera lo que fuese; la mirada de Tristan Caine lo delataba. Por más que quisiera disimular, no podía controlar las reacciones físicas. Saber que no solo a ella le costaba disimular las repuestas de su cuerpo, la ayudó a sentirse mejor, aunque no entendió el motivo.

También hizo que se le acelerara el pulso.

Permanecieron en un duelo de miradas en un tenso silencio. Un silencio que estaba cargado de algo, de una especie de anticipación que ella no alcanzaba a comprender, casi como si estuvieran frente a frente al borde de un acantilado, a un paso de precipitarse por él. Morana tenía un nudo en la boca del estómago, una gota de sudor le bajaba entre los pechos y el aire acondicionado le enfriaba la piel caliente. El golpeteo de la lluvia contra el cristal se mezclaba con el rumor de la sangre en sus oídos. Su propia respiración le parecía atronadora, aunque intentara controlarla para no delatarse.

Otro paso.

Morana echó la cabeza hacia atrás y arqueó la espalda cuando sus pies se movieron por sí solos para retroceder, olvidando por completo que estaba en lo alto de la escalera. Sintió que perdía el equilibrio un segundo antes de que la gravedad hiciera de las suyas. Intentó agarrarse a algo y alcanzó los músculos cálidos y sólidos de los brazos de Tristan Caine. Mientras se estabilizaba, notó que él le deslizaba una mano hasta la nuca. La dejó allí, sujetándola a la vez que la ayudaba a ponerse de nuevo en vertical, anclándola solo con el peso de esa mano en el cuello.

Morana lo miró con el corazón palpitante, sus manos sobre todos aquellos músculos que no había sentido antes. Él la observaba desde arriba reteniéndola por el cuello con firmeza, pero sin hacerle daño. Había algo en su forma de tocarla que resultaba evidente pero que, al mismo tiempo, Morana no podía descifrar.

Centímetros. Solo los separaban unos centímetros.

La sangre le hervía en las venas, sentía pequeñas descargas que le bajaban por la columna desde donde él le sujetaba el cuello y se le aceleró la respiración, aunque intentó mantenerla bajo control.

Él empezó a subir y a bajar el pecho más deprisa. Morana notaba su aliento rozándole la cara, y se descubrió envuelta por su olor almizcleño y amaderado.

De repente, su móvil empezó a sonar, rompiendo el momento.

Parpadeó y se sacudió mentalmente para despejarse. Apartó las manos de los brazos de Tristan Caine y se sacó el teléfono del bolsillo. Él aún tenía la mano en su cuello.

Morana miró el identificador de llamadas y se quedó paralizada.

Su padre.

El frío la invadió de repente, congelando por completo sus sobrecalentados sistemas. Cuando el momento de debilidad pasó y recuperó de nuevo el control, se enderezó y se movió para apartarse de la mano de Tristan Caine. Él flexionó los dedos un instante antes de soltarla, y Morana se sintió marcada por la huella de ese contacto, mientras un torrente de sensaciones sutiles le recorría la piel. Le ardía la nuca.

Sin decir palabra, Morana se dio media vuelta y bajó la escalera a toda prisa. Recuperó el rígido control que siempre mantenía sobre las reacciones de su cuerpo. Siempre, menos con él.

Una vez en la cocina, soltó el aire, aceptó la llamada y permaneció en silencio.

—Te has escapado del equipo de seguridad —oyó que decía su padre con voz fría a través de la línea, y se sentó con la espalda recta en un taburete, el rostro sin expresión y la voz uniforme.

—Te dije que lo haría —replicó sin inmutarse.

—¿Quién era el motorista? —le preguntó él, con la rabia evidente en su voz, aunque estaba tratando de contenerla.

A Morana no le sorprendió que los matones de su padre le hubieran informado sobre el hombre que la había ayudado a escapar.

—¿Qué motorista? —repuso.

Hubo una pausa.

—¿Cuándo vuelves?

—No vuelvo —contestó Morana—. Esta noche no. —«Quizá nunca».

Otra pausa.

—¿Dónde estás?

Morana respiró hondo.

—Como me parece que no lo estás entendiendo, padre, te lo explico: no soy un perro al que puedes atar. Soy una mujer independiente y si digo que no voy a volver esta noche, no hay más que hablar. De todas formas, no es que te interese porque te preocupes por mí.

—Morana, tu independencia solo es una mentira que te he permitido creer —dijo su padre con un tono escalofriante—. Averiguaré quién es. Y haré que lo maten.

Por vez primera durante la conversación, Morana estuvo tentada de reír. Por más que odiara a Tristan Caine, sabía, de alguna manera, que en un enfrentamiento entre ambos sería su padre quien saldría mal parado. Aunque debería haberse sentido mal por no apoyar a su propia sangre, lo único que sintió fue frío.

—Pues buena suerte, padre —dijo antes de colgar, tras lo cual soltó el móvil en la encimera. Se desplomó en cuanto respiró hondo.

Lo percibió a su espalda y se volvió. Llevaba un pantalón de chándal holgado y una camiseta negra, y la observaba con curiosidad. Morana sintió que se le ponía el vello de punta. Levantó las cejas.

—¿Qué?

Él guardó silencio un momento y después echó a andar hacia el frigorífico.

—Así que tu padre te vende a sus amigos y trata de encadenarte —dijo con un evidente deje asqueado en la voz—. Todo un hombre.

Morana apretó los dientes.

—Le dijo la sartén al cazo. ¿O es que se te han olvidado todas las veces que has intentado controlarme, Caine? Puedo recordártelas si quieres —replicó ella, con un tono deliberadamente cortés.

Él se detuvo a medio camino del frigorífico.

—No me parezco en nada a tu padre, señorita Vitalio.

—Te equivocas —lo contradijo Morana—. Al igual que él, intentas controlarme y amenazas con matarme. ¿Qué diferencia hay?

—No quieres saberlo.

Morana ladeó la cabeza y entrecerró los ojos. Detectó cierto trasfondo debajo de esa vehemente afirmación. Intentó identificarlo, pero se le escapaba por completo, para su frustración.

—Pues yo creo que sí quiero.

Tristan Caine se volvió hacia la nevera y, por alguna razón, ella tuvo la sensación de que se mordía la lengua para no hablar.

Muy bien.

—¿Quién me drogó en Cianuro? —preguntó Morana, dispuesta a exigir respuestas.

—Uno de los camareros —respondió él.

Sacó pollo y verduras y los dejó en la encimera. Morana sintió que la sorpresa la golpeaba de nuevo al ver que él se movía por la cocina con la misma facilidad con la que esquivaría balas en un tiroteo. Vio que cogía una tabla y un cuchillo.

Así que cocinaba.

Tristan Caine, el Cazador, cocinaba. ¿No cesarían nunca las sorpresas?

Morana hizo caso omiso de la extraña sensación que se extendía por su pecho y se centró en las preguntas.

—¿Y por qué me drogó?

Él detuvo el cuchillo sobre un trozo de pollo y lo dejó en el aire mientras la miraba. Apretó la mandíbula, y el odio que tantas veces había aparecido en esos ojos azules centelleó de nuevo antes de que él pudiera impedirlo. Por alguna razón, ese día lo había estado intentando controlar.

Morana toqueteó el móvil, desconcertada, a la espera de que él respondiese.

Las puertas del ascensor se abrieron justo cuando Tristan Caine separaba los labios para hablar.

¡Qué inoportuna era la gente!

Dante entró en el ático con su cuerpo, alto y musculoso, enfundado en un traje negro y el pelo peinado hacia atrás. Examinó a Morana con sus ojos oscuros antes de dirigirse a su hermano de sangre, con el que intercambió una especie de conversación silenciosa. Después la miró de nuevo.

—Morana —dijo, poniéndose a su lado mientras ella se tensaba—, perdóname por no haber podido reunirme contigo. Surgió algo muy urgente en el último momento.

Ella lo miró con los ojos entrecerrados. Parecía sincero. Asintió.

—No pasa nada.

—Me han dicho que te han atacado. ¿Estás bien?

Morana levantó las cejas con escepticismo, aunque su preocupación también parecía genuina. Entonces recordó que Amara le había comentado que ambos hombres se comportaban de forma protectora con las mujeres.

Volvió a asentir.

—Estoy bien. Pero necesito mi coche mañana.

Dante sonrió.

—Tristan ya se ha encargado de las reparaciones.

Ella levantó tanto las cejas que casi le llegaron al nacimiento del pelo y miró hacia el otro hombre.

—Ah, ¿sí?

Él no le hizo ni caso y mantuvo la atención en Dante.

—¿Debo prepararme?

—Sí.

Otra comunicación silenciosa.

Tristan Caine asintió y rodeó la isla para echar a andar hacia la escalera.

Dante se volvió hacia Morana y ella vio que la miraba con sincera preocupación.

—Tengo un piso dos plantas más abajo. Sé que dijiste que preferías no trabajar con él, así que, si quieres, puedes quedarte allí esta noche. Yo estaré en casa.

Tristan Caine se detuvo en la escalera antes de que ella pudiera hablar, con el cuerpo en tensión. Se volvió para mirar a Dante, con los ojos fríos.

—Se queda aquí —gruñó.

¡Gruñó!

Morana parpadeó, sorprendida, al oír semejante tono. La recorrió un escalofrío. Cualquiera habría asumido que estaba deseando perderla de vista.

Dante le contestó, aún al lado de ella, metiéndose una mano en el bolsillo.

—Es la mejor opción. Tú volverás luego, yo no. Puede quedarse sin problema hasta mañana —replicó. Tristan Caine se limitó a mirar a su hermano de sangre fijamente, comunicándose de nuevo en silencio con él—. Tristan… —continuó Dante. Parecía un poco preocupado—, no…

El aludido dirigió la vista hacia Morana en ese momento y la fuerza de su mirada la dejó sin aliento.

—No sufrirás ningún daño esta noche —le aseguró con firmeza—. Quédate aquí.

Se fue antes de que ella pudiera parpadear siquiera, mucho menos asimilar sus palabras.

Así que Morana se dejó caer justo en el sitio que había ocupado minutos antes, perpleja.

Lluvia.

El agua golpeaba el cristal en una sinfonía musical y melancólica. Había algo en el sonido de la lluvia que le provocaba una dolorosa punzada en el pecho. Morana yacía acurrucada de lado, escuchando el repiqueteo de las gotas contra la ventana, abrumada por el deseo de sentirlas en la piel, de verlas, de ahogarse en ellas.

Estaba sola. En esa habitación. En ese ático. En su vida.

Tragó saliva, se bajó de la cama del dormitorio en penumbra y avanzó despacio hacia la puerta, con el corazón oprimido por algo que no entendía. Abrió la puerta, miró hacia el salón, que estaba a oscuras, y caminó con tranquilidad hacia la cristalera, que la atraía con una fuerza inusitada.

La tenue luz del exterior se filtraba a través del cristal de forma casi etérea. Morana se acercó mientras veía las gotas de lluvia golpearlo y deslizarse hacia abajo.

Se detuvo a un paso del ventanal y observó cómo se condensaba su aliento en la superficie antes de desaparecer. Unos nubarrones oscuros cubrían el cielo nocturno y las luces de la ciudad titilaban a la derecha, reluciendo como piedras preciosas sobre un tejido de obsidiana, con el mar extendiéndose a la izquierda hasta donde alcanzaba la vista, encrespado por la tormenta.

Morana se quedó allí, quieta, contemplando la imagen con un nudo en la garganta.

Nunca había visto llover así. Nunca había visto semejante libertad. Las vistas desde la ventana de su casa solo incluían jardines de césped bien cuidado y altos muros tras los cuales no se veía nada. Levantó las manos como si estas se movieran por sí solas, tan intensa era la necesidad que sentía por tocar algo que sabía que nunca podría tener, algo que hasta ese momento no había sabido que necesitaba.

Titubeó a un palmo del ventanal. Le sangraba el corazón. Colocó las palmas contra la superficie fría y sólida. Permaneció allí un buen rato, embargada por el anhelo, con tan solo una pared de cristal entre ella y una muerte segura. Contempló como nunca antes la ciudad, esa ciudad en la que había vivido toda la vida, esa ciudad que seguía siendo una desconocida para ella.

Deslizó las manos por el cristal hacia abajo para sentarse frente a él con las piernas cruzadas y se inclinó hacia delante, de manera que su aliento se condensaba una y otra vez sobre la superficie.

De repente, un relámpago lo bañó todo de blanco brillante y un trueno partió el cielo en dos. Luego volvió la oscuridad. Las gotas golpeaban el cristal, oleada tras oleada, intentando romperlo como si fueran balas, intentando alcanzarla, pero sin conseguirlo. Morana estaba sentada al otro lado, deseando sentir la lluvia sobre sí misma, deseando que la marcara, pero incapaz de hacerlo. ¿No consistía en eso su vida? ¿En anhelar cosas que no podía conseguir, cosas que intentaban alcanzarla y que se topaban con una barrera? Una barrera de cristal, detrás de la cual podía verlo todo, todo lo que se perdía, y ahogándose en esa realidad y sin poder romper el cristal. Porque, al igual que sucedía en ese instante, romper el cristal significaba la muerte.

Y, últimamente, Morana se preguntaba si no valdría la pena morir por ello.

Le temblaban los labios, tenía las manos apretadas contra el ventanal, veía las lágrimas caer del cielo y resbalar derrotadas por el cristal, y notó que una se le escapaba por el rabillo de un ojo.

Entonces sintió su presencia en la estancia.

Debería haberse dado media vuelta y haberse levantado. Sabía que no era prudente darle la espalda, que no debía mostrarse vulnerable. Pero en ese momento no podía apartar los ojos del paisaje, ni las manos del cristal. Su cuerpo no tenía la capacidad de ponerse alerta.

Estaba cansada. La embargaba un agotamiento que le llegaba a la médula de los huesos.

Y el hecho de que él le hubiera asegurado que no le pasaría nada bastaba para que Morana supiera que así sería. Había visto suficientes mentirosos en su vida como para reconocer a un hombre que no lo era. Tristan Caine no había ocultado el odio que sentía por ella y, aunque resultase paradójico, era eso mismo lo que le decía que, por el momento, Morana podía creer en su palabra.

Así que no se puso en guardia, no se volvió, se limitó a esperar que se fuera.

Notó que se le erizaba el vello de la nuca bajo su mirada y que él se movía. No sabía cómo podía estar tan segura de ello, porque no hacía ningún ruido; era como si sus pies no pisaran el suelo. Sin embargo, Morana estaba segura de que se había movido.

Siguió sentada callada y vio sus pies con el rabillo del ojo.

Ella no alzó la mirada. Él no miró hacia abajo. El silencio se prolongó.

Morana mantuvo la mirada fija en las gotas de lluvia, con el corazón latiéndole con fuerza, mientras él se sentaba a un palmo de ella en el suelo, con las piernas cruzadas y la mirada perdida.

Lo miró de soslayo y se percató de que su camisa desabrochada dejara a la vista esa piel desnuda que ya había visto antes. Él había apoyado las manos en el suelo, recostándose ligeramente hacia atrás.

Morana se fijó en una cicatriz pequeña que tenía y sintió una punzada de lástima. Su mundo cometía toda clase de injusticias contra las mujeres que había en él, pero nunca se había parado a pensar en lo que les ocurría a los hombres. Sabía que luchaban por conseguir el poder y por sobrevivir, pero nunca se había preguntado cuál era el precio que debían pagar. ¿Las cicatrices de Tristan Caine eran la norma, o se trataban de una anomalía como él? ¿Eran el precio de ser la excepción en una familia que valoraba los lazos de sangre? ¿Cuántas de esas cicatrices le habían infligido sus enemigos? ¿Cuántas había sufrido a manos de la familia? ¿Habían sido el coste para alcanzar la posición que ostentaba? ¿Qué estragos provocaba aquello en los hombres? ¿Por eso la mayoría se mostraban tan fríos? ¿Porque era la única forma de afrontar el dolor? ¿Era eso lo que le había ocurrido a su padre? ¿Se mostraba distante porque así era como seguía adelante, para conservar su poder?

Las preguntas se sucedían una a una en la mente de Morana, acompañada por la imagen de las viejas heridas que había visto en la carne del hombre que tenía al lado. Aunque lo odiara, respetaba su fuerza. Su cuerpo, comprendió, era más que un arma. Era un templo a la fortaleza. Era el guardián de muchas historias, historias de su supervivencia, de detalles de aquel mundo horrible que ella ni siquiera podía llegar a imaginar.

Pensó en Amara, en la tortura que había sufrido durante días en manos de sus enemigos y a la que sobrevivió, y Morana se dio cuenta de lo afortunada que había sido ella en comparación. Nunca la habían secuestrado, nunca la habían torturado, nunca la habían violado como a tantas otras mujeres de su mundo. Y se preguntó por qué. ¿Se debía a su padre o a alguna otra razón?

—A mi hermana le encantaba la lluvia.

Esas palabras, pronunciadas en el susurro de aquella voz ronca y áspera, irrumpieron en sus pensamientos.

Y después las procesó, y se quedó aturdida. No solo porque eran algo privado que él acababa de compartir con ella, sino por el profundo amor que detectó en su voz.

Morana no lo había creído capaz de sentir hacia nadie el tipo de devoción que oía en su tono. Atónita, no se volvió para mirarlo, ni siquiera de reojo, y él tampoco la miró. Ella apretó las manos contra el cristal, embargada por la sorpresa y la confusión que le habían provocado esas palabras.

Tragó saliva mientras el corazón le latía con fuerza en el pecho.

—No sabía que tuvieras una hermana —replicó a media voz, como había hecho él, sin apartar la vista del exterior.

Silencio.

—Ya no la tengo.

El tono lacónico había vuelto, pero Morana ya no se lo creía. Acababa de oír calidez, acababa de oír amor. Ni siquiera Tristan Caine podía volver con tanta rapidez a la frialdad. Sin embargo, ella no le dijo nada, aunque no supo bien por qué.

Estaban sentados en la oscuridad, frente al cielo, la ciudad y el mar, frente a las gotas que caían sincronizadas con los latidos de Morana, y el silencio entre ellos no era denso, pero tampoco era ligero. Solo era silencio. No supo cómo interpretarlo.

Abrió la boca antes de pensarlo siquiera.

—A mi madre le encantaba la lluvia.

Una pausa.

—Creía que tenías madre.

Un nudo familiar le oprimió la garganta a Morana.

—Ya no.

En ese instante sintió que él la miraba y volvió la cabeza. Se topó con un azul intenso, muy intenso. Algo oscuro relampagueó en sus ojos y apartó la mirada.

Morana tragó saliva.

—¿Por qué querías que me quedara aquí?

Tristan Caine siguió allí sentado, con el cuerpo relajado, sin mirarla, con la vista clavada en el exterior. Silencio.

—Dante tenía razón. Allí habría estado cómoda y a salvo —siguió ella en voz baja.

—Aquí estás cómoda y a salvo —replicó él también en voz baja, pero con las palabras cargadas de significado.

—Solo por esta noche.

—Solo por esta noche.

Morana volvió a mirar por el ventanal, a contemplar la lluvia, a oírla repiquetear contra el cristal, consciente de que estaba a un palmo de él.

Siguieron sentados en esa oscuridad absoluta, una especie de tregua silenciosa establecida entre ambos que ella sabía que desaparecería en cuanto saliera el sol; una tregua silenciosa que nunca honrarían a la luz del día; un momento oscuro y robado frente a una pared de cristal que ella recordaría, pero del que nunca hablaría.

Lo recordaría porque, en ese momento, algo cambió en su interior. Porque, en ese momento, su enemigo, el hombre que la odiaba más que a nada, había hecho algo que nadie había hecho jamás.

En ese momento, el hombre que había reclamado como suyo el derecho a matarla le había dado un atisbo de vida, al hacer algo inconsciente. En ese momento, su enemigo había hecho lo que nadie había intentado hacer por ella. Había logrado que se sintiera un poco menos sola.

Y ese momento terminaría en cuanto saliera el sol.

Sin embargo, entonces, y aunque seguía odiándolo, algo incomprensible cambió en el interior de Morana.

9

Encierro

La indecisión, en lo que a sus propias emociones se refería, la estaba comiendo por dentro.

Su padre no había vuelto a llamar. Ni una sola vez.

Morana no sabía especificar por qué le preocupaba tanto que no lo hubiera hecho, pero no podía quitarse de encima la sensación de que algo estaba a punto de suceder. Algo que no le iba a gustar en absoluto. Claro que, si lo hacía su padre, jamás podría haberle gustado de todas formas.

Respiró hondo, apartó esos pensamientos para más tarde y abrió la puerta del dormitorio de invitados para salir al salón del ático.

Si hubiera sido una chica normal en cualquier otro mundo, no habría sabido qué esperar después de la noche anterior. Pero como la normalidad de Morana no era normal, sabía exactamente qué esperar.

Abandonó la habitación, a sabiendas de que estaba sola en el ático. Tristan Caine se había marchado al amanecer, igual que ella, que regresó al dormitorio para aprovechar los últimos momentos de sueño.

Después de aquella conversación inicial no habían vuelto a hablar, pero mientras se dirigía a la cocina Morana sabía que la tregua silenciosa que las frágiles gotas de lluvia habían traído consigo había desaparecido con ellas. El sol brillaba con fuerza en el cielo y sus rayos atravesaban la pared de cristal iluminando toda la estancia; su fulgor había desterrado cada centímetro oscuro del salón, si bien el aire acondicionado mantenía el calor a raya. Las vistas, las magníficas vistas, estaban desnudas ante sus ojos; la luz solar reflejándose en el mar en un extremo y trepando por los edificios en el otro.

Morana se sentó en el mismo taburete que había ocupado el día anterior y pensó en prepararse un café, pero descartó la idea. La tregua había terminado. Ya la habían drogado una vez. No era tan tonta como para volver a arriesgarse.

Al oír el ascensor abriéndose, Morana se giró con rapidez hacia él, con la mano apoyada en el bolso, donde llevaba la pistola. Se destensó un poco al ver a Amara caminando hacia ella, su cuerpo largo y curvilíneo enfundado en unos pantalones de pinzas de color canela, un top rojo y un pañuelo de seda verde. Los rizos oscuros y salvajes le enmarcaban la preciosa cara, en la que había esbozado una sonrisa.

—Buenos días, Morana —la saludó, y los ojos de color verde bosque le relucían.

Morana se relajó ligeramente y le devolvió el saludo, asintiendo.

—Amara.

La susodicha sonrió y abrió el frigorífico. La familiaridad con la que se movía por el espacio, sacando un par de vasos de los armarios, irritó a Morana de forma inexplicable. Apretó los dientes y se dio media vuelta para contemplar el paisaje.

—¿Quieres? —preguntó Amara. Morana se volvió y la vio con un zumo de naranja en la mano y la cabeza inclinada mientras le preguntaba. Ella sonrió al verla dudar y dijo—: No le he echado nada, no te preocupes.

Morana asintió mientras se quitaba las dudas que inundaron sus pensamientos.

—No te culpo por sospechar después de lo que te pasó en el club —añadió Amara, sirviendo el líquido frío en dos vasos altos, con la misma voz queda de antes.

A Morana se le encogió el estómago y empezó a hacerse un sinfín de preguntas sobre esa mujer que no había sido sino amable con ella. ¿Qué sentiría al saber que su voz nunca sería más que un susurro? ¿Le dolía si intentaba hablar más alto? ¿También tenía cicatrices físicas? ¿Hasta qué punto la habían torturado? Sin embargo, las desterró todas porque se le ocurrieron otras más apremiantes.

—¿Volviste bien al club? —le preguntó mientras la otra mujer se sentaba frente a ella y apoyaba los codos en la mesa.

—Sí —respondió Amara con su voz ronca y suave—. Tristan estaba allí. No corrí peligro.

Y, viniendo de una mujer que fue torturada de joven, aquella afirmación decía mucho. Morana la archivó para más tarde y siguió preguntando.

—¿Sabes quién se subió al todoterreno después de que Caine y tú volvierais al club?

Amara frunció un poco el ceño y apretó los labios.

—No. ¿Pasó algo?

Morana suspiró, negando con la cabeza. No tenía sentido contarle la historia a Amara si él no lo había hecho. ¿Se lo habría contado a Dante? ¿O habría vuelto a omitir información?

—Aunque, ahora que lo pienso —murmuró la mujer, parpadeando mientras hacía memoria—, Tristan salió corriendo en cuanto vio que alguien arrancaba de nuevo el coche.

Morana observó que Amara dio un sorbo al contenido de su vaso y, convencida de que no le pasaría nada, bebió del suyo. La bebida dulce y fría le recorrió la garganta, provocándole un cosquilleo. Se sentó más derecha, con los ojos clavados en la otra mujer.

—Eres muy valiente —dijo Amara en voz baja, con una sonrisa en los labios.

Morana parpadeó sorprendida y sintió que se ruborizaba.

—Mmm..., gracias, supongo.

Amara se echó a reír por su torpe respuesta. Se notaba que se sentía cómoda en aquel lugar.

—Tristan es un hombre intimidante por defecto, pero contigo se esfuerza por serlo incluso más. Que te hayas atrevido a pasar la noche sola en su casa dice mucho de ti. Aunque si tenemos en cuenta que eres la única hija de un hombre con la reputación de tu padre..., no sé por qué me sorprende. Eres fuerte. Te admiro por ello.

Morana carraspeó. Nunca le hacían cumplidos que no fueran

acerca de su inteligencia. Y recibir uno entonces, sobre algo tan arraigado en su identidad, resultaba, cuanto menos, incómodo.

Dispuesta a cambiar de tema, respiró hondo y...

—¿Vives aquí?

En ese momento le hubiese encantado desaparecer por arte de magia.

Amara se atragantó un poco con el zumo y abrió mucho los ojos antes de soltar una carcajada. Fue un sonido suave pero genuino.

—¿Con Tristan? ¡Por Dios, no! —exclamó. A Morana le molestó un poco el alivio que la invadió al oír la respuesta. Amara siguió riendo entre dientes—. Es territorial en cuanto a su espacio. Muy territorial. Una vez entré en su dormitorio sin llamar y me echó una mirada que casi me mata.

Morana se paralizó al oírlo. Ella había entrado en su dormitorio el día anterior sin permiso. Se había quedado allí plantada, justo en el umbral de su espacio personal, y él la había visto. Sin embargo, no la había fulminado con la mirada. Había reaccionado de una forma muy distinta.

De repente recordó algo que él le había dicho hacía semanas.

«Tengo mi propio territorio. No vuelvas a invadirlo».

¿Habían sido solo palabras, un intento por reafirmar su control, como ella creyó, o algo más?

La voz de Amara la sacó de sus pensamientos.

—Tristan no permite que nadie invada su espacio. Todos los que conocemos lo sabemos.

Morana parpadeó, mareada por las preguntas que la asaltaban sobre ese hombre tan desconcertante.

—Entonces ¿por qué ha dejado que yo pase la noche aquí? —¿Por qué insistió en que se quedara? ¿Por qué gruñó de esa forma cuando Dante le ofreció su piso a Morana?

Amara la miró con expresión penetrante y una sonrisa en los labios.

—Es curioso, ¿verdad? —comentó. Morana permaneció en silencio mientras la otra mujer negaba con la cabeza—. Bueno, para responder a tu pregunta, no, no vivo aquí. Pero vivo cerca.

Eso despertó su curiosidad.

—¿No vives en Tenebrae?

Morana vio que los ojos de Amara se ensombrecían mientras apartaba la mirada. Una especie de melancolía se apoderó de ella y suspiró, un sonido que pareció surgir de lo más profundo de su alma.

—Puedo ir para visitar a mi familia, pero no tengo permitido quedarme.

Interesante elección de palabras.

—¿Por qué? —preguntó Morana antes de poder contenerse.

Amara la miró con cierta expresión de tristeza en esos ojos verde bosque, apesadumbrada, y esbozó una sonrisa tensa.

—Es mejor dejar algunas preguntas sin respuesta, Morana. Mi hogar está allí. Mi madre todavía trabaja en la casa de los Maroni. Mis raíces, todo lo que soy, todos mis seres queridos…, todo está allí. Pero estoy condenada a no poder quedarme con ellos.

Morana parpadeó, compadeciéndose profundamente de la otra mujer. Amara tenía un hogar, pero era un lugar lleno de amor en el que no se le permitía vivir. Morana, en cambio, tenía una casa, pero no un hogar. Y en ese momento sintió el dolor que Amara sufría.

Antes de poder reprimirse, extendió un brazo para acortar la distancia que las separaba y cogió a Amara de la mano, dándole un suave apretón.

—Lo siento.

Vio la sorpresa en los ojos de la otra mujer ante el gesto, pero Amara le devolvió el apretón, con expresión dulce, agradecida. Acto seguido se encogió de hombros.

—Es solo que a veces echo de menos mi casa. Por eso me encanta cuando Tristan o Dante me visitan.

—Pero seguro que tienes amigos aquí —repuso Morana.

—La verdad es que no. —Amara bajó la mirada—. Estoy aquí por trabajo, principalmente. Además, esta no es mi ciudad. Tengo limitaciones.

Morana quiso decirle que la llamara alguna vez. Quiso decirle que ella tampoco tenía amigas. Quiso decirle que le encantaría contar con la amistad de una mujer a la que ella también consideraba muy valiente.

Sin embargo, no pudo.

Tenía las palabras en la punta de la lengua, listas para salir. Tenía la necesidad arraigada en su interior, de conocer a alguien, de tener una amiga, de compartir su vida y sus historias con otra persona. Pero ese tipo de actos podían acarrear consecuencias, no solo para ella, sino también para Amara. Ya la habían desterrado de su propia ciudad y la habían enviado a Puerto Sombrío. Morana no quería ser la responsable de que la echaran de allí, ni de que la mataran.

Se mordió el labio y retiró la mano, carraspeando. Volvió a observarla desde la barrera de cristal que llevaba en su interior, extendiendo los brazos hacia ella, pero sin poder tocarla.

El sonido del ascensor al abrirse la salvó del silencio incómodo.

Morana se volvió para ver quién llegaba, y sus ojos se posaron en Dante y Tristan Caine, ambos altos, de hombros anchos y tan guapos que parecía increíble. Percibió que Dante titubeaba un segundo al ver a Amara, pero no se detuvo y se acercó a ellas, muy elegante con su traje. El hombre que tenía al lado, en cambio, se aproximó sin el menor titubeo, atrayendo por completo la atención de Morana. Otra vez.

Se le hizo un nudo en el estómago cuando cruzó la mirada con Tristan Caine, con esos ojos penetrantes, tan magníficos a la luz del sol; cuando se fijó en ese cuerpo atlético y musculoso, vestido con una sencilla camiseta y unos pantalones tipo cargo. Su atuendo le indicó que, dondequiera que hubiesen estado, se trataba de un sitio lo bastante informal como para que él no fuera arreglado.

—Veo que estás a tus anchas en mi cocina, Amara —le dijo con la voz de whisky añejo a la mujer que Morana tenía detrás, aunque esos ojos azules no se apartaron de los suyos ni un segundo.

—Solo en tu cocina —replicó Amara, con voz ronca y alegre.

Dante se acercó a la pared de cristal, con las manos metidas en los bolsillos, y contempló las vistas, pasando por completo de todos los presentes. Morana lo observó y percibió la tensión existente entre Amara y él. No era la primera vez que la notaba.

Volvió a mirar a Tristan Caine con curiosidad y lo descubrió rebuscando en los armarios y buscándola con la mirada, tal y como había hecho ella con él.

La observó.

El corazón de Morana dio un vuelco.

Tristan Caine desvió la vista.

A ella se le disparó el pulso.

Cerró los ojos por la estupidez de sus reacciones, carraspeó y se volvió hacia Dante, que seguía frente al ventanal.

—¿Has encontrado algo en los almacenes?

En vez de volverse, él se limitó a alzar la voz para contestar:

—En el de aquí, no. Pero había ciertas... peculiaridades en el de Tenebrae. —«¿Peculiaridades?». Morana se inclinó hacia delante, interesada—. Ese almacén perteneció a uno de nuestros competidores locales hace mucho tiempo —le informó Dante, de perfil al sol—, pero el equipamiento que encontraron mis hombres pertenecía a otra banda. Todavía no hemos averiguado quién lo ha usado.

Morana entrecerró los ojos mientras los engranajes de su mente empezaban a girar.

—¿Qué significaría para Caine que alguien usara el programa y lo incriminara por ello?

Dante se volvió y clavó la mirada en ella.

—Significaría su muerte, Morana.

Pues ya podía descartar que Tristan Caine hubiera puesto en marcha un plan maestro para inculparse a sí mismo. A menos que tuviera tendencias suicidas.

—Te informaré al instante de cualquier novedad —le prometió Dante, y ella asintió, negándose a mirar al otro hombre.

Amara carraspeó.

—En realidad, Morana, yo había venido para darte esto.

Morana la miró y vio que había dejado sobre la encimera las llaves de su coche. Su coche, su pequeño, estaba arreglado. Alzó la mirada en busca de la de Tristan Caine, pero él no la estaba observando.

Ella asintió, con el corazón acelerado, y bajó de un salto del alto taburete para colgarse el bolso del hombro y coger las llaves.

—Debería irme —murmuró, lanzando un vistazo a su alrededor.

Dante se despidió con un educado gesto de la cabeza que Morana le devolvió, consciente de que estarían en contacto. Amara le dedicó una sonrisa.

—Espero que volvamos a vernos, Morana.

Esta tragó saliva.

—Lo mismo digo.

Se dio media vuelta, sin dirigirle ni una sola palabra al dueño del ático, sin mirar en su dirección, sin expresar el agradecimiento que sentía. Echó a andar hacia el ascensor, con pasos rápidos y seguros, mientras contemplaba las vistas por última vez, memorizándolas, grabándolas a fuego en su memoria, tal como se había grabado la noche anterior en su alma.

Nadie habló mientras Morana se alejaba. La tensión le acarició la espalda al entrar en el ascensor, con el corazón acelerado y las palmas de las manos sudorosas.

Respiró hondo, se dio la vuelta para presionar el botón y se encontró, por última vez, con unos magníficos ojos azules. Tristan Caine seguía de pie en la cocina, observándola.

Pulsó el botón sosteniéndole la mirada.

Y las puertas se cerraron.

Algo iba mal.

En cuanto cruzó la verja de la mansión, un mal presentimiento le atenazó el estómago.

No debería haber vuelto. Debería haber cogido su maravilloso y recién reparado coche y haberse largado a otro lugar que no fuera esa mansión. Pero no lo había hecho. Porque Morana Vitalio podía ser muchas cosas, pero no era una cobarde. Y si iba a morir, sería demostrándolo.

Apretó los dientes, aparcó el coche en su plaza habitual y se bajó. Aprovechó para echarles un vistazo a las ruedas nuevas. ¿Cómo había conseguido Tristan Caine repararlo de la noche a la mañana, en medio de una tormenta? ¿Tan buenos contactos tenía? Meneó la cabeza para sacarse a ese hombre tan desconcertante de los pensamientos, y contempló el césped frondoso iluminado por el sol, la preciosa avenida de entrada y la impresionante mansión.

El mal presentimiento se acrecentó.

Iba a marcharse. En cuanto encontraran el programa, se prometió, huiría y desaparecería, cambiaría de identidad, buscaría la vida que quería. Se iría a un lugar muy, muy lejano donde podría hacer amigos sin dudar, conocer hombres y divertirse, vivir sin que la muerte pendiera cada día sobre su cabeza.

En cuando destruyera el programa, lo dejaría todo atrás.

Sintiendo que esa decisión le infundía fuerzas, Morana echó a andar hacia su ala con la intención de ir directa a su habitación, bajo la atenta mirada de los guardias de su padre, pero entonces lo vio sentado en el jardín, en el cenador, con otros dos hombres mayores de aspecto rudo, en una reunión de negocios.

En cuanto él la vio llegar, le indicó que se acercara con los dedos, un gesto que irritó a Morana profundamente. Le habría encantado devolverle una peineta y seguir hacia su suite, pero su padre no estaba solo y ella sabía que con semejante desplante, sobre todo después de lo de la noche anterior, se pasaría completamente de la raya.

Así que se limitó a apretar de nuevo los dientes y acercarse al cenador, cuyo enorme dosel de hojas proporcionaba sombra a todos los presentes.

Su padre le dirigió una mirada totalmente inexpresiva, sin revelar nada.

—Esta noche cenamos en Carmesí. Vístete de forma apropiada.

Morana asintió en silencio y esperó a que dijera algo más. Él levantó las cejas y la despachó moviendo de nuevo los dedos.

Ella se dio media vuelta con los puños apretados y subió a su suite, cerrando de un portazo al entrar.

Luego se sentó en la cama. Y empezó a pensar.

Allí había gato encerrado. Esperaba que su padre se enfadara o que incluso la provocara. O que se mostrara indiferente, como era lo habitual. Pero esa actitud... era casi manipuladora. Esa calma que aparentaba, después de que ella se hubiera pasado la noche fuera, la inquietaba. No presagiaba nada bueno. Sentía mariposas en el estómago, pero no en el bien sentido. Esas mariposas en concreto no le gustaban nada.

«Tu independencia solo es una mentira que te he permitido creer».

Morana se puso en pie respirando hondo y fue al cuarto de baño. La sensación empeoraba por momentos.

Carmesí.

Llevaba los labios de color carmesí. La sangre que le corría por las venas era carmesí. La sangre que quería ver salir de la nariz de ese hombre también sería carmesí.

Morana estaba sentada en el restaurante con la mandíbula tensa, en la mesa del rincón que siempre le tenían reservada a su padre, ataviada para la ocasión con un vestido negro de tirantes, con la espalda al aire y una falda de vuelo que caía desde la cintura. El único detalle destacable era la raja que tenía en el lateral.

Además de su padre, había otros cuatro hombres sentados alrededor de la mesa. Él no le había dirigido la palabra en todo el día y, aunque no era algo fuera de lo normal, sí que lo era después de la aventura de Morana. A partir de ahí, nada se había desarrollado de la forma habitual. Por regla general, ella iba en su Mustang a las cenas a las que le tocaba asistir. Esa noche, sin embargo, su padre le había ordenado que subiera a su coche. Estuvo a punto de protestar cuando él la miró para silenciarla.

—Es importante que lleguemos juntos —le había dicho.

Morana se había mordido la lengua y había obedecido.

Así que allí estaba, consciente ahora del motivo por el que su padre había querido que llegaran juntos. No era solo una cena. Era una humillación pública.

Uno de los hombres, un apuesto treintañero, se había sentado a su lado y, por tercera vez, intentó meter la mano por la raja del vestido de Morana. La primera, ella se lo tomó como un roce accidental. La segunda se la apartó con una mirada severa. En esa ocasión, sin embargo, se cabreó.

Le agarró la mano y le dobló los dedos hacia atrás.

—Como me toques otra vez te rompo los dedos.

Tras sus palabras se hizo el silencio en la mesa. Su padre la miró, con una ceja levantada. Moraba esperaba que pusiera orden, bien hacia ella o hacia el hombre, pero él se limitó a apartar la vista, haciendo que los demás retomaran la conversación, como si un tío diez años mayor que ella no hubiera intentado manosear a su hija por debajo de la mesa.

Morana le soltó, asqueada, y se echó hacia atrás en la silla, respirando hondo para controlarse mientras la ira la invadía.

—La Organización está aquí —informó uno de los hombres de mediana edad sentados a la mesa, y sus palabras atravesaron la neblina carmesí que envolvía a Morana.

Su padre asintió.

—Lo sé. El equipo de seguridad está preparado.

Morana recorrió con la mirada el restaurante por primera vez esa noche y se dio cuenta de que su padre tenía razón. Todo el establecimiento estaba plagado de guardias. Tanto de los suyos como de los de la Organización. Había hombres haciéndose pasar por clientes sentados a las mesas, en alerta, con las armas ocultas pero evidentes bajo la ropa. La amenaza de que estallara una reyerta palpitaba en el aire. Las personas ajenas a ambas organizaciones, conscientes al parecer de lo que estaba ocurriendo, comían nerviosas y con prisas para acabar lo antes posible. El personal caminaba de puntillas y la tensión goteaba de cada bandeja.

Morana dejó que su miraba vagara por el restaurante y lo analizara todo, intentando localizar la mesa de la Organización, pero no vio en ninguna a los dos hombres que conocía.

Sin embargo, sintió un cosquilleo en la nuca.

Alguien la estaba mirando.

Notó sus ojos. Esos ojos hambrientos.

Se le cortó la respiración. No entendía por qué sabía que se trataba de él. No quería entender cómo lo sabía, pero así era. La estaba mirando como lo hizo cuando ella invadió su territorio. La estaba mirando como ella lo miraba a él.

Morana cogió su copa de vino y examinó de nuevo con disimulo el interior del restaurante, intentando localizar la mesa a la que Tristan Caine estaba sentado. No pudo, lo que significaba que lo tenía detrás.

No se giró. Eso significaría admitir que era consciente de su presencia no solo ante él, sino también ante la Organización. Y dada la actitud de su padre, prefirió quedarse quieta.

Sin embargo, sintió su mirada acariciarle cada centímetro de espalda expuesta; sintió un cosquilleo en la nuca, temblando por la sensación al imaginárselo sentado a una mesa del restaurante, devorándola con esos ojos azules. Llevaría un traje como los que ya le había visto. Un traje que ocultaría sus cicatrices y sus tatuajes, y que acentuaría sus músculos. Morana tragó saliva y mantuvo la mirada gacha, con todo el cuerpo enfebrecido solo de pensar en él.

No debería pensar en él.

Sin embargo, que Dios la ayudara, porque no podía dejar de hacerlo.

Cerró los ojos y cogió aire despacio mientras se colocaba el móvil en el regazo y tecleaba un mensaje, aunque titubeó con el dedo sobre «enviar».

Él la veía. ¡La estaba observando! Y odiaba sentirse en desventaja. Asintió, resuelta, y envió el mensaje. El corazón empezó a latirle con fuerza, la indecisión luchando contra el valor, incapaz de comprender por qué le había mandado aquellas palabras: «Deja de mirarme».

Vio casi al instante la notificación de la respuesta. La pulsó con el corazón martilleándole en el pecho.

Tristan Caine

No.

No. ¿Solo «no»? Qué elocuente.

Tú mismo... Mi padre te verá y te matará.

La contestación llegó casi de inmediato.

Lo dudo mucho.

Y eso por qué?

Porque no ha movido un dedo cuando
ese capullo te ha metido mano.
No me matará solo por mirarte.

Morana sintió que se sonrojaba, que la invadía una rabia humillante, una rabia que se convirtió en furia al darse cuenta de lo ciertas que eran sus palabras. De que, para su padre, ella solo era una propiedad más que unos podían tocar, y otros, solo mirar. Casi se echó a temblar por la indignación, pero apretó los dientes.

Es un invitado. Tú no.

Pasaron unos segundos antes de que le llegara la respuesta.

Así que él puede tocarte y yo no?

Se le detuvo el corazón un instante, y luego empezó a latirle con fuerza. Él nunca le había hablado así.

Esta conversación ha terminado.

Bloqueó el teléfono. Volvió a desbloquearlo.
Nuevo mensaje. Tragó saliva.

Cobarde.

Morana se quedó de piedra y miró la pantalla durante un segundo, parpadeando, antes de que la ira volviera a invadirla. ¿«Cobarde»? ¿Quién cojones se creía que era? Estaba claro que la estaba provocando, y ella prefería morir antes que seguirle el juego.

Sin embargo, no llegó a bloquear el móvil, porque le llegó una nueva notificación.

Te desafío.

«No lo hagas. No muerdas el anzuelo», se dijo ella en silencio.

A qué?

Una larga pausa. Morana esperó mientras la sangre le atronaba los oídos, con cuidado de no parecer demasiado distraída.

A demostrarle hasta qué punto eres una fiera.

Morana bloqueó el teléfono. No iba a morder el anzuelo. No iba a caer en su trampa. Era una mujer adulta, no una niña. Estaba rodeaba de hombres armados dispuestos a ponerse a disparar, y ella no podía desencadenar un tiroteo.

Sin embargo, todavía sentía su mirada en la espalda, recorriéndole la piel.

No iba a morder el anzuelo. No iba a morder el anzuelo. No iba a morder el anzuelo.

Y en ese momento el gilipollas volvió a manosearle el muslo.

Todo lo que había sentido durante el día, la confusión, la ira, la frustración, el deseo..., todo se mezcló. Antes de darse cuenta, Morana le aferró la mano y le dobló los dedos hacia atrás con fuerza, no tanta como para romperle los huesos, pero sí la suficiente para provocarle un esguince grave en la muñeca.

—¡Zorra! —vociferó el hombre al tiempo que se llevaba la mano al pecho, su apuesto rostro demudado por el dolor mientras se hacía el silencio en el restaurante.

Morana sintió todas las miradas sobre ella, y unas cuantas armas apuntándola. Los ignoró a todos y se puso en pie.

—Morana —masculló su padre con dureza.

—Le advertí que no me tocara —replicó ella en voz alta, consciente con todas las células de su cuerpo de la creciente presión—. No me ha hecho caso.

La tensión aumentó. Nadie hablaba.

—Es puro fuego, Gabriel —dijo con voz estentórea uno de los hombres de la mesa mientras recorría la piel expuesta de Morana con la mirada—. No me importaría que me quemara.

—Si le apetece morir, adelante —le soltó ella.

Su padre no se dirigió al hombre, sino a Morana.
—Ve a tranquilizarte.
Con el asco reflejado en el rostro, Morana cogió el bolso y fue hacia el pasillo que llevaba a los lavabos, sin dirigirle una sola mirada a nadie, con el cuerpo temblándole por la rabia.
Casi había doblado la esquina para meterse en el pasillo cuando su mirada se encontró con la de Tristan Caine.
Aminoró el paso mientras lo examinaba, con ese traje oscuro y el cuello de la camisa desabrochado, como de costumbre, antes de que la invadiera el rechazo hacia toda la población masculina. La observaba con esos ojos completamente inexpresivos. En cuanto ella dejó que la repulsión asomara a su mirada, algo relampagueó en los iris azules de él. Sin embargo, Morana dobló la esquina antes de poder descubrir lo que era.
Una vez en el aseo, apoyó las manos en la limpia encimera de granito y se miró en el espejo. No había nadie en ninguno de los cubículos, estaba sola.
¿Qué hacía allí? ¿En el restaurante, en su vida? ¿Qué sentido tenía todo? A su padre no le importaba una mierda. No le importaba a nadie. Y eso la enfurecía.
Estaba furiosa porque un desconocido le había metido mano delante de su padre y él no había dicho nada. Estaba furiosa porque le había enviado un mensaje al hombre que odiaba, y había sido él quien la había empujado a actuar. Estaba furiosa porque había dejado atrás aquella pared de cristal y aquella noche lluviosa y, sin embargo, una parte de ella seguía anclada a aquel momento.
Estaba *furiosa*.
Era evidente en su reflejo. En su rostro sonrojado, en su cuerpo tembloroso, en su piel acalorada.
Estaba furiosa. Dios, estaba tan furiosa…
La puerta del aseo se abrió y Morana bajó la mirada para que quienquiera que hubiese entrado no le viera los ojos. Lo último que le apetecía era una charla intrascendente con una mujer que no tenía ni idea de nada.

Se lavó las manos y se dio en las mejillas con el agua fría, a la espera de oír algún sonido a su espalda mientras la mujer se movía. No escuchó ninguno.

En tensión, con el cuerpo alerta, levantó despacio la mirada para encontrarse con unos ojos azules, muy azules.

Había entrado en el aseo de señoras de un restaurante lleno de hombres y mujeres de ambas familias, de gente armada con pistolas listas para disparar. ¿Estaba *loco*?

Morana se dio media vuelta al instante y se dirigió hacia la puerta, hirviendo por la rabia, pero él le bloqueó la salida.

—Quítate de en medio —le soltó, porque no tenía ganas de lidiar con él.

—¿Para que puedas irte con tu padre y ese gilipollas? —replicó él con sorna, y Morana sintió que su voz la inundaba de una forma que ella no deseaba en absoluto en ese momento.

Apretó los dientes e intentó esquivarlo, pero no lo consiguió. La cólera hervía a fuego lento en su interior.

—Quítate. De. En. Medio —repitió, resaltando cada palabra con voz gélida.

Él no se movió.

Y ella perdió el control.

Le echó las manos al cuello antes de ser consciente de lo que hacía y se lanzó contra él con todo el cuerpo. Tristan Caine retrocedió contra la puerta, no por la fuerza que ella había empleado (no era tan ingenua como para engañarse), sino porque quiso hacerlo. Clavó esos ojos azules en los suyos mientras inclinaba la cabeza, sin importarle que pudiera estrangularlo. Morana apretó los dedos sobre esos músculos duros y cálidos, y sin saber por qué, la asaltó el impulso de dar rienda suelta a toda su ira. Porque, aunque desconociese el motivo, él había sido sincero con ella al demostrarle su odio. Y le agradecía esa sinceridad. La necesitaba.

Sin embargo, se encontraba al borde de un precipicio. Un precipicio por el que no sabía que había estado caminando. Y en ese momento estaba a punto de dar el paso definitivo.

—Te pedí una cosa muy sencilla —masculló ella con los labios temblorosos—, que te mantuvieras alejado de mí. Y aceptaste. Me diste tu palabra. Así que ¿por qué te encuentro en todas partes? Te advierto que ahora mismo el programa me importa una mierda. Por mí, como si os morís todos. ¡Mantente lejos de mí, joder!

Antes de que pudiera siquiera parpadear, se encontró con la cara pegada a la puerta y la mano que le había puesto en el cuello ahora estaba apretada contra su espalda con firmeza, pero sin hacerle daño. Apoyó la otra en la madera mientras él se pegaba a su piel completamente desnuda. Sintió el roce de los botones de su camisa en la columna vertebral con cada una de sus respiraciones. Ese olor amaderado y almizcleño que reconocía solo como suyo la envolvió mientras él colocaba la mano libre junto a la que ella tenía sobre la puerta. A Morana le tembló todo el cuerpo al volver la cara y rozarle la barbilla con la frente, tras lo cual él inclinó la cabeza para tocarle la oreja con los labios.

El corazón le retumbó en el pecho y la sangre le atronó los oídos. El calor la invadió. El olor, las caricias, las sensaciones..., todo era embriagador.

—Señorita Vitalio, vamos a dejar una cosa clara ahora mismo —murmuró contra su oreja con esa voz, esa voz de whisky añejo y de pecado, que le recorrió la columna vertebral en oleadas y se extendió por su cuerpo hasta acumularse en sus entrañas.

El roce de esos labios hizo que el pecho de Morana se agitara contra la puerta de madera. Esa puerta de madera que era la única barrera entre ellos y un restaurante lleno de gente, incluido su padre, que no dudaría en matarlos a cualquiera de los dos.

Esa certeza le produjo otro estremecimiento. La certeza de que, por alguna razón, ese hombre la hacía sentirse como una mujer peligrosa. La certeza de que, por alguna razón, ese hombre no dejaría que nadie más la matara. Así que se quedó allí dentro, con él pegado a la espalda, sin un ápice de remordimiento por traicionar a su padre. Lo único que sentía era emoción.

—Me alejaré cuando me apetezca —susurró él—. No porque tú o cualquier otro me lo ordene. Pero nunca he forzado a una mujer y no voy a hacerlo ahora.

Morana se mordió el labio, consciente de que él no la tocaba en ningún sitio salvo donde tenía la mano, detrás de la espalda. No la estaba tocando, pero ella estaba ardiendo.

—Hasta aquí hemos sido sinceros, señorita Vitalio —murmuró—. Así que lo seré también ahora. Te odio, pero te deseo. Joder, es cierto. Y quiero quitarme la idea de la cabeza. —La crudeza con la que hablaba aceleró la respiración de Morana. Siguió—: Los hombres de tu padre están al otro lado de esta puerta, a un segundo de distancia. ¿Quieres que me vaya? Solo tienes que decirlo.

Morana, estupefacta, giró la cara hacia la madera y respiró con rapidez en el reducido espacio.

—Debes tomar una decisión.

Hostia puta. ¿Cómo iba a tomar una decisión si tenía el cerebro frito? Por Dios, deseaba a ese hombre. Se había acostado una vez con Jackson, más que nada por rebeldía, pero no quiso repetirlo. No sintió ni la cuarta parte del anhelo que la invadía cuando miraba fijamente a Tristan Caine. Nunca se había sentido tan embriagada, tan excitada, tan desenfrenada por su propio deseo.

Y ese era el problema. Lo odiaba. Odiaba todo lo que había hecho y cada palabra que había dicho. Quería matarlo algún día. Pero su cuerpo lo deseaba. Y también quería sacárselo de la cabeza. Aunque solo fuera una vez.

Su padre estaba fuera. Sus hombres estaban fuera. La Organización estaba fuera.

Tristan Caine estaba dentro. Detrás de ella.

Y lo quería dentro de ella.

Cerró los ojos y movió la mano libre hacia la esquina superior de la puerta.

Y echó el cerrojo.

Decisión tomada.

10

Silencio

Respiraciones.

Oía la respiración de Tristan Caine pegada a su cuello, acariciándole con suavidad la oreja, calentando la superficie que tocaba. Sintió un cosquilleo en la nuca. La sangre se agolpó en ese punto, y se le calentó a causa de un fuego desconocido para ella, uno que cada respiración de él avivaba más y más, extendiéndolo por cada rincón de su piel. El corazón le dio un vuelco y se apoyó con más fuerza en la puerta, deseando liberar el brazo que aún tenía atrapado a la espalda. Contuvo el impulso a duras penas, inmóvil salvo por el temblor de sus pechos al respirar, con un hormigueo en los dedos provocado por el deseo de tocar, de sentir; hambrienta por el contacto con la cálida carne masculina que percibía tras ella, sin tocarla, pero muy presente.

Volvió la cara hacia él.

Respiraciones.

El olor a whisky y a chocolate mezclados en un embriagador cóctel que ella quería saborear. Desvió un segundo la mirada hacia sus labios, los recorrió con los ojos y se percató de lo jugosos que eran, lo que le provocó ganas de clavarles los dientes, de comprobar lo firmes o lo suaves que resultarían. A continuación miró la cicatriz que tenía en la comisura de la boca. Sobresalía por debajo de la barba de dos días, y verla hizo que tuviera ganas de lamerla, de chuparla, de sentirla. Se entretuvo en ese asomo de barba alrededor de su boca y se preguntó si le arañaría la piel, si le rasparía o la irritaría, si la marcaría al devorarla para que todo el mundo la viera, piel enrojecida y rosada por el recuerdo de su voracidad.

El mundo jamás podría ver algo así. Y ella tampoco debería.

No. Aunque lo deseaba, lo que más necesitaba era sacárselo de la cabeza. Era algo que no se repetiría, y no quería el menor recordatorio después de abrir la puerta para salir de allí caminando sobre sus tacones. Quería recuperar el programa y dejar atrás esta puta vida. Quería que ese momento se convirtiera solo en un recuerdo emocionante de su pasado. Nada más.

Alzó de nuevo la mirada y la clavó en esos magníficos ojos, tan oscurecidos por el deseo que solo se veía un delgado anillo azul en el borde de los iris, indicándole que iba en serio, que no fingía. Estaba excitado, muchísimo. Su respiración era pesada y controlada, pero sus ojos brillaban con la intensidad de la lujuria y del odio; un odio tan familiar que ya ni le llamaba la atención.

—Aparta la boca de mí —le ordenó a media voz.

Él mantuvo una expresión impasible y se limitó a levantar una ceja con gesto irritante mientras decía:

—No tenía intención de acercarte la boca.

Morana apretó los dientes, con la furia residual quemándole el estómago. No sabía por qué se sentía ofendida, teniendo en cuenta que lo había sugerido ella; teniendo en cuenta que era justo lo que ella quería; pero la ofendía, y el hecho de sentirse así la cabreaba todavía más. Solo era un polvo rápido. No tenía sentido complicarlo.

—Solo la polla —le dijo con crudeza, sin rastro de vergüenza, con el cuerpo enardecido por la rabia y el deseo, mezclados de tal manera que ya no podía distinguirlos.

Él le soltó la mano y entrecerró los ojos un poco, pero no se movió.

—¿Cuánta experiencia tienes?

La pregunta avivó todavía más el fuego. Si creía que iba a contarle algún detalle sobre su vida sexual, estaba más loco de lo que pensaba. Apretó las manos a los costados antes de darse cuenta y enderezó la espalda.

—¿Cuántas ganas tienes tú de que te dé un puñetazo? —masculló con un tono lo bastante bajo como para que no la oyeran al otro lado de la puerta.

Él no respondió y se limitó a mirarla con esa amalgama de lujuria y odio puro en los ojos, con la cabeza ladeada y el rostro impasible.

Morana esperó una palabra, un gesto, una respiración alterada que le hiciera perder definitivamente la paciencia y matarlo. No haría falta mucho.

Él no hizo nada. Absolutamente nada. Se limitó a observarla con los ojos entrecerrados.

Y esa fue la gota que colmó el vaso.

—Que te follen —le soltó antes de intentar darse media vuelta hacia la puerta para abrirla y marcharse, sintiendo que le ardía el estómago por la humillación, sumada a todo lo demás.

Estaba temblando. Temblando. Temblando como si su cuerpo ya no fuera capaz de contener nada, como si fuera la cuenta atrás de una bomba a punto de explotar, preparada para llevarse por delante todo lo que la rodeaba. Y si era una bomba, quería explotarle en la cara a este gilipollas el primero. O tal vez a su padre. Y al baboso de la mesa. La cola era larga. Y esa era la historia de su vida.

Casi había conseguido girarse hacia la puerta cuando, en un abrir y cerrar de ojos, sucedió.

Él la agarró por la cintura antes de que diera un paso y la levantó con una fuerza que ella nunca había experimentado, haciendo que el corazón le diera un vuelco. Contuvo un grito a duras penas por ese movimiento tan repentino. En cuanto perdió el contacto con el suelo, él la movió como si pesara menos que un cojín y la puso en la encimera de granito, delante del espejo.

La superficie fría le golpeó de repente la piel ardiente del culo, y la crudeza con la que él la sentó en la dura piedra le arrancó un siseo.

Con el vestido arrugado sobre la parte superior de los muslos, el granito helado contra la piel desnuda le provocó un estremecimiento. Él le quitó las manos de la cintura y, nada más hacerlo, ella las apoyó en la encimera, un poco por detrás del cuerpo, para mantenerse sentada y no perder el equilibrio. El gesto hizo que sacara el pecho hacia delante, con las piernas un poco entreabiertas debido a la brusquedad con la que él la había soltado y el vestido que se le arrugaba en los muslos. Nunca se había mostrado así ante nadie y sintió que le ardía la cara por esa postura tan explícita.

Le sostuvo la mirada a Tristan Caine mientras él se quedaba quieto a un par de pasos de distancia. Le aguantó la mirada penetrante antes de que él la bajase por su cuello, su escote, sus trémulos pechos, la parte superior de las piernas, hasta llegar a los pies en un escrutinio lento y lánguido. Morana sintió que se le endurecían los pezones mientras el deseo le atenazaba todavía más el estómago y se le aceleraba la respiración.

Aprovechó el momento para devorarlo con los ojos, admirando bajo la tenue y amarillenta luz de la estancia ese duro pecho masculino que había sentido contra ella otras veces; el pecho que había visto desnudo el día anterior. El traje le cubría los duros músculos y el cuello desabrochado de la camisa dejaba un trocito de deliciosa piel masculina que ella se moría por repasar con la lengua desde la línea de los pectorales hasta la vena que le recorría el lateral del musculoso cuello, pasando por la barbilla, la cicatriz y la boca. Dios, ¿por qué no podía ser un cabrón viejo, feo y gordo, con mal aliento y peor olor, mirada malvada y voz chillona? Pero no lo era. Era quien era, así que ella se permitió contemplarlo y dejó que su mirada bajase cada vez más hasta llegar por debajo de su cintura.

Y se quedó sin aliento.

La parte delantera de los pantalones mostraba un bulto enorme debajo de la tela, y no parecía avergonzado ni incómodo por ello. Era grande. Más grande que la de Jackson. Mucho más grande.

Un escalofrío de miedo atemperó en parte la lujuria que sentía. Joder, ¿en qué se había metido? Nunca lo había hecho así, casi no tenía experiencia, y era demasiado grande y la odiaba.

Alzó la mirada a toda prisa para clavarla en sus ojos mientras las dudas la asaltaban.

Antes de que ella pudiera pestañear siquiera, él acortó la distancia que los separaba y le rodeó los muslos con las manos, separándoselos al tiempo que se abría paso entre sus piernas y dejaba la cara a pocos centímetros de la suya, con esa mezcla de anhelo y odio puro que era mucho más que odio hacia ella. ¿Lo sentía también por sí mismo? ¿Por desearla? Porque bien sabía Dios que ella sí se odiaba por desear aquello. Por desearlo a él.

Él pegó las caderas a las suyas, subiéndole el vestido todavía más, y a Morana se le atascó el aire en la garganta. La sintió, presionándola justo contra su centro, esa dura, durísima erección que se frotaba deliciosamente contra el nudo de nervios en su entrepierna. Y estaba mojada. Se mojaba cada vez más con cada roce de su dureza frotándose contra ella. Si seguía así, iba a dejarle una mancha húmeda en la bragueta, y eso no podía ser.

Entonces la asaltó otro pensamiento.

—Tienes un condón, ¿verdad? —preguntó de golpe. Aunque ella había tomado precauciones y podría hacerlo sin nada, no se fiaba de él en absoluto, así que no quería que se corriera dentro.

Él se detuvo, con la rabia aflorando a sus ojos.

Morana apretó los labios y flexionó los dedos contra el frío granito.

—No creas ni por un segundo que me la vas a meter sin condón.

Él levantó una mano, rodeándole la garganta tal como ella había hecho poco antes. La sujetaba con firmeza, casi como una amenaza, pero sin llegar a serlo. La obligó a ladear la cabeza haciendo presión, y ella notó esa mano fuerte, áspera y cálida contra su acalorada piel, y un estremecimiento le bajó por la columna al darse cuenta de repente de lo fácil que le resultaría partirle el cuello. Lo había visto hacerlo con la misma facilidad con la que una persona normal parpadeaba. Podía matarla allí mismo, en el aseo de señoras de uno de los restaurantes más elegantes de la ciudad y, teniendo en cuenta su fuerza, sabía que no podría impedírselo.

Su furia restalló.

—¿Y bien? —exigió, aplastando el miedo en lo más hondo de su ser, sin pestañear mientras miraba esos hipnóticos ojos.

—¿Eres virgen? —le preguntó él en voz baja, letal, regando sus sentidos de whisky, haciendo que le diera vueltas la cabeza. Una pregunta sensata. Por fin.

—No —contestó, mirándolo con las cejas levantadas, desafiándolo a que dijera algo.

Él no habló.

Sin embargo, le metió la mano libre entre las piernas sin preámbulos, apartándole las bragas y buscándola con los dedos.

Ella arqueó la espalda.

Una descarga le recorrió el cuerpo e hizo que doblara los dedos de los pies dentro de los zapatos de tacón mientras le llegaba el olor de su propio deseo, lo que hizo que se humedeciera todavía más. Él la tenía agarrada por el cuello con una mano al tiempo que con la otra le acariciaba los pliegues con pericia, manteniéndola cautiva con la mirada.

En ese instante Morana se dio cuenta del control que ejercía sobre ella, del control que ella le estaba otorgando. Y con eso llegó una oleada de odio y de rabia. Tal vez su cuerpo la traicionara, pero no su mente.

Apartó una mano de la encimera, apoyándose en la otra, y se la colocó en el paquete para agarrarlo de la misma manera que él la agarraba del cuello. Apretó y él movió las caderas hacia delante, a punto de golpear el lavabo, mientras la furia relampagueaba en sus ojos. Entendía perfectamente lo que ella estaba haciendo. Él la había puesto en una posición vulnerable. Ella se la estaba devolviendo. Bingo.

No llegó a penetrarla con los dedos, solo la acarició una y otra vez, sin tocarle el clítoris, rozándole la entrada y provocándole descargas de placer y un anhelo tan profundo y descarnado que, de haber estado con cualquier otro, ella habría suplicado. De hecho, contuvo el impulso a duras penas, mordiéndose el labio para que no se le escapara el gemido de deseo, negándose a darle la satisfacción de oírlo.

En respuesta se la apretó con más fuerza, arrancándole un ronco gemido del pecho, audible solo porque estaban muy cerca. Si no se hubiera tratado de él, Morana se habría tomado la molestia de admirar el control que ejercía sobre sí mismo. La sentía grande en la palma; de hecho, era más grande que su mano, más grande de lo que podía abarcar, y su interior se tensó por el deseo, consumida por el anhelo de su carne. Empezó a jadear con suavidad mientras el corazón se le desbocaba, totalmente fuera de control a esas alturas.

Y él se detuvo.

Le quitó las manos de encima.

De la garganta y de entre los muslos.

Lo iba a matar, de verdad, si se atrevía a detenerse en ese momento.

Lo vio sacarse la cartera del bolsillo, con los dedos brillantes por su humedad, y el ver la evidencia de su propio deseo en esos dedos ásperos, darse cuenta de que habían estado allí, desató otra oleada de deseo en ella. A ese ritmo iba a estallar en llamas antes de tenerlo dentro.

Él sacó un condón y abrió el envoltorio con los dientes. Morana no deslizó la mirada hacia abajo cuando él se desabrochó la cremallera. Él tampoco.

Y, de repente, sin tiempo de que pudiera coger aire, le colocó de nuevo la mano en el cuello, en la nuca en esa ocasión, como en el ático, mientras apoyaba la otra en la encimera junto a la suya.

Sintió que le rozaba el clítoris con la punta de su erección y se le aceleró la respiración; saber que iba a hacer aquello, y nada más y nada menos que con él, hizo que una recóndita parte de sí misma se estremeciera. Deseaba que sucediera. Lo odiaba, y estaba cabreada consigo misma por desearlo. Pero lo necesitaba.

Necesitaba que la embistiera, llegar al orgasmo y explotar, no como una bomba, sino como una mujer; lo necesitaba con desesperación. Dios, necesitaba gritar hasta vaciarse los pulmones mientras follaban como le había prometido con los ojos cada vez que la había mirado, como le había prometido desde que se conocieron. Necesitaba sentirse deseada, sensual. Y lo odiaba. Odiaba esa necesidad. Lo odiaba a él por hacerla sentir como una loca desesperada.

Transcurrió un segundo, un latido rápido de su corazón.

Y, entonces, él la penetró, enterrándose en ella hasta el fondo de una sola embestida.

Se le escapó un grito antes de poder ahogarlo, y el dolor, su propia humedad, su enorme envergadura penetrándola de un solo envite, todo junto hizo que se quedara sin aliento, que el corazón se le desbocara mientras su presencia la llenaba. La sacó antes de que ella pudiera sentirlo por completo y la penetró de nuevo, con *fuerza*, sin darle un respiro. En esa ocasión, Morana se mordió el labio para contener el grito de placer mientras las sensaciones la asaltaban por completo, mientras el fuego se convertía en un incendio en su interior y los pechos se le agitaban por el duro embate.

Volvió a sacarla antes de que ella se hubiera acostumbrado a su tamaño y agachó la cabeza, pegando la barbilla al pecho, ocultándole la cara.

Ella cerró los ojos a conciencia, ya que no quería recordar haberle visto la cara mientras él sentía cómo lo apretaba en su interior, porque su cuerpo era incapaz de ocultar cómo reaccionaba a lo que le estaba haciendo. No quería ver en él el regodeo, el triunfo, la sonrisilla ufana o, peor, el placer genuino. No quería ver nada, solo estrellas tras los párpados mientras la destrozaba.

Él volvió a retirarse y a embestirla de nuevo.

Morana sentía descargas por todo el cuerpo y respiraba cada vez más rápido, con el corazón latiéndole desbocado, mientras el olor a sexo y a su esencia amaderada y almizcleña llenaban el aseo. Con cada arremetida ella se mojaba cada vez más; estaba más mojada que nunca, más mojada de lo que debería estar. Contenía a duras penas los gemidos de puro placer, con el cuerpo alcanzando una especie de nirvana.

El sonido de sus respiraciones aceleradas y de sus gemidos apenas reprimidos llenaba la estancia. La sangre le zumbaba en los oídos. Le dolían las palmas de apretarlas con tanta fuerza contra el granito. Morana arqueó la espalda y subió más las piernas por sus caderas para conseguir un ángulo mejor mientras él cogía el ritmo, rápido, duro, la mano con la que le sujetaba la nunca era su otro único punto de contacto.

Entonces un ruido penetró en la neblina del deseo.

Un golpe en la puerta.

Mierda.

Morana abrió los ojos y desvió la mirada hacia la puerta mientras él se detenía y volvía la cabeza en la misma dirección, totalmente enterrado en ella por primera vez, palpitante como un cable eléctrico con corriente. Lo aprisionó con fuerza en su interior al sentir que la llenaba más de lo que nadie la había llenado antes, la llenaba hasta tal punto que se sintió como si fuera una vaina hecha a medida para él.

Volvieron a llamar a la puerta y Morana parpadeó, súbitamente consciente de dónde se encontraba: en un restaurante lleno de personas armadas, con mafiosos y con su padre y sus enemigos al otro lado de la puerta.

Alguien estaba a pocos pasos, separado de ellos por una fina plancha de madera. Y ella estaba sentada en una encimera, follando, con Tristan Caine enterrado y palpitante en su interior.

No había tacos suficientes para describirlo.

—¿Señorita Vitalio? —Una voz masculina penetró su conciencia, haciendo que mirase hacia la puerta—. Su padre le pide que salga.

Dios.

Estaba cerca.

Cerquísima.

Pero la puerta también estaba cerca.

Ah...

Vio que Tristan Caine volvía la cara hacia ella, con expresión impasible y las cejas levantadas. Nadie que lo viera creería que estaba de pie en un baño, con la polla hasta el fondo en ella, y más dura a cada momento por increíble que pareciera. Pero ¿qué comía ese hombre?

Morana lo miró a los ojos, y él ladeó la cabeza para señalar la puerta, diciéndole en silencio que contestara.

Ella tomó una honda bocanada de aire, algo que hizo que se contrajera a su alrededor mientras el placer le subía por la columna.

Y Tristan Caine se la sacó de golpe para volver a penetrarla con fuerza.

«¡Joder...!».

Morana abrió la boca de forma instintiva para gritar por la repentina acometida, y él se la tapó con la mano libre, silenciándola. Lo miró con los ojos como platos, *estupefacta*.

¿Acababa de taparle la boca? ¿*De verdad* le había tapado la boca?

El hombre de su padre estaba al otro lado de la puerta, a la espera. Justo al otro lado. ¿Estaba loco?

Como en respuesta, él la embistió con las caderas y el nuevo ángulo hizo que alcanzara un punto en el interior de Morana que la llevó a poner los ojos en blanco incluso mientras se le escapaban gemidos que su enorme mano ahogaban. De repente, él aumentó el ritmo, penetrándola con más rapidez todavía, con más rapidez de la que ella habría creído capaz a ningún hombre, tan deprisa que entraba y salía sin que a Morana le diese tiempo a respirar.

Si antes había perdido la capacidad del habla, a esas alturas no podía ni pensar. La fricción, la presión de sus caderas golpeando las suyas, la adrenalina de follar mientras el hombre de su padre estaba al otro lado de la puerta, mientras le tapaban la boca y la agarraban por el cuello..., todo eso hacía que la recorriera fuego por dentro.

Apartó las manos de la encimera de granito para aferrarse a sus hombros antes de darse cuenta siquiera de lo que hacía, y clavó las uñas en sus duros músculos mientras dejaba que la mano que la sujetaba del cuello soportara su peso, al igual que en el ático. La fuerza de su cuerpo hizo que intentara mover las caderas para imitar su ritmo, pero no podía. Él se movía tan deprisa, de forma tan frenética, que estaba inmovilizada en el sitio, dejando que entrara y saliera, que entrara y saliera, sin hacer nada más que respirar, aprisionándolo y liberándolo con los músculos internos a un ritmo que no conseguía igualar el de sus caderas.

Era básico, primitivo, carnal.

Era apasionado, salvaje, desesperante.

Sin embargo, la estaba haciendo gritar contra su mano y ver estrellas tras los párpados.

Le dolían los pezones, que se rozaban contra la tela del vestido, ansiosos por una caricia. Quería cogerle las manos y ponérselas en los pechos. Quería bajarse el vestido, tirar de él y obligarlo a que se los chupara. Quería sentir los lametones y las caricias de su lengua contra sus hambrientos pechos, quería sentir la humedad de su boca mientras la embestía con las caderas como si fuera una máquina.

Pero no iba a hacerlo. Así que le clavó los dedos en los hombros.

Dios, lo odiaba. Pero qué bien se le daba aquello. Se le daba genial.

Volvieron a llamar a la puerta.

La realidad la acarició de nuevo incluso mientras arqueaba la espalda, con los pechos sacudiéndose con rapidez por los jadeos, mientras una gota de sudor le caía por el canalillo, mientras le aferraba los hombros con más fuerza y mientras él le apretaba el cuello.

Y entonces él se agachó un poco, dobló las rodillas de repente y se incorporó, y a ella se le quedó la mente en blanco. Se le vació por completo al sentir la fuerza de esa embestida hasta la médula de los huesos. Apretó los dientes, y el deseo que sentía en las entrañas se fue tensando cada vez más. Él la atravesó una y otra vez, y ella sintió que se quemaba desde los pies por una repentina ola de placer que la recorrió piernas arriba, subiéndole por un extremo de la columna hasta donde él la sujetaba por la nuca, empezando allí donde él la embestía una y otra y otra vez y terminando donde tenía la mano, con la tensión creciendo cada vez más mientras el calor le inundaba todo el cuerpo.

Y de repente, con una embestida más, Morana se tensó y explotó: detrás de los párpados todo se puso negro; dentro de su cuerpo la consumió un fuego que nunca había sentido; se le contrajeron los músculos mientras echaba el cuello hacia atrás, levantando las caderas de la encimera por la fuerza del orgasmo, con la boca abierta en un grito silencioso debajo de su palma. Pero él seguía moviendo las caderas, dentro y fuera, dentro y fuera, tocando ese punto una y otra y otra vez.

Era demasiado. Morana intentó menear la cabeza mientras su cuerpo se retorcía por el éxtasis, pero esas manos no la dejaron moverse.

Él siguió penetrándola.

Ella siguió explotando.

Y le mordió la mano sin darse cuenta, en un intento desesperado de encontrar la manera de controlar las intensas descargas de placer que le aturdían los sentidos, haciéndola gritar y gemir con sonidos guturales mientras le clavaba los dientes hasta hacerlo sangrar.

Volvieron a llamar.

El sabor metálico le llenó la boca. Él no apartó la mano. Ella no apartó los dientes.

Tristan Caine estalló con una última embestida, hinchándose en su interior y moviendo las caderas de forma instintiva, antes de quedarse inmóvil mientras ella se contraía a su alrededor por las sacudidas del clímax. Siguió penetrándola un poco más, provocándole más estremecimientos, alargando todo lo posible el orgasmo de la misma manera que ella alargaba el suyo, sujetándola con fuerza del cuello mientras se le escapaba un sonido ronco. Lo oyó respirar de forma rápida y superficial, como sus embestidas, como su propia respiración.

Estaba exhausta. Exhausta.

No sentía las piernas. No sentía la cara. Ni siquiera sentía los dientes.

Nunca se había sentido de esa manera.

Mantuvo los ojos cerrados, mientras respiraba de forma acelerada y sentía que su erección iba disminuyendo en su interior.

—¿Morana? —La voz de su padre le invadió el cerebro cortocircuitado. Y también la invadió el hielo—. Deja de comportarte como una niña enfurruñada y sal —le ordenó desde el otro lado de la puerta—. Llevas mucho tiempo ahí dentro.

Morana apretó los dientes mientras Tristan Caine salía de ella, y el movimiento casi la hizo gemir. Él la soltó, con la cara vuelta hacia la puerta mientras se quitaba el condón y se la volvía a meter dentro de los pantalones, de espaldas a ella. Se quedó sentada en la encimera un segundo, mientras recuperaba la capacidad de raciocinio, antes de bajarse. Le temblaban las piernas sobre los tacones. Le flaqueaban las rodillas, le dolía la cara interna de los muslos y estaba escocida, magullada después del polvo. Bien follada.

Se enderezó y se volvió hacia el espejo, momento en el que

contuvo un jadeo a duras penas. No se le había movido ni un pelo. No tenía marcas en el cuello. Salvo por el vestido arrugado y la piel sonrojada, no había ni rastro de que hubiera participado en ninguna actividad física, no parecía haber echado una carrera, mucho menos un polvo.

Parpadeó, con los ojos brillantes y dilatados, y se colocó bien la ropa, estirando las arrugas sobre el cuerpo hasta que quedó como debía, como había estado toda la noche. Inspiró hondo y dejó que la piel se le enfriara un poco, hasta que el único indicio de nerviosismo fue un leve escalofrío que le recorría la columna desnuda.

Reparó en él un segundo después de recuperar la compostura y le buscó la mirada en el espejo para observarlo con detenimiento. Al igual que ella, su aspecto no delataba lo que había estado haciendo. Morana tragó saliva y le supo a metal.

Bajó la mirada hacia la mano que le había mordido, presa del estupor al darse cuenta de que era la misma mano que se había cortado con el cuchillo en su casa. La mano que estaba sanando. Sus dientes le habían abierto una nueva herida.

Se tragó la disculpa que acudió de forma automática a sus labios, y los apretó al tiempo que tensaba la espalda.

—Señorita Vitalio —dijo el matón en voz alta—, su padre exige que vuelva a la mesa.

Sí, en fin. Le podían dar por culo.

En vez de contestar, Morana se dio media vuelta para mirar a Tristan Caine, manteniendo una expresión impasible.

—No tienes tanta experiencia como querías hacerme creer, señorita Vitalio —dijo él en voz baja, tanto que casi no lo oyó.

Pero lo hizo. Y la rabia que había desaparecido tras la explosión regresó, no solo hacia él, sino hacia sí misma. Había permitido que se la metiera en el baño de un restaurante, por el amor de Dios. ¡En el *baño* de un restaurante! Había permitido que le echara un polvo rápido y brusco. Había permitido que le tapara la boca y ahogara sus gritos mientras uno de los hombres de su padre estaba al otro lado de la puerta, en un restaurante donde él cenaba rodeado de muchísimos enemigos. Había permitido que le provocara tal orgasmo que le habían castañeteado los dientes.

Y lo había disfrutado. Era justo lo que había querido. Cada segundo. Cada embestida. Lo había deseado y no había querido que parara en ningún momento. Si él no le hubiera tapado la boca, ella habría gritado. Si no le hubiera tapado la boca, habría gritado para él. Y ni siquiera la había tocado. No se habían quitado ni la ropa. Ella no había querido tocarlo.

Por el amor de Dios, ¿en qué estaba pensando?

Una vez.

Solo una vez.

Se acabó. Del todo. Quería marcharse. Quería que él se fuera. No quería un solo recordatorio de la depravación de su propio cuerpo. Todo aquello era una locura, era una locura mayor de lo que había creído que sería.

El arrepentimiento y la rabia la carcomieron, junto con el odio hacia sí misma.

Y lo vio todo reflejado en la mirada de esos ojos azules durante un brevísimo segundo de claridad antes de que él lo ocultase de nuevo.

También se odiaba a sí mismo. También se estaba arrepintiendo. También estaba furioso.

Bien.

Lo peor de todo era que, mientras todo eso ardía en su interior, también lo hacía el deseo, tan insatisfecho como cuando entró en el aseo. ¿Qué sentido tenía haber hecho lo que habían hecho si no experimentaba satisfacción alguna?

Sin mediar palabra, se volvió hacia la puerta y dio un paso.

Estuvo a punto de caerse al suelo, porque la pesadez que sentía entre las piernas casi la puso de rodillas. Estaba dolorida. Por Dios, estaba *dolorida*... Había bastado un paso para recordar cómo la había llenado, la sensación de tenerlo en su interior, el puro placer. Un solo paso.

¿Cómo cojones iba a volver al comedor del restaurante?

De la misma manera que entraba en su casa todos los días.

Ese pensamiento hizo que enderezase la espalda y pasó junto a él mientras el recuerdo del placer le resonaba por todo el cuerpo a cada paso, con la humedad permeando de nuevo su interior dolorido, que, de alguna forma, quería más.

Él la agarró del brazo cuando pasó por su lado, y ella giró la cabeza para mirarlo en silencio con las cejas levantadas.

—Rómpele el brazo la próxima vez —dijo él en voz baja, con sus ojos magníficos y llenos de un poder que a ella le desbocó el corazón.

Morana asimiló lo que acababa de decirle.

Se zafó de su mano con una mueca desdeñosa en los labios.

—Vuelve a tocarme y te romperé el tuyo.

—Con una vez he tenido suficiente, señorita Vitalio.

Eso la cabreó.

—Me lo apuntaré en mi lista de conquistas, Caine.

Sin esperar réplica, echó a andar hacia la puerta. Le importaba una mierda cómo iba a escapar él del aseo de mujeres. Si había entrado, ya se las apañaría para salir.

Quitó el pestillo y abrió la puerta para encontrarse a los dos hombres que la esperaban al final del pasillo.

No miró hacia atrás porque sabía que él la estaba observando. En lugar de eso, se dirigió hacia los dos hombres con la cabeza alta. Caminaba con firmeza, aunque sentía el dolor entre las piernas a cada paso como un recordatorio de lo que acababa de hacer y de lo que le habían hecho, del hombre que se lo había hecho, del placer que no había querido sentir y que había experimentado, y de qué modo. Con cada paso. Contrajo los músculos sin nada a lo que aferrarse, hambrienta. Acababa de tener un orgasmo increíble y no se sentía saciada ni mucho menos. ¿Qué le pasaba?

Los hombres echaron a andar detrás de ella, con las armas ocultas bajo las chaquetas y actitud alerta.

Morana entró en el comedor del restaurante y desvió la mirada hacia la mesa de la Organización que estaba en el otro extremo. Cruzó la mirada con Dante. Él lo sabía. Su expresión le dijo que era consciente de lo que había estado haciendo y de dónde estaba su hermano de sangre. Pero no vio crítica, preocupación ni lástima en sus ojos. Solo cansancio.

Morana apartó la mirada antes de dejarla demasiado tiempo clavada en él y siguió hacia la mesa de su padre, sin el menor rastro de emoción o confusión en la cara.

Sin mirar a nadie, se sentó con rigidez, los dientes apretados y los muslos pegados para reducir al mínimo los espasmos. Notó que su padre la observaba, así que alzó los ojos con expresión desafiante. El baboso que tenía al lado la fulminó con la mirada.

Su móvil vibró.

Bajó la cabeza para leerlo.

Tristan Caine

Cuántos nombres hay en tu lista?

Semejante descaro la dejó boquiabierta. ¿Cómo se atrevía?

Tecleó a toda prisa mientras los recuerdos (de la fricción, del calor, del placer) la inundaban de más rabia si era posible.

Solo necesitas saber una cosa sobre mi lista.

El qué?

Que apareces en ella una vez. Una. No más.

Esperó su respuesta. No llegó nada.

Sintió sus ojos clavados en la espalda, con un cosquilleo en la nuca, y una especie de *déjà vu* la golpeó como un mazazo.

Estaba justo en el sitio donde se encontraba casi una hora antes. Justo en el mismo. El mismo lugar, las mismas personas, las mismas tramas.

Pero ella había cambiado.

No quería admitirlo, pero así era. Algo muy, pero que muy diminuto había cambiado de forma insignificante en el transcurso de una hora al haber aceptado el deseo que sentía, al haber cerrado la puerta del aseo, al abrirse de piernas para él. No quería admitirlo, pero así era. Y prefería morir que permitir que otra persona lo advirtiese. Mucho menos él.

Los comensales por fin dieron por concluida la velada y se levantaron para irse, estrechándole la mano a su padre. Ella también se puso en pie, tan erguida como sus tacones le permitían, haciendo caso omiso del dolor en el abdomen y más abajo.

Agarró el móvil y el bolso en una mano mientras mantenía la otra junto a la cadera.

El baboso se volvió hacia ella, se la cogió y se la llevó a los labios antes de que Morana pudiera parpadear. Sintió que se le ponía la carne de gallina por el asco, incluso más que antes, cuando intentó manosearle el muslo. Eran solo sus labios contra el dorso de los dedos, un gesto que muchísimos hombres habían repetido al final de muchísimas cenas y, aunque esos ademanes siempre le habían repugnado, aquello le parecía más intenso, más... todo.

Porque sentía *su* mirada en la espalda desnuda, la del hombre con el que había follado unos minutos antes a escasos metros de esa mesa, la del hombre al que odiaba, mientras el baboso le besaba la mano. Sus ojos le quemaban la espalda, el cuello, la columna.

«Rómpele el brazo la próxima vez».

La mirada se intensificó. Ella intentó retirar la mano. El hombre no la soltó.

Su padre echó un vistazo por la sala. Ella seguía notando cómo él observaba su espalda. ¿Acaso quería comenzar una guerra? ¡Tenía que dejar de mirarla!

Todo el restaurante estaba en vilo, todo el mundo estaba alerta, con las manos en las armas, y la tensión aumentó a medida que los hombres de su padre se dirigieron hacia la puerta principal.

El baboso por fin la soltó. Morana cogió una servilleta de la mesa y se limpió las manos, un insulto descarado hacia el hombre y hacia su padre.

—Espero que volvamos a vernos pronto —le dijo él.

—Claro, si quiere otro esguince y algunos huesos rotos —replicó en voz lo bastante alta como para que la gente se tensara a su alrededor.

Tristan Caine seguía mirándola. A ella le temblaba el cuerpo.

Echó a andar hacia la puerta con el grupo, manteniendo la vista apartada de la mesa del rincón, de la mesa desde la que sentía que él la abrasaba, observando todos sus movimientos como una pantera observaría a una paloma: inmóvil, silenciosa, a la espera.

Sintió la vibración del móvil en la palma. Lo miró con discreción mientras los demás seguían caminando.

Al ver el mensaje, todo la abrumó de golpe, la rabia, el deseo, el odio y el arrepentimiento, mezclados en un cóctel que ya casi ni reconocía.

Se quedó sin aliento.

El cuerpo se le estremeció por el recuerdo de sus manos ásperas y los envites de sus caderas, unas caderas que todavía sentía contra las suyas como en aquel momento en el que él la había mirado a los ojos, devolviéndole las mismas emociones durante la milésima de segundo en la que se quitó la máscara.

Leyó el mensaje y se le cayó el alma a los pies al tiempo que se le desbocaba el corazón.

Tristan Caine

Creo que todavía no te he sacado de mi cabeza, señorita Vitalio.

Su padre la detuvo antes de que ella tuviera tiempo de asimilarlo, mirándola a los ojos con expresión gélida.

El alma se le cayó de nuevo a los pies, pero por un motivo totalmente distinto.

—¿Qué hacías con Tristan Caine?

11

Caída

El pánico la atenazó.

Se le paró el corazón durante una fracción de segundo y luego empezó a palpitar a toda velocidad, desbocado, y sintió el escozor entre las piernas con cada latido desaforado.

Mantuvo el rostro impasible y el cuerpo totalmente inmóvil, sin mostrar ni el más mínimo indicio del caos que la carcomía, consciente de la inquisitiva mirada de su padre, que buscaba cualquier indicio de culpabilidad. Morana levantó una ceja.

—¿Quién es Tristan Caine? —preguntó con voz firme, aunque le temblaban las entrañas.

Antes de que él pudiera responder, se abrió la otra salida del restaurante, al final de la calle, y Morana vio que su padre desviaba los ojos hacia ese punto. Concienciándose para no revelar nada que pudiera descubrirla, ella siguió la dirección de su mirada y vio a los miembros de la Organización salir y dirigirse hacia el extremo del aparcamiento donde se encontraban los coches. Cuatro hombres salieron en fila antes de que lo hiciera Dante, con ese cuerpo musculoso por el que era célebre enfundado en un traje. Morana lo vio girarse para mirar fijamente a su padre, que asintió una sola vez, con ese ademán educado de advertencia que usaba con los enemigos que se adentraban en su territorio, pero contra los que no podía actuar. Dante le devolvió el gesto, sin rastro del cansancio que Morana había visto antes en él, mandando a paseo a su adversario con su buena educación.

Morana contuvo las ganas de sonreír por lo mucho que cabreó a su padre.

En ese instante, Dante desvió la mirada hacia ella un segundo, y la saludó con una inclinación de cabeza, como siempre hacía. Aunque ella no le correspondió, no se le pasó por alto el amargo hecho de que su enemigo le mostraba más respeto que su propio padre.

Dante se apartó de la puerta y Tristan Caine salió, puro salvajismo contenido por el traje que se estiraba sobre su cuerpo con cada paso que daba, seguido por cuatro hombres más. Se detuvo para hablar con Dante, de perfil hacia Morana. Consciente de que tenía a su padre al lado, ella apartó la mirada y fingió comprobar el móvil, con el corazón palpitándole con tanta fuerza que lo sentía por todo el cuerpo, desde el pecho hasta las orejas, y entre las piernas. Todo le latía. Toda ella latía.

Y entonces él la miró a los ojos. De nuevo.

Mierda. Morana reprimió un escalofrío a duras penas.

Tristan Caine apartó la mirada.

Ella contuvo el aliento y, al comprobar que él no volvía a mirarla, levantó la cabeza y vio que su padre observaba a Tristan Caine con los ojos entrecerrados y una expresión iracunda. Presa de la curiosidad, Morana miró al hombre que había tenido entre las piernas minutos antes y parpadeó por la sorpresa.

Tristan Caine sostenía la mirada furiosa de su padre sin pestañear, con una ceja levantada y una mueca desdeñosa tan falsa como el acento británico que Morana imitaba a veces. Pero ¿qué estaba haciendo?

Obtuvo la respuesta un segundo después al comprender de qué iba. Era un juego de dominancia. Tristan Caine estaba imponiendo su dominio en el territorio de su padre, imperturbable. Y supo, en lo más hondo, que era por ella.

Nunca se había sentido más viva, ni había tenido más ganas de morirse, que en ese instante.

—Métete en el coche —le soltó su padre, enfadado, al tiempo que la empujaba hacia el sedán.

En cualquier otra ocasión ella se habría plantado y habrían discutido. Pero no en esa. Le faltó poco para salir corriendo y meterse en el coche con tal de escapar de la situación, que podría estallar en cualquier momento. Le ardía la piel por la tensión que crepitaba en el ambiente y entró en el coche sin mirarlo siquiera.

Su padre la siguió. Cerró la puerta antes de ordenarle al chófer que se pusiera en marcha.

Morana apretó los dientes y miró por la ventanilla mientras controlaba el impulso de retorcerse las manos, consciente de la mirada de su padre. Poco a poco, su pulso fue ralentizándose y los temblores de su interior se mitigaron conforme se encerraba en sí misma. Llevaba lidiando con su padre muchos, muchísimos años llenos de frialdad. Lidiaría con él también ahora. Hizo caso omiso de la molestia que notaba en el cuerpo y, reprimiendo todos los pensamientos y recuerdos de Tristan Caine, se sentó con la espalda derecha y mantuvo la vista clavada en el paisaje que iban dejando atrás; sosegada, segura, compuesta.

Su padre no abrió la boca en todo el trayecto. Ella tampoco esperaba que lo hiciera. No. Cuando perdiera los papeles, lo haría en privado, no delante de sus hombres, donde ella podría insultarlo de nuevo. La reputación de su padre era mucho, muchísimo más importante que la suya.

El camino entre el restaurante y la mansión era corto, pero a Morana se le hizo largo pues era consciente de lo que la esperaba.

En cuanto apareció la verja de la propiedad y el coche aparcó en su plaza, Morana se bajó y echó a andar hacia el enorme monstruo que era la mansión, rodeada de árboles y de armas que podrían volverse contra ella en cualquier momento.

Casi había llegado a la escalera que conducía a su suite cuando la voz de su padre restalló tras ella.

—No te quitaba los ojos de encima.

Las palabras, el recuerdo de esa mirada posada en su piel, tocándole la espalda desnuda, acariciándole la carne, hicieron que Morana titubeara en el tercer escalón. Se recuperó enseguida, antes de que el desliz fuera evidente.

—¿No es para eso por lo haces que me arregle? —replicó fríamente, con el corazón endurecido por los años de decepción y de dolor.

—Se fue del salón. Igual que tú. ¿Y luego reaparece y no puede quitarte los ojos de encima?

Morana hizo caso omiso de sus duras palabras, aunque traían con ellas los recuerdos carnales y duros, y siguió subiendo.

—¿Qué hacías con Tristan Caine?

Su padre la persiguió por primera vez desde que Morana tenía uso de razón. Él nunca visitaba su suite. Siempre la mandaba llamar.

Morana llegó al descansillo y se giró, con los dientes apretados. La ira en la voz de su padre acrecentó el frío que sentía dentro mientras los engranajes de su cerebro giraban a toda velocidad.

—Estaba echando un polvo con él —le contestó con las cejas levantadas en un gesto desafiante.

Lo vio levantar el brazo para golpearla, dejarlo suspendido en el aire y bajarlo de nuevo.

El corazón le latía con fuerza y el gélido hielo que la atenazaba se le clavó todavía más mientras se mantenía firme.

—Dime la verdad —exigió saber su padre, con los dientes apretados y una mirada enardecida.

—Ya te lo he dicho —insistió Morana, azuzándolo—. Estaba echando un polvo salvaje en el baño, contigo al otro lado de la puerta.

Su padre suspiró.

—No, no te creo. No eres esa clase de chicas. Te eduqué para que fueras mejor que eso.

Morana resopló al oírlo.

—No me has educado en absoluto. —Esa era justo la clase de chica que era. El corazón de hija que llevaba dentro (la niña que nunca conseguiría el amor ni la aprobación de su padre) se encogió. Lo endureció de nuevo.

Su padre entrecerró los ojos.

—¿Qué me dices del motorista? ¿Quién era?

Morana esbozó una sonrisa torcida.

—Ah, a ese también me lo he tirado.

Técnicamente era verdad.

—¡Ya basta! —exclamó su padre con voz cortante, fulminándola con la mirada, con el acento más marcado por la furia—. Si no me crees capaz de traer a un médico para que te examine, te equivocas.

¿Cómo se atrevía? ¿Cómo se *atrevía*, joder?

A Morana le hirvió la sangre.

—Atrévete —masculló ella con una mueca desdeñosa—. Como se te ocurra traer a un médico para que me ultraje, le meteré una bala en la cabeza a él y a cualquiera que se me acerque.

—Te he permitido ser demasiado independiente —replicó su padre, con la mirada llena de rabia—. Demasiado. Es hora de ponerle fin.

—Como intentes encerrarme —dijo Morana entre dientes, en voz baja, mientras miraba con aversión al hombre que la había engendrado—, le serviré al FBI un dosier entero sobre ti en bandeja de plata.

Su padre apretó los dientes.

—Sí, yo también moriré, pero te arrastraré conmigo —añadió ella, sin importarle su propia muerte—. No metas las narices en mis asuntos o yo las meteré en los tuyos. Y eso no te gustaría, *papá*. —El énfasis sarcástico de la última palabra era evidente. La amenaza que quedó suspendida en el aire era evidente. La furia absoluta y letal en los ojos de su padre era evidente.

—Deberías haber muerto —masculló él y Morana recibió cada palabra como una bala en el pecho.

¿Qué? ¿De qué hablaba? No podía preguntárselo.

Morana hizo ademán de volverse, pero su padre la agarró del brazo y tiró con fuerza.

—¡No he terminado!

El repentino movimiento hizo que Morana se tambaleara sobre los tacones. Antes de saber lo que pasaba, se le torció el tobillo derecho y el izquierdo se desequilibró al borde del descansillo, lo que provocó que se precipitara hacia atrás. De repente tuvo un *déjà vu* del momento en el que se tambaleó en la escalera del ático y Tristan Caine la agarró del cuello para impedir que se cayera. Su padre la estaba sujetando del brazo aún, y Morana trató de contener los latidos de su corazón.

Y luego todo sucedió en una milésima de segundo.

En una milésima de segundo, Morana fue dolorosamente consciente de cuál era la diferencia entre su padre y Tristan Caine.

Él aflojó la mano.

Adrede.

Morana cayó de espaldas, con los ojos desorbitados.

Escalera abajo.

Abajo, abajo y más abajo, hasta que ya no quedaron escalones.

Todo acabó en cuestión de segundos.

Todo acabó antes de que ella se diera cuenta siquiera de que había empezado.

Y después comenzó.

El dolor se apoderó de todos y cada uno de sus huesos, de todas y cada una de sus articulaciones, de todos y cada uno de sus músculos.

Morana se hallaba tendida en el frío suelo de mármol, tan frío como la casa, tan frío como el hombre que estaba en el descansillo, con el rostro demudado por una extraña mezcla de remordimiento y crueldad. Ella no sabía qué le dolía más, si el cuerpo o el corazón, cuyas esperanzas se habían derramado en el suelo frío a su lado. Sin embargo, fue consciente, en aquel momento de traición absoluta, en aquel momento en el que dejó marchar a la niña a la que había seguido aferrándose que lo que acababa de suceder era algo bueno. Porque ahora sabía que no había esperanza. Ya no.

Se puso en pie despacio y reprimió un grito agudo cuando el dolor le aguijoneó las costillas. Se quitó los tacones y los tiró a un lado.

Haciendo un gran esfuerzo, recogió su bolso del suelo, donde había caído con ella, y se mantuvo sobre las piernas temblorosas. Se mordió el labio, guardándose el daño para después. Sin mediar palabra, sin dirigirle la mirada a su padre, se envolvió con la dignidad como si fuera un manto y dio un paso hacia la puerta.

El dolor le subía por las piernas, por la columna, a ramalazos. Su cuerpo le estaba dejando sentir todos y cada uno de los escalones contra los que se había golpeado. La molestia entre las piernas, que había sido la mejor parte de su noche, quedó enterrada bajo el resto de males.

Magullada y maltrecha, Morana salió de la casa descalza, con la espalda recta y sin mirar a nadie, mientras su rígido cuerpo le gritaba que se relajase y se permitiera respirar.

No lo hizo.

Contuvo cada quejido y dejó que la piel se le pusiera azul, que las horribles magulladuras le aparecieran en los brazos, las piernas y la espalda, que la gravilla del camino de entrada se le clavara en los pies. Pese a todo siguió andando hacia su coche, su único amigo en ese mundo de sufrimiento, y sacó las llaves del bolso, dando las gracias por llevarlas siempre consigo.

Arrojó el bolso y el móvil al asiento del copiloto y se subió al coche, aunque sintió aquel movimiento en cada hueso del cuerpo. Le dolían músculos que ni siquiera sabía que tenía. No obstante, apretó los dientes, manteniendo a raya cualquier sonido que se le pudiera escapar, aunque los ojos se llenaron de lágrimas que se le deslizaron por las mejillas, escociéndole allí donde el mármol le había levantado la piel.

Enfiló la avenida de entrada sin siquiera un último vistazo a la maldita casa y salió a la carretera que se extendía a través de la noche oscura, con la luna iluminando su camino y los árboles flanqueándola, más y más lejos, mientras sus lágrimas se convertían en un torrente.

Se le escapó un sollozo, y a este lo siguió rápidamente otro, y otro, y otro más, hasta que se descontrolaron por completo, el sonido estruendoso en la quietud del coche, mezclándose con el familiar ronroneo del motor.

Morana condujo con la mente en blanco en un intento por mantener a raya los pensamientos, aunque todo en su interior se rompía con cada sollozo. No sabía adónde ir. No tenía amigos, no había nadie que se preocupara por ella, no contaba con un lugar al que acudir cuando lo necesitase. Podría ir a un hotel, pero cubierta de moratones y con la ropa destrozada, llamarían a la policía y eso no podía suceder. No podía ir a ningún sitio público. Ni siquiera a un hospital.

Nadie la seguía. ¿Por qué iban a hacerlo? Su padre la había

dejado caer. ¿Y si se hubiera roto el cuello? ¿Y si hubiera muerto? ¿De verdad no importaba en absoluto?

Morana pasó varios minutos dándoles vueltas a aquellos pensamientos tan crudos antes de darse cuenta de adónde se estaba dirigiendo. Al ático.

De forma subconsciente, había puesto rumbo al ático. ¿Por qué? Ese era el último sitio al que podía ir, al que debería ir. Sobre todo después de esa noche. Sobre todo tal como estaba.

Sin embargo, no pisó el freno.

Estaba a dos minutos y ya había dejado atrás el puente, y aunque sabía que no debía presentarse allí, siguió conduciendo. ¿Qué significaba aquello? Iba hacia él. Tristan Caine le había dicho que no se la había sacado de la cabeza aún y, la verdad, lo mismo podía decir ella. Pero seguían siendo quienes eran, y el odio que se profesaban no había disminuido.

Morana recordó la pared de cristal, la tregua de una sola noche mientras él se había sentado a su lado, casi como si fuera un hombre decente. ¿Podrían repetirla? ¿Debería pedírselo ella siquiera? Porque no se encontraba en su mejor momento, ni física ni emocionalmente. Y, sin embargo, siguió acercándose al edificio y los guardias le indicaron que pasara porque la habían reconocido. Aparcó y después Morana se quedó dentro del Mustang en silencio.

El reconfortante olor de su coche y el sonido de su propia respiración hicieron que se tranquilizara un poco.

Aun así, no puso un pie fuera del coche. No podía.

Quería moverse, andar, salir. No podía.

Se secó las lágrimas que le corrían por las mejillas, aunque se le estaban escapando más, y se quedó en el coche en silencio, en el garaje oscuro, mientras los sollozos le sacudían el pecho. Fue sentada allí cuando se permitió llorar, sollozar como nunca lo había hecho. Lloró por la niña que fue, por la que había muerto tras la caída de esa noche. Lloró por las esperanzas perdidas a las que se había estado aferrando, por los sueños perdidos de todos sus quizá. Lloró porque no tenía a nadie que le ofreciera el hombro y la abrazara mientras lloraba, porque tenía que abrazarse a sí misma y recuperar la compostura en el sótano de su enemigo. Lloró.

El sonido del ascensor al abrirse hizo que se secara las lágrimas. Levantó la cabeza, alerta. No quería que nadie la viera, a pesar de que una parte de ella ansiaba que alguien lo hiciera.

Tragó saliva cuando Dante salió con el mismo traje que llevaba en el restaurante. Tenía el teléfono pegado a la oreja y hablaba en voz baja con alguien. Llegó al todoterreno negro que estaba dos coches más allá del suyo, y Morana lo vio quedarse inmóvil al ver su coche aparcado como si tal cosa en el garaje.

—¿Morana?

Mierda.

Abrió despacio la puerta, reprendiéndose porque ni siquiera sabía qué aspecto tenía su cara magullada. Salió, cerró y dejó que Dante la recorriera con la mirada, de la cabeza a los pies. Él abrió un poco los ojos, preocupado.

—Te llamo luego —le dijo a quienquiera que estuviera al otro lado de la línea, y la voz se le endureció a la vez que la mirada, que relampagueaba de indignación.

Morana recordó que Amara le había dicho que tanto Dante como Tristan Caine eran muy protectores con las mujeres. Morana recordó que el primero le había ofrecido consuelo cuando tuvo que pasar la noche allí y se le llenaron de nuevo los ojos de lágrimas, porque ese consuelo, esa preocupación, le eran totalmente ajenos.

Dante dio un paso hacia ella, aunque mantuvo una distancia respetuosa, con su apuesto rostro demudado por la cólera.

—¿Quién te ha hecho esto?

Morana se sintió conmovida por el hecho de que fuera su enemigo y, aun así, quisiera hacerle daño al culpable. La conmovió en lo más hondo.

Tragó saliva.

—Me he caído por las escaleras —contestó en voz baja y temblorosa. Deseó de todo corazón que Dante no le preguntase qué hacía allí. No tenía respuesta.

Él la miró a los ojos un buen rato antes de suavizar la expresión.

—Voy a estar fuera toda la noche. Puedes subir a mi casa y descansar, Morana.

Ella se dio cuenta entonces de que había estado agarrando el tirador de la puerta del coche con más fuerza de la debida y de que le temblaban los labios. Negó con la cabeza.

—No, estoy bien. Me iré con unos amigos.

El hecho de que Dante no hiciera el menor comentario sobre esa evidente mentira, pues su presencia allí dejaba bien claro que Morana no tenía amigos, le hizo ganar puntos en su opinión.

Ella volvió a sacudir la cabeza, y él soltó un taco.

—Tristan está arriba.

Morana clavó la mirada en Dante con el corazón desbocado. No sabía por qué, pero así era. La frustración la consumió. ¿Por qué? ¿Se podía saber por qué cojones le importaba? ¿Por qué se le encogía el estómago al pensar en él? ¿Por qué había tenido que ir precisamente allí?

—Oye —dijo Dante con una amabilidad que se abrió paso en el torbellino de pensamientos de Morana—, deja que llame a Amara. Quédate con ella si no te sientes cómoda aquí. Estás herida, y Amara no te hará daño.

Morana se estaba empezando a desmoronar por la genuina preocupación que él le estaba mostrando. Se deshacía poco a poco.

Le temblaron los labios, pero volvió a negar con la cabeza. Por más tentador que fuera el ofrecimiento, no podía meter a Amara en todo aquel asunto, menos sabiendo que la otra mujer no podía protegerse y la historia de su pasado. A lo mejor por eso había ido Morana allí. Porque sabía que él sí podía protegerse solo, que él se había metido en sus asuntos él solo. En cierto sentido.

—No pasa nada —le dijo a Dante al tiempo que abría la puerta del Mustang, preparada para irse—. Te lo agradecería mucho si no le contaras esto a nadie. —A él, quería decir.

Dante la miró durante un largo instante antes de alejarse repentinamente hacia el ascensor privado con un fuerte «¡A la mierda!».

Anonadada, Morana lo vio meter el código y mirarla, señalando con la cabeza las puertas del ascensor.

—Sube —dijo. Ella se quedó plantada donde estaba, estupefacta—. Morana, no tengo toda la noche y no puedo dejarte así —le dijo Dante con calma, suplicándole con los ojos—. Por favor, sube al ático y descansa.

Ella era el enemigo. Era la mujer que su hermano de sangre odiaba por un motivo que él conocía.

Y sin embargo...

Morana tragó saliva, cerró el coche y echó a andar hacia el ascensor con las piernas doloridas y el corazón retumbando. Miró a Dante con los labios temblorosos.

—Gracias —susurró, y se lo dijo con el alma.

Dante asintió.

Morana entró en el conocido ascensor y pulsó el botón. Las puertas se cerraron, tapando la cara de Dante al otro lado. Los espejos le devolvieron la mirada.

Ahogó un grito.

Los tirantes del vestido se le había caído; tenía el pelo revuelto alrededor de la cara, cortes en las mejillas y rozaduras en las rodillas. La piel de las manos, las piernas y los hombros se le estaba poniendo cada vez más azul y tenía los labios hinchados por sus propios mordiscos y los ojos hinchados, enrojecidos por las lágrimas.

Estaba hecha un desastre. Con razón Dante la había dejado entrar.

Y Tristan Caine se encontraba allí arriba.

Y ella estaba subiendo.

¿Qué demonios estaba haciendo?

La asaltaron los nervios y el pánico le atenazó el pecho.

«No. No. ¡No!».

No podía dejar que la viera así. No podía entrar en su territorio, así no.

Con el corazón martilleándole tras las costillas, el teléfono agarrado con fuerza y las llaves clavándosele en la palma, Morana levantó la mano y dejó un dedo suspendido sobre el botón de la planta del garaje, preparada para pulsarlo en cuanto el ascensor se detuviera. Iba a darse media vuelta, a subirse a su coche y a buscarse un motel de mala muerte si era necesario. Pero iba a dar media vuelta. No iba a dejar que la viera así.

El ascensor se detuvo y las puertas se abrieron.

Él la estaba esperando justo en la entrada.

Morana pulsó rápidamente el botón para bajar, antes de que pudiera verla.

Las puertas empezaron a cerrarse.

El corazón se le desbocó.

Volvió a pulsar el botón.

Las puertas seguían cerrándose.

«Casi, casi».

Y justo cuando estaban casi cerradas, él metió una mano entre ellas.

Morana se mordió el labio magullado, con el pulso acelerado, la espalda pegada a la pared de espejos, el cuerpo dolorido y los pulmones incapaces de tomar una bocanada de aire. La ya olvidada molestia entre las piernas cobró vida ante la proximidad de quien se la había provocado, y clavó la mirada en la enorme mano que obligaba a que se abrieran las puertas. Vio los callos que tenían sus largos dedos, las líneas duras y ásperas. Tenía una venda de cuando había sangrado sobre ella, de cuando esa misma noche ella lo había hecho sangrar.

El corazón se le aceleró aún más al contemplar esa mano.

Y entonces las puertas empezaron a abrirse.

Morana se enderezó, lo que provocó que le dolieran las costillas, y se irguió cuan alta era, que, sin tacones, no era mucho.

Él apareció ante sus ojos. Sin camisa.

Morana tragó saliva con fuerza al verlo.

Azul.

Unos ojos de un azul intenso que se clavaron en los suyos, dejándola sin respiración, antes de recorrerle las mejillas, el cuello, los pechos, las manos y las piernas, hasta llegar a los pies descalzos. Y allí de pie, mientras él la examinaba, Morana se dio cuenta del tremendo contraste entre cómo la había observado en el restaurante y cómo la observaba en ese momento. Ahora su mirada ardía, pero no por el odio. Era por la furia. Una furia descarnada le alimentaba los ojos mientras estos recorrían hasta el último centímetro de su piel antes de volver a centrarse en su cara.

Morana no sabía cómo debía sentirse. Estaba tan acostumbrada a otro tipo de fuego que aquella reacción la desconcertaba. Dejó que su mirada paseara por el torso desnudo de Tristan Caine —el mismo que se había comido con los ojos cuando entró en su habitación—, y la presencia de las cicatrices y los tatuajes sobre aquellos magníficos músculos la conmocionó tanto como entonces. Sin embargo, fueron los vaqueros desabrochados, unidos al hecho de que la estuviera esperando, lo que hizo que Morana se diera cuenta de que se había puesto la ropa a toda prisa al despertarse porque dormía desnudo.

Enfrentarse a aquellos furiosos ojos azules hizo que se viera obligada a respirar hondo, su cuerpo desprovisto de energía pese al hecho de seguir de pie.

Él cogió aire por la nariz y apretó los labios. Se apartó a un lado mientras sujetaba las puertas del ascensor en una clara y silenciosa invitación.

Morana tragó saliva para deshacer el nudo que tenía en la garganta y dio unos pasos para adentrarse en el salón en penumbra, iluminado únicamente por la magnífica luna. La asombrosa y despejada panorámica de la ciudad y del mar la dejó sin aliento un segundo.

Cuando oyó cómo se cerraban las puertas del ascensor, se quedó inmóvil, con el corazón paralizado al darse cuenta de su situación.

Estaban a solas.

Completamente a solas.

Ella estaba en su salón, y él, en algún lugar a su espalda.

¿Qué debía hacer? No podía maldecir su nombre ni darle las gracias, y el limbo entre ambos impulsos la estaba agotando.

Morana contuvo la respiración, a la espera de que Tristan Caine se moviera.

Cosa que hizo. En dirección a la habitación de invitados.

Ella siguió sus pasos con la mirada, observando cómo movía los músculos al caminar, en tensión y listo para atacar. Habría apreciado su cruda belleza de no estar tan dolorida, de no tener el corazón tan destrozado.

Tristan Caine entró en el dormitorio y estuvo allí un buen rato mientras ella seguía clavada en el sitio, sin saber qué hacer. Después salió, sin mirarla a los ojos, y se dirigió hacia la escalera que llevaba al dormitorio principal, el suyo.

Y desapareció.

Morana oyó un escándalo de golpes airados y portazos, así que se encaminó a la habitación de invitados con paso lento, sin fuerzas y con los hombros encorvados.

Bueno, así que Tristan Caine no era un hombre hospitalario. Tampoco era ninguna sorpresa. Al menos no la había echado. Morana no estaba segura de si habría sido capaz de asimilar semejante humillación después de todo lo ocurrido esa noche.

En cuanto entró en el dormitorio, parpadeó. La puerta del cuarto de baño estaba abierta y salía vapor de una bañera llena, una camiseta negra de manga corta y unos pantalones de deporte estaban colocados sobre una silla, y había apartado la colcha y la sábana de la cama para que se acostara.

Morana se quedó de pie en la puerta, parpadeando para contener las lágrimas repentinas que le brotaban de los ojos, incapaz de comprender a ese hombre. La odiaba, de eso no le cabía duda. Se había proclamado como el único con derecho a matarla, y se la había follado con el único propósito de sacársela de la cabeza. No le había dirigido una sola palabra y, sin embargo, ante sus ojos Morana tenía un acto de amabilidad que iba en contra de todo lo que sabía de Tristan Caine.

Frunció los labios, cogió la ropa, se metió en el acogedor cuarto de baño y cerró la puerta tras ella, aunque no encontró pestillo. Sacudió la cabeza y echó un vistazo por el amplio espacio, los azulejos de color tierra y crema ofreciéndole una vista acogedora a sus ojos cansados. La bañera estaba encastrada en un bloque de granito marrón, con dos toallas en una barra junto a ella. Morana se quitó el vestido y lo tiró al suelo, junto con la ropa interior, antes de ponerse de perfil delante del espejo que había sobre el lavabo.

Tenía todo el torso cubierto de hematomas azules y morados, y sentía los costados doloridos.

Su padre había sido el causante de aquello. No le había hecho falta levantar una mano ni pegarle de verdad para castigarla. Y Morana había buscado refugio en un hombre como Tristan Caine. ¿En qué se había convertido su vida?

Cerró los ojos y metió un pie en el agua, que estaba a la temperatura ideal, antes de aferrarse a los bordes de la bañera y sentarse despacio.

Se le escapó un gemido nada más hacerlo, y unas lágrimas de alivio le cayeron por las mejillas al sentir semejante calidez envolviendo sus músculos. Se recostó en la bañera, relajándose en el agua, y cerró los ojos y olvidó, por un breve segundo, todo lo demás.

El móvil vibró a su lado.

Abrió un ojo, leyó el mensaje y parpadeó por la sorpresa.

Tristan Caine
Necesitas un médico?

¿Por qué no se lo había preguntado en persona?

Asombrada, tecleó la respuesta.

No. Dejaré de molestarte por la mañana.

Esperó una respuesta. No llegó.

Se encogió de hombros y, aunque se sentía en conflicto consigo misma, decidió dejar las reflexiones para el día siguiente. Se quedó en la bañera hasta que el agua se enfrió y después se levantó despacio, con languidez. El cuerpo le dolía todavía más, pero se le habían relajado los músculos tras el baño. Se secó con rapidez y se puso la ropa prestada. La camiseta era enorme, le sobraba prenda por todos lados y le llegaba casi hasta las rodillas, y el aroma almizcleño que desprendía la embriagó mientras salía al dormitorio.

Oyó unas voces al otro lado de la puerta cerrada, unas voces que procedían de la cocina.

—Tu avión a Tenebrae sale dentro de una hora, Tristan —dijo Dante.

A Morana se le cayó el alma a los pies. No entendía su propia reacción, algo que la cabreaba todavía más. ¿Qué más le daba que se fuera?

Tristan Caine permaneció en silencio. ¿Qué le pasaba?

Morana oyó que Dante suspiraba.

—Mira, iría yo, pero padre ha pedido específicamente que vayas tú. Y ya sabes que cuando te convoca...

—No soy su perro —masculló Tristan Caine.

—Yo tampoco —Dante endureció la voz—, pero tenemos personas inocentes a las que proteger. Así que vuelve a Tenebrae. Yo me encargo de todo aquí mientras tanto.

Tristan Caine no replicó. Morana retrocedió hasta la cama mullida, se metió entre las sábanas y apagó la luz.

Su móvil vibró de nuevo.

Cuánto has oído de la conversación?

Morana tragó saliva.

Lo suficiente para saber que te vas.

Aliviada, no?

Me da absolutamente igual.

Pasó un latido antes de que llegara otro mensaje.

Hay analgésicos en el cajón.

Morana miró las palabras un buen rato antes de cerrar los ojos y dormirse, sin preocupaciones en el corazón. Si Tristan Caine la mataba mientras dormía, seguramente sería un acto de piedad.

La despertó una especie de estruendo en el ático.

Morana se sentó súbitamente en la cama y se le escapó un gemido al sentir todo el dolor del cuerpo multiplicado por diez. Parpadeó en la oscuridad. ¿Cuánto había dormido?

Miró el reloj que había junto a la cama y abrió mucho los ojos. Ocho horas. Había dormido ocho horas seguidas.

De pronto, la puerta del dormitorio se abrió y Tristan Caine apareció en el umbral, con los ojos relampagueándole de una furia tan intensa que Morana se estremeció al verlo. ¿No se suponía que estaba en Tenebrae?

—Dame las llaves de tu coche —gruñó él.

Morana parpadeó de nuevo y extendió la mano de forma automática hacia el bolso antes de detenerse.

—¿Por qué? —preguntó con suspicacia.

—Porque te han puesto un puto localizador y tu padre está viniendo hacia aquí mientras hablamos.

Morana se quedó boquiabierta y salió de la cama, con aquella ropa prestada que le quedaba enorme. Él no desvió la mirada hacia la camiseta ni hacia su cuerpo. Se quedó allí plantado, un hombre hecho de duras líneas y duros ángulos, con la mano extendida a la espera de las llaves.

Las de su coche.

Morana tragó saliva y se las entregó, y el estómago se le encogió mientras se mordía la lengua para no preguntarle qué iba a hacer con él. Tristan Caine se dio media vuelta sin mediar palabra y le pasó las llaves a Dante.

El otro hombre la miró, también con el semblante duro, antes de saludarla con un gesto de la cabeza y marcharse. Ella se quedó en la puerta, sin saber qué hacer o decir mientras observaba a Tristan Caine hablando por teléfono. Llevaba un elegante traje oscuro que le quedaba como una segunda piel. No había vuelto a mirarla, ni una sola vez, como la noche anterior.

Morana se quedó callada durante cinco minutos mientras un millón de ideas le rondaban la cabeza. ¿Y si era la Organización la que le colocaba un localizador en el coche? ¿Estarían aprovechando aquella oportunidad? ¿Estarían utilizando a Morana ellos también?

Sacudió la cabeza. Si hubieran querido, podrían haberlo hecho cuando le repararon el coche. La indignación de Dante y la de Tristan Caine al ver sus heridas había sido genuina. Aún sentía la piel sensible y magullada y el dolor que le atenazaba el cuerpo. Pasaría mucho tiempo antes de que se recuperara del todo.

Pero ¿por qué no se había ido Tristan Caine a Tenebrae? Lo último que Morana había sabido era que él debería estar allí.

Y ella debería salir de ese sitio..., de ese ático, de esa vida. Ya estaba harta. A la mierda con el programa. Tenía que marcharse muy, pero que muy lejos.

Pero para eso necesitaba su coche. «Joder».

El sonido del móvil de Tristan Caine la sacó de sus pensamientos.

—¿Sí? —contestó él con voz seca, fría, muy distinta de la del hombre que la había estampado contra la puerta y le había dicho que la deseaba.

Morana tomó aire al darse cuenta de que también seguía dolorida entre las piernas.

—¡Joder! Detenedlo. Voy para allá.

Y se largó antes de que ella pudiera abrir la boca.

Morana parpadeó y se acercó a la pared de cristal para mirar hacia abajo. Veía unos coches diminutos al final de la carretera. Tres vehículos salieron del edificio para alcanzarlos.

—Morana —dijo Amara, que acababa de acercarse a ella.

Alzó la mirada, sorprendida al darse cuenta de que no la había oído entrar.

—Amara —dijo, y la saludó con un gesto de la cabeza mientras la otra mujer examinaba sus heridas con expresión compasiva.

—Lo siento.

Morana tragó saliva y miró de nuevo por el cristal.

—¿Qué pasa? —preguntó con curiosidad y preocupación.

Amara respiró hondo.

—Tu padre ha venido a buscarte. Ha rastreado tu coche hasta aquí.

Y en ese momento, mientras contemplaba la escena a través del cristal, lo entendió.

Había sido una trampa.

La había usado de peón, y ella había seguido su plan al detalle.

Su padre la había puesto a prueba para ver adónde iría. Por

eso había insistido en que dejara el coche en casa para acudir a la cena, por eso nadie la había seguido. Morana debería haber sospechado algo, pero la tristeza la había cegado. Y había ido directa allí. A Tristan Caine. Al motorista. Joder.

Fue entonces, mientras observaba a ambos bandos parados en la carretera, cuando entendió que ella no pertenecía a ninguno. No pertenecía a ninguna parte, su lugar no estaba junto a su padre y, desde luego, tampoco estaba junto al hombre que todos en la mafia conocían como el Cazador.

¿Qué estaba haciendo?

El pánico la ahogó. No podía quedarse allí.

—Amara, ¿has traído tu coche? —preguntó en voz baja, percatándose de que la otra mujer la miraba.

—Sí.

—¿Me lo prestas?

—¿Para qué?

—Tengo que irme. —Morana apretó las manos para mantener a raya el miedo—. Tengo que salir de aquí.

La otra mujer parpadeó, comprendiéndola.

—No puedo dejar que te vayas, Morana. Y menos en la situación actual. Podría convertirse en un baño de sangre, y Tristan nunca me lo perdonaría.

Sorprendida, Morana la miró fijamente.

—Sabes por qué me odia, ¿verdad?

Amara asintió.

—Sí, pero no me corresponde a mí contártelo.

—¿Qué puedes decirme? —le preguntó sin rodeos.

Amara ladeó la cabeza.

—¿Qué sabes del final de la Alianza?

Intentó hacer memoria, con el ceño fruncido.

—No mucho.

—Investiga. Eso es lo único que puedo decirte.

Morana suspiró, asumiendo que Amara no iba a revelarle ningún secreto. Era algo que hasta podía admirar.

Sin apartar la mirada de lo que pasaba a sus pies, vio que los vehículos daban media vuelta y regresaban al edificio, e irguió la espalda al tiempo que cogía el teléfono.

Necesito mi coche.

Para?

Morana levantó las cejas, pero respondió enseguida.

Irme.

Y adónde piensas ir exactamente?

No tenía la menor idea, pero no pensaba decírselo.

Me voy de la ciudad.
He quedado con un amigo.

Pues desqueda. Si yo no me
voy de esta ciudad, tú tampoco
te vas.

Morana apretó los dientes cuando la rabia ardió de nuevo en sus entrañas.

Eso no lo decides tú, Caine.

Se dirigió hacia el sofá, dejándose caer en él y fulminando el ascensor con la mirada mientras su móvil vibraba de nuevo.

Tenemos asuntos pendientes, señorita Vitalio.

«Creo que todavía no te he sacado de mi cabeza, señorita Vitalio».

El recuerdo de esas palabras la sacudió. La noche anterior. Había sido tan solo la noche anterior. Parecía haber pasado toda una vida. Le respondió, malinterpretando sus palabras a propósito.

Que le den al programa.

Por supuesto, él no podía decir lo mismo, porque si le habían tendido una trampa, era su cabeza la que corría peligro.

Las puertas del ascensor se abrieron en ese momento, justo cuando el móvil vibraba otra vez. Levantó la cabeza y lo vio entrar, con ese cuerpo atlético y musculoso que encajaba a la perfección en el ático iluminado por el sol. Él la buscó con la mirada, abrasándola con la energía que irradiaban aquellos ojos azules, de un color precioso y brillantes a la luz diurna, que se clavaron en los suyos, concentrados solo en ella.

Morana respiró hondo y apartó la mirada, bajándola al mensaje que él le había mandado.

No me refería al programa.
Me refería a *nuestros* asuntos.

El corazón se le desbocó. No levantó la cabeza, consciente de que él estaba a poca distancia, hablando con Amara. Aquello era lo que le faltaba. Justo ahora. Encima de todo lo demás.

No hay nada entre nosotros.
Se ha ido mi padre?

Con más moratones
en la cara que tú.

Morana alzó la mirada a toda prisa y la clavó en sus ojos.

¿Le había *pegado* a su padre? ¿Estaba *loco*?

Y, de verdad, ¿qué estaba haciendo ella allí? Los depredadores seguían el rastro de los animales heridos y atacaban. Él acababa de atacar a su padre.

Sin embargo, allí estaba ella, en la guarida del depredador más letal de todos, un cazador que le había dicho con absoluta claridad que era su presa, solo suya. Allí estaba, herida, sangrando y vulnerable en muchos sentidos. Y, aun así, nunca se había sentido más segura.

El pánico la abrumó.

12

Huida

Morana Vitalio no era una mujer que se asustara fácilmente. Se había criado en una casa llena de serpientes. Había observado y estudiado a esos seres viscosos antes de aprender a andar, y no le tenía ningún miedo. Ni cuando sacaban las armas. Ni cuando presenciaba con sus ojos inocentes la violencia de la que eran capaces. Ni cuando era testigo de las salpicaduras de sangre que manchaban las impolutas paredes blancas y se tapaban con pintura ese mismo día.

No tuvo miedo cuando su propia vida corrió peligro por culpa del programa, ni cuando su padre la dejó caer por la escalera, pese al riesgo de romperse el cuello.

No. Morana Vitalio no le tenía miedo a la muerte.

Sin embargo, sí le tenía miedo a Tristan Caine, aunque no quisiera admitirlo.

Observó cómo el hombre se movía por la cocina con la elegancia natural de un depredador: ágil, decidido y seguro de su victoria. Había dejado la chaqueta del traje colgada de una silla y se había remangado la camisa blanca, que se le tensaba sobre la espalda y contra sus antebrazos robustos. Movía la sartén con una mano y añadía los condimentos con la otra. Morana se sentó en el mismo taburete que había ocupado la última vez, cuando pasó la noche en el ático unos días antes. Dios, parecía que había pasado toda una vida desde aquello.

En aquel entonces sintió una minúscula punzada de admiración femenina al contemplar la belleza del cuerpo de Tristan Caine en movimiento. Ahora se sentía maravilla, porque sabía, íntimamente, cómo se movía ese cuerpo dentro de ella. Sabía lo que se sentía al tenerlo dentro, lo había sentido palpitar en su interior.

Eso era todo lo que sabía. Morana no se había permitido averiguar más. Y, por alguna razón, eso no había hecho sino aumentar su deseo.

Observó la forma en la que él contraía la espalda y se preguntó qué sentiría si lo tuviera encima de ella y pudiera tocarlo. Observó cómo movía la sartén con las manos hábilmente y se preguntó qué sentiría si estuvieran sobre su cuerpo, acariciándole la piel. Observó ese culo duro y prieto que tenía y se preguntó qué sentiría si le clavara los dientes.

Esa erótica línea de pensamiento hizo que el anhelo se le acumulara en las entrañas. Morana se removió en el taburete, incómoda, excitada y llena de magulladuras, antes de apartar los ojos de él y dirigirlos hacia las otras dos personas que ocupaban la estancia, muy alejadas la una de la otra. Amara ojeaba el móvil en un taburete, cerca de ella, y Dante contemplaba la espectacular puesta de sol a través de la pared de cristal, sentado en el salón mientras Tristan Caine cocinaba en silencio.

La tensión que crepitaba en el ambiente, entre unos y otros, entre todos ellos, estaba ahogando a Morana. Era desconcertante, joder. Y no estaba acostumbrada a nada parecido. Se trataba de un silencio incómodo, y Morana era consciente de que ellos tres tenían que hablar, pero no podían hacerlo porque ella estaba presente, y había algo raro entre Amara y Dante, algo que tanto Tristan Caine como Morana percibían. Como también lo había entre ella y su majestad, y los otros dos lo percibían. Todo era muy extraño. Y, al mismo tiempo, el ambiente resultaba acogedor cuando no debería serlo.

—¿Qué le digo a padre? —La voz tranquila de Dante restalló en el silencio como un látigo mientras clavaba sus ojos oscuros en la espalda de su hermano de sangre.

Morana vio que Tristan Caine apagaba el quemador de la cocina y el olor de algo picante y especiado impregnó el aire, haciéndole la boca agua. Lo miró fijamente en busca de una reacción, aunque solo fuera durante un segundo. No la encontró.

Él sirvió la comida en una enorme fuente. Esas manos, que una vez la amenazaron con un cuchillo en la garganta y una pistola en la cabeza, llevaron a cabo la tarea doméstica con tanta facilidad que Morana las envidió. Amara se levantó para coger vasos del armario y, en silencio, pusieron la mesa como si lo hubieran hecho cientos de veces.

La envidia aumentó. La reprimió.

Durante todo ese rato, aunque sabía que él había estado al tanto de cada uno de sus movimientos, Tristan Caine no la había mirado ni una vez. Ni una sola vez. Ni una sola vez desde que entró hacía unas horas, después de darle un puñetazo a su padre.

Eso no debería molestarla. Pero lo hacía. Y Morana no lo podía soportar.

Por último, Tristan Caine se sentó a la mesa y empezó a servir algo que parecía pollo en cuatro platos, sin invitarla, pero haciéndole saber claramente que no pasaría hambre. Eso era algo, supuso Morana.

Cuando se bajó del taburete, sintió que sus músculos recién torturados protestaban contra el movimiento mientras cojeaba hacia el lugar más alejado de ese hombre, que resultó ser el que estaba al lado de Dante. Tomó asiento y vio que los ojos de Tristan Caine pasaban de su silla a la de Dante una vez antes de empezar a comer sin preámbulos, y Morana cogió el tenedor para pinchar un trozo de pollo que olía de maravilla.

Casi se lo había llevado a la boca cuando su mirada se posó en la garganta de Tristan Caine, expuesta porque llevaba el cuello de la camisa desabrochado, y vio el movimiento de su nuez mientras tragaba el bocado de un modo que le subió la sangre a la cabeza. ¿Se podía saber qué le pasaba? Habían follado el día anterior. Habían follado justo el día anterior en el lavabo de un restaurante. Se suponía que su cuerpo no debería reaccionar así, por lo menos no tan pronto.

Tras obligarse a apartar la vista del cuello musculoso de Tristan Caine, Morana se metió el tenedor en la boca y probó el pollo.

Casi gimió.

El sabor de las especias estalló en su lengua, enroscándose en ella, invadiéndole los sentidos con su intensidad y jugosidad. No parecía un plato casero cocinado en menos de una hora, sino uno salido de un restaurante donde los cocineros se hubieran pasado el día entero preparando esa delicia para servirla. Si no lo hubiera visto cocinarlo con sus propios ojos, Morana jamás se habría creído que lo había hecho él. Así que también se le daba bien cocinar. Qué cosas...

Disimuló su reacción y siguió comiendo en silencio, hambrienta, consciente de que el cuerpo le pedía sustento porque hacía mucho que no probaba bocado. Había devorado casi la mitad del plato cuando Tristan Caine miró a Dante y habló, continuando la conversación de antes.

—¿Sobre qué?

Dante masticó, ablandando la comida con su delineada mandíbula antes de tragar. Miró a Morana y luego a Amara antes de volver la atención hacia el otro hombre.

—Sobre todo.

Tristan Caine no pestañeó.

—Dile lo que quieras.

Dante soltó el tenedor, juntó las yemas de los dedos e inspiró hondo para armarse de paciencia.

Morana observó el intercambio con fascinación.

—No puede quedarse aquí —dijo con voz serena, sin medias tintas. El otro se limitó a levantar una ceja—. Sabes por qué lo digo, Tristan. Es peligroso para todos nosotros que se quede aquí. —Dante volvió a mirar a Morana y en esos ojos oscuros apareció una expresión pesarosa antes de que los apartase—. Entiendo que lo de anoche fue terrible, y yo tampoco la habría dejado marchar en su estado. Pero lo de hoy ha sido a plena luz del día. No podemos permitirnos el desastre de lo del programa, lo que está pasando en casa y a Vitalio soltando por ahí que hemos secuestrado a su hija y acusándonos de estar haciéndole de todo.

Morana contuvo la respiración. Dante tenía razón. Ni siquiera había pensado en todo el jaleo que podría armar su padre. Se habían esforzado por evitar una guerra, y ahora iba a estallar en su nombre.

—No sabe que está aquí —les informó Tristan Caine—. Rastreó su coche, pero no tiene pruebas.

Dante resopló.

—¿Y el puñetazo que le diste en la cara? Ya sabes lo bien que le sentará a padre.

Tristan Caine se encogió de hombros.

—Vitalio invadió nuestro territorio sin previo aviso y sin permiso. Conoce las normas.

Dante suspiró.

—Podemos llevarla a un piso franco, pero no puede quedarse aquí.

«No, ni de coña. Dios, menudo desastre». Morana no se atrevía a mirar a Tristan Caine, pues no estaba segura de lo que encontraría en su rostro ni de lo que quería encontrar.

Así que tragó saliva y dijo:

—A ver, solo necesito mi coche y podré dejar de molestaros...

—No se va —dijo Tristan Caine, interrumpiéndola con voz suave. Demasiado suave.

Dante volvió a suspirar.

—Tristan, esto es una locura. No puedes mantenerla aquí así. Tienes que explicarle...

—Y tú tienes que irte.

Morana lo miró boquiabierta al oír la repentina dureza de su voz. Tristan Caine la ignoró, con los ojos clavados en su hermano de sangre, aunque su rostro no ofrecía la menor pista de lo que le pasaba por la cabeza. Dante le sostenía la mirada con la misma expresión, como si estuvieran manteniendo una conversación silenciosa. A Morana se le erizó el vello de la nuca. Era una conversación sobre ella. Se estaban enfrentando por ella, y desconocía el motivo. ¿A qué se refería Dante cuando decía que Tristan Caine tenía que explicarle algo? ¿Qué estaba pasando?

Quería preguntar, pero el nivel de testosterona aumentó aún más a medida que los hombres se miraban sin moverse. El silencio era tan espeso que la sangre le atronaba los oídos y se había olvidado por completo de la comida. Siguió con los ojos clavados en ellos, intentando captar algún indicio de movimiento, pero nada.

La tensión se acrecentó.

Hasta que Amara habló, con su voz suave.

—Dante.

Morana la miró a tiempo de ver cómo negaba con la cabeza en dirección al hombre. Así que ella sabía de qué iba todo aquello.

Dante se levantó con brusquedad de la mesa y echó a andar hacia el ascensor, tras lo cual Amara también se puso en pie y le dio un toquecito a Tristan Caine en el hombro.

—Tristan, Dante lleva razón.

Él miró a la mujer y se produjo un breve entendimiento entre ellos.

—Yo también.

Amara esbozó una sonrisa triste antes de volverse hacia Morana con una expresión cálida en los ojos.

—Tristan tiene mi número. Llámame si necesitas algo, Morana.

Ella le sonrió con timidez, un poco insegura, y Amara se alejó para acercarse a Dante, que la esperaba junto al ascensor.

Morana observó la escena, confusa. ¿Qué estaba pasando allí?

Fuera estaba oscuro, el sol hacía tiempo que se había ocultado bajo el horizonte. Las luces de la ciudad centelleaban a lo lejos, y Morana respiró hondo y miró su plato medio vacío. Empezó a comer despacio de nuevo, sin alzar la mirada hacia el hombre con el que se había quedado a solas.

El hombre que la miraba. Por fin.

Podía sentir su atención en cada centímetro del cuerpo. Podía sentir la caricia de esos ojos sobre su piel expuesta, y también el calor que la invadía y se le acumulaba entre los muslos solo con esa mirada. No le gustaba. Incapaz de fingir que no la estaba poniendo de los nervios, Morana soltó el tenedor y alzó la vista, solo para descubrir que esos ojos feroces y magníficos la inmovilizaban en la silla.

No le gustaba. No le gustaba en absoluto. Tenía que levantarse ya y meterse en la habitación de invitados. Tenía que cerrar la puerta y alejarse de Tristan Caine.

Porque la asustaba. Morana no sabía nada de él. Nada. Ni su pasado, ni su presente, ni su futuro. No entendía las razones que lo empujaban a actuar, y eso lo convertía en lo desconocido. En lo imprevisible.

Y eso la asustaba.

Porque nunca sabía si estaba a punto de protegerla o de matarla.

Había demasiado a su alrededor y entre ellos. Él le había dado un puñetazo a su padre. No había acudido a Tenebrae cuando lo habían llamado. Había acogido a Morana en su casa cuando, tal como había dicho Dante, era peligroso. Y también era el hombre que le había dicho en repetidas ocasiones que iba a acabar con ella.

Morana parpadeó, tratando de despejarse, pero aquellos ojos azules se negaban a apartarse de los suyos. Él apretó la mandíbula; la sombra de la barba que le cubría el mentón era más tupida que esa mañana.

A ella se le aceleró el pulso y la respiración bajo aquella mirada amenazante que la hacía sentirse como una presa que él estaba a punto de devorar.

Joder. Se suponía que ya se lo había quitado de encima. Por eso lo había hecho en el restaurante. Él debería estar satisfecho, no mirándola con ese anhelo reticente, con esa pasión descarnada que Morana estaba viendo por primera vez y que la excitaba muchísimo. Tanto, que se le puso la piel de gallina.

Necesitaba volver a hacer que se contuviera. Que cerrase los ojos y encerrara esa mirada.

Necesitaba hacer algo, rápido.

De repente Morana recordó lo que le había dicho Amara, y lo usó para romper el silencio.

—¿Cuándo terminó la Alianza?

Funcionó. Algo relampagueó en esos ojos azules al instante, una mezcla tan intensa de odio y dolor que no pudo diferenciar el uno del otro. Y, de pronto, su expresión se tornó impasible. Por completo. Pasó a mirarla con tranquila consideración. Sin emoción alguna.

No supo si le gustaba más verlo así.

—Hace veinte años —contestó él en voz baja, observándola.

Silencio.

—Ah —dijo ella con suavidad, y luego cerró la boca sin saber qué añadir.

Tristan Caine la miraba con los ojos ligeramente entrecerrados. Se acomodó en la silla y cruzó esos brazos fornidos por delante el pecho, con la tela de la camisa estirada sobre los bíceps y el asomo de un tatuaje oscuro visible bajo la tela blanca.

El silencio se alargó. Morana, lo suficientemente conmocionada por los acontecimientos de las últimas veinticuatro horas, reunió por fin fuerzas para apartarse de la mesa y recoger los platos. Los llevó a la cocina, consciente de que él tenía los ojos clavados en su espalda. Enjuagó los platos deprisa y los metió en el lavavajillas cromado, tras lo cual se secó las manos con un paño de cocina. Al volverse descubrió que Tristan Caine seguía mirándola.

Había mucho que necesitaba averiguar, mucho que necesitaba preguntar. Pero ese último día había hecho estragos en ella y, por alguna razón, no se creía capaz de soportar otro enfrentamiento. No hasta que recuperara fuerzas.

—Gracias por la comida, Caine —dijo y se giró hacia el dormitorio de invitados, sin darle la oportunidad de responder.

Él no pronunció palabra. Se limitó a ladear la cabeza hacia la derecha.

Nerviosa, Morana se refugió en la habitación, sin preocuparse siquiera de disimular, y se apoyó en la puerta después de cerrarla, con el corazón martilleándole en el pecho y el deseo corriéndole por las venas. ¿Por qué huía en ese momento, cuando nunca lo había hecho? ¿Por qué permitía que le afectase, cuando antes no lo había hecho, al menos hasta ese punto?

Para no cambiar de opinión, echó el cerrojo a la puerta sin hacer ruido y se sentó en la cama con la mirada clavada en el suelo.

Dante tenía razón. No podía seguir allí. A la mierda con el programa. A la mierda con su padre. A la mierda con todo.

Se acabó.

Estaba harta de todo desde hacía mucho. Necesitaba dejarlo atrás.

Porque cuanto más tiempo pasaba allí, más pruebas encontraba de que le había salido el tiro por la culata. No se había sacado de la cabeza a Tristan Caine. Al contrario, sentía sus garras cada vez más hundidas en ella.

Y eso le daba más miedo que una inminente guerra entre mafias.

Morana estaba sentada en silencio en la cama, con los ojos fijos en la puerta cerrada y el móvil en las manos, esperando.

Esperando hasta estar segura, antes de moverse, de que él ya se había dormido. Quedarse allí, en ese ático, en esa ciudad, en ese país, era una necedad. Ya no sabía lo que pensaba su padre, si creía que ella estaba con la Organización o no, a pesar de haber seguido el rastro de su coche hasta allí, pero le daba igual. No le importaban ni él ni lo que le estaba ocultando. Tampoco le importaba la chica llena de esperanza que había sido. Ni el programa que puede que no encontraran nunca. Sabía que en cierto modo era muy egoísta por su parte, pero ya no podía más.

Había usado su cuenta bancaria secreta para comprarse un billete de ida al otro lado del planeta, donde sería una persona anónima. Necesitaba irse, alejarse de ese mundo, alejarse de su padre, de la mafia, ¡de él! Tenía que marcharse para poder darse la oportunidad de encontrar algo mejor, de ser feliz. Quizá de conocer a alguien que le acelerase el corazón e hiciera que ardiera por dentro. Alguien que entendiera sus silencios y la protegiera porque así lo deseara. Alguien que la desafiara a todos los niveles y la tratara como a una igual.

Ahogó un gemido ante sus pensamientos. Sacudió la cabeza, intentando no pensar en el hombre que dormía arriba. Ahora ya estaba segura de que dormía. Eran las dos de la madrugada y hacía más de una hora que no se oía ni un solo ruido en la casa.

Había llegado la hora de ponerse en marcha.

Se levantó despacio, echó a andar hacia la puerta tan silenciosamente como pudo y respiró hondo. Abrió el pestillo sin hacer ruido y salió a la cocina en penumbra, dirigiendo la mirada a la centelleante y preciosa vista de la ciudad desde la magnífica pared de cristal.

Sintió una punzada en el corazón. Le resultaba extraño abandonar ese lugar y saber que nunca volvería. Sobre todo teniendo en cuenta que solo había pasado dos noches allí. No había sentido lo mismo cuando dejó la casa que había sido su hogar durante más de dos décadas. Se estaba dejando un recuerdo allí, el atisbo de un hombre al que detestaba y al mismo tiempo no. Un recuerdo en el que no estaba sola.

Morana se libró de esa sensación, con el pecho oprimido y el corazón en un puño, y echó a andar hacia el ascensor a toda prisa, moviéndose con cuidado, acompañada por el dolor de sus músculos, que era una presencia constante, y atenta a cualquier ruido. Solo oía su propia respiración y el sonido ambiente del aire acondicionado.

Una vez que introdujo el código en el teclado, esperó a que se abrieran las puertas, con un nudo en la garganta provocado por una emoción que no había experimentado nunca antes. Estaba a punto de dejar atrás todo lo que le resultaba conocido; ese sitio, ese mundo, incluso su coche. Dios, cómo iba a echar de menos su coche. Había sido un amigo leal durante muchísimo tiempo. Y, cuando más lo había necesitado, la había llevado a ese lugar, a un lugar seguro.

Las puertas se abrieron y miró su reflejo en el espejo del interior del ascensor con un nudo en el estómago al darse cuenta de que, pese a todo, Tristan Caine la había puesto a salvo las dos noches que había estado en su territorio, las dos veces que se había encontrado en su momento más vulnerable. Él podría haberse aprovechado de las circunstancias. Podría habérsela entregado a su padre. Podría haberse negado a darle refugio. Pero no lo hizo. La primera vez se sentó con ella en silencio y contempló la lluvia. La segunda le había preparado un baño, le había dado ropa y la había alimentado. Le había reparado el coche y se había negado a marcharse a Tenebrae. Y le había estampado un puñetazo en la cara a su padre.

Morana ya ni siquiera sabía quién era ese hombre.

Ya no sabía quién era ella cuando estaba con él.

Sin embargo, daba igual, porque se iba. Sin embargo, no podía hacerlo sin antes limpiar su conciencia.

Tenía claro que no podía verlo cara a cara porque entonces él no la dejaría marchar, ni ella querría hacerlo. Así que Morana desbloqueó el teléfono y abrió el chat de mensajes, dedicando un momento a leer su última conversación. «Tenemos asuntos pendientes, señorita Vitalio». Pues sí, los tenían. Pero sería imposible zanjarlos.

Tecleó rápidamente y pulsó enviar antes de poder contenerse.

Gracias, Caine. Que te vaya bien.

Antes de poder pensárselo mejor, Morana entró en el ascensor y pulsó el botón para bajar. Las puertas se cerraron y se encontró con su reflejo, que la miraba fijamente. Llevaba el pelo revuelto recogido en una coleta, una camiseta blanca demasiado grande y unos leggings negros que Amara le había dado, junto con unas bailarinas cómodas. Solo llevaba el teléfono y el monedero. Pese a que no tenía ningún plan alternativo para llegar al aeropuerto si su coche no estaba en el garaje, estaba tranquila. Había planeado hacer un puente para arrancarlo. O quizá podría caminar lo suficiente como para coger un taxi, pero no creía que sus piernas estuvieran por la labor.

Pasó por alto el nudo que sentía en la boca del estómago y el sudor que le cubría las palmas de las manos y esperó con la respiración contenida a que las puertas se abrieran por fin para salir al garaje vacío, donde las hileras de coches se extendían de forma inquietante bajo la luz de las dos lámparas de techo que iluminaban el enorme espacio.

Miró a su alrededor durante unos segundos y divisó la poderosa moto de Tristan Caine, que le provocó un vuelco en el corazón durante un segundo antes de que se obligara a desviar la mirada. Su coche estaba unos metros más allá, a la izquierda. Echó a andar hacia él en silencio.

No había dado más de dos pasos cuando el sonido de una puerta al abrirse de golpe resonó por el silencioso garaje como una bala errante, atravesándole el corazón y haciendo que se detuviera en seco para mirar hacia allí.

Hacia la escalera.

En cuyo umbral vio a un Tristan Caine muy grande, muy musculoso y muy enfadado.

Un Tristan Caine semidesnudo, muy parecido al que la había recibido la noche anterior, que la dejó clavada en el sitio con una mirada.

Un escalofrío le recorrió la espalda a Morana, mientras el pavor, el terror y la excitación la invadían en oleadas.

La adrenalina se apoderó de su organismo. Luchar o huir. Sabía que no podía luchar contra él en ese momento, que no debía hacerlo a menos que quisiera perder. Así que huyó.

Sin perder un solo segundo, se dio media vuelta y echó a correr hacia el coche, sin atreverse a mirar hacia atrás para comprobar si él le estaba ganando terreno. La sangre le atronaba en los oídos y los jadeos le impedían oír si él la seguía, pero ni siquiera se detuvo para recuperar el aliento. Se limitó a seguir corriendo, dándolo todo. Le dolían las piernas por el repentino esfuerzo, el corazón le latía enloquecido para ayudarla a mantener el ritmo. Corría como si su vida dependiera de ello. Y así era.

Le faltaban tres coches para llegar.

Le faltaban tres coches para llegar cuando dos brazos duros se cerraron a su alrededor y la aplastaron contra un pecho desnudo y cálido, deteniéndola en seco. Forcejeó salvajemente, se retorció contra él para liberarse, pero esos músculos siguieron rodeándola como si fueran de acero. Morana tenía la coronilla encajada debajo de su mandíbula y despegó los pies del suelo en un intento por saltar y alejarse de él.

—¡Suéltame! —le gritó.

Giró la cabeza y le mordió en uno de sus tensos bíceps, entusiasmada por infligirle aquella pequeña herida.

Morana sintió que él elevaba el pecho con brusquedad al inhalar contra su espalda y notó que se estaba empalmando cuando se inclinó hacia delante para acercarle los labios a la oreja. Notó la aspereza de su barba contra su piel y le provocó un ramalazo de deseo entre los muslos.

—Que me vaya bien, ¿no? —murmuró con suavidad, casi rozándole la piel con los labios, pero sin hacerlo, obligando a su cuerpo a desear ese contacto—. ¿No sabes que no hay que huir de los cazadores, corazón? Nos gusta la persecución.

Esas palabras hicieron que se estremeciera con una emoción prohibida, incluso mientras seguía revolviéndose con él en su intento por escapar y pese a que, al mismo tiempo, una parte de ella se sentía electrizada.

—Deja de moverte a menos que quieras que acabemos follando encima de ese puñetero coche tuyo.

Morana se detuvo. Sus pechos estaban comprimidos por esos brazos que la retenían, y una pequeña parte de sí misma la instaba a mover las caderas, a que lo desafiara a cumplir su amenaza.

No, eso no podía ocurrir. Nunca más. Nunca más.

Se tragó sus confusas emociones y dijo en voz baja.

—Suéltame.

Él le acarició la cabeza con la nariz e inhaló profundamente.

—Te dije que teníamos asuntos pendientes.

—No me importa —masculló ella, con los dientes apretados para luchar contra las sensaciones que la abrumaban por dentro y por fuera.

Hubo un segundo de silencio antes de que él siguiera hablando.

—Nunca nos hemos mentido, señorita Vitalio. No empecemos ahora —murmuró él con esa voz ronca, haciendo que el whisky y el pecado le recorrieran la piel como la caricia de un amante, dejándola casi con los ojos en blanco y deseosa de apretarse contra él.

Lo que hizo, en cambio, fue apretar los dientes.

Después giró la cabeza y le mordió en el brazo. Otra vez.

Antes de que pudiera hacer nada más, él le dio media vuelta y la estrechó contra su cuerpo. Los pechos de Morana quedaron aplastados contra su torso, y la erección de él le rozaba el abdomen mientras la rodeaba casi como si fuera el abrazo íntimo de un amante, no el de un enemigo. Tristan Caine clavó esos magníficos ojos en los suyos con una intensidad que la sobresaltó y, de algún modo, la tranquilizó.

No dijo ni una palabra más durante un momento. Se limitó a mirarla con intensidad, con la mandíbula tensa, la piel caliente contra la suya y el aliento rozándole la cara. Tenía los labios a pocos centímetros de los de Morana y su perfume almizcleño los envolvía peligrosamente.

Tras levantar despacio la mano derecha, él le rodeó el mentón y le colocó el pulgar y el índice en las mejillas. Sin hacerle daño, pero con firmeza. Le echó la cabeza hacia atrás mientras el corazón le latía con fuerza en el pecho, dividida en su fuero interno al ver el poco espacio que había entre sus bocas. Empezaron a temblarle las manos, y apretó los puños a ambos lados del cuerpo para controlarse.

—Cuidado con esa boca que tienes, fiera —dijo en voz baja, letal, sensual, pegado a sus labios, y las palabras casi hicieron que se tocaran. *Casi.* Después añadió, también en voz baja y con la mirada fija en ella—: Hace que me apetezca corresponderte. Y no quieres que te acerque la boca, ¿recuerdas?

Morana sintió que le daba un vuelco el corazón, que el pecho le subía y le bajaba con rapidez.

—No te he dado un puto beso. Ha sido un mordisco.

Lo vio esbozar una sonrisa torcida mientras el deseo relucía en sus ojos.

—No importa. Si te pongo la boca encima, nunca volverás a ser la misma. —Se inclinó un poco más, tanto que apenas había espacio, y sintió sus labios ahí, *justo ahí*, pero todavía lejos. La mano con la que le sujetaba la cara le impedía moverse tanto hacia delante como hacia atrás—. Elige bien, señorita Vitalio.

Antes de que Morana pudiera parpadear siquiera, él le soltó la cara y se apartó al tiempo que hacía un gesto con la cabeza para señalarle el ascensor abierto, esperando a que ella se moviera sin que tuviera necesidad de decir nada más.

En ese momento, mientras Tristan Caine retrocedía y le daba espacio para que eligiera entre tantas, tantas cosas, Morana se dio cuenta de que, por mucho que quisiera escapar, no podía. Estaba tan enredada en aquel lío que ella misma había creado que no habría podido alejarse durante mucho tiempo sin que su conciencia la torturara. Sentía tanta curiosidad, tanta atracción por lo que fuera que fuese lo que había entre ellos —aquella cosa extraña que la hacía sentirse segura por primera vez en su vida, aunque él hubiera prometido matarla—, que no podía marcharse.

No podía huir.

Él no se lo permitiría.

Morana tragó saliva y dio un paso para acercarse despacio al ascensor, consciente de la presencia vigilante que tenía a la espalda y que le aseguraba en silencio que no la dejaría marchar. Todavía no. Y, por alguna razón absurda, eso la entusiasmó. Morana se preguntó si no le habría enviado el mensaje de forma inconsciente porque en el fondo sabía lo que iba a pasar. ¿Había sido por eso?

No estaba segura.

Y esa era precisamente la razón por la que Tristan Caine la asustaba tanto. No porque estuviera matando a la Morana que ella había conocido durante toda su vida.

Se reconoció a sí misma la verdad mientras entraba en el ascensor que la llevaría de nuevo junto a él.

Tristan Caine la asustaba, pero no por la lenta muerte que le estaba provocando, por la muerte que le había prometido algún día, por la muerte que despertaba en ella.

No.

Era por la *vida*.

13

Conexión

«Cuanto más sabes, menos haces».

Morana recordaba haber leído esa cita en alguna parte hacía mucho tiempo. Las palabras se le habían quedado grabadas en el cerebro, pero nunca las había entendido del todo. Teniendo en cuenta que su alto cociente intelectual estaba certificado, siempre había creído que el conocimiento era el poder supremo. Fue su sed de conocimiento lo que la hizo lo bastante audaz para saltarse una y otra vez las normas establecidas. Fue esa misma creencia la que la llevó a esforzarse al máximo para desarrollar el programa que tanto temía.

El conocimiento era poder, pero en las manos equivocadas era un arma.

La Alianza había terminado hacía veinte años. Veintidós, más concretamente.

Dos días después de su risible intento de fuga, durante los cuales había vivido en la habitación de invitados como eso, una auténtica invitada, y no como un ser despreciable, el hervidero de emociones de su interior por fin se había calmado.

Por primera vez en muchísimo tiempo, Morana sentía que tenía el control. Sentía que volvía a ver las cosas con claridad y lógica, que no permitía que las emociones la desbordaran en oleadas. Bien porque se había enfrentado a algunos hechos sobre sí misma y los había aceptado o bien porque Tristan Caine había estado ausente durante esos dos días, ocupado a saber con qué, Morana había recuperado la calma y la serenidad, y lo agradecía. No le gustaba sentirse inestable, traicionada por su propio cuerpo.

Y aunque la ausencia de ese hombre y su aparente desinterés la confundían hasta cierto punto, había aprendido a no pensar demasiado en lo que él hacía o dejaba de hacer. La realidad era que ella era la hija de Gabriel Vitalio, y no había regresado a la prisión de su hogar después de marcharse. En lugar de eso, decidió buscar refugio en la guarida del enemigo. Y dicho enemigo había golpeado a su padre en su propio territorio, delante de sus hombres, y se había negado a ir a Tenebrae cuando lo habían mandado llamar. Lo cierto era que Morana empezaba a preocuparse porque su padre no había tomado represalias por todo aquello, y, conociéndolo como lo conocía, sabía que no era normal.

Él no era así. Su padre no se andaba con chiquitas y se vengaba para dar ejemplo. Que hubiera dejado que Tristan Caine se saliera con la suya no encajaba con su forma de ser. Eso era lo que preocupaba a Morana; ese silencio de su padre resultaba más inquietante que cualquier otra cosa, como la calma que precedía a la tormenta. Y, en su mundo, una tormenta abarcaba un dispar y amplio espectro, desde un cadáver hasta una guerra de bandas. No era un pensamiento tranquilizador.

En cuanto a Lorenzo Maroni, no sabía cómo reaccionaría. Por lo que había oído sobre él, tenía las manos aún más manchadas de sangre que su padre, y Dante parecía preocupado por su reacción. Pero ¿qué sabía Morana en realidad? Tal vez fuera normal en la relación Caine-Maroni que el primero no acudiera a su llamada. Si a Tristan Caine no le preocupaba, y la verdad era que ella tampoco estaba al tanto de si lo hacía o no, tampoco le daría mucha importancia.

Sus pensamientos objetivos se centraban en dos cosas fundamentales: encontrar el programa y e indagar sobre el fin de la Alianza.

Había urdido un plan, una vez tranquila y casi sola en ese enorme ático con sus preciosas vistas. Los hermanos de la Organización y ella se habían centrado en intentar encontrar el programa y destruirlo después, pero dado que hasta la fecha habían fracasado en su empeño, no parecía que dicha estrategia fuera a dar sus frutos en un futuro próximo.

De modo que Morana cambió de táctica y decidió que iba a crear un nuevo software que deshiciera por completo los efectos del programa original en cuanto este se ejecutara. Aunque no tenía muy claro cómo lo haría, sabía que tenía tanto la capacidad como el incentivo. Después de levantarse, como Tristan Caine era un fantasma en su propia casa, llamó a Dante para hablarlo con él.

En ese momento Morana estaba sentada en el lujoso sofá del salón, vestida con la ropa que Amara le llevó el día anterior y observando la forma en la que la luz del sol bailaba entre los altos edificios. Entraba por la pared de cristal y la calentaba, calentaba todo el ático con su suave resplandor. Dejó que su mente vagara hacia el otro tema sobre el que necesitaba investigar.

La Alianza. O, mejor dicho, su desaparición.

El acuerdo estuvo vigente durante mucho tiempo, y conllevó una época pacífica y beneficiosa para las dos familias implicadas, así que ¿por qué terminó exactamente? ¿Qué había ocurrido veintidós años antes para que se pusiera fin a una de las asociaciones más lucrativas de la historia de la mafia? No se había declarado ninguna guerra. Morana había investigado y el último enfrentamiento conocido entre las dos familias había tenido lugar hacía más de cincuenta años. La Alianza se creó justo al final de aquel episodio. Y durante casi tres décadas había funcionado bien.

¿Qué pasó?

Y lo más importante: ¿qué tenía eso que ver con que Tristan Caine la odiara? ¿Cómo lo sabían los demás? Ella ignoraba muchas cosas sobre la Alianza, lo cual era sorprendente teniendo en cuenta que había crecido escuchando todo lo que hablaban su padre y sus hombres. Conocía a la Organización y a su gente por el boca a boca. Conocía a las distintas facciones que operaban en su zona gracias a esas conversaciones. Así que ¿cómo era posible que nunca hubiese oído hablar de la Alianza? ¿No la habían mencionado a propósito delante de ella? ¿O se lo estaba imaginando? ¿Qué motivo tenía su padre para ocultarle la razón por la que su enemigo la despreciaba?

Morana cogió el móvil e inició sesión en su motor de búsqueda personalizado para seguir leyendo la investigación que hizo sobre el tema hace mucho. Rezó para obtener alguna buena pista mientras ojeaba el contenido.

El sonido del ascensor al abrirse la sacó de la lectura e hizo que bloqueara el teléfono a toda prisa. Alzó la mirada y descubrió la enorme figura de Dante saliendo por las puertas, con uno de esos impolutos trajes oscuros que ya asociaba con él. Morana ladeó la cabeza mientras lo observaba, consciente de que lo había juzgado demasiado rápido al principio, de que sus propios prejuicios habían tapado la realidad.

Al igual que Tristan Caine y ella, Dante llevaba una máscara. Pero después de pasar varios días en su compañía y de comprobar cómo había reaccionado al verla magullada la otra noche, una reacción que se impuso a los recelos, Morana se había encariñado con él. Aunque seguía siendo el enemigo, hasta la fecha se había portado bien con ella. Y eso era más de lo que podía decir de su propio padre.

Desterró esos pensamientos y le hizo un gesto con la mano para que se sentara con ella, algo que lo llevó a acomodarse en el sillón de enfrente, con una educada sonrisa y una expresión menos cautelosa en los ojos. Morana supuso que a esas alturas ambos habían llegado a la misma conclusión sobre el otro.

—Bueno, ¿de qué quieres hablar, Morana? —le preguntó en el mismo tono cordial que siempre usaba con ella.

Morana jugueteó con su teléfono mientras hablaba, consciente de la respuesta que iba a obtener.

—¿Alguna pista sobre el programa?

Dante negó con la cabeza.

—No. Hemos tenido un problema en Tenebrae y todo el mundo ha estado ocupado con ese tema.

Ella frunció el ceño.

—¿Lo de los traficantes que se hacían pasar por miembros de la Organización?

—Sí.

Morana reflexionó al respecto un rato, dejando que los engranajes de su cabeza giraran con rapidez.

—¿Crees que podría estar relacionado?

Dante frunció el ceño, confuso.

—¿Qué podría estar relacionado?

Morana suspiró con impaciencia y se apoyó en los codos, con la mente acelerada porque había empezado a unir puntos y todo cobraba un extraño sentido.

—¡Todo esto! ¿No te parece raro? ¿Las coincidencias? Alguien se hace pasar por Caine y me roba el programa, tomándose la molestia de inculparlo en caso de que se ejecute. Además lo hace de manera que llame mi atención, aunque de no haber sido así, habría llamado la atención de mi familia. Luego alguien se hace pasar por la Organización en un almacén donde vosotros solíais hacer negocios, y se llevan las ganancias al mismo tiempo que os incriminan por las pérdidas. En serio, ¿qué probabilidad hay?

¿Cómo no lo había visto antes? El patrón estaba claro. Había una persona o un grupo de personas detrás de todo eso, un cerebro. Pero ¿a quién intentaban inculpar, a Tristan Caine o a la Organización? ¿Era un asunto personal o algo más grande? ¿Y cómo encajaba ella en todo aquello?

Dante permaneció sentado atónito, en silencio, durante un minuto entero, asimilando lo que ella había dicho mientras las implicaciones de sus propias palabras le pasaban a Morana por la cabeza a una velocidad vertiginosa. Para ella era evidente, aunque el rostro de Dante no delatara ninguno de sus pensamientos. Su hermano de sangre y él se parecían mucho en eso.

—¿Podría ser tu padre? —le preguntó Dante, rompiendo por fin el silencio con la pregunta más obvia.

Morana negó con la cabeza.

—No. Si hubiera sido él, me habría ordenado que le diera el programa y no habría dejado que Jackson se acercara a mí y fingiera ser mi novio. Entorpece sus planes de casarme con algún gilipollas que quiera una novia prístina y virginal de la mafia.

Dante apretó los labios, y sus ojos se ensombrecieron un poco.

—Así funciona este mundo, Morana. Ojalá no fuera así. Daría cualquier cosa porque no fuera así, pero es lo que hay. Tienes suerte de haber podido escapar. No todo el mundo la tiene.

Morana lo miró y se le ablandó el corazón al recordar lo que Amara le había dicho con palabras similares.

Dante respiró hondo y se pellizcó el puente de la nariz, claramente afectado por la carga emocional de lo que acababa de expresar. Después dijo, antes de que ella pudiera hablar:

—Vale, entonces tenemos que considerar la posibilidad, bastante grande, de que todo esto esté conectado y que no sean sucesos aislados como los hemos estado tratando hasta ahora. Te lo agradezco. ¿Algo más?

Morana desterró sus sombríos pensamientos y tomó una bocanada de aire.

—Sí. Voy a crear un software que funcione como medida de seguridad del programa original, ya que no podemos recuperarlo y destruirlo. Impedirá que se ejecute el anterior.

Dante levantó las cejas.

—¿Funcionará?

—En teoría, sí. Aunque crearlo será un poco laborioso.

Él asintió.

—Estupendo. Si eso surte efecto, todos dormiremos mucho mejor.

Morana se mordió el labio, conteniendo las ganas de retorcer las manos por lo que estaba a punto de decir.

—Pero, para crearlo, necesitaré mis cosas. Mi portátil y mis discos duros, sobre todo. Que, por cierto, siguen en mi habitación. En mi suite. En mi casa. De la que me marché hace unas noches.

Dante asintió, poniéndose en pie.

—Me ocuparé de ello. ¿Necesitas algo más?

Morana negó con la cabeza.

—Nada, gracias.

—Bien. Llámame si se te ocurre cualquier cosa.

Tras otra cortés inclinación de cabeza, se alejó hacia el ascensor justo cuando se abrían las puertas y salía Tristan Caine, con traje y sin corbata, quien se detuvo bruscamente al verlo.

Así pues, el hielo entre ellos no se había derretido desde el desastroso almuerzo. Era bueno saberlo.

Tristan Caine no apartó los ojos en ningún momento de su hermano de sangre para mirarla, de manera que Morana se mantuvo quieta para no atraer su atención, para no influir en sus emociones. Le encantaba ser capaz de comportarse con sensatez, la verdad, pero ese hombre tendía a despertar en ella el deseo de ponerse a gritar como una *banshee* drogada, algo que, aunque no era una imagen muy atractiva, sí parecía la adecuada.

También resultaba útil saber que, en primer lugar, la había evitado durante dos días enteros y, en segundo, que nunca se dirigía a ella mientras hubiera otros seres humanos en la habitación. Morana no sabía si esta última teoría se aplicaba también con gatos o perros. Con todo, durante un rato podía considerarse a salvo de la *banshee* aletargada en su interior y, si continuaba la tónica de esos últimos dos días, él se iría y ella seguiría siendo un ser racional.

—Tenemos que hablar, Tristan.

No era una invitación muy alegre, pero al menos la voz serena de Dante puso fin a la tensión entre ellos lo suficiente como para que ella se aventurara a mirarlos. Dos hombres altos, corpulentos y guapos que eran tan letales como el que más.

—Sí, desde luego —replicó Tristan Caine con una nota de advertencia en la voz que dejaba claro que Dante haría bien en no abrir la boca mientras ella estuviera presente.

Como si fuera a pegar la oreja. En fin. Morana puso los ojos en blanco y cogió el móvil, consciente de que ambos hombres salían del ático y entraban en el ascensor. Las puertas se cerraron con un suave «din», y sintió que la tensión de la que no había sido consciente abandonaba su cuerpo mientras soltaba el aire de golpe.

Así que, dado que lo del nuevo programa quedaría en el aire hasta que consiguiera su portátil, desbloqueó el teléfono y siguió leyendo sobre la misteriosa ruptura de la Alianza que tuvo lugar veintidós años antes.

Morana se despertó bruscamente, desorientada, con el cuello en una posición rara contra el respaldo del sofá, las piernas entumecidas y acurrucadas bajo su cuerpo, el pelo revuelto y el teléfono entre las manos, encima del regazo. Se enderezó y sintió un dolor palpitante allí donde la postura le había causado cierta rigidez. Miró la preciosa pared de cristal para ver que el crepúsculo envolvía el horizonte en un abrazo ardiente, desapareciendo en el terciopelo oscuro de la noche que se acercaba. Las centelleantes luces de la ciudad y las frías olas del mar en el lado opuesto suponían un contraste refrescante para sus sentidos.

Era un paisaje que había estado contemplando esas últimas noches. La pared de cristal se había convertido en parte de Morana desde aquella noche lluviosa, de una forma muy parecida a su coche. No creía que llegara a cansarse nunca de ver aquella panorámica cada día. Y no era solo por su belleza, sino también por algo más: por el recuerdo de lo que había acompañado a esa belleza, el recuerdo de una noche triste y solitaria que ya no lo era tanto.

¿Habría sentido lo mismo por esa pared de cristal si ese momento no hubiera existido? ¿Sería como las ventanas de su propia casa? Una ventana sin más. Siempre que miraba a través del ventanal, cada vez que veía la ciudad, el mar, las estrellas y el cielo ilimitado, a Morana se le cortaba la respiración.

Tal como sucedía en ese instante.

De repente fue consciente de su entorno a medida que se espabilaba.

Las luces seguían apagadas y solo el resplandor del mundo exterior penetraba en el ático, seduciendo a las sombras. Únicamente la acompañaba el sonido de su propia respiración en la quietud.

Sin embargo, sabía que no estaba sola.

Él estaba allí. En algún lugar en la oscuridad. Observándola.

No sabía dónde y no volvió la cabeza para localizarlo entre las sombras tentadoras; se limitó a quedarse quieta, dejando que la observara, permitiéndose un estremecimiento al saberse observada. Era algo retorcido. Estaba mal en muchos sentidos. Pero Morana nunca se había sentido tan bien.

Y eso, lo que estaba sucediendo justo entonces, era exactamente lo que no comprendía de sí misma, de ellos. Esa necesidad que sentían de prestarse atención y de buscarla aunque la aborreciesen. La emoción que la recorría aun sabiendo que no debería experimentarla. La certeza, que surgía de lo más hondo de su ser, de que él estaba cerca.

¿Había sido así desde aquella primera noche en Tenebrae o había ocurrido más tarde? ¿En qué momento había perdido Morana su cuerpo, sus sentidos, en favor de los de Tristan Caine? ¿En qué momento que la observaran desde la oscuridad había dejado de ser una amenaza y se había convertido en algo emocionante? Y solo porque era él, porque Morana tenía claro que si fuera otra persona, a esas alturas ya habría salido corriendo en busca de sus cuchillos.

El corazón le latía con fuerza en aquel silencio. Continuó inmóvil, sin apenas respirar, con los nervios cada vez más tensos según pasaban los segundos, los pezones duros bajo el restrictivo tejido del sujetador y el deseo abrasándola entre los muslos. Por Dios, estaba a punto de arder y ni siquiera sabía dónde se encontraba él. Ni si estaba afectado. Sin embargo, estaba dispuesta a hacerlo reaccionar. Se iba a asegurar de que aquello lo afectara tanto como a ella. No ardería sola si podía evitarlo. Si él le provocaba esa insensata lujuria, lo mínimo que podía hacer Morana era devolverle el favor.

¿Le gustaba mirar? Pues iba a darle un puto espectáculo.

Se dejó guiar por el instinto, que hasta entonces le había funcionado bastante bien, y abandonó la postura en la que estaba: estiró los brazos por encima de la cabeza y las piernas hacia delante, arqueó la columna, jugó a su juego. El repentino torrente de sangre que le corrió por las piernas la cogió por sorpresa, al igual que el millón de pinchazos que sintió en la piel.

Un gemido de alivio escapó de sus labios antes de que pudiera contenerlo, y de pronto se puso tensa.

Ese único sonido había sido tan fuerte como un grito en el silencio. No había roto la tensión. La había aumentado.

Sintió esos ojos azules recorriéndola despacio, abrasadores, examinándola con un escrutinio que debería haber sido perturbador, pero que no lo era; que habría sido perturbador, pero que no lo era. El denso silencio se cernió sobre ella como un nubarrón de tormenta. Contuvo la respiración, con el corazón palpitante, esperando que un relámpago hendiera el aire entre ellos, que el trueno rugiera en su cuerpo, que la electricidad los chamuscara y dejara su marca.

Esperó.

Notó que aquella mirada azul seguía sobre ella incluso mientras él se movía por la habitación, el aire crepitando a su paso, cambiando en torno a Morana. ¿Se estaba acercando? ¿O se estaba alejando? ¿Sentiría su aliento en la piel o la caricia vacía del aire?

Esperó, con los nervios tan tensos que temió quebrarse.

La súbita vibración de su móvil sobre el muslo hizo que diera un respingo. El corazón le golpeaba las costillas. Consciente de que él la estaba mirando, Morana cogió el teléfono con manos un poco temblorosas y desbloqueó la pantalla, parpadeando al ver el mensaje.

Tristan Caine
Nos vemos en el garaje dentro de 5 minutos.

Morana podría haber hablado. Podría haber alzado la voz y haberle preguntado por qué. Pero no quería romper el silencio ni ponerle fin a ese momento en el que estaba sentada en la oscuridad, sola, mientras él la observaba desde las sombras más oscuras.

Planeas arrastrarme contigo a algún sitio, Caine?

No, planeo que te vengas conmigo a un sitio, señorita Vitalio. 5 minutos.

A Morana se le cortó la respiración al leer el mensaje. El tintineo del ascensor, que resonó en el silencio del ático, le dijo que la había dejado sola y se había marchado. Al saber que se había ido, ella se llevó una mano al acelerado corazón, sintiendo sus fuertes latidos bajo los dedos y los pechos excitados y agitados mientras inhalaba y exhalaba, regulando la respiración.

¿De verdad estaba dispuesta a volver a hacerlo? ¿Iba a permitirle que lo volviera a hacer? Aquella vez en el restaurante fue para sacárselo de la cabeza, aunque fracasó estrepitosamente. ¿Funcionaría si lo hacían por segunda vez? Y en caso de que no fuera así, ¿le permitiría que volviera a follar con ella? ¿A qué precio? No era tan tonta como para engañarse pensando que eso no profundizaría la conexión que ya tenían. ¿Se atrevería a arriesgarse? A lo mejor le estaba dando demasiadas vueltas. A lo mejor solo lo harían para desahogarse mutuamente y luego, cuando ella creara el nuevo programa, el asunto quedaría zanjado.

Otro mensaje de texto interrumpió sus pensamientos.

Si tienes miedo...

La estaba provocando. ¿Por qué?

De qué?

Ven y compruébalo tú misma.

¿Qué estaba haciendo, paseándose desnudo por el garaje con sus partes nobles cubiertas de nata montada?

Eres muy persistente, lo sabías?

Las mujeres me lo agradecen
luego de un sinfín de maneras.

Morana resopló, intentando que la imagen de él enredado con una mujer, con una larga sucesión de mujeres, no la molestara. Y no la molestaba. No. En absoluto.

Se puso en pie, se alisó la ropa, se calzó las bailarinas y echó a andar hacia el ascensor mientras tecleaba.

Dejas que hablen mientras
les echas un polvo? Fuera de un baño?
Tienes mucha clase.

Las puertas del ascensor se abrieron y ella entró, se miró en el espejo y descubrió que llevaba el pelo alborotado y un tirante de la camiseta caído. Los vaqueros que le había prestado Amara le quedaban un poco holgados y había tenido que remangarse los bajos para que no le arrastraran. Parecía una hípster bajita a punto de empezar a cantar y bailar, como en un vídeo musical.

Resopló mientras se guardaba el móvil en el bolsillo, se enderezó el tirante y salió cuando se abrieron las puertas. Dante y Tristan Caine estaban hablando en voz baja junto a la moto. Era la primera vez que lo veía desde esa tarde, y se sorprendió al advertir que no iba con el traje con el que lo vio llegar, sino con unos vaqueros muy desgastados, que le abrazaban el culo de una forma que a Morana le daba envidia, y con esa cazadora negra de cuero suya. Se sorprendió, porque eso significaba que llevaba en el ático más tiempo del que ella suponía. Significaba que la había dejado dormir sin molestarla, y no sabía qué pensar.

Dante la miró, se despidió con un pequeño gesto de cabeza y se dirigió a su coche al tiempo que hacía una llamada.

Y justo entonces, Tristan Caine aferró el manillar de su enorme moto y pasó una pierna por encima mientras los músculos de sus muslos se flexionaban por debajo del pantalón vaquero de una manera que Morana no pudo más que admirar. Una vez que tuvo el culo en el asiento, cogió un casco que tenía detrás y por fin la miró con esos penetrantes ojos. Y ella se percató de que había un segundo casco en el asiento. Un casco más pequeño y femenino.

«Joder».

¿Iba a llevarla en moto? ¿En su moto? ¿En esa sacrosanta moto? ¿En la moto que tanto le gustaba conducir?

—Si ya has terminado de quedarte boquiabierta, señorita Vitalio, tenemos prisa —dijo esa voz ronca y áspera, sacándola de su estupor, momento en el que Morana descubrió que tenía los ojos clavados en ella.

Tragó saliva y se acercó a la moto con el temor enroscándosele junto con la excitación en el estómago mientras observaba ese hermoso monstruo cromado negro y rojo, cuyo asiento le llegaba por encima de la cintura. ¿Cómo iba a subirse?

Cogió el casco pequeño, consciente de que él seguía mirándola. No parecía nuevo y era claramente de chica. ¿De quién era? ¿O era el casco común para todas y cada una de las mujeres a las que llevaba de paquete? Por alguna razón, la idea no le gustó.

—¿De quién es? —soltó antes de poder contenerse, riñéndose en silencio en cuanto las palabras brotaron de sus labios.

Tristan Caine la miró con una ceja levantada, pero se mantuvo callado y, de repente, a Morana se le ocurrió una idea horrible, horrible. ¿Tenía a alguien esperándolo en...? Desterró el pensamiento antes incluso de poder completarlo. No. Por lo poco que sabía de él, por lo que había visto y oído, Tristan Caine no trataba mal a las mujeres. Ella era la única excepción y, pese a su odio, le había ofrecido refugio cuando lo había necesitado para que se lamiera las heridas y se curara.

De haber otra mujer, no la habría perseguido sexualmente a ella como lo había hecho.

Estaba convencida.

Así que respiró hondo y se puso el casco. Alzó la mirada hacia él y descubrió que él se la devolvía con expresión inescrutable.

—Tal vez sea mejor que te quites las gafas —comentó con un rictus serio en los labios.

Ella se las quitó sin decir palabra. Titubeó un segundo, preguntándose dónde ponerlas para mantenerlas a salvo, y acabó metiéndose una de las patillas por el escote, dejando que colgaran de la camiseta de tirantes. Cuando levantó la vista, se encontró con que esos ojos eléctricos estaban observando con descaro su piel expuesta, antes de posarse con tranquilidad en su cuello y boca y detenerse en los suyos.

Permanecieron así un momento y luego él se volvió para mirar al frente. Quitó la pata de cabra, moviendo el cuerpo ágil y atlético, y la enderezó. La puso en marcha con un potente empujón y esperó.

Morana sintió que la invadía una extraña excitación.

Nunca había subido en moto. Siempre había viajado en su coche y en el de su padre.

Su primera vez sobre una moto sería con Tristan Caine.

Respiró hondo, apoyó el pie en el soporte y las manos en sus hombros anchos y sólidos, y pasó una pierna sobre el asiento. Luego se acomodó en él, con muslos separados y pegados a las caderas del hombre que tenía delante. La bestia rugió bajo ella, haciéndola vibrar de arriba abajo y en su interior, y obligándola a contener un grito.

—Si no quieres caerte, no bastará con que te agarres a mis hombros —oyó que le decía él con voz ronca por encima del rugido del motor.

No quería hacerlo.

Y sí quería hacerlo.

Titubeó, pero acabó colocándole las manos en los costados, por encima de la cazadora de cuero, y sintió sus músculos duros y tensos mientras presionaba los dedos sobre su calidez.

—Y no acerques la pierna a ese tubo de la derecha.

Ya se había dado cuenta sola de que no debía hacerlo.

Al cabo de un segundo, la moto retumbó bajo su cuerpo cuando él se alejó de la plaza de aparcamiento y las vibraciones la recorrieron a medida que ganaban velocidad, presionándola contra su enorme espalda.

Dios, ¿cómo se suponía que iba a sobrevivir a un viaje así?

Tristan Caine se bajó la visera y aceleró tras salir del garaje, adentrándose en la tranquila calle frente al edificio y girando a la izquierda para enfilar el puente. Lo atravesaron volando.

El mundo pasaba cada vez más deprisa a su lado, convirtiéndose en un borrón que Morana apenas veía sin las gafas, pero la moto se movía con más suavidad de la que había imaginado. El viento le azotaba los mechones que el casco no cubría, moviéndole el pelo en todas direcciones. Tenía los pechos aplastados contra su espalda, el cuerpo pegado al suyo. Estaba aferrada a su cintura y sentía esos abdominales duros como piedras en las palmas de las manos. La máquina ronroneaba bajo ella como una bestia satisfecha bajo las cariñosas caricias de un amante.

Morana tenía que admitirlo. A Tristan Caine se le daba muy bien conducir la moto. Muy bien. Maniobraba con pericia en las zonas concurridas, le daba rienda suelta en carretera abierta, manteniendo en todo momento un control absoluto del monstruo. La posibilidad de acabar con el cuello roto ni se le pasó por la cabeza, y debería haberla preocupado, sobre todo cuando enfilaron la autopista casi vacía superando con creces el límite de velocidad. O cuando sintió su pistola, que llevaba en la parte trasera de los vaqueros, presionada contra el abdomen. Pero no fue así.

Solo se sentía libre.

Desatada.

Eufórica como nunca lo había estado.

¿Ese era el subidón que él sentía cada vez que se montaba en la moto? ¿Esa era la libertad que él saboreaba y que era tan esquiva en sus vidas? ¿Ese era el desenfreno que a él le corría por las venas?

Morana echó la cabeza hacia atrás, sintiendo la caricia del viento sobre la piel y un subidón tan intenso que ni ella lo entendía. Y tampoco intentó hacerlo. Se dejó llevar, se permitió disfrutar, se permitió ser libre de un modo que jamás había creído posible.

Apartó los brazos de la cintura de Tristan Caine, le presionó las caderas con los muslos y levantó los brazos por encima de la cabeza. Era como si hubiera pulsado algún interruptor interno. Sabía que él no dejaría que se cayera, de lo contrario ya habría aprovechado alguna de las muchas oportunidades que había tenido para matarla. Y Morana sabía que lo haría en el futuro, pero ese día no. Ese día, por primera vez, sería una chica sin más, subida en la moto de un hombre, aunque solo fuera por un momento. Ese día, por primera vez, sería una mujer sin pasado ni futuro, para la que solo existía ese camino interminable con ese hombre, esa libertad y esa vida.

Fue incapaz de contener el fuerte grito de alegría que brotó de sus labios, el grito que le anunciaba al mundo su felicidad y que le dejaba claro al hombre que conducía la moto que estaba disfrutando. No se sintió cohibida.

Extendió los brazos y cerró los ojos, notando la caricia del viento, notando la cercanía de Tristan Caine, notando la moto bajo su cuerpo.

Gritó todavía más fuerte, sin atisbo de vergüenza, sin ataduras, sin cadenas.

Se permitió ahondar en las sensaciones, sin preocuparse, desatada, descarada.

Solo era una moto. Solo era un paseo. Solo era un hombre.

Solo *era*.

La realidad se impuso casi una hora después.

Tristan Caine abandonó la carretera principal para tomar un camino de tierra que ella conocía de toda la vida y, por primera vez tras una hora de dicha, el corazón volvió a latirle con fuerza. Morana apretó los dedos contra sus abdominales cuando vio que la enorme estructura de la mansión Vitalio se asomaba al otro lado de la verja de hierro forjado.

¿Qué cojones estaba pasando?

Él detuvo la moto en un lateral de la propiedad, más cerca de su ala que de la puerta principal. Aparcó detrás de unos espesos arbustos lo bastante altos como para que permanecieran ocultos tras ellos.

La repentina quietud bajo sus muslos supuso un enorme contraste con el zumbido que recorría su cuerpo y que puso sus sentidos en alerta máxima. A su alrededor solo se oían los sonidos de las criaturas nocturnas junto a los latidos de su corazón, que le atronaban los oídos.

Apartó despacio los dedos del cuerpo de Tristan Caine y después hizo lo mismo con los brazos. Se movió lo justo para darle espacio de modo que pudiera bajar. Él pasó una pierna por encima del manillar de la moto, un movimiento que ella solo había visto en *Hijos de la Anarquía*, y al cabo de un momento estaba de pie en el suelo, esperando a que Morana bajara.

Morana se sacó el casco y se lo entregó, tras lo cual se quitó las gafas de entre los pechos y se las puso, parpadeando al ver el mundo nítido de repente. Se encontró con esos intensos ojos clavados en ella, observándola mientras levantaba una pierna para pasarla por encima de la moto y bajaba de un salto.

Gran error.

Ponerse de pie de repente hizo que se le doblaran las rodillas. Unas manos la agarraron por las caderas y tiraron de ella hacia arriba.

—Te ha gustado el paseo en moto —dijo él con voz suave, casi pegado a su cara.

Morana observó las sombras que la luz de la luna proyectaba en su rostro. Tenía las mejillas cubiertas por la barba de varios días y esos ojos parecían todavía más azules allí, clavados en los suyos, con la misma euforia que ella sentía palpitar en su interior.

—Y a ti te ha gustado llevarme —replicó ella en voz baja.

Vio que le temblaban los labios un instante y que desviaba los ojos hacia su boca durante unos segundos embriagadores antes de que la máscara cubriera de nuevo su rostro y retrocediera un paso, dejándola sobre unas piernas por fin firmes.

Acto seguido, Tristan Caine sacó el móvil, se lo acercó a la oreja y dijo:

—Ya —dijo antes de colgar.

Morana levantó las cejas. Cuánta elocuencia...

Al cabo de un momento vio que se abría un trozo del muro de la propiedad. Al otro lado apareció un hombre de espesa barba con el uniforme de guardia de seguridad y saludó con la cabeza de forma respetuosa a Tristan Caine.

¿Tenía espías en casa de su padre?

Pues claro que sí.

Así era como había entrado y trepado por la fachada con tanta facilidad aquella noche de hacía semanas. Dios, ¡cuánto tiempo había pasado! En aquel entonces Morana era muy distinta, en muchos sentidos.

Miró a Tristan Caine, observándolo, y se dio cuenta de lo mucho que ella había cambiado desde entonces, y de lo mucho que él tenía que ver con dicho cambio.

—¿Despejado? —le preguntó Tristan Caine al guardia, con voz fría, letal.

El hombre asintió.

—Sí, señor. Puede ir directamente a su ala. Nadie lo molestará.

¡La madre que...! Si alguien la pinchaba en ese momento, ni sangraría.

Observó, atónita, que Tristan Caine accedía a la propiedad, indicándole con la mirada que lo siguiera.

Ese hombre estaba entrando en casa de su padre sin permiso.

Ella estaba entrando en casa de su padre sin permiso.

Su padre, el hombre más peligroso a ese lado del país.

«Ahora no», susurró una voz dentro de su cabeza mientras observaba al hombre que tenía al lado y que se movía con ese sigilo tan suyo al tiempo que el guardia desaparecía por entre los arbustos. La luz de la luna era su única guía a través de los árboles que bordeaban la propiedad.

El corazón le latía de forma errática en el pecho. Aquello superaba con creces cualquier cosa que pudiera haber imaginado. Sin embargo, allí estaba, siguiendo los pasos del enemigo mientras caminaban entre la arboleda, colándose en la propiedad de su familia para recuperar sus pertenencias.

Verlo avanzar hizo que Morana cayera en la cuenta de lo bien que conocía él la propiedad. Mejor de lo que debería conocerla un enemigo. Se preguntó si su padre tendría la más mínima idea.

Al cabo de unos minutos vio aparecer la ventana de su dormitorio. ¿Iban a hacer la locura que él había hecho la última vez de trepar por la fachada? Porque ella no podía volar y tampoco tenía los bíceps que tenía él para quedarse colgada de una barandilla a cuatro metros del suelo. Además, las alturas no le gustaban ni un pelo, un detalle que no podía dejar que él descubriera o seguramente la mataría arrojándola por algún acantilado. Prefería morir de un simple disparo en la cabeza. El vértigo era una mierda.

Desterró esos sombríos pensamientos mientras tragaba saliva, con las palmas de las manos sudorosas y el corazón acelerado. Sin pensarlo, le puso la mano en la espalda a Tristan Caine.

Él se quedó inmóvil de repente y se volvió para clavarla en el sitio con esos magníficos ojos que brillaban a la luz de la luna.

Morana se quedó en blanco.

Tristan Caine en movimiento era hermoso. Pero no había palabras para describir a Tristan Caine en absoluta inmovilidad.

Ni siquiera lo intentó.

—¿Cómo vamos a entrar? —susurró lo más bajo que pudo, porque le preocupaba la posibilidad de que los descubrieran y la ejecutaran, no solo a ella, sino también a él.

—Por la puerta.

Antes de que Morana pudiera pronunciar una palabra, él le rodeó una muñeca con esos dedos largos y ásperos. Tras tirar de ella, la llevó hasta el extenso jardín cubierto de césped y procedieron a atravesarlo sin hacer ruido. Morana tuvo que apretar el paso porque él tenía las piernas más largas y sus zancadas eran más amplias. Cruzaron a la carrera, ya que estaban a la vista de cualquiera que mirase hacia allí.

Morana corrió más rápido de lo que nunca había corrido, con el corazón en la garganta todo el tiempo, con el miedo y la emoción pugnando para dominar su cuerpo, aunque iba más lenta que él y la mano que tiraba de ella era lo único que impedía que acabase en el suelo por un tropiezo.

Llegaron a la puerta lateral de su ala, emplazada junto a las escaleras, y él la abrió. Tras colarse en el interior, la atrajo con un movimiento suave. En silencio y maravillada por haberlo conseguido sin que los descubrieran, Morana enfiló junto con Tristan Caine el oscuro pasillo que llevaba a la escalera.

La escalera por la que su padre la dejó caer.

Morana se detuvo bruscamente al pie de esta, mientras el recuerdo de aquella desilusión le golpeaba el cuerpo, el mismo cuerpo magullado que había sanado gracias al enemigo. Su padre la dejó caer sin saber si sobreviviría o se partiría el cuello. Se limitó a permitir que se fuera y a tenderle una trampa en la que ella cayó de pleno, dado el estado emocional en el que se encontraba.

A esas alturas ya lo había superado. Por completo. En lo que a su padre se refería, su mente era lógica, tranquila y racional.

Sin embargo y por alguna razón que desconocía, las emociones que le inspiraba el hombre que tenía al lado eran mucho más intensas que las que le inspiraba esa escalera, lo que la ayudaba a mantenerse serena. Y, por primera vez, se sintió agradecida. No quería que Tristan Caine la viera así, que la viera más vulnerable de lo que lo había sido con su padre.

Sin decir una palabra más, consciente en todo momento de su escrutinio, subió la escalera a toda prisa, a sabiendas de que la seguía, aunque no pudiera oírlo. Nunca pensó que volvería a pisar esos escalones, y le parecía algo surrealista no solo porque lo hacía con sigilo y en plena noche, sino porque la acompañaba el hombre que había jurado matarla. Necesitaba seguir recordándoselo, incluso cuando sentía que las cosas estaban cambiando en su interior. Había una razón por la que él la odiaba tanto como para haber hecho ese juramento, y hasta que no la descubriera no podía, ni quería, bajar la guardia.

Echó a andar sin pérdida de tiempo hacia su suite, abrió la puerta y se dirigió al lugar donde guardaba su equipo, pasando por alto la nostalgia que le inspiraba su pequeño refugio. Al abrir la puerta, se detuvo un momento en el vano para echarle un vistazo al pequeño paraíso que se había creado en ese extraño lugar. Recordó las innumerables noches que había pasado trabajando allí, recordó todas las veces que soñó allí dentro con huir de todo eso.

Aquella chica le parecía muy diferente de la persona en la que se había convertido. Aquella chica con esperanza, sueños y el fuego para conseguirlos.

Ya ni siquiera sabía quién era en muchos sentidos. ¿Había perdido ese fuego en algún punto del camino?

—Coge lo que necesites.

Whisky y pecado. Lava fundida y llamas centelleantes.

No, no había perdido el fuego. Simplemente se mantenía en estado latente en su interior la mayoría de los días. Pero no entendía por qué era él. ¿Por qué no Jackson o cualquiera de los hombres de su padre, o incluso Dante? ¿Por qué ese hombre con voz de pecado y cuerpo de pecador? Invocaba su fuego como un mago y ella no lograba entender por qué.

Asintió en respuesta a sus palabras y se apresuró a recoger su portátil de la mesa donde lo había dejado. Después abrió el cajón inferior y sacó los discos duros, que guardó en una pequeña mochila que había sobre la mesa. Tras hacer un rápido inventario y comprobar que tenía cuanto necesitaba, Morana miró la habitación por última vez, memorizándola, y tragó saliva para deshacer el nudo que tenía en la garganta.

Él la estaba observando, y debía mantenerse tranquila.

Tras tomar una honda bocanada de aire, se volvió hacia él y lo descubrió apoyado en la puerta tan tranquilo, como si fuera el dueño del lugar. Esos ojos penetrantes examinaban todas las expresiones que cruzaban por su rostro mientras mantenía el suyo cuidadosamente impasible. Sintió que el corazón empezaba a palpitarle tal como siempre sucedía cuando él estaba cerca y que el fuego le corría por las venas, prendiendo cada célula que tocaba.

Este no era el lugar más oportuno, si acaso había alguno que lo fuera. Pero, de entre todos, la casa de su padre era el peor.

—¿Todo listo? —le preguntó él en voz baja y serena, pero con un deje abrasador que ella reconoció y al que reaccionó.

Asintió en silencio.

Él dejó que Morana cogiera la mochila y salió de la suite mientras ella lo seguía. Por más que notara el cuerpo caliente, en aquel momento no podía permitirse el lujo de explorar sus emociones. Bajaron la escalera. La casa seguía oscura y silenciosa, y no sabía si su padre estaba dentro o no. Tampoco le importaba.

Tristan Caine abrió la puerta lateral y salió en primer lugar, tirando de ella y asegurándose de que se mantenían entre las sombras de camino a la arboleda.

De repente, un grupo de guardias apareció por la esquina, hablando entre ellos, relajados, con las armas sobre los hombros.

Morana se detuvo en seco, con la mente en blanco mientras el miedo le invadía las venas. Se estaba dando media vuelta para ponerse a cubierto cuando justo él tiró de ella con brusquedad y la empujó de bruces hacia un hueco en la pared lateral de la casa. Con el corazón martilleándole en el pecho y la sangre recorriéndole el cuerpo con fuerza, Morana se quedó completamente inmóvil, abrumada por las sensaciones que la invadían y el olor a cuero y almizcle impregnándolo todo a su alrededor. Respiró hondo unas cuantas veces, dándose cuenta de muchas cosas a la vez.

Tristan Caine la estaba aprisionando contra la pared con los brazos y tenía las manos apoyadas junto a su cabeza, ocultándola por completo con el cuerpo. Ese cuerpo corpulento que se cernía sobre ella de una forma que no parecía protectora, sino algo distinto, algo que no podía definir. Su aliento le rozaba la oreja y sintió la aspereza de su barba en el cuello cuando él inclinó más la cabeza para fundirse todavía más en las sombras.

Sin embargo, en cuanto lo sintió contra la espalda, ese cuerpo alto, duro y letal contra su pequeña espalda, a Morana le flaquearon las rodillas.

Se quedó sin respiración.

Él no se movió.

Sintió la presión de su erección en la espalda.

Él no se movió.

Las voces de los guardias se desvanecieron.

Él no se movió.

El fuego se le acumuló en el abdomen, entre los muslos, haciendo que se arqueara de forma instintiva contra él.

Y entonces él se movió.

Le quitó la mochila del hombro y dejó que cayera al suelo, y acarició su piel desnuda con el dedo en el proceso. Morana cerró los ojos, con la respiración entrecortada, sintiendo que la deliciosa caricia de la aspereza de su mano le ponía la carne de gallina en los brazos. Se le endurecieron los pezones hasta un punto doloroso mientras el deseo se acumulaba entre sus muslos.

La última vez no la tocó así. No le sopló así en el cuello ni le acarició el hombro con el mentón, manteniendo la boca apartada de ella. Siguió moviendo la mano despacio alrededor de su cuello, sin tocarle los pechos, sin hacerles caso, como hizo en la ocasión anterior. Morana quería... No, no quería. Necesitaba que se los tocara. Necesitaba que le pellizcara los pezones y le diera ese dulce placer que sabía que su cuerpo era capaz de sentir. Necesitaba que se los tocara con el pulgar y creara esa deliciosa fricción que se extendía hasta el centro de su cuerpo, haciéndola palpitar.

Necesitaba que le tocara los pechos.

Sin embargo, él cerró la mano en torno a su cuello, de esa forma que Morana ya conocía, con firmeza pero sin apretarle, mientras movía los labios para decirle:

—¿Seguías sintiéndome dentro de ti al día siguiente? —susurró contra la suave piel de su oreja, y el whisky de su voz fue directo a su cabeza; sus palabras, directas a su entrepierna. A Morana se le tensaron los músculos internos al recordar aquel polvo brusco y rápido en el baño del restaurante.

Se mordió el labio, sin darle una respuesta verbal, aunque echó hacia atrás las caderas para pegarse a él. Sintió que su polla le rozaba el culo cuando se puso de puntillas y esa fricción tan erótica la llevó a comportarse como una gata en celo en vez de como la mujer inteligente y racional que había sido hasta hacía un rato.

El enfado que sentía consigo misma, el arrepentimiento por permitir que aquello volviera a ocurrir, era mucho menor que unos días atrás. No sabía en qué lugar la dejaba eso, ni siquiera sabía lo que significaba, pero por el momento lo aceptó, apoyando la cabeza en su hombro mientras mantenía el resto del cuerpo pegado a la pared.

Tristan Caine le rodeó la garganta con la mano y movió las caderas contra ella, a la vez que le metía la otra dentro de los vaqueros, por debajo de las bragas, hasta llegar a su punto más dulce. A Morana se le abrió la boca con un jadeo cuando él la penetró con los dedos.

—Joder, estás empapada para mí —le gruñó él al oído, y sus caderas empujaron con fuerza contra su culo. Empezó a acariciarla con los dedos mientras la firme pared de ladrillo le rozaba los pechos, le arañaba los pezones, provocándole un estremecimiento cada vez que sus dedos entraban y salían. Le frotó el clítoris con el pulgar—. Y joder, yo la tengo durísima para ti —le soltó, y el odio, el deseo, el afán posesivo se filtraron en el cuerpo de Morana a través de su voz.

Le palpitaba el cuerpo allí donde él la tocaba. Su olor, su calor, su tacto la rodeaban, la aprisionaban, la invadían de un modo que le convertía la sangre en lava, que la hacía sentir como una bomba de relojería a punto de estallar.

Él siguió acariciándola por fuera, por dentro, mientras se movía detrás. El doble asalto avivó el deseo abrasador que Morana sentía en las entrañas, y un escalofrío le recorrió la columna. Arqueó la espalda y dejó que el placer la invadiera, provocando descargas eléctricas que la obligaron a morderse el labio para contener gemidos.

Antes de que pudiera pensar lo que hacía, o detenerse siquiera, Morana deslizó una mano por detrás y se la agarró por encima de los vaqueros. Le dio un fuerte apretón y él soltó un taco junto a su oreja y aceleró los movimientos de los dedos hasta un punto frenético.

—No... Joder, aquí no.

Le frotó el clítoris una vez, luego otra, y justo después se lo pellizcó con fuerza al mismo tiempo que le tapaba la boca con la otra mano. Silenciando sus gritos como la vez anterior, la llevó al límite y ella se corrió en sus dedos, jadeando y con los pechos estremeciéndose por su respiración alterada. Los latidos de su corazón reverberaban por todo su cuerpo.

Se estremecía. Palpitaba. Se tensaba. Temblaba.

Él mantuvo los dedos en su interior unos instantes, alargando su orgasmo al máximo, y después se los sacó, se los limpió en los vaqueros y recogió la mochila del suelo mientras examinaba los alrededores.

Morana se quedó allí plantada, sin habla, atónita, mirando a la pared.

La pared de la casa de su padre. La pared de la casa donde vivía su padre. La pared del corazón de su territorio.

Acababa de correrse con los dedos de Tristan Caine dentro contra esa misma pared, al aire libre, mientras los guardias patrullaban la zona y él se negaba a perder el control.

Joder. ¡Joder!

¿En qué estaba pensando ella? ¿En qué estaba pensando él?

Habían repetido lo del restaurante, pero esto era muchísimo más retorcido. Bueno, no podía decirse que hubieran echado un polvo, pero como si lo hubieran hecho.

Lo peor de todo era que Morana no sentía una pizca de remordimiento.

Una mano se cerró en torno a su brazo y la hizo girar, obligándola a enfrentarse a esos ojos aún ardientes, como los de un animal hambriento que había captado el olor de la sangre. La miraban con tal voracidad que su cuerpo todavía caliente se convirtió en lava fundida, listo de nuevo. Solo con mirarla.

Él se inclinó hacia delante y Morana sintió su aliento en la mejilla. Su olor la envolvió mientras le acercaba los labios a la oreja.

—La próxima vez, voy a comprobar lo fuerte que puedes gritar, señorita Vitalio. Y luego no sabrás si esa molestia que notas es de gritar o de follar.

Ese hombre necesitaba una mordaza para esa boca tan sucia que tenía.

Morana puso los ojos en blanco, incluso mientras le daba un vuelco el corazón y su acalorado cuerpo asimilaba sus palabras.

—Creo que te lo tienes demasiado creído.

—Repíteme eso cuando no lleve todavía tu olor en los dedos.

Hasta ella se olía. Y que eso la excitara cuando no debía la hizo apretar los labios. El recuerdo del férreo control que él había ejercido y de su propia falta de este fue como una bofetada para sus sentidos.

Se enderezó, le quitó la mochila de las manos para colgársela al hombro y le dirigió una mirada glacial.

—¿Podemos irnos?

Esos ojos azules se entrecerraron ligeramente al oír su tono de voz y la miró durante un rato con los dedos clavados en su brazo antes de asentir con la cabeza. Acto seguido se dio media vuelta y tiró de ella hacia la arboleda. Caminaron en silencio durante unos minutos, mientras ella adoptaba una actitud contemplativa.

Habían llegado casi al muro de la propiedad cuando sintió que le vibraba el móvil en el bolsillo; un mensaje.

Pasó del teléfono y se concentró en llegar al agujero por el que habían entrado, avistando al guardia que los esperaba allí. Cuando alcanzaron la abertura, salió por ella y echó a andar hacia la bestia que seguía allí aparcada, sin querer pensar —y sin estar preparada para hacerlo— en lo que acababa de ocurrir.

En cambio, se concentró en el olor de la tierra, en la luz de la luna que bañaba con su nívea blancura la casa de los horrores, mientras observaba a Tristan Caine hablar en voz baja con el guardia.

Al recordar que había recibido un mensaje, sacó el teléfono mientras aguardaba junto a la moto y lo desbloqueó.

Número desconocido.

Lo abrió con el ceño fruncido y encontró un archivo multimedia adjunta y ningún texto. Hizo clic en ella y frunció el ceño de nuevo al ver el escaneo de un antiguo artículo de periódico.

Amplió la imagen, las palabras se hicieron más claras en la pantalla y leyó.

El número de niñas desaparecidas asciende a 25

Tenebrae, 8 de julio de 1989. En un espantoso giro de los acontecimientos que ha conmocionado a la ciudad, 25 niñas de entre 4 y 10 años han desaparecido en los últimos dos años. Sin embargo, esto es solo la punta del iceberg. Nuestras fuentes revelan que esos son solo los casos abiertos y denunciados en los que está trabajando la policía. La última víctima es Stacy Hopkins, una niña de 6 años (arriba) que desapareció en Madison Avenue mientras esperaba en la acera a su madre, que estaba al otro lado de la esquina. No está claro quién es el culpable. Mientras algunos culpan a grupos de delincuencia organizada, otros hablan incluso de ocultismo. La mayoría de las niñas, según revelaron nuestras fuentes, desaparecieron cuando estaban bajo la supervisión de un adulto...

Morana leyó todo el artículo y los horripilantes detalles que describía sin comprender por qué le habían enviado eso. ¿Quién se lo había mandado? ¿Y por qué? ¿Se lo habrían enviado por error? Preocupada por lo que había leído, pero dispuesta a olvidarlo por el momento al ver que Tristan se acercaba a ella, estaba a punto de bloquear el teléfono cuando vio algo en la pantalla que le llamó la atención. En una esquina había una pequeña nota manuscrita: «Consulta el artículo del 5 de julio de 1998».

Un artículo de hacía veintidós años.

14

Decisión

A Morana le estaba costando decidir si era tremendamente valiente o tremendamente estúpida. Quizá una extraña mezcla de ambas.

Lo cierto era que, en ocasiones, Morana no se enorgullecía demasiado de sí misma, aunque al mismo tiempo quisiera alzar el puño y dar saltos de emoción. El motivo era sencillo: a veces hacía cosas guiada por su temeridad que sabía que no debería hacer, pero cuando tenía éxito, quería fardar de ello.

Ese preciso momento era uno de esos en los que quería fardar.

Contuvo el impulso. Por los pelos.

La razón tanto de su valentía como de su estupidez estaba cinco coches por delante de ella, al volante de un todoterreno negro tan enorme que podía seguirle la pista sin problemas incluso desde lejos. No podía decirse que fuera un buen vehículo para operaciones encubiertas. Pero como eso precisamente jugaba en favor de Morana, decidió que le encantaba.

Después coger sus cosas del que había sido su hogar y regresar al ático, Morana se había encerrado en el dormitorio de invitados y se había puesto a trabajar en el nuevo software. Mientras tanto, en segundo plano, había programado una búsqueda sobre el artículo de prensa de hacía treinta años que alguien misterioso le había enviado. Seguirle el rastro al misterioso alguien en cuestión había sido imposible pese a sus numerosos intentos, lo cual le había dejado claro a Morana lo único que necesitaba saber sobre esa persona: sabía de ordenadores. En realidad sabía *muchísimo* de ordenadores para haber conseguido esquivarla de aquella forma. Y por eso había comenzado a preguntarse si no habrían tenido que ver en un primer lugar con el robo del programa.

Había estado dándole vueltas a muchas posibilidades mientras trabajaba. Por suerte, el dueño del ático no la había molestado ni interrumpido. Ni una sola vez en las treinta horas que había pasado trabajando de forma incansable en el software, ni para ofrecerle comida o bebida, ni para mirarla sin más.

Nada.

Y la verdad era que, después de recibir el artículo, Morana lo agradecía. Porque allí había gato encerrado, y ella no tenía ni idea de qué iba todo. Necesitaba respuestas antes de involucrarse más de lo que ya lo estaba. Su distracción, de camino de vuelta al ático, había sido tan evidente que Tristan Caine se había retirado.

Durante casi treinta horas, Morana había trabajado en la base del nuevo programa. De hecho, había avanzado mucho, pero no fue eso lo que la lanzó al camino de la temeridad. Ah, no. Fue el artículo o, mejor dicho, en lo que resultó la búsqueda posterior.

Encontrar datos sobre la Alianza había sido infructuoso. Sin embargo, investigar los secuestros sucedidos en Tenebrae treinta años atrás había dado más resultados y desenterrado más cruentas verdades de las que Morana había sido capaz de asimilar.

Fue una serie de cuarenta y cinco secuestros (al menos los conocidos por la opinión pública). Durante un periodo de diez años, los culpables habían sacado a las niñas de sus propias casas o de parques. Jamás encontraron a ni una sola de las desaparecidas. Dado que los secuestros se habían producido en un periodo de diez años, a la policía le había costado reunir pruebas.

Morana era lo bastante lista como para unir algunos puntos, pero seguía sin tener ni idea de qué relación guardaba aquello con el fin de la Alianza. Ni siquiera sabía *si* guardaba alguna relación. Que ella supiera, la persona que le había mandado el artículo podía estar desquiciada o, tal vez, simplemente riéndose de ella.

Sin embargo, el instinto le decía que todo estaba relacionado. Lo supo nada más ver el artículo y la nota. Aquella nota que la llevó a la última noticia sobre los secuestros, en la que se hablaba de la desaparición de una bebé de la que no mencionaban el nombre.

Después de recuperar un poco de sueño, Morana había intentado hablar con Amara del tema. Al fin y al cabo, la atractiva mujer fue quien le dio la primera pista sobre todo aquello. No obstante, en cuanto había empezado a hablar de la Alianza y de los secuestros, Amara se había tensado y no había soltado prenda. Morana sabía que era por la lealtad que les tenía a Tristan y a Dante, pero aun así se sintió frustrada. Si le pidiera ayuda al segundo, el hombre le sería de la misma utilidad que un cero a la izquierda; y si se le ocurriera preguntárselo al primero, Morana acabaría acorralada contra la superficie plana más cercana o muerta.

Lo que quería eran respuestas, no que Tristan Caine la hiciera enloquecer con los dedos o la abriera en canal con un cuchillo. Solo respuestas.

Y por esa razón, como último recurso, tras agotar toda alternativa posible (salvo, quizá, la de que los secuestros se había producido por abducciones extraterrestres), Morana había dado con un plan brillante. La idea era sencilla, en teoría: averiguaría algo sobre Tristan Caine, algo que pudiera usar contra él (porque estaba segura de que aquel hombre tenía secretos como para enterrar a un país pequeño con ellos) y después, lo chantajearía y conseguiría que se lo contase todo.

O que la matara. Pero, al menos, Morana moriría sabiendo que había hecho cuanto estaba en su mano para averiguar la verdad.

En teoría era un buen plan. En la práctica era una temeridad.

Y por ese motivo se había vestido y preparado en la habitación de invitados esa mañana, esperando a que él se fuera para poder seguirlo. Su coche, su pequeñín, ronroneó cuando lo arrancó. Contenta de volver a conducirlo, Morana le había dicho al guardia de la salida que necesitaba algunos componentes informáticos. Después de que le abrieran, había pisado a fondo el acelerador y había salido disparada por la carretera, dejando atrás a otros coches para alcanzar al de Tristan Caine.

Llevaba casi una hora siguiéndolo a una distancia prudencial para que él no pudiera verla por el retrovisor. Volvió a admirar su pericia al volante. El hombre conducía el enorme todoterreno tan bien como esa moto monstruosa que tenía. Aunque, por algún motivo que no quería pararse a analizar, Morana sentía debilidad por esta última.

El sol implacable bañaba la carretera cuando abandonaron la ciudad, que se fue quedando atrás poco a poco hasta dar paso a la campiña mientras Morana mantenía la distancia, consciente de lo observadora que era su presa.

Tristan Caine condujo por la autopista durante diez minutos antes de salir de ella, enfilar por un camino de tierra a la izquierda y desaparecer detrás de los árboles que ocultaban la entrada.

Morana se detuvo. La luz se reflejaba en el capó del coche mientras el aire acondicionado le acariciaba la piel de los brazos desnudos. Se mordió el labio y esperó a que el todoterreno se alejara lo suficiente antes de seguirlo. Perder de vista el vehículo la ponía nerviosa.

Se puso en marcha lentamente, justo al borde la curva, con las palmas de las manos un poco sudorosas, porque no sabía qué haría él si descubría que lo estaba siguiendo. Sin embargo, era demasiado tarde para dar marcha atrás. Ya había elegido el camino de la temeridad, así que bien podría seguirlo hasta su destino. Además, necesitaba respuestas.

En cuanto el otro vehículo solo fue un puntito a lo lejos, Morana empezó a recorrer despacio el camino de tierra. Su coche pasó sobre los baches con dificultad mientras conducía a velocidad de tortuga, y por fin entendió por qué había elegido él el todoterreno. Sin embargo, eso la llevó a preguntarse por qué conocía Tristan Caine el terreno que rodeaba Puerto Sombrío como si viviera allí. ¿Podría ser simplemente por el GPS del vehículo, o había algo más?

Morana apretó los dientes y lo siguió con toda la discreción de la que fue capaz, mientras se le sacudía todo el cuerpo por el accidentado camino e intentaba calmar su mente, guardando los pensamientos aleatorios que la asaltaban para más tarde.

Después de conducir durante unos cinco minutos a una velocidad muy inferior de la que su coche era capaz de alcanzar, avistó un viejo granero. Se alzaba solitario bajo el sol, flanqueado por los árboles que lo ocultaban de la autopista.

El todoterreno se detuvo delante y Morana se apresuró a dejar el coche detrás de unos árboles, a un lado del camino, ocultándolo por completo tras el espeso follaje. Sacó el arma del bolso y abrió la puerta sin hacer ruido para salir. A continuación se guardó la pistola en la cinturilla de los vaqueros, en la base de la espalda, y se agazapó en silencio tras uno de los troncos para observar la escena.

Vio a Tristan Caine maniobrar su poderoso cuerpo para salir de detrás del volante. Sus ojos quedaban ocultos tras las gafas de sol. Se quitó la chaqueta del traje y la arrojó al interior del coche. Sin perder un momento, cerró la puerta y la tela blanca de la camisa se le pegó a aquellos músculos que Morana sabía que eran incluso más duros de lo que parecían. Lo vio encaminarse hacia la entrada del cobertizo y desaparecer en el interior.

La puerta estaba entreabierta.

Sin hacer el menor ruido, Morana se coló con cuidado y parpadeó una vez, dos, para acostumbrarse a la oscuridad mientras voces amortiguadas llegaban a sus oídos.

Al ver la columna de madera que había junto a la entrada, se ocultó detrás. Se asomó, con cuidado de permanecer agazapada en las sombras, ya que el sol se filtraba por las ventanas altas e iluminaba con sus rayos la despejada parte central.

Tristan Caine estaba rodeado por cuatro hombres altos mientras él permanecía inmóvil, observándolos.

Morana se aferró a la viga para mantener el equilibrio y se inclinó un poco hacia delante, de modo que la conversación le llegó más clara en el enorme espacio.

—Lo último que sé es que Doug se ha largado al otro lado del océano sin cumplir su parte del trato. ¿Dónde está? —preguntó Tristan Caine con calma, con una voz tan imperturbable que Morana sintió un escalofrío. Hablaba como si no estuviera cercado por matones de aspecto peligroso y armados, mientras él no tenía nada con lo que defenderse.

Uno de ellos soltó una carcajada, sacudiendo la cabeza.

—¿Por qué estás buscando a Doug?

—Eso es asunto mío —respondió él con el mismo tono de voz frío, con el cuerpo inmóvil, sin apartar la vista de los hombres.

—Estás removiendo mucho el pasado, Caine —le advirtió el que Morana supuso que era el líder del grupo—. Corren rumores sobre ti. Sobre las niñas desaparecidas.

Morana contuvo el aliento.

Tristan Caine suspiró.

Suspiró.

—Si queréis salir de aquí, decidme dónde está Doug —les informó, desabrochándose despacio los puños de la camisa para remangársela, de modo que quedó a la vista un poco del tatuaje que tenía debajo, un tatuaje que Morana había visto de cerca.

Los dos hombres detrás de Tristan Caine miraron entre sí antes de sacar los cuchillos de repente y lanzárselos a la espalda.

Morana se tapó la boca para contener un grito, con el corazón desbocado mientras observaba la escena con incredulidad. Tristan Caine, sin siquiera darse la vuelta, se agachó y se puso en cuclillas como si hubiera sido consciente de sus intenciones, de modo que los cuchillos erraron y cayeron al suelo.

Antes de que los otros pudieran reaccionar siquiera, él se puso en pie y le asestó un puñetazo en la garganta a uno de los hombres, rompiéndole el hueso con un fuerte crujido, al tiempo que le daba una patada al otro.

El par restante se abalanzó sobre él, uno con un arma que Tristan Caine le arrebató en cuestión de segundos al fracturarle la muñeca, mientras estrangulaba al otro con el brazo libre. El matón perdió el conocimiento.

Tristan Caine empuñó el arma que le había quitado al líder y le disparó a este en las rodillas, en las dos, y el estruendo resonó en el cobertizo. Morana lo observó en silencio, tragándose los nervios. Él se agachó delante del hombre que sangraba y ladeó la cabeza como si nada, con las manos entre las rodillas, sereno.

—¿Dónde está Doug? —preguntó de nuevo.

El hombre masculló de dolor, soltando una retahíla de tacos.

—No lo sé, tío —respondió, y Tristan Caine le clavó la punta de la pistola en la herida, arrancándole un alarido tan fuerte que Morana dio un respingo—. No lo sé, te lo juro —balbuceó él—. Te lo juro. Solo sé que frecuenta la trastienda del Saturno los sábados. Es lo único que sé. Lo juro.

Era sábado.

Tristan Caine lo estudió durante un instante antes de asentir con la cabeza, soltar el arma junto al hombre y ponerse de pie. Totalmente despreocupado, echó a andar hacia la puerta, a tan solo unos pasos de donde Morana estaba escondida, con la sangre subiéndosele a la cabeza y la mirada llena de asombro. No solo por la rapidez y la eficacia con la que él se había ocupado de cuatro corpulentos hombres armados con las manos vacías, ni por la tranquilidad con la que se alejaba de un oponente herido, aunque este tuviera un arma a su alcance.

Estaba asombrada porque al verlo, en ese preciso instante, supo exactamente lo que era.

El Cazador.

Siempre el cazador, nunca la presa. No podían darle caza. No podían domesticarlo. No podían destruirlo. Y esa aura inquebrantable era muy, pero que muy tentadora para ella.

Debería haber estado harta, exasperada, espantada. Sin embargo, estaba absorta recordando todas y cada una de las ocasiones en las que había sido testigo de cómo su padre disparaba a un hombre; recordaba la sangre brotando, manchándole los dedos mientras torturaba a alguien. Al criarse como lo había hecho, Morana había visto a hombres que hacían sangrar a otros, había visto a hombres cubiertos de sangre, había visto a hombres completamente bañados en ella.

Por horrible que fuera, no era la presencia de sangre lo que extrañó a Morana. No, era el hecho de que Tristan Caine le había sonsacado a aquel hombre la información que necesitaba y lo había hecho sangrar, pero no había permitido que ni una gota lo manchara.

Morana le miró las manos desde su escondite, lo estudió mientras él hablaba por teléfono en voz demasiado baja como para oírlo, y un pensamiento se repitió en bucle en su cabeza tras haber presenciado esa escena y haberla comparado con las otras, innumerables, que guardaba en sus recuerdos.

Las manos de Tristan Caine —esas manos grandes y ásperas que la habían tocado de forma tan íntima— estaban limpias.

Saturno.

Morana había oído hablar de aquel lugar, por supuesto, pero nunca lo había visto. Nunca había querido verlo.

Era un casino en la zona este de Puerto Sombrío frecuentado por muchos mafiosos, una especie de terreno neutral para que los miembros de las distintas familias se reunieran en el territorio de su padre. Que ella supiera, todas las ciudades tenían un Saturno, y el casino únicamente tenía un propósito: permitir que se reunieran sin derramar sangre en territorios ajenos. A simple vista, el Saturno, como cualquier otro establecimiento de su clase, era llamativo, y todo su resplandor estaba diseñado para invitar a que turistas y civiles inocentes se gastaran su dinero y probaran suerte en él.

Enterada del destino de Tristan Caine, Morana se permitió hacer una paradita de camino en una boutique. Se compró el primer vestido llamativo que vio, uno plateado y muy corto que dejaba al descubierto más piel de la que le gustaba enseñar. Como iba justa de tiempo, se cambió en el mismo probador y después corrió hacia el coche, dejando los zapatos plateados de tacón en el asiento a su lado.

Pisó el acelerador para llegar rápido al casino y maldijo la necesidad de tener que ponerse un vestido para entrar, porque eso quería decir que no podía llevar armas. E ir desarmada no supondría nada bueno. Morana tenía una incluso por las noches..., bueno, siempre que no se quedaba dormida en sofás ajenos.

Respiró hondo, le echó un vistazo al todoterreno que estaba en el aparcamiento como si tal cosa, y detuvo su coche en otra de las plazas.

Empezaba a oscurecer, el sol le cedía terreno a la luna y ya empezaba a hacer fresco mientras Morana se dirigía hacia la puerta principal. Aunque los escalofríos que le corrían por la espalda no eran solo a causa de la temperatura.

El portero alzó la vista al verla acercarse y la recorrió con la mirada de una forma que a ella, gracias a su padre y a sus invitados habituales, le resultaba muy familiar. Era justo lo que necesitaba en ese momento. Morana enderezó la espalda y apretó los labios al pasar junto a él, deseando por enésima vez tener una pistola en lugar de la pequeña navaja de mariposa que ocultaba en el sujetador.

Tensó la mandíbula y lo apartó todo de su mente, salvo el propósito de llegar a la trastienda para poder espiar a gusto, y entró en el casino.

Las luces brillantes y un caleidoscopio de colores la asaltaron junto al sonido de la música, las risas, las voces de los crupieres y el tintineo de las máquinas tragaperras que le llegaba desde todas partes.

Morana se quedó quieta un momento, con los puños apretados a los costados, mientras lo asimilaba todo. No estaba acostumbrada a estar en multitudes y las experiencias que tenía en lugares tan llenos no siempre habían sido positivas. No. Prefería mil veces estar a solas con su ordenador o, como mucho, con un puñado de personas.

«La cena con Dante, Amara y Tristan Caine fue agradable», susurró una voz en su cabeza. Incómoda pero agradable.

Acalló aquella voz, ya que no estaba dispuesta a oír lo que quisiera decirle, y se sacudió aquellos pensamientos de la cabeza. Echó a andar hacia la parte posterior del amplio, aunque masificado, establecimiento. Encontró el pasillo con una cortina roja a la entrada conforme se acercó al extremo de la enorme sala.

Supuso que tras él encontraría el cuarto privado al que se había referido aquel hombre. Morana echó un vistazo a su alrededor para comprobar que nadie la vigilaba antes de dirigirse al pasillo. Se plantó delante de la cortina y aguzó el oído durante varios segundos, pero no oyó nada. Titubeó un instante antes de apartar la cortina un poco y, al mirar, descubrió una sencilla puerta de madera con una cerradura numérica.

Bingo.

Morana se coló tras la cortina. La dejó como estaba, ocultándose del exterior, y examinó la cerradura con teclado numérico. Conocía íntimamente los sistemas de seguridad de su padre, ya que los había instalado ella misma, y sabía que si pirateaba la cerradura, no saltarían las alarmas. El sistema del teclado era complejo, pero no estaba hecho a prueba de hackers, y mucho menos a prueba de uno como ella. Se mordió el labio y, tras concentrarse por completo en la tarea, desbloqueó la puerta en cuestión de segundos.

En cuanto esta se abrió, alguien agarró con fuerza a Morana desde atrás. Ella echó mano, de forma instintiva, de la navaja que llevaba escondida, pero el arma que le clavaron en las costillas hizo que se quedara quieta. Giró la cabeza despacio y vio a un hombre mayor que ella, de su misma altura, y con una expresión dura y cruel, sobre todo a la tenue luz que dejaba pasar la cortina.

—¿Qué estás haciendo aquí? —le preguntó él, zarandeándola de tal manera que Morana supo que iba a dejarle un moratón.

Abrió la boca para inventarse una excusa, pero justo en ese momento el tipo desvió la mirada hacia la cerradura. Mierda.

—Vaya, vaya —dijo mirándola con malicia—. Así que querías entrar, ¿no, guapa? Pues vamos a entrar.

La obligó a pasar de un fuerte empujón, con el arma pegada a su costado, y le ordenó que se moviera. Morana no forcejeó. En un sitio como ese sabía que sería inútil, que acabaría con su propia navaja clavada en la espalda antes de que pudiera siquiera darse media vuelta. Su única escapatoria era usar la cabeza.

Joder.

La habitación oscura al final del pasillo estaba iluminada con luces de múltiples colores que deberían darle un aspecto cutre y barato, pero que sin embargo conseguían el efecto contrario. A diferencia del exterior, allí no había camareras. Eso fue en lo primero en lo que se fijó Morana. No había ninguna mujer presente, y eso le indicó algo importante: pasara lo que pasase allí, era muy secreto y muy relevante. Solo en ese tipo de reuniones se prescindía de la presencia de camareras.

Pues muy bien.

Morana recorrió el espacio con la mirada. Una enorme mesa redonda descansaba en el centro de la habitación, con hombres de aspecto peligroso sentados a ella. Había una única arma en mitad de la mesa, al alcance de todos ellos.

Sentado justo enfrente de la puerta, de cara a ella y a todas las personas de la habitación, estaba Tristan Caine.

Morana sintió su mirada sobre ella mientras el hombre la arrastraba del brazo, y se le desbocó el corazón en el pecho. No solo porque la hubieran descubierto, sino porque no tenía ni idea de cómo iba a reaccionar él al encontrársela en el lugar en el que estaba haciendo lo que fuera que estuviese haciendo, que, por lo que parecía, debía de ser algo muy importante.

Sin embargo, la expresión de Tristan Caine no cambió en lo más mínimo. No apareció indicio alguno de reconocimiento en sus magníficos ojos, que se veían más azules bajo aquellas lámparas. Ningún tic hizo acto de presencia en su mandíbula. No movió el cuerpo en absoluto.

No. Hizo. Nada.

Sin embargo, Morana sintió la intensidad de su mirada en cada centímetro de la piel desnuda. Vio cómo recorría su minúsculo vestido y llegaba a la mano del hombre, que le aferraba el brazo.

Por Dios, cómo admiraba ese autocontrol. Cómo lo envidiaba.

Morana también mantuvo controladas sus emociones para que no se le reflejasen en la expresión ni en los ojos, pero no estuvo segura de conseguirlo por completo. Sin embargo, se recordó que allí nadie la conocía. Ni siquiera él, a todos los efectos.

Allí parada ante todos, apartó la mirada de Tristan Caine y examinó la estancia a fondo, algo que, antes de conocerlo a él, habría hecho siempre al entrar en un lugar desconocido, y al darse cuenta de esto odió cómo afectaba ese hombre a su sentido común. Había seis personas en total, incluyéndolo a él, y todos era tipos cuarentones o cincuentones con trajes caros y bien peinados. Algunos fumaban puros.

Tristan Caine era el más joven del grupo, pero su aura era la más peligrosa, incluso en su inmovilidad. O tal vez Morana lo pensara así porque había visto lo que esa inmovilidad contenía, de lo que había sido capaz esa misma tarde.

El hombre que la sujetaba tiró de ella para que se adelantase, y Morana apretó los dientes mientras las ganas de aplastarle la nariz de un puñetazo la llevaron a cerrar la mano. Se tragó el impulso.

—La he encontrado merodeando en la puerta —comunicó su captor a los presentes con voz ronca—. ¿Alguien la conoce?

Todos permanecieron en silencio.

Observando.

Morana permaneció en silencio.

A la espera.

El hombre que la sujetaba se volvió hacia ella con la cara un poco por encima de la suya.

—¿Qué hacías, preciosa? —preguntó. Morana permaneció callada—. ¿Cómo cojones te llamas? —masculló él.

Ante aquel intento por intimidarla, ella lo fulminó con la mirada, consciente de que no podía darles su verdadero nombre, no cuando eran un grupo de desconocidos en un casino en territorio de su padre, y mucho menos cuando Tristan Caine guardaba silencio. Aquello último le decía todo lo que necesitaba saber de momento.

—Stacy —contestó al final, dándole el primer nombre que se le ocurrió.

El hombre la miró con una ceja levantada, escéptico.

—¿Stacy?

—Summers —añadió con voz inocente.

—Bueno, Stacy Summers —masculló él, con el tono duro lleno de diversión—, ¿ves esta sala? Aquí se viene a jugar. Pero no por dinero. Sino por información. —Ah. Eso tenía sentido—. Una vez entras en esta habitación, solo hay dos formas de salir —añadió con una sonrisa, mostrándole los dientes manchados de tabaco, que tenían un brillo malévolo a la luz roja—. O juegas y ganas, o te comes una bala.

A vida o muerte. Qué bonito. Muy de la mafia.

Morana levantó una ceja, con la mirada fija en la pistola que había en la mesa y la mente yéndole a toda velocidad. No sabía en qué consistía el juego exactamente, pero sí que, si se negaba a participar, el arma que se le estaba clavando en las costillas dispararía en cuestión de un segundo y le metería una bala cerca, muy cerca, del corazón. Además, lo que se estaban jugando era información. Y si había algo que ella deseaba más que la libertad, era eso.

—Jugaré —le dijo al hombre con voz almibarada, ocultando por completo los nervios.

La incredulidad cruzó la cara del hombre durante un brevísimo momento antes de que la empujara hacia una silla vacía, justo enfrente de Tristan Caine.

Morana tomó asiento. Estaba de espaldas a la puerta y era consciente de que se trataba de una posición vulnerable. Cualquiera podía entrar y dispararle por detrás.

Sin embargo, alzó la mirada y vio que Tristan Caine la vigilaba a ella, a todos los presentes y a la puerta, todo sin apartar los ojos de los suyos. Sintió que se relajaba por dentro ínfimamente. Si había algo que sabía a ciencia cierta era que ese hombre no dejaría que nadie más la matara. Su muerte le pertenecía a él y solo a él. Al mirarlo y ver en él al Cazador y no a Tristan Caine, Morana lo creyó sin el menor rastro de duda. Y ese era también el motivo de que no pudiera relajarse por completo. Porque en realidad no conocía a ese hombre. Lo conoció en Tenebrae, cuando él le puso a Morana su propio cuchillo en la garganta. Cuando lo vio de nuevo después de aquello, él la amenazó sobre el capó de su coche. Y desde entonces, solo había visto destellos más y más aterradores de él.

Ahora, Tristan Caine estaba completamente en su elemento. No quedaba en él el menor rastro del hombre que la había llevado en moto, que le había ofrecido un lugar seguro en sus dominios y que había cocinado mientras ella lo observaba. Y fue en ese instante cuando Morana se percató de que, en realidad, conocía a Tristan Caine sin conocerlo, por más que viera un extraño en aquel hombre repantigado en su asiento con gesto relajado, tranquilo, como una pantera a la espera, agazapada y lista para atacar.

Seguro que él ya sabía de sobra cómo había acabado Morana allí, y eso hizo que a esta se le encogiera el estómago. No sabía cómo iba a reaccionar, no sabía si iba a matarla allí mismo, en esa mesa, o si se la llevaría a otra parte para torturarla antes.

El corazón le martilleaba en el pecho mientras mantenía la mirada fija en él, con la espalda erguida y todos los sentidos en alerta. Estaba en una jungla llena de bestias, de cazadores, y el más letal de todos la observaba con atención.

El baboso que la había metido en la trastienda a rastras cargó el arma que reposaba en el centro de la mesa con una sola bala y la devolvió a su lugar, al alcance de todos, antes de retroceder un paso.

En ese momento, Morana supo a qué jugaban.

Solo había una bala.

Se le cayó el alma a los pies. «Joder, joder, joder, joder». Estaba muerta. Sabía que estaba muerta. Ni de coña iba a salir viva de ese juego.

—Las reglas son sencillas, Stacy Summers —le dijo el hombre—. Apunta a alguien y haz una pregunta. Si no contesta, disparas. Si la recámara está vacía, preguntas de nuevo. Si vuelve a no responder, vuelves a apretar el gatillo. Pero tu objetivo puede hacerte una pregunta a ti y si no contestas, la bala te la comes tú.

Morana conocía las reglas. Había oído a su padre y a sus hombres mientras lo jugaban en la mansión. Los había observado a escondidas cuando era pequeña. Había seis huecos en la recámara de la pistola, seis preguntas que formular entre dos jugadores. Si sobrevivía a los disparos vacíos, podía hacer otras preguntas. Al igual que su contrincante.

El hombre que Morana tenía al lado cogió el arma y apuntó a otro que parecía mayor que él y que se estaba fumando un puro. El dorso de su mano estaba arrugado por la edad.

—¿Adónde va el siguiente cargamento? —preguntó con sequedad.

El del puro exhaló una voluta de humo, negándose a responder.

Morana observó el proceso mientras le resbalaba una gota de sudor por la columna.

Sin mediar palabra, el primer hombre apretó el gatillo, pero no había bala. El del puro lo apagó en un cenicero y se hizo con el arma.

—¿Cuándo empezaste a lamerle las botas a Big-J?

El primero frunció los labios mientras el del puro le apuntaba al pecho antes de apretar el gatillo.

El estruendo del disparo resonó en la habitación y Morana contuvo un respingo a duras penas. Solo fue capaz de controlarse gracias a todos los años que llevaba oyendo ese sonido. El primer hombre tosió sangre y se le aflojó el cuerpo. Dejó los ojos inertes.

«Dios».

En el juego había que contar disparos en vez de cartas. A Morana se le daba bien lo último, pero nunca había hecho lo otro. Al mirar a Tristan Caine supo por su pose indolente que no era la primera vez que él participaba. Joder, sería toda una sorpresa que alguien se atreviera a hacerle alguna pregunta. El hecho de que estuviera allí sentado indicaba que nunca había perdido.

Y, aunque no quería jugar, Morana sabía que no tendría una oportunidad mejor para sonsacarle información. Miró la pistola que estaba en el centro de la mesa, cargada de nuevo con una sola bala, con el corazón latiéndole con fuerza, y sacudió la cabeza mentalmente.

A la mierda. No era una cobarde.

Mentalizándose por lo que estaba a punto de hacer, se inclinó hacia delante y agarró la pistola con la mano. Dejó que su palma se familiarizara con el peso y apuntó con ella al hombre sentado enfrente, completamente inmóvil.

La habitación enmudeció, tanto que podría haber oído a alguien contener el aliento. Así que Morana estaba en lo cierto: nadie apuntaba a Tristan Caine. Pero, bueno, seguro que nadie se restregaba con él contra la pared de la mansión de su padre tampoco, así que para todo había una primera vez.

Morana vació su rostro de toda expresión y, segura de que su voz se mantendría firme aunque le temblaban las piernas debajo de la mesa, lo atravesó con la mirada y habló en voz baja, sin saber si obtendría respuesta. No quería ni pensar en disparar y matarlo, y desde luego tampoco quería ni pensar en por qué se sentía así, al menos de momento.

—Hábleme de la Alianza.

Él la clavó a la silla con su mirada azul. No demostró nada en la cara y mantuvo el cuerpo relajado, con la chaqueta del traje abierta para dejar al descubierto la camisa que se le tensaba sobre el pecho. Llevaba los primeros botones desabrochados y se veía la fuerte columna de su garganta. Morana le miró la vena del cuello, pero no detectó en ella ni un solo indicio de nerviosismo. Simplemente estaba allí, bajo su piel, abrazada a su carne, burlándose de ella con el férreo control que él demostraba.

—Se acabó hace veintidós años —contestó él en voz baja, con tono neutro, ecuánime, como si estuviera hablando del tiempo y no tuviera un arma apuntándolo.

Morana apretó los dientes, consciente de que no podía disparar porque él había respondido, pero furiosa porque no le había dicho nada que no supiera ya. Muy listo.

Dejó el arma en la mesa al mismo tiempo que él extendía la mano para cogerla y sus dedos se rozaron, provocándole una descarga que le subió por el brazo.

Vio que él clavaba la mirada en la zona irritada de su brazo, donde el baboso la había agarrado, antes de echarse hacia atrás de nuevo en su silla. Dejó la mano apoyada en la mesa, blandiendo el arma. Después de haberlo visto en acción, Morana sabía que podría levantar la pistola y matarla antes de que ella tuviera tiempo de parpadear. Era así de engañoso. De peligroso.

—¿Por qué está aquí? —preguntó él, sin inflexión alguna en la voz que ella pudiera interpretar.

Morana contuvo una sonrisa. Él no era el único que podía escoger sus palabras con cuidado. Levantó las cejas y ladeó la cabeza.

—Para conseguir información.

Lo vio levantar un poquito una ceja antes de que deslizara el arma hacia ella, mientras los demás observaban el juego con actitud taimada.

—¿Por qué terminó? —preguntó Morana, con la piel de gallina bajo el escrutinio de tantas miradas, sintiendo que se clavaban en lugares de su cuerpo que preferiría que no vieran.

Sin apartar los ojos de ella en ningún momento, Tristan Caine contestó:

—El interés mutuo dejó de ser tan mutuo.

¿En serio? No había arriesgado el cuello por eso. Tenía que sacarle algo de verdad. Mientras Morana sopesaba la siguiente pregunta mentalmente, alerta, empujó la pistola por la mesa y él la detuvo con una mano, que dejó con gesto indolente sobre el arma. Esa mano grande, enorme, que cubría la pistola por completo.

Tristan Caine la observó en silencio un segundo antes de ladear la cabeza, esbozando la imitación de una sonrisilla desdeñosa, aunque mantuvo la mirada impasible.

—¿Cómo le gusta que la follen, señorita Summers?

Morana se quedó sin aliento al oírlo. Era consciente de los hombres lascivos de la habitación, que empezaron a reírse a carcajadas a su alrededor. Sintió que el cuerpo le ardía por la rabia, que la sangre le corría por las venas como un tsunami, que se le encogía el corazón y apretaba los puños por debajo de la mesa.

Pero a través de la neblina de furia vio algo que, de repente, la hizo dudar.

Sus ojos.

Esos ojos, que no se reían, que no tenían una expresión malvada, ni siquiera apasionada. Estaban impasibles por completo. Su expresión era cruel, pero su mirada no.

La claridad volvió a Morana de repente. Estaba provocándola. Intentaba desestabilizarla. Estaba haciendo algo que ella había dejado muy claro que la enfurecía. Era ella quien le había entregado la pistola para que le disparase.

Parpadeó, respiró para tranquilizarse y esbozó una sonrisa que imitaba la de él. Dejó que su cuerpo recordara aquel momento en que había tenido sus dedos dentro, su cálido aliento en el cuello, su polla presionándole en la espalda.

Lo miró con expresión ardiente y los párpados entornados, y susurró, con voz suave y lasciva, como si acabara de follar:

—Lo bastante fuerte como para que lo note después al caminar.

Algo relampagueó en la mirada de Tristan Caine antes de que él pudiera hacerlo desaparecer. De haber parpadeado, Morana no lo habría visto. Pero no parpadeó, y lo vio, y supo que él se estaba acordando de la pregunta que le había hecho contra la pared en casa de su padre. La que ella no había contestado.

Uno de los hombres, con un bigote horrible, silbó con fuerza antes de decir:

—Guapa, vente conmigo a casa esta noche y lo notarás al andar durante todo el mes.

Todos se echaron a reír. Menudo gilipollas. Pero como ya se estaba tirando a otro, tenía la agenda llena. Tristan Caine no reaccionó a los hombres y se limitó a devolverle el arma.

Seis disparos. Seis preguntas. Esa era la última.

Morana se la pensó durante un minuto entero antes de hacerla, y eligió con tiento las palabras.

—¿Qué pasó para que la Alianza se disolviera?

Debería haber sabido que él no iba a responderle a menos que quisiera.

—Ambas partes estaban en desacuerdo, pero no querían una guerra. Así que la disolvieron.

Morana soltó el aire y cerró los ojos un segundo. Había desperdiciado su oportunidad. Había desperdiciado la única oportunidad de que él le diera alguna respuesta y había descubierto su mano en el proceso.

Le devolvió el arma y, de repente, el corazón se le aceleró.

Era el último disparo. La última pregunta. Y algo le decía que él no iba a desperdiciarla. Su intención de ponerle una bala en el corazón podría hacerse realidad si ella le daba una respuesta que a él no le gustaba.

A Morana le temblaron las manos mientras las entrelazaba, con los dientes apretados y la mirada atrapada por esos ojos azules.

—¿Qué sabes de mi historia y la Alianza?

Se le hizo un nudo en la garganta.

Porque sabía cuál era. Dios, lo sabía.

Sabía que su hermana fue una de las niñas desaparecidas.

Lo había deducido poco después de empezar a investigar, ya que sucedió veintidós años antes, lo que significaba que él habría tenido unos ocho. Lo que aún ignoraba, sin embargo, era cómo se conectaba exactamente con el final de la Alianza.

Sin embargo, al mirarlo, al mirar al resto de los hombres presentes, quienes, pese a ser mayores que él, lo temían y respetaban por ser el Cazador, porque en su mundo la reputación era más valiosa que la vida, y no porque supieran nada de Tristan Caine, a Morana le dio un vuelco el corazón.

Porque él había compartido el recuerdo de su hermana con ella durante aquella noche lluviosa. Le había ofrecido un recuerdo en una noche solitaria, de parte de un hombre que se sentía solo para una mujer que se sentía sola, a modo de tregua, de respiro, durante unas pocas horas.

Tristan Caine le estaba apuntando al corazón, con mirada dura y fría, pero Morana tenía claro que no podía morir con la certeza de que había traicionado el único recuerdo bonito y poderoso que tenía. Él le había dado algo increíble aquella noche, algo que ella agradecía con toda su alma, y no iba a ultrajarlo por egoísmo, no podría pagarle aquella pequeña tregua que él le había concedido pese al odio con una traición.

Él le había dado un atisbo de luz. Y ella se negaba a extinguirlo.

Con la decisión tomada y el corazón encogido de miedo, Morana contuvo el aliento y se mantuvo en silencio.

Silencio.

La quietud era absoluta.

No oía nada salvo la sangre que le atronaba en los oídos. No veía nada salvo la oscuridad tras sus párpados cerrados.

Era consciente de que todos los hombres de la habitación también contenían la respiración mientras esperaban a que la bala le atravesase el corazón, era consciente de la sangre que le fluía por el cuerpo. En ese momento, cara a cara con la muerte (la misma muerte que había contemplado pocos días antes), Morana se dio cuenta de que no quería morir. No quería morir, no cuando sentía que vivía por primera vez en su vida, gracias, precisamente, al hombre que le apuntaba al pecho con una pistola.

El corazón le iba acelerado, como si quisiera latir cuanto pudiera antes de que lo obligaran a detenerse, mientras Morana se aferraba a la silla con manos temblorosas y el sudor le caía por la columna.

Esperó un segundo. Dos. Otro más.

Y, de repente, el estallido hizo que diera un respingo... Se le detuvo el corazón...

Y Morana abrió mucho los ojos, cogiendo aire con fuerza. Apretó los dientes al notar un dolor lacerante que le recorría por el brazo, extendiéndose sobre su piel como llamaradas mientras la agonía la consumía. Bajó la mirada y vio la sangre que le empapaba el vestido, pero no sobre los pechos, donde esperaba verla, sino en la cara externa del brazo.

Le había disparado en la cara externa del brazo.

Justo donde el otro hombre la había agarrado.

Ni siquiera tenía la bala dentro. Solo la había rozado.

No la había matado. No había llegado ni a herirla de gravedad.

Los ojos de Morana volaron hacia los de él y se topó con una expresión totalmente indescifrable en ellos, una mirada intensa y cargada de algo que no sabía nombrar. Reconocía la furia, el odio, pero también había algo más, algo muy vivo, algo que se le escapaba. Palpitó entre ellos, haciendo que Morana se diera cuenta del tremendo control que él había ejercido sobre sí mismo hasta ese momento. Y, de pronto, el dique se rompió.

La mirada de Tristan Caine la atrapó por completo, con su color azul feroz por esa extraña emoción. Morana se quedó sin aire, presa de sus ojos, mientras la incredulidad la asaltaba. La había estado apuntado al pecho. Las reglas del juego eran contestar o morir. Sin embargo, él se había limitado a hacerle una herida superficial en el brazo.

Pero alguno de los otros intentaría matarla porque ellos sí se atenían a las reglas. No podían permitir que se fuera con vida de allí después de todo.

No obstante, Morana sabía que no lo iban a conseguir. Porque Tristan Caine había decidido que ella viviría. Porque le había disparado, y los hombres no podían cuestionarlo.

Siguieron sosteniéndose la mirada por encima de la mesa; él sujetando el arma con gesto tranquilo, ella presionándose la herida con la mano y con el estómago encogido.

Debería haber estado furiosa. Debería haberse sentido traicionada. Debería haber sentido odio.

Debería haber estado aliviada por seguir viva. Debería haber estado aterrada por haber visto la muerte tan de cerca.

Debería haber sentido tantas cosas, podría haber sentido tantas cosas...

Sin embargo, allí sentada, observándolo después de no haber dicho, en aquella jungla de cazadores, ni una sola palabra que lo hiciera parecer menos letal, Morana no pudo menos que sorprenderse consigo misma. Porque no sentía nada de eso y aquello casi hizo que sonriera. *Casi.*

Porque debería haber sentido muchas cosas y, sin embargo, lo único que sintió fue un cambio.

Algo había cambiado en el momento en el que había decidido callarse en vez de hablar, renunciando a su vida, y él había elegido dispararle en el brazo en lugar de en el corazón, perdonándosela. Algo había cambiado entre ellos, como lo hizo aquella noche en la oscuridad, en ese instante en mitad de un grupo de hombres letales.

Morana sintió que la conexión entre ellos, que ella tanto se había esforzado en negar, crecía, giraba, se hacía cada vez más profunda y extinguía cada sombra que tenía en la mente, aplastando cada duda.

Ella había decidido no traicionarlo delante de esos hombres. Él había decidido no dejarla morir.

Morana no quería pararse a pensar en ello. No quería pararse a considerar lo que implicaba. No quería reconocer que esa conexión entre ellos acababa de fortalecerse, que algo fundamental había cambiado con las decisiones que acababan de tomar.

Es ese momento, Morana se dio cuenta de que ella no era la única temeraria de los dos.

Que las cosas, aunque seguían igual, habían cambiado. Porque, sin pretenderlo, esa noche los dos lo habían decidido así.

15

Descubrimiento

Estaba sangrando.

Una gota de sangre le resbalaba por el brazo. Morana volvió la cabeza y observó, con cierta fascinación, cómo le rodeaba el codo, dejándole un reguero rojo sobre la piel. Siguió la solitaria gota con la mirada mientras bajaba por el dorso de la mano, por el anular desnudo, por la punta del dedo. Quedó suspendida en el borde, a punto de caer, temblando un poco por el aire acondicionado, luchando contra la gravedad con toda su diminuta fuerza para mantenerse aferrada a su piel.

Fracasó.

La gota perdió la batalla contra una fuerza que era mucho mayor que ella, contra una fuerza que ni siquiera comprendía, y cayó al suelo limpio del ascensor, rompiéndose y manchando de color carmesí las limpias líneas blancas.

Otra gota ocupó su lugar y se unió a su hermana en el suelo.

Y otra más.

Morana miró fijamente la sangre un instante, sintiendo un dolor palpitante en el brazo, en la zona donde tenía la herida, mientras, por fin, su mente comenzaba a asimilar la noche y sus consecuencias.

Haber salido viva del casino era un milagro en sí mismo. Haber salido viva con poco más que un arañazo era uno todavía mayor.

Sin embargo, en ese momento, en la intimidad de su cabeza, después de que la adrenalina le hubiera dejado el cuerpo frío y la lógica hubiera recuperado el control, Morana tragó saliva.

Porque había tomado una decisión allí, sentada en el casino en penumbra, una decisión que no tenía ni idea de que tomaría hasta el último segundo. Y con ello había provocado que el hombre que se había convertido en la cruz de su existencia tomara otra. De haberse tratado de una elección que Morana hubiera tenido que tomar en privado, y de la cual solo ella fuera conocedora, no se habría alterado tanto. Habría sido desconcertante, por supuesto, pero el saber que solo ella albergaba en su interior el conocimiento de su decisión habría sido mucho mejor.

Pero no era el caso. La decisión que había tomado Morana no solo había sido evidente para Tristan Caine, sino que la suya también lo había sido para ella, y le daba la impresión de que a él le gustaba tan poco como a ella. La verdad, no tenía ni idea de lo que iba a significar eso.

Las puertas del ascensor se abrieron y eso sacó a Morana de sus pensamientos. Respiró hondo al tiempo que entraba en el salón, con el horizonte de la ciudad brillando como coloridos diamantes al otro lado del ventanal. Con la mano ligeramente elevada para contener la hemorragia, echó a andar hacia la cocina. Dejó el bolso y el móvil en la encimera para coger un paño limpio del colgador. Abrió el grifo, lo mojó y se limpió despacio la herida, siseando por el escozor que le provocó el leve roce antes de aplicar presión. El dolor le subió hasta el hombro y le bajó hasta los dedos, y ella apretó los dientes, respirando de forma pausada mientras el malestar se convertía en un eco y la hemorragia empezaba a remitir.

Sin dejar de presionar la herida, Morana miró por la pared de cristal y dejó que su mente regresara a aquel instante en el casino, al instante del disparo. Al instante en el que el hombre que la llevó a la sala había empezado a protestar porque ella no hubiera recibido el balazo de lleno mientras los demás lo apoyaban.

Morana recordó la mirada tranquila de Tristan Caine, quien había levantado una ceja y se había acomodado en su silla. Recordó cómo la tensión había aumentado tanto que ella tuvo que contener el aliento, dudando de que aquellos hombres fueran a dejarla marchar.

Y entonces Tristan Caine había hablado sin apartar los ojos del hombre que ella tenía detrás.

—Fuera.

Morana había tardado un momento en percatarse de que le estaba hablando a ella. Y, por primera vez desde que lo conocía, no había querido quedarse a discutir con él. Había cogido las llaves y se había levantado de la silla, con la vista clavada en todo momento no en el resto de los hombres de la sala sino en él, en el Cazador, que los observaba a todos retándolos, con mirada tranquila, a que trataran de detenerla.

Ni uno solo se movió.

Con el corazón en la garganta, Morana había salido a toda prisa y corrido hasta su coche, sin permitirse ni un segundo para pensar en lo que había sucedido. El trayecto hasta el ático había sido corto y, en ese momento, de pie entre sus seguras paredes, Morana no tenía ni idea de lo que iba a pasar a continuación.

Tampoco podía imaginarse lo que había sucedido en el casino después de marcharse. Una parte de ella se preguntaba si los seis hombres se habrían enfrentado a Tristan Caine. Otra seguía asombrada por el poder que él ostentaba en la mafia.

Había una gran diferencia entre oír cosas y verlas en persona. Y tras haber sido testigo del auténtico miedo que se había reflejado en los ojos de hombres mucho mayores y más experimentados que su padre, Morana entendió, por primera vez y completamente, con quién estaba tratando.

Un escalofrío le recorrió la espalda. Esos hombres del casino habían lidiado con sangre y plomo toda la vida, y aun así temían a Tristan Caine. Morana no alcanzaba a imaginar lo que él habría hecho para cimentar ese miedo siendo tan joven.

Ahora, echando la vista atrás, Morana era consciente de lo idiota que había sido al pretender acercarse a él para matarlo. Después de la que había liado, no tenía claro si él iba a volver para matarla, para echarla o para devolverla a su padre envuelta con un lazo.

Dios, estaba completamente en aguas desconocidas. Y estaba acojonada.

El repentino tintineo del ascensor al abrirse la sobresaltó.

Se le aceleró el corazón.

Él estaba allí.

A Morana le costó la misma vida no salir corriendo hacia el dormitorio de invitados y cerrar la puerta con pestillo. Por primera vez se sentía tan confusa que lo único que quería hacer era salir huyendo. Pero, en lugar de eso, se dio media vuelta para mirar las puertas de frente.

Y sintió que el aliento se le atascaba en la garganta.

Tristan Caine estaba medio oculto en la penumbra, sin chaqueta y con la camisa remangada, con las piernas separadas mientras la luz del exterior creaba sombras sobre su duro rostro.

Sin embargo, eso no fue lo que la dejó sin aliento. No.

Fueron sus ojos. Esos magníficos ojos azules.

Unos ojos que escupían fuego.

Morana sintió que un escalofrío de algo que no logró identificar le recorría la columna, haciendo que se le erizara el vello de los brazos y que el corazón le explotara en el pecho. Bajó la mano con la que se estaba presionando el brazo herido y el paño cayó al suelo desde sus dedos inertes. Fue incapaz de apartar la mirada ni para comprobar si seguía sangrando.

Estaba quieta, con los ojos clavados en él.

Él estaba quieto, observándola.

Silencio.

Y entonces él dio un paso al frente. Ella retrocedió.

A él le relampaguearon los ojos al ver el gesto involuntario, y el siguiente paso que dio fue más lento, más deliberado.

Con el corazón desbocado, Morana fue incapaz de mantenerse firme por primera vez desde que se conocieron.

Sintió que las piernas se le movían por voluntad propia, retrocediendo. Algo en lo más hondo de su ser despertó su instinto de supervivencia al verlo acercarse, un sentido atávico que la instó a mover los pies antes de que pudiera procesar lo que estaba haciendo.

Taladrándola con la mirada, Tristan Caine se acercó con andares aún más agresivos, si era posible, moviendo con agilidad su atlético cuerpo, contenido por aquellas prendas civilizadas que eran incapaces de ocultar el animal que llevaba dentro, y que, en lugar de eso, lo ponían de manifiesto.

Todo en Morana se rebeló ante la idea de que la cazaran como a una presa, pero no podía evitar que sus pies retrocedieran, que su pecho se sacudiera por la respiración cada vez más entrecortada, aunque no sabía si era a causa del miedo, de la adrenalina o de algo totalmente distinto. Sus emociones eran un nudo indescifrable de *algo* y de *todo* en ese momento.

Dio un último paso hacia atrás y notó la encimera que separaba la cocina y la zona de comedor en la espalda. Notó el granito frío pegado a la base de la columna y un escalofrío la recorrió por entero. Apretó los dientes mientras el pulso le latía desaforado por todo el cuerpo, palpitando por todas partes mientras seguía mirándolo a los ojos.

«Se detendrá a unos pasos de distancia, seguro».

Pero él no lo hizo, siguió avanzando, con el cuerpo relajado pero controlado.

Morana se pegó más a la encimera.

Él se iba a detener. Seguro.

No lo hizo.

Y Morana descubrió que era incapaz de pronunciar una sola palabra, no mientras él la taladraba con la mirada, vislumbrando cosas que ella ni siquiera sabía que llevaba dentro.

Tristan Caine invadió su espacio personal, colocándose tan cerca que Morana tuvo que echar la cabeza hacia atrás para seguir mirándolo a los ojos, tan cerca que, cuando ella inhaló, los pezones rozaban su duro pecho y el contacto le provocó una descarga entre los muslos incluso mientras hacía lo posible por apartarse, empezando a recostarse sobre la encimera.

La mirada de Tristan Caine relucía y las sombras jugaban con sus facciones, haciéndole parecer aún más peligroso. Tenía las pupilas totalmente dilatadas, lo cual le indicó a Morana que, en aquel momento, no era el hombre dueño de sí mismo que había sido durante todo aquel día mientras ella lo seguía.

Dios, Morana necesitaba controlarse. Necesitaba *respirar*.

Se obligó a concentrarse en el dolor sordo del brazo y apartó la mirada, volviendo la cara hacia un lado.

No había terminado de hacerlo cuando él extendió las manos, colocándolas a ambos lados de ella, sobre la encimera, encerrándola por completo. Tenía el torso pegado a sus pechos, no del todo, pero sí lo suficiente como para que la fricción que creaban ambos al respirar enloqueciera a Morana; la calidez que desprendían los músculos de él contrastaba con la frialdad del granito que tenía a la espalda, y sentía su aliento rozándole la coronilla.

El pulso se le había desbocado, el corazón le latía como las alas de un pájaro enjaulado, y cerró las manos sobre la encimera helada, aferrándose al borde, presa del acuciante impulso de apoyar las palmas sobre ese torso duro. Sentía en la lengua, más que nunca, el deseo de saborear ese olor almizcleño que siempre lo envolvía.

Pero ¿cómo cojones podía pensar así, sobre todo después de lo que había sucedido esa noche?

Llevaba mucho tiempo con la yugular expuesta ante él, pero siempre había sido por culpa de las circunstancias, no por decisión propia. Sin embargo, esa noche no iba a ser así.

Su corazón se rebelaba ante ello.

De repente, Morana sintió que él le ponía una mano en el cuello y le rodeaba la mandíbula para obligarla a mirarlo.

Centímetros.

Los separaban muy pocos centímetros.

Notó su respiración en la cara mientras le sostenía la mirada de nuevo, movida por una compulsión interna que ni entendía. Él la examinaba con una intensidad febril, a pesar de que mantenía la expresión dura y fría. En ese hombre existía una dicotomía que le resultaba irritante y fascinante a partes iguales.

Echándole la cabeza hacia atrás por completo, Tristan Caine dio ese último paso para eliminar la distancia entre sus cuerpos, de modo Morana pudo notar su semierección clavándosele en el abdomen, sus pectorales aplastándole los pechos. Sintió que se le endurecían los pezones en respuesta y arqueó la espalda sobre la encimera. Mantuvo las manos a los costados, aferrada al granito, manteniendo la boca cerrada con mucho esfuerzo, decidida a no romper el silencio, a no ceder al menos en eso.

Sin embargo, en el fondo no se trataba de una competición, porque con la siguiente exhalación, él habló, derramándole sobre los labios esa voz ronca que recordaba al whisky.

—No sé si partirte el cuello o matarte a polvos. —Esa voz, tan ronca que Morana tuvo la tentación de cerrar los ojos y tenderse para él sobre la encimera, abrumó sus sentidos.

Y entonces se dio cuenta de lo que había dicho.

Morana enderezó la espalda, y eso provocó que acercara la cara a la de él y que sus cuerpos quedaran tan pegados que notó cada relieve de sus abdominales y la dureza de los músculos que estaba usando para intimidarla.

Lo fulminó con la mirada, con los ojos entrecerrados, mientras la sangre le hervía por la rabia y la excitación.

—¿Quieres tocarme, Caine? —preguntó también en voz baja—. Sé sincero.

Él adoptó una expresión impasible tan deprisa que Morana se habría perdido la transición si hubiera parpadeado. La rabia, ese todo tan absoluto que había percibido en su rostro, desapareció sin dejar rastro.

Sin apartar la mirada de Morana y con un ardor contenido, pero no sofocado, Tristan Caine le apretó la mandíbula y tiró de ella hasta que la obligó a ponerse de puntillas. Acto seguido se inclinó y casi pegó los labios a los suyos mientras esos ojos se clavaban en ella como dos témpanos de hielo. Apretó los dientes con tanta fuerza que la barba de varios días se le marco todavía más.

—No te atrevas jamás a intentar controlarme —dijo, recalcando cada palabra.

Morana se echó a temblar ante el deje letal de su voz, que dejaba claro que ella había escogido las peores palabras posibles. No tenía ventaja sobre él. Ninguna. Creer que su deseo sería un punto débil había sido un intento desesperado por obtenerla.

Nadie podría obligar a ese hombre a hacer algo que no quisiera hacer.

¿Lo había intentado alguien alguna vez? A juzgar por su reacción, por esa gélida vehemencia, a Morana le parecía que así era.

Sin embargo, y dado que llevaba jugando con fuego a diario una buena temporada, Morana esbozó una sonrisa irónica y pegó las caderas a las suyas, acariciándolo con ellas. Su respuesta fue automática y embistió contra su abdomen con fuerza. Morana sintió que su interior se tensaba por el deseo mientras su respiración le rozaba los labios. Notó un cosquilleo en la boca al tiempo que empezaba a mojarse entre los muslos, con los pezones apretados contra ese pecho duro y cálido. Se sentía viva, viva y llena de sensaciones.

Intentó mantener la mente fría y sonrió de forma deliberada antes de rozarle la nariz con la suya, un gesto burlón que simulaba la intimidad de un beso, y de decir, justo sobre sus labios:

—Entonces te sugiero que te controles, corazón.

Vio que le temblaban un poco los labios, justo por encima de esa deliciosa cicatriz, y sus caderas la empujaron una última vez antes de apartarse de repente. Dejando casi medio salón entre ellos, se quedó quieto con un bulto evidente en los pantalones y la observó sin pudor.

Con la sensación de haber ganado un juego que ni siquiera sabía que estaba teniendo lugar, e incapaz de comprender qué tenía él para hacer que se comportase como un animal en busca de un subidón, Morana tragó saliva y echó a andar hacia el dormitorio de invitados tan deprisa como pudo sin que diera la sensación de que estaba corriendo, aunque aquello era justo lo que estaba haciendo.

Notó la mirada de Tristan Caine clavada en la espalda todo el camino hasta la habitación y se negó a devolvérsela, cerrando la puerta tras ella para quitarse sus ojos de encima.

Morana respiró hondo por primera vez en lo que se le antojaban minutos e intentó despejarse antes de dirigirse al cuarto de baño, cuya puerta cerró, aunque no tenía pestillo. Claro que él nunca había entrado en su baño, así que no le preocupaba que lo hiciera ahora. Por muy prepotente que fuera Tristan Caine, parecía sentir cierto respeto hacia su intimidad, algo que ella aprobaba sin reservas.

Se quitó el vestido ensangrentado y lo dejó caer al suelo con un ruido sordo antes de mirarse en el espejo para comprobar el estado de la herida. Se le había cortado la hemorragia y el dolor había desaparecido. Ya solo se trataba de un arañazo que le escocía, nada que unos puntos de mariposa no pudieran arreglar. Decidió que primero se daría una ducha y después iría a la cocina para curarlo. Se metió en la ducha situada al otro extremo del acogedor baño, poniéndose al otro lado de la mampara de cristal.

Tras plantarse debajo del chorro y dejar que el agua caliente la empapara, Morana sintió que el sudor y la suciedad de la jornada se iban por el desagüe junto con el agotamiento. Tuvo cuidado de que no se le mojara la herida. Con los ojos cerrados y la cabeza echada hacia atrás, permitió que el agua le mojara el pelo oscuro y le acariciase los músculos mientras soltaba el aire que llevaba conteniendo todo el día. Pero no pudo evitar recordar lo que había pasado fuera, lo que casi había deseado que pasara.

Lo había visto. Los ojos relampagueantes, el cuerpo temblando a causa de su menguante autocontrol, la agresividad, el poder físico, la concentración..., todo aquello había estado centrado en ella. Lo había visto y, al igual que en anteriores ocasiones, algo en su interior había respondido a aquel reclamo animal. Pero esa vez había sido más fuerte que nunca, más ardiente.

Un escalofrío le bajó por la columna mientras el agua caliente se deslizaba por su piel.

Y entonces lo sintió.

Su mirada.

Morana se quedó inmóvil, y su corazón, que casi se había calmado, volvió a latir con fuerza mientras el agua la recorría. De repente, un torrente de adrenalina la invadió y puso el cuerpo en alerta ante el hombre que la observaba de pie junto a la mampara.

El hombre que no había entrado nunca hasta allí. El hombre que en ese momento apoyaba un hombro en el cristal como si nada y la estudiaba con los ojos atentos y penetrantes de una pantera. El hombre que estaba descalzo, pero todavía vestido.

Fue en ese preciso instante, al mirarlo a los pies (y por alguna razón la imagen hizo que se le endurecieran los pezones), cuando Morana se dio cuenta de que estaba desnuda. Completamente desnuda. Por primera vez estaba desnuda ante sus ojos.

No le gustaba, no le gustaba la forma en la que él la miraba sin que ella tuviera capas tras las que protegerse, sin gafas, sin ropa, sin nada.

Totalmente descubierta.

Se sentía en carne viva. Expuesta. Sangrando.

Y él estaba allí, oliendo su miedo, observándola.

Le había pedido que se controlase, pero allí estaba, con el mismo bulto en los pantalones.

Morana cogió aire y se mordió el interior del carrillo antes de echar la cabeza hacia atrás para mirarlo a la cara, y mantuvo una expresión neutra, con la ceja levantada en un gesto imperioso.

Oh, oh.

Al mismo tiempo que Morana levantó la ceja, Tristan Caine estampó la mano contra la mampara.

Y entonces se movió.

Se apartó del cristal y entró en la ducha, reduciendo a nada un espacio que antes había sido amplio. Su cuerpo alto y fuerte se tragó las paredes y el techo. El vapor lo envolvió, pegándose a su cuerpo, mojándole la tela de la camisa. Morana observó, absorta, que una gota se le condensaba en el tenso cuello, justo al lado de esa irritante vena, y descendía por su piel hasta colarse bajo la ropa, totalmente transparente a esas alturas. Por primera vez, tan cerca, vio con claridad las sombras de sus tatuajes salpicados entre las numerosas cicatrices.

Ni de coña iba a quedarse allí desnuda mientras Tristan Caine seguía cubierto. Ni de coña.

Antes de que él pudiera actuar, Morana cerró las manos en el cuello de su camisa y tiró con fuerza, arrancándole los botones, que se desperdigaron por el suelo, descubriendo un trozo de su piel antes de que él la agarrara de las muñecas, con la mirada candente.

Y todo ese autocontrol del que había hecho gala tan solo unos minutos antes… se evaporó.

Dio un paso con sus pies descalzos y se metió debajo del chorro con ella, obligándola a retroceder y, después, a darse la vuelta. Acabó con los pechos pegados a la pared, tal y como había sucedido aquel día en casa de su padre.

El corazón le latía tan deprisa que le atronaba los oídos. Él no la estaba tocando, sino que se limitaba a estar allí, cerca, casi pegado a ella, tan cerca que Morana solo habría tenido que echarse atrás ínfimamente para tocar su piel, y el deseo de hacerlo fue tan poderoso que tuvo que plantar las palmas en la pared para quedarse quieta.

Y por primera vez sintió las manos de Tristan Caine sobre su cuerpo desnudo. Esas manos, grandes y ásperas, contra su piel.

Se quedó sin aliento cuando sintió que con una la agarraba de la nuca y con la otra le recorría la columna, en una especie de caricia diseñaba para que la embargara una falsa sensación de seguridad. En cambio, solo consiguió tensarla más, mientras el agua caía sobre ellos de refilón, sobre su brazo sano, manteniendo seco el herido.

Morana sabía que, si quería, podía detenerlo. Pero no quería.

En algún momento había aceptado que lo deseaba, había aceptado ese anhelo que le corría por las venas, y ya no le importaba admitirlo para sus adentros. Aunque aquello no disminuía el odio que sentía hacia sí misma, notar sus ásperas y encallecidas manos encima hacía que lo deseara más.

Él se inclinó hacia delante y le rozó la oreja con los labios para susurrarle mientras bajaba la mano por su espalda, despacio, pero sin detenerse, hasta llegar a su culo.

—Este cuerpo me pertenece, señorita Vitalio —dijo con tono ronco, y el whisky y el pecado hicieron que Morana echara la cabeza hacia atrás y la apoyase en su hombro mientras se le encogía el estómago.

—No, este cuerpo es mío —replicó, incapaz de reconocer su voz, teñida de sexo.

—Soy un hombre territorial —siguió él, como si no la hubiera oído, agarrándole el culo—. Y esto ha sido mío desde que cerraste la puerta de aquel aseo.

—Eso fue solo una vez —le dijo, aunque sabía que ya no había manera de detenerlos.

—Pues que sean dos, ¿te parece?

Morana sentía la ira contenida que irradiaba el cuerpo de Tristan Caine a su espalda y escuchó el ligero temblor en su voz firme.

Él bajó más la mano que tenía en su nalga y acarició los labios de su sexo antes de meterle los dedos con una seguridad que hizo que ella cerrara los ojos. Los movió en su interior de una forma deliciosa, provocando que se humedeciera todavía más.

Morana oyó el ruido de la cremallera al bajar y el del envoltorio del condón al romperse, y luego él le separó las piernas con una de las suyas. Le colocó la mano en la base de la espalda e hizo fuerza para que echara las caderas hacia atrás y apoyara el peso del cuerpo en los brazos, contra la pared.

Morana miró los azulejos que tenía delante y observó, como en un trance, que él plantaba las manos por encima de las suyas. Miró las manos de ambos, tan cerca y tan lejos, y comparó sus diferencias y semejanzas. Ambas servían al talento que tenían en sus respectivos campos; sin embargo, las de él eran más oscuras, ásperas, con venas y dedos largos y gruesos, con uñas cortas y el dorso salpicado de vello. Las suyas eran mucho más blancas, suaves, pequeñas, con las uñas pintadas de verde brillante.

Al verlas juntas de esa manera, al observar los fuertes antebrazos de Tristan Caine al lado de sus delicadas muñecas, algo le aleteó en la boca del estómago.

No. No le gustaba ese aleteo. No lo quería.

Morana cerró los ojos, rechazando la imagen, pero la tenía grabada en la cabeza.

Al sentir que la rabia la invadía, Morana apretó la mandíbula por ser incapaz de no pensar en algo tan trivial como el tener las manos de él junto a las suyas. Echó las caderas hacia atrás, deseando que él empezara de una vez.

Sintió la punta de su polla contra ella y tomó aire, con el corazón latiéndole errático, mientras el agua les caía encima.

Con una facilidad pasmosa, él la penetró despacio, centímetro a centímetro, y su enorme tamaño la dejó sin aliento. Joder, se le había olvidado lo que era tenerlo dentro, llenándola hasta el último rincón, atravesándola de una manera que no parecía posible, haciéndola arquear la espalda más todavía para aceptarlo por entero. Morana había creído que la tomaría de una sola embestida, como en el restaurante.

Se equivocaba.

Él se retiró un poco antes de entrar de nuevo, lentamente, haciendo que Morana sintiera cada centímetro de su envergadura de forma ineludible.

Con las palmas aún pegadas a la pared, Morana agachó la cabeza y se puso de puntillas para conseguir maniobrar, llevar las caderas hacia atrás y salir a su encuentro.

Él llegó hasta el fondo y Morana sintió que su interior se cerraba a su alrededor. Aquel nuevo ángulo le permitía penetrarla de un modo que le hizo ver estrellas, notarlo en lugares de los que ni siquiera era consciente.

Durante todo ese tiempo, Morana mantuvo los ojos cerrados a conciencia, sintiéndolo en su interior, pero sin notar su torso contra la espalda, consciente de la distancia entre sus cuerpos. Una distancia de la que se alegraba, porque en el restaurante había sido muy fácil explicárselo todo a sí misma, echarle la culpa a sus ganas de desafiar a su padre con el enemigo mientras él estaba al otro lado de la puerta. Allí, tenerlo dentro había sido un acto de rebeldía. Pero en la ducha no tenía a quien culpar, salvo a sí misma, y estar tan cerca de él era una necesidad que no quería definir.

Él retrocedió súbitamente, sacándosela, y Morana fue muy consciente de su propio cuerpo justo antes de que volviera a penetrarla de golpe, hasta el fondo, olvidado ya todo rastro de suavidad. A Morana se le cortó la respiración y cerró los puños sobre la pared mientras el placer la atravesaba y le llegaba hasta las puntas de los pies, dejándole las piernas temblorosas a causa del esfuerzo de mantener el equilibrio.

—Como vuelvas a hacer algo como lo que has hecho hoy, te juro que te dispararé en el puto corazón. —Su voz gutural hizo que ella se estremeciera, aunque lo apretó con su interior al mismo tiempo—. Yo decido cuándo mueres.

Morana soltó una carcajada estrangulada.

—Estás loco.

Sin perder un segundo más, él empezó a embestirla con fuerza, golpeándole las nalgas con cada envite de un modo que hizo que Morana se mordiera el labio para no gritar. El sudor le empapó la frente, los pechos se le sacudían con fuerza y arqueó el cuello, dejando que el pelo se le deslizara por la espalda en una maraña de mechones mojados.

—No, pero me estoy follando a alguien que sí lo está.

Morana movió las caderas hacia atrás para salir a su encuentro. La fricción que notaba en su interior hacía que contrajera los músculos con fuerza a su alrededor mientras la punta de su polla le daba en el punto justo una y otra y otra vez. Él siguió embistiéndola sin perder el ritmo, y a Morana se le abrió la boca al tiempo que el placer se concentraba en sus entrañas. Era una serpiente que se enroscaba cada vez más alrededor de su presa, ahogándola con una fuerza brutal, preparada para clavar los colmillos en un éxtasis divino.

Morana se estremeció entera, con los labios magullados de tanto mordérselos para no emitir sonido alguno.

Él le había tapado la boca siempre que le había hecho correrse, silenciándola y, de una forma retorcida, otorgándole la libertad de liberar todo ese ruido que tenía en su interior, con la seguridad de que nadie iba a oírla.

Sin embargo, no había mano que silenciara a Morana en ese momento y, por más que lo intentó, le brotaron gemidos de lo más hondo de su garganta mientras él se movía en su interior, una y otra y otra vez, y ella, con las piernas temblorosas y las manos doloridas, balanceaba las caderas para seguirle el ritmo. Intentó contener los jadeos, pero no pudo, no completamente.

De repente, él movió las rodillas y cambió el ángulo de la penetración. Morana escuchó el gruñido ronco que retumbó en su garganta cuando se la metió con tanta fuerza que ella abrió la boca y dejó escapar un grito, perdido ya del todo el control de sus sentidos y de su cuerpo. Se le nubló la vista y los estremecimientos que la sacudían fueron aumentando de intensidad, al igual que los movimientos de él, que se volvieron más agresivos, ardientes y casi febriles, pero a la vez remotos, pues solo se tocaban en el punto en el que sus cuerpos estaban unidos.

Morana quería recostarse en la solidez de su cuerpo y dejar que fuera él quien la sostuviera, porque ella ya no tenía fuerzas para hacerlo; quería sentir sus manos sobre los pechos, que él le enterrase la cara en el cuello. Quería que la mordiera, que la arañara con los dientes, que le dijera de todo al oído mientras la partía en dos con la polla.

Apretó las manos con fuerza sobre la pared para no pedirle nada de eso mientras el placer la abrumaba por completo, inundándola de forma tan repentina que se quedó aturdida por la intensidad, incapaz de contener un grito que empezó como un gemido y que fue ganando volumen. Él siguió penetrándola a empujones, tocando ese punto mágico en su interior una y otra vez, con tanta precisión que ella tuvo que apoyar la cabeza, todo el cuerpo, en la pared, mientras un orgasmo la hacía estallar. Su corazón se aceleró tanto que podía sentirlo palpitar en los dedos de sus pies, en su centro, en sus putos dientes. Tembló con violencia, aferrándose a él con cada músculo, exprimiéndolo, mientras él la embestía por última vez antes de detenerse, respirando de forma agitada tras ella.

Se quedaron así, con él cercándola sin tocarla y con ella temblando contra la pared, presa del éxtasis.

El sonido del agua fue lo primero que traspasó la neblina de placer que la envolvía.

Aunque seguía teniéndolo dentro, Morana estaba sola. Su cuerpo estaba satisfecho, pero ella todavía sentía un hambre que la carcomía, que intentaba salir para satisfacerse. La reprimió. ¿Acaso sería suficiente alguna vez? ¿Sería suficiente algo alguna vez?

Cuando él abandonó su interior, cuando el corazón de Morana al fin empezó a ralentizarse, se dio cuenta de que el agua se había enfriado y que le recorría la espalda hasta caer por el espacio que quedaba entre sus cuerpos.

Muy consciente de que lo tenía detrás, Morana se quedó quieta, sin moverse, sin darse media vuelta, sin saber si quería mirarlo en ese momento. Había sido la primera vez que habían estado juntos, solos ellos dos, sin factores externos en juego, y había sido igual de distante que la última, tal vez incluso más. Darse cuenta hizo que algo se le retorciera a Morana en el pecho antes de que se forzara a desterrar la sensación y asumir la realidad. La distancia era necesaria.

Abrió los ojos y se encontró con aquellas manos, cerradas en puños sobre la pared con tanta fuerza que le temblaban los brazos.

—¿Por qué?

Dos palabras. Guturales. Pronunciadas con ese tono ronco, con esa voz que temblaba. Tantas, tantísimas preguntas contenidas en esas dos palabras. Ella supo interpretar algunas: ¿Por qué no lo había delatado cuando había tenido la oportunidad? ¿Por qué todavía no se la había sacado de la cabeza? ¿Por qué ese deseo insensato no los abandonaba ni después de que hubieran alcanzado el orgasmo? ¿Por qué lo había seguido? ¿Por qué...?

Había muchas más preguntas escondidas allí, preguntas que Morana no entendía, preguntas que no estaba segura de que él fuera consciente de estar haciendo.

¿Por qué?

¿Por qué le estaba pasando aquello? ¿Por qué sentía esa conexión con un hombre del que debería huir? ¿Por qué él la hacía sentirse tan viva, cuando le había dicho que la quería muerta? ¿Por qué no la había matado todavía?

¿Por qué?

¿Por qué?

Morana miró los puños de Tristan Caine y tragó saliva para contener la repentina oleada de emociones que la abrumó antes de replicar con otras dos palabras en voz baja:

—¿Por qué?

Silencio. Durante un largo momento, Morana solo sintió su respiración en la espalda, solo vio sus manos junto a las suyas, tan cerca y tan lejos a la vez.

Y de repente él apartó una y, en la zona por encima de la mano de ella, le dio un fuerte puñetazo a la pared.

—¡Maldita sea, joder!

Morana permaneció totalmente inmóvil, anonadada por la inesperada violencia con la que arremetió contra los azulejos. Una, dos, tres veces.

—¡Joder!

Su voz destilaba la más absoluta frustración. El más absoluto dolor. Siguió maldiciendo hasta que sus palabras se convirtieron en una retahíla de tacos, de dolor, de desesperación. Siguió dándole puñetazos a la pared hasta que se abrió los nudillos, hasta que agrietó los azulejos y los manchó de rojo.

Sin embargo, durante todo ese despliegue de rabia, no la tocó ni una sola vez.

Aunque era su respuesta lo que había provocado esa reacción, aunque deseaba matarla, no la tocó.

—¡Me cago en la puta!

Y, tan repentinamente como había comenzado, terminó.

Antes de que Morana pudiera pestañear siquiera, se encontró sola en la ducha, sin su cuerpo tras ella, sin sus manos junto a las suyas. Se quedó allí plantada, con la respiración acelerada y los ojos fijos en el lugar que había ocupado las manos de Tristan Caine.

La que fuera una prístina pared blanca estaba agrietada, rajada y surcada de pequeñas hendiduras, el blanco teñido de carmesí.

Morana tragó saliva mientras observaba fijamente una gota de sangre que rodaba por la pared, dejando una cicatriz tras ella, manchando el color impoluto.

Una gota de sangre, bajando.

Tristan Caine volvía a estar sangrando.

16

Temblor

Más tarde, Morana se acostó en silencio, después de curarse la herida, mientras intentaba comprender lo que había ocurrido, y oyó que le llegaba un mensaje.

Era de un contacto desconocido, con un archivo multimedia adjunto. Lo miró con el corazón acelerado mientras se incorporaba en la cama y se fijaba bien en el número.

Era el mismo que le envió el artículo; el que no pudo rastrear.

Tocó el icono del archivo respirando hondo, sin saber lo que se iba a encontrar, y descubrió una carpeta. Leyó el nombre, que estaba escrito con una letra muy pequeña, con los ojos entrecerrados.

«Luna Evelyn Caine».

Se le cortó la respiración. Pulsó en el icono con manos temblorosas y descubrió por qué sangraba Tristan Caine.

Morana no podía dejar de temblar.

Algo había cambiado de nuevo en su interior, se había movido, había sido reemplazado por otra cosa, se había despertado y se había amortiguado. La confusión se enroscaba en sus entrañas como una bestia hambrienta salivando en busca de sustento.

Cerró la puerta del dormitorio tras ella y salió a la pálida luz matinal que inundaba el salón. Con los ojos clavados en la pared de cristal, contempló el sol que empezaba a asomar por el horizonte. Las nubes avanzaban en dirección a la ciudad, pintando un paisaje majestuoso, aunque algo triste, mientras el viento azotaba el mar y agotaba las crestas de las olas.

Eran las cuatro de la mañana y no había pegado ojo en toda la noche. Ni siquiera lo había intentado.

Y no era por el brazo. Era por lo que había descubierto.

No sabía quién era el hombre o la mujer que le había enviado el archivo hacía unas horas, ni si se trataba de una sola persona o de un grupo, pero, fuera quien fuese, era ingenioso y podía encontrar cosas que ella desconocía, acudir a fuentes de cuya existencia Morana ni siquiera estaba al tanto.

Cosas personales. Cosas que le habían provocado un nudo en el estómago y le habían subido la bilis a la garganta.

Gracias a la información de la carpeta llamada «Luna Evelyn Caine», Morana había descubierto ciertos datos que tenían mucho sentido, pero de los que ella nunca había sido consciente.

Ya sabía lo de las niñas que desaparecieron hacía veinte años en Tenebrae y en los alrededores de la ciudad, y a las que nunca encontraron. También sabía que la hermana pequeña de Tristan Caine fue una de ellas.

Lo que ignoraba eran las especulaciones sobre los secuestros. Que las autoridades habían sospechado de una, o tal vez de dos personas que trabajaban juntas, pero que no tenían pista alguna sobre el propósito que las movía. Sin embargo, aquel informador anónimo le había proporcionado suficientes pruebas —que ella había examinado durante horas— para que llegara a la conclusión de que detrás de los secuestros no había una sola persona, ni dos. Fueron obra de un grupo de gente muy fuerte y muy poderosa. Aunque no sabía para qué. ¿Qué podían conseguir de unas niñas pequeñas si no era un rescate?

Encontró posibilidades tan repulsivas que le dieron arcadas, pero no fue eso lo que la llevó al límite.

Fue descubrir su imagen. Descubrir que ella también fue una de las niñas secuestradas.

Había visto su propia fotografía mirándola fijamente, con las mejillas regordetas húmedas por las lágrimas, colocada junto a otras dos niñas.

Una de ellas era Luna Caine. Pelirroja, un poco mayor que ella, de labios sonrosados y claros ojos verdes que relucían por las lágrimas. Entre ellas había habido otra niña, más pequeña.

Había tres niñas en la instantánea. Veinticinco desaparecidas. Y ella era la única a la que encontraron.

¿Cómo? ¿Por qué? ¿Por qué solo a ella y a nadie más?

Se desplomó en el taburete de la cocina con las piernas temblorosas y miró hacia la pared de cristal, intentando recordar algo, cualquier detalle de aquel entonces.

No pudo.

Llevaba horas tratando de hacer memoria, acordarse de algo, por insignificante que fuera, de su secuestro, pero no había conseguido nada salvo un leve dolor de cabeza. ¿Lo había olvidado porque era demasiado pequeña por aquel entonces o porque había enterrado los recuerdos como hacía la gente a veces? ¿Acaso podía Morana olvidar algo?

¿Por eso la odiaba tanto Tristan Caine? ¿Porque ella había vuelto y su hermana no? ¿Porque ella había sobrevivido mientras que su hermana seguramente no lo hubiera hecho? ¿Era por eso?

Le temblaban las manos. Llevaban temblándole toda la noche y, por mucho que lo intentara, no dejaban de hacerlo. Dios, se estaba derrumbando.

¿Por qué su padre nunca le había dicho nada cuando había formado parte de un caso de desapariciones múltiples? ¿Por qué nadie se lo había contado? La Alianza se disolvió misteriosamente casi al mismo tiempo y, ahora, alguien le enviaba aquella información… ¿Por qué?

Le empezó a doler más la cabeza.

Un repentino carraspeo la sobresaltó y dio un respingo en el taburete. Se volvió con rapidez y vio a Tristan Caine al pie de la escalera, sin camisa y con los vaqueros desabrochados, el pelo revuelto como si se hubiera pasado los dedos varias veces por él y los ojos enrojecidos.

O había estado llorando o tampoco había dormido.

Morana se apostaría el título universitario a que no se debía a lo primero.

Él llevaba la habitual máscara inexpresiva y controlada en el rostro mientras la observaba, aunque se detuvo una fracción de segundo en sus manos temblorosas antes de mirarla a los ojos.

Dios, Morana no podía enfrentarse a aquello. Era incapaz de participar en esa batalla de miradas. En ese momento era incapaz de seguirle el juego, porque apenas estaba logrando contener el grito que pugnaba por salir de su garganta. No era de miedo, ni de desolación, ni de desesperación. Ni siquiera de frustración. Era una emoción atrapada entre todas esas, que rebotaba de una a otra mientras se burlaba de ella.

Se volvió hacia el cristal.

—¿Te he hecho daño?

La pregunta, formulada con esa voz ronca y áspera, la pilló desprevenida.

Morana resopló y continuó de espaldas a él, con las manos entrelazadas en el regazo.

—¿Acaso te importa?

Silencio.

Tristan Caine no se había movido del sitio. Morana estaba tan en sintonía con sus movimientos que tenía el cuerpo en tensión, la espalda muy derecha y los hombros cuadrados, aun cuando mantenía la mirada clavada en el horizonte.

—¿Te he hecho daño?

Voz ronca. Áspera. Otra vez.

—Bueno, me has disparado —respondió ella con una despreocupación que no sentía.

Antes de que pudiera volver a respirar, él se plantó a su lado y le agarró la barbilla con los dedos. Morana sintió la aspereza de su tacto mientras él la aferraba con firmeza, pero sin hacerle daño, para obligarla a mirarlo.

Ella parpadeó al ver esos ojos, privados de sueño pero magníficos, que la miraban fijamente. El aroma cálido y almizcleño era aún más penetrante, pero no llevaba rastro de colonia. Vio con el rabillo del ojo que su nuez subía y bajaba mientras tragaba saliva.

—¿Te he hecho daño? —volvió a preguntar, con apenas un hilo de voz, y ella sintió su cálido aliento en la cara mientras esos ojos la atravesaban.

Morana sabía lo que le estaba preguntando. No la había herido físicamente en la ducha, algo que él tenía claro. Se refería a otro tipo de daño; otro tipo de daño que, la verdad, ella ni siquiera había considerado a la luz de la información que había recibido después.

Así que reflexionó al respecto mientras él esperaba su respuesta. Pensó en cómo se había sentido cuando él la vio desnuda; en cómo se había sentido cuando tiró de él para acercarlo; en cómo se había sentido cuando él se dejó llevar por esa intensidad que formaba parte de su ser en la misma medida que lo hacía la mano con la que la sujetaba.

¿Cómo se sintió? Él se había comportado con un afán posesivo desmedido y furioso, aunque eso no la sorprendía. A la luz del día entendía sus motivos. No estaba de acuerdo con muchas de las cosas que había dicho, pero podía entender su ira. Ella sentía ese mismo dolor.

Pero ¿le había hecho daño?

No, Morana era más dura.

—No —contestó en voz baja.

Él permaneció en silencio un momento y después la soltó para dirigirse de nuevo a la escalera sin decir nada más.

Morana miró su espalda mientras se alejaba. La bestia que tenía en el pecho la arañaba con las garras cada vez más fuerte, hasta que creyó que la ahogaría, y antes de que pudiera siquiera pensarlo, las palabras salieron de su boca.

—Sé lo de tu hermana.

Vio que se paraba de golpe. Se detuvo, con el brazo apoyado en la barandilla, y los músculos de su espalda llena de cicatrices se tensaron, uno a uno, a medida que detenía el cuerpo por completo, algo que fue visible para ella porque tenía delante su piel desnuda. Las palabras que ella había pronunciado sonaron más fuerte que un disparo y sirvieron tanto para confirmar lo que Tristan Caine sospechaba como para revelar las cartas de Morana.

No sabía si había hecho bien en decírselo o no. Ni siquiera había pensado antes de hablar.

Dios, qué cansada estaba de pensar, de intentar descifrar cada mínimo detalle.

Tragó saliva y se puso en pie lentamente por pura bravuconería. La necesidad de saber, de saber por fin, si aquel era el motivo por el que la odiaba era tan intensa que le provocaba una presión dolorosa en el pecho.

Porque si la odiaba por estar viva cuando lo más probable era que su hermana no lo estuviera, Morana no veía forma alguna de que pudieran seguir adelante. Y mientras le miraba la espalda, esa multitud de cicatrices que salpicaban su carne como los besos de una amante, después de haber presenciado la agonía que él le había mostrado hacía apenas unas horas, Morana se dio cuenta de que de verdad quería que siguieran adelante.

Cerró las manos temblorosas.

—Sé que se la llevaron y que no volvió nunca.

Él no se movió. Ni siquiera respiraba.

Su espalda continuó completamente inmóvil.

A Morana se le encogió el corazón por él, por el dolor que había debido de sentir, que aún sentía. Recordó la suavidad con la que había hablado de su hermana.

Dio un paso más hacia él, mordiéndose el labio.

—Sé que a mí también me secuestraron. —Otro paso—. Pero yo me salvé. —Silencio—. Y ella no.

Un silencio *absoluto*.

El aire era denso entre ellos, como si lo hubieran arañado demasiado, lo hubieran dejado en carne viva y se hubiera hinchado por el dolor.

Morana acortó la distancia que los separaba, con las piernas temblorosas, hasta situarse a su lado, y lo miró a la cara, poniéndole una mano en la mandíbula áspera, tal como él había sujetado la suya un momento antes. Hizo que volviera la cara hacia ella y se encontró con una pizarra limpia de toda expresión; los ojos vacíos, muertos, mirándola sin más.

—Por eso me odias, ¿no? —susurró con la voz un tanto trémula, y sus palabras flotaron en el aire entre ellos—. Porque a mí me encontraron y a ella no, ¿verdad?

Vio que le temblaban los labios un instante antes de que volviera a fruncirlos, un movimiento tan sutil, tan rápido, tan real que lo habría pasado por alto de no haber estado tan cerca.

Sintió que apretaba los dientes.

Así que le soltó la mandíbula y agachó la mirada.

—¿Cómo soportas siquiera mirarme? Dios, ¿cómo has podido dejar que me quede aquí cuando me odias por...?

—Nunca te he odiado por eso —dijo él, con un hilo de voz, pero las palabras llegaron hasta ella.

Morana alzó la mirada hacia esos ojos azules, que seguían desprovistos de toda emoción.

Sin embargo, ella sabía que decía la verdad. Un hombre como él, que le había transmitido su odio sin ocultarlo desde el principio, no mentiría al respecto cuando se lo preguntaba de forma tan directa.

—Entonces ¿por qué me odias? —le preguntó en voz baja mientras todas sus conjeturas y dudas sufrían una muerte instantánea.

La luz de la habitación se atenuó aún más y las sombras se alargaron a medida que las nubes se apoderaban del cielo.

Él apartó la mirada.

Morana esperó a que respirara varias veces, esperó a que le devolviese la mirada, esperó a que hablara. Pero no lo hizo.

La ira inundó sus venas con sorprendente rapidez. Lo agarró del bíceps, lo zarandeó, o intentó zarandearlo, apretando los dientes.

—¡Dímelo, joder! Dime por qué quieres matarme. Dime por qué no lo hiciste cuando tuviste la oportunidad. Dime por qué te preocupa tanto hacerme daño cuando juras que me matarás con cada palabra que sale de tu boca. ¡Dímelo!

Acabó la diatriba gritando, sacudiéndole el brazo; la rabia, la confusión, la frustración y el deseo la destrozaban como nunca le había sucedido antes de conocerlo, pero a esas alturas ya era algo habitual. La habían secuestrado como a las otras veinticinco niñas, incluida su hermana, y ninguna había regresado salvo ella. Nunca se lo habían contado, y Morana jamás había sospechado nada, pero estaba claro que había sido algo lo bastante importante como para que alguien se lo revelara de modo anónimo. Y, a pesar de que aquella era una razón plausible para que él la odiara, resultaba que no la odiaba por eso.

¿Por qué cojones la odiaba, entonces?

Esos ojos azules se clavaron en los suyos y la ira relampagueó en ellos, devolviéndolos a la vida de repente. Levantó la mano libre para agarrarla por la muñeca y la apartó de su tenso bíceps, acercándola a él hasta que, de repente, estuvieron nariz con nariz, con el pecho de Morana moviéndose con rapidez por sus respiraciones agitadas y el corazón latiéndole con fuerza mientras lo miraba fijamente.

—No te debo ni una puta explicación —gruñó Tristan Caine a escasos centímetros de su boca—. Hago lo que hago y punto. Y las razones no le interesan a nadie.

—Sí, sí interesan cuando afectan a otras personas —replicó ella con el mismo tono de voz—. En este caso, a mí.

—No es mi problema.

Ella entrecerró los ojos.

—Sí que lo es, porque empiezo a creer que en realidad eres todo fachada. Estás perdiendo tu toque, Cazador.

Él torció el gesto ante el tono burlón de las palabras de Morana mientras sus ojos la miraban con una intensidad inquebrantable, sin rastro alguno de buen humor.

—Se te olvida que ni siquiera te he tocado.

Morana contuvo la respiración, porque entendió perfectamente a qué se refería. Tras soltarle la mano, él se fue por la escalera, que subió de tres en tres peldaños, con ese culo tan firme flexionándose con el movimiento mientras Morana lo veía marcharse y dejarla, una vez más, sin respuesta.

Cerró los ojos, inspiró hondo y echó a andar hacia su habitación, decidida a averiguar respuestas de una vez por todas, sin importar lo que tuviera que hacer para conseguirlo. Necesitaba saber la verdad para mantener la cordura, que sentía que se le escapaba con cada epifanía: el descubrimiento de que había formado parte de algo tan horrible a una edad tan temprana; el descubrimiento de que había sido la única afortunada a la que habían encontrado; el descubrimiento de que todo el mundo le había ocultado deliberadamente esa información por algún motivo.

Sus sábanas estaban revueltas porque se había pasado la noche dando vueltas. Se apresuró a hacer la cama, y luego se vistió con unos vaqueros oscuros y el primer top que encontró entre la ropa que le había llevado Amara. Se puso unas bailarinas, se recogió el pelo con un moño en la coronilla, se subió las gafas por la nariz, cogió las llaves y la pistola, y salió.

Tristan Caine estaba en la cocina, y Morana se sorprendió al verlo vestido y recién duchado. No se molestó en mirarla mientras batía huevos con eficacia, moviendo la muñeca a gran velocidad, y ella echó a andar hacia el ascensor, eludiéndolo.

—¿Vas a alguna parte?

Menudo gilipollas.

Morana siguió caminando en silencio, apretando tanto las llaves en la mano que se le clavaron en la palma.

—Los guardias no te dejarán salir hasta que yo lo diga.

Esas palabras la detuvieron en seco. La rabia inundó su organismo y se volvió para taladrarlo con la mirada.

—No he recibido la notificación de que me han ascendido a prisionera —replicó con voz fría, muy distinta del infierno que ardía en su interior.

Él mantuvo el rostro impasible mientras soltaba el cuenco sobre la encimera y se apoyaba en ella, cruzando los brazos por delante del pecho.

—Te he tratado como a una invitada, señorita Vitalio, ambos lo sabemos —le recordó con ecuanimidad—. Has tenido acceso a tu querido coche. Has tenido libertad para ir y venir a tu antojo. Pero ayer cambió la ecuación. Me seguiste durante todo el día, arriesgando no solo tu vida, sino también la mía. Y no una vez, sino repetidamente. —Se apartó de la encimera y empezó a acercarse a ella despacio, con los brazos todavía cruzados y una expresión dura en la cara. La barba, que llevaba más crecida que nunca, y la mirada adusta lo hacían parecer aún más intimidante de lo que era—. ¿Tengo que recordarte que estamos al borde de una guerra? —masculló, con una mirada feroz—. No creas que tu padre no va a tomar represalias por el simple hecho de que aún no haya movido ficha. Lo insulté en su territorio, no solo golpeándolo, sino al acogerte en mi casa. Y todo esto es sin tener en cuenta ese programa tuyo que debemos encontrar.

Tenía razón, pero Morana se mantuvo en silencio y lo dejó hablar mientras se detenía a escasos metros de ella.

—Así que sí, les he dicho explícitamente a los guardias que no te dejen salir a menos que yo lo diga, porque si te retuercen ese bonito cuello antes de que encontremos el programa, todos estaremos jodidos.

Morana sintió que se le detenía el corazón un segundo antes de volver a acelerarse.

—¿Por eso no me mataste en el casino? ¿Por eso no me has matado todavía?

Él ladeó la cara, con expresión insondable.

—Por supuesto.

Una punzada de dolor le atravesó el corazón, pero Morana lo desterró, consciente de que ese hombre tenía más capas que una dichosa cebolla y de que si lloraba sería imposible verlas. Lo miró a los ojos directamente, entrecerrando los suyos, y los observó sin que sus propias emociones la cegaran.

Acto seguido torció el gesto, sacudió la cabeza y se volvió, antes de que él pudiera decir nada, para pulsar el botón del ascensor y marcharse.

—Diles a los guardias que me dejen pasar. De lo contrario, o ellos saldrán heridos o lo haré yo. Elige. —Las puertas se abrieron y Morana entró en el ascensor. Pulsó el botón del garaje y por fin se volvió para mirarlo—. Ah, y sigue diciéndote a ti mismo que esa es la razón de que no me hayas matado, Caine. Seguro que así consigues dormir.

Morana vio que sus ojos relampagueaban antes de que las puertas se cerraran, dejándolo fuera, y luego contempló su propio reflejo en el espejo.

Se miró a sí misma, la sonrisa ufana que esbozaba, y se dio cuenta de que, después de pasar unos minutos con ese hombre tan exasperante, por fin habían dejado de temblarle las manos.

Estaba en el cementerio, tumbada en la hierba, mirando el cielo nublado.

Ese era *su* lugar.

Descubrió ese pequeño cementerio junto al aeropuerto por casualidad hacía unos años. Estaba separado de la pista por un enorme muro. Lo encontró un día mientras conducía, y se volvió adicta a la paz y la tranquilidad del camposanto de inmediato. Aquel día, el suelo tembló bajo sus pies de repente y miró hacia arriba para ver el vientre de un avión monstruoso a pocos metros por encima de su cabeza, levantando el vuelo. Algo tan tan grande que la hizo sentirse muy muy pequeña. Eso la conquistó.

Desde entonces había visitado el lugar en innumerables ocasiones. Se tumbaba en la hierba y veía despegar un avión tras otro cada cinco minutos; el ruido retumbando por todas partes en su cuerpo; la soledad reinante que hacía que aquel paraje fuera solo suyo. Allí era donde mejor pensaba. Allí había tomado muchas decisiones valientes y, durante la locura de las últimas semanas, se le había olvidado lo mucho que echaba de menos ese sitio.

Tumbada en ese momento sobre el césped suave, sintió la vibración en el suelo y sonrió con la mirada clavaba en el cielo nublado y las manos entrelazadas sobre el abdomen mientras el estruendo iba en aumento y se le extendía por todo el cuerpo. El morro del avión apareció, seguido de su parte inferior, tan grande y tan cerca que Morana sentía el ensordecedor ruido en cada poro de la piel.

Mantuvo los ojos fijos en el avión mientras se elevaba y desaparecía de su vista, dejando tras de sí un silencio absoluto.

Hacía que se sintiera viva y luego la dejaba con los muertos. Literalmente.

Morana se rio de sus propios pensamientos antes de recuperar la seriedad y empezó a ordenar el caos que había reinado en su cabeza durante días, dividiendo y clasificando sus problemas en tres montones distintos.

El primero, el programa. Aunque casi había acabado de crear el software que lo inutilizaría, el motivo de su preocupación no era ese. Alguien se había hecho pasar por Tristan Caine y había contratado a Jackson para que la sedujera y se hiciera con el programa, inculpando al verdadero Cazador sin que él lo supiera. Si ella no se hubiera enfrentado a él en su fiesta, seguramente no se habría enterado hasta que hubiera sido demasiado tarde.

Sin embargo…, ¿quién y por qué? Estaba claro que quienquiera que fuese conocía a Tristan Caine lo suficiente como para querer inculparlo, pero ¿cómo la conocía a ella? Las únicas personas que sabían de su trabajo eran las que se dedicaban a la programación, y en la mafia no había muchas. Claro que, en tan solo unas cuantas semanas, Morana se había topado con dos. No cabía duda de que su fuente anónima era un experto en encontrar cosas digitalmente, cosas que ni siquiera ella había sido capaz de desenterrar.

¿Podría estar todo relacionado? ¿Qué tenía que ver todo aquello con la Alianza?

En el segundo montón estaba Tristan Caine. Aunque todo en su interior se negaba a analizar a fondo lo que sentía por él, Morana se obligó a hacer exactamente eso. Negarlo no le serviría de nada.

Lo deseaba, eso podía reconocerlo. No quería solo un polvo rápido contra la pared sin mirarse. Quería que le acariciara la espalda como hizo la noche anterior durante unos segundos. Quería que, por una vez, le tocara los pechos, que no se limitara a usar los dedos para humedecerla. Quería poder acariciarle el mentón y disfrutar de la aspereza de su barba en la palma de la mano. Quería sentir sus cicatrices bajo la lengua. Quería trazarle los tatuajes con los dedos. Lo había deseado antes y todavía lo deseaba. Sin embargo, su hambre no se había apaciguado, no se había saciado, y había sido una tontería por su parte pensar que bastaría con una sola vez.

Con él se sentía viva, y eso también podía reconocerlo. Y pese al incidente del casino, a que la noche anterior ambos habían tenido las emociones a flor de piel y a que esa mañana él necesitó saber si le había hecho daño, por alguna razón, Morana se sentía segura con él. Era ridículo sentirse así con un hombre como él, y no lograba entenderlo.

En cuanto entró en el casino y lo vio, algo en ella se había relajado. En cuanto huyó de su padre y acudió a él, algo en ella se había derrumbado. En cuanto permitió que la viera desnuda, algo en ella se había roto. Él la había visto vulnerable varias veces y, en lugar de arrancarle la yugular, se la había acariciado. La había visto como era de verdad y, a pesar de todo, no se había aprovechado de ella, como sí había hecho su propio padre en tantas ocasiones.

Morana no podía pasar por alto todas esas cosas. Sabía que Tristan Caine era un hombre complejo, un rompecabezas más difícil que cualquier otro con el que se hubiera topado. Sabía que la odiaba, y si no era por estar viva cuando su hermana no lo estaba, debía de ser por algo muchísimo peor. Algo de lo que él se negaba a hablar. ¿Por qué?

Si era por algo peor que eso, ¿cómo iba a avanzar con él? Porque sí, quería hacerlo. No sabía adónde la llevaría, pero quería hacerlo.

La sobresaltó otra vibración, pero se dio cuenta de que era demasiado pronto y demasiado pequeña para ser otro avión. Era el móvil.

Se lo sacó del bolsillo y miró la pantalla.

El tercer montón la estaba llamando.

Su querido padre.

Siguió mirando la pantalla con el dedo sobre el icono verde, pero sin pulsarlo.

No había vuelto a hablar con él desde aquella noche. Cualquier ilusión que hubiera albergado se hizo añicos no solo por la caída, sino porque la había usado como cebo y ni siquiera se había interesado por ella ni una sola vez. Sin embargo, después de enterarse de los secuestros, del suyo y del de las demás niñas, sabía que tenía que hablar con él.

A pesar de eso, fue incapaz de aceptar la llamada.

La pantalla se apagó. Otro avión despegó.

La pantalla volvió a iluminarse.

Morana respiró hondo y tragó saliva, para asegurarse de que hablaba con voz serena, y pulsó el icono verde, acercándose el teléfono a la oreja.

—Veo que te has adaptado muy bien a ser su puta, Morana —oyó que su padre decía con frialdad—. Yo tenía muchos planes para ti.

Ella apretó los dientes, pero replicó con voz alegre:

—Seguro que no me llamas para que te cuente los detalles de mi escandalosa vida sexual, padre. Ah, por cierto, ¿cómo tienes la nariz?

Silencio.

Punto para Morana en el marcador.

—Sé que has salido sola del edificio —siguió su padre.

¡Ah, sus fieles espías! Por supuesto que tenía gente vigilándola.

—¿Y?

—Se te considera una traidora, Morana. Este territorio ya no es seguro para ti. Se te dará caza y te traerán ante mí para que haga justicia, eso si no te matan de inmediato.

Morana negó con la cabeza.

—Te importa demasiado tu reputación para hacerme eso, padre. Tu apellido lo es todo para ti. ¿Una hija que se acuesta con el enemigo? Enterrarías la noticia a tanta profundidad que nunca vería la luz del día. —Hizo una pausa y respiró hondo—. ¿No es por eso por lo que tapaste lo de mi secuestro?

Oyó que su padre contenía la respiración.

—¡Esa puta sabandija! —gritó al momento, con el acento muy marcado—. Era un mocoso inútil entonces y lo sigue siendo ahora. ¿Qué te ha dicho ese gilipollas?

Qué interesante...

Morana parpadeó con la mirada clavada en el cielo y vio que las nubes se arremolinaban sobre su cabeza mientras el viento aumentaba de velocidad.

—¿A ti qué te parece? —preguntó, tirándose un farol sin perder la voz serena, para ver qué más podía averiguar—. Lo sé, padre.

Oyó que él respiraba con fuerza al otro lado de la línea, cogiendo aire para tratar de controlar su temperamento.

—¿Lo sabes todo?

—Sí.

—En ese caso, tienes razón —dijo por fin, con una voz tan gélida que le provocó un escalofrío—. Me importa mi reputación. He trabajado duro durante muchos años como para dejar que esto se interponga. —Morana frunció el ceño, tratando de interpretar sus palabras—. Lo sabes desde hace tiempo, ¿verdad?

Ella siguió fingiendo.

—Sí, así es.

—Deberías haber muerto —dijo su padre, repitiendo las palabras de la otra noche—. Así no habría tenido que lidiar contigo todos estos años. —Morana se quedó callada, dejando que él hablara—. Me has despreciado, me has avergonzado y ahora ya sabes la verdad sobre nosotros. No solo has firmado tu sentencia de muerte, Morana. También has firmado la suya.

Su mente no paraba de dar vueltas, no solo por la gravedad de las amenazas, sino por lo que acababa de decir su padre.

«¿La verdad sobre nosotros?». ¿A quiénes se refería?

—A partir de ahora estás muerta para mí.

La llamada se cortó.

Morana miró el teléfono mientras otro fuerte escalofrío le sacudía el cuerpo y le ponía la piel de gallina en los brazos.

Miró a su alrededor y se dio cuenta por primera vez de que esa zona tan solitaria no era el refugio seguro que ella creía, sino el lugar perfecto para deshacerse de un cadáver. El pavor le embargó los sentidos.

Sintió una repentina urgencia.

Necesitaba volver al ático, a un lugar seguro. *Ahora.*

Se guardó el móvil en el bolsillo, se levantó con rapidez y echó a andar hacia la salida del cementerio, que estaba a una buena distancia. Al otro lado la esperaba su coche. Apretó el paso y se mantuvo alerta, mirando a su alrededor y por encima del hombro, sin ver nada más que tumbas, hierba y árboles a ese lado de la verja, donde reinaba la más absoluta paz.

Avistó la verja de hierro forjado y vio su coche a cierta distancia. Soltando un suspiro de alivio, aceleró el paso y salió del cementerio.

Quizá se debió a que estaba atenta por si captaba algo fuera de lugar, o al absoluto silencio, pero al acercarse a su coche oyó un pequeño pitido que, de otro modo, habría pasado por alto. El sonido se repitió, como un látigo que chasqueara contra el suelo antes de encontrarse con la carne, haciendo que su corazón latiera con fuerza mientras la sangre le recorría el cuerpo como un tsunami.

Tras detenerse donde estaba, se arrodilló y se inclinó para mirar debajo de su coche, con las manos en la tierra y el cuerpo dispuesto para saltar y correr si sus sospechas eran ciertas.

Lo eran.

Bajo de su coche había una pequeña caja negra en la que parpadeaba una lucecita roja con cada pitido. Dado que no había temporizador, significaba que se controlaba a distancia. Y eso quería decir que alguien la había estado vigilando y esperando a que se acercara lo suficiente.

Con el corazón en un puño y la adrenalina a flor de piel, Morana retrocedió y se puso en pie, para darse media vuelta y echar a correr hacia el cementerio sin pérdida de tiempo. El pulso le resultaba ensordecedor en los oídos y le ardían los músculos de las pantorrillas. Sintió que las piedrecillas se le clavaban en la suela de las bailarinas, pero siguió corriendo, incluso cuando sintió una punzada en el costado. Justo entonces, el suelo bajo sus pies empezaba a vibrar.

Dios, no, en ese momento no.

Morana aceleró cuanto pudo, sin mirar atrás ni una sola vez, mientras un avión rugía en el cielo. Y entonces sintió una ráfaga de viento caliente que la golpeó por detrás y la tiró al suelo. El calor le abrasó la espalda mientras caía de bruces, sin aliento, con la piel del cuello y de los brazos chamuscada y el top roto en la espalda.

Rodó hasta colocarse de espaldas, esbozando una mueca de dolor al ejercer presión sobre la piel tan sensible. Se dio cuenta de que la herida del brazo le sangraba de nuevo y que estaba llena de tierra, y después miró hacia la verja.

Un sollozo brotó de su pecho.

Su coche.

Estaba ardiendo.

«No, Dios, no».

La imagen se le grabó a fuego en las retinas: esas altas llamas naranjas lamiendo el rojo de su coche, arrebatándole la vida, convirtiéndolo en negro carbonizado ante sus ojos.

Se le saltaron las lágrimas al ver que habían acabado brutalmente con su único amigo, la única constante que había tenido durante tanto tiempo, y el dolor y la rabia la invadieron al instante. Ese coche había sido su libertad, su huida, su compañero. Ese coche la había sostenido mientras cantaba a pleno pulmón, mientras lloraba y él la conducía a un lugar seguro.

Ese coche.

¡Su coche!

Morana lo contempló mientras el llanto brotaba de su pecho. Su padre había hecho eso. Sus hombres lo habían hecho.

Durante un largo minuto miró fijamente el amasijo de metal en llamas y se permitió llorar la pérdida de su Mustang. Luego enterró el dolor en lo más profundo de su ser y dejó que la rabia se apoderase de ella.

Los culpables debían de seguir cerca para asegurarse de que había muerto y conseguir la prueba para su jefe. Así que Morana se puso en pie, se limpió las lágrimas y se sacó la pistola de la cintura.

¿Querían muerte? Pues ella iba a ofrecérsela en una puta bandeja, con extra de sangre.

Tras secarse las mejillas por completo, Morana permitió que la ira la invadiera y se agachó, tras lo cual empezó a arrastrarse despacio hacia la calle desde el interior del cementerio, despejando su mente de todo pensamiento, ignorando el dolor de su cuerpo.

Siguió reptando durante unos minutos y por fin vio el todoterreno negro que utilizaban los matones de su padre aparcado a una buena distancia. Los reconoció sin necesidad de levantarse siquiera.

Dos hombres. Solo había enviado a dos hombres para que se encargaran de su hija. Pero eran dos de sus hombres más cercanos.

Qué pena.

Estaban de pie junto al vehículo negro, con la mirada fija en los restos ardientes donde pensaban que estaba ella.

Morana tenía que acabar con ellos para enviarle a su padre un mensaje claro. Nadie tocaba lo que era suyo y salía indemne. *Nadie.*

Sabía que no podría dispararle a uno sin alertar al otro y, herida como estaba, no se hallaba en condiciones de meterse en una pelea si la descubrían. Tenía que ser rápida, eficaz. Entrecerrando los ojos, apuntó hacia el todoterreno, más concretamente al depósito de combustible que quedaba a la vista desde la posición ventajosa en la que se encontraba.

Le temblaba un poco la mano, pero la estabilizó.

«Da ejemplo. Manda a papaíto a tomar por culo».

Tras respirar hondo, Morana cerró un ojo, apuntó y disparó.

Al instante siguiente, el todoterreno voló por los aires. No fue en absoluto como en las películas. Todo terminó en cuestión de segundos. Ella contempló la escena mientras el retroceso del arma le echaba el brazo hacia atrás y las llamas que lamían el vehículo abrasaban a los matones de su padre. Se sentó, exhausta, sobre el suelo frío, sin sentir satisfacción alguna, solo vacío.

Morana se quedó allí, oculta a la vista, detrás de dos lápidas, sin desear otra cosa que no fuera irse al ático y dormir. Pero no podía llegar hasta allí. No sin un coche y cuando los demás matones de su padre podían estar cerca.

Soltó la pistola con las manos temblorosas y sacó el teléfono mientras las lágrimas volvían a correrle por el rostro.

Sabía que podía llamarlo. Y, de algún modo, también sabía que él iría a buscarla.

Pero Morana no iba a hacerlo. Volvía a estar en un lío y no podía acostumbrarse a que él la ayudara siempre. Pero ¿a quién podía llamar si no? No tenía a nadie. Tras abrir los contactos, se quedó mirando el tercer número de la lista, uno que había añadido hacía poco, y tragó saliva mientras pulsaba para llamar antes de poder pensárselo.

Se acercó el teléfono a la oreja, levantó las rodillas hacia el pecho y miró fijamente al suelo mientras oía el tono de llamada. Se mordió el labio y ya había decidido colgar cuando lo cogieron y la saludó una mujer con voz suave y áspera.

—¿Morana?

Oyó la sorpresa, la preocupación y el nerviosismo envueltos en esa palabra, y eso la ayudó a decidirse.

—Amara —dijo con voz temblorosa—, no sabía a quién más llamar.

—Me alegro de que hayas llamado, pero ¿estás bien? —Su voz ronca rebosaba preocupación.

—La verdad es que no.

—¿Estás herida? Dime dónde estás. Voy ahora mismo.

—Estoy..., estoy bien —respondió Morana con la voz entrecortada—. Necesito tu ayuda. Pero te agradecería mucho que no se lo contaras a nadie, por favor.

—No te preocupes por eso —replicó ella de inmediato—. Dime qué puedo hacer.

—Necesito que me recojas.

Morana le indicó el lugar, le dijo que tuviese cuidado y que se asegurara de que no la seguían.

—Estoy a diez minutos. No te muevas, ¿vale?

Morana asintió en silencio, con los labios temblorosos.

—Gracias.

—No tienes que dármelas, Morana.

Tras soltar el móvil junto al arma, se apoyó en la lápida. Le dolía la espalda y tenía la piel sensible por la explosión, pero, por suerte, no se había quemado. Miró al cielo.

Así que ya estaba.

Su coche estaba destrozado. Y acababa de matar a una persona, bueno, a dos, por primera vez.

Morana nunca se había creído capaz de hacerlo. Aunque nunca había dudado a la hora de hacerles daño a los chicos que intentaban hacerle daño a ella, no se había parado a pensar si podría matar a alguien no para protegerse, sino por odio, por venganza. Y lo había hecho. Se había vengado y no sentía remordimientos. No sentía nada. No en ese momento. Quizá lo sintiera más tarde, pero en ese instante solo sentía un gigantesco vacío.

Al menos había quemado el tercer montón, en el que estaba su padre. Morana tenía claro lo que pretendía hacer con ella, sabía que lo intentaría por todos los medios, y debía estar preparada.

Sintió la vibración que anunciaba la llegada de un mensaje.

Levantó la cabeza y lo vio parpadear en la pantalla.

Tristan Caine
Fiera, eso no se hace. Al menos
deberías haberme dejado darle
otro puñetazo a tu padre antes de
firmar mi sentencia de muerte. Ahora
tendré que tomarme la libertad yo mismo.
Y qué gracia tiene eso?

Morana leyó el texto y soltó una carcajada mientras pulsaba responder. ¿Cómo lo sabía? ¿Habría hecho algo su padre? ¿Además de hacer estallar una bomba con la intención de matarla?

Joder, es verdad, tienes razón.
Eso sí, le he preguntado
cómo tenía la nariz.

Me habrá llamado de todo.

Ha usado muchos
términos imaginativos.

Menudo caballero está hecho.

Morana sonrió mientras sacudía la cabeza.

Y lo dices tú?

Yo ya te avisé la primera
noche de que no era un caballero.

Morana recordaba la conversación de aquella primera noche en Tenebrae, en la mansión, cuando él le había puesto sus propios cuchillos en la garganta mientras se pegaba a su cuerpo.

Es cierto, me lo dijiste. Menos mal
que no me gustan los caballeros.
No son capaces de lidiar conmigo.

No creo que nadie pueda
lidiar contigo. A menos
que te dejes, claro.

Morana leyó el mensaje mientras el corazón le retumbaba en el pecho. Seguramente aquello fuera lo más agradable y empoderador que le habían dicho en la vida: que era lo bastante fuerte como para apañárselas sola, que elegía a quién le permitía lidiar con ella. Le resultaba sobre todo sorprendente, teniendo en cuenta el tipo de mundo en el que había vivido.

Qué curioso, iba a decirte lo mismo.

En la pantalla apareció una llamada entrante de Amara. Morana la aceptó y le dio las indicaciones para llegar a su ubicación. Cuando colgó, descubrió que la esperaba otro mensaje. Uno que la devolvió de golpe a la realidad al recordarle lo que había conseguido olvidar durante unos dichosos segundos.

Creo que mis guardias te tienen miedo.

Leyó el mensaje una vez. Dos veces. Estaba escrito con el mismo tono jocoso que los anteriores, algo que Morana ni siquiera imaginaba que pudiera pasar si estuvieran hablando cara a cara, pero la respuesta que escribió le empezó a roer poco a poco el vacío que sentí en el corazón.

Y con razón. Por algo acabo
de hacer estallar un coche
y de cargarme a dos hombres
a sangre fría.

Guardó el teléfono antes de que él pudiera responder y vio que Amara salía de detrás de los árboles. Iba tan guapa como siempre, aunque parecía haberse preparado a toda prisa con una camisa arrugada, unos vaqueros, un pañuelo estampado en el cuello y el pelo recogido en una coleta ladeada. Al verla así, al darse cuenta de que alguien había dejado lo que estuviera haciendo para ir a buscarla, Morana sintió una extraña calidez. Se le hizo un nudo en la garganta mientras la veía acercarse y levantó una mano para hacerle señas.

Cuando Amara la vio y reparó en su aspecto, se detuvo un instante. Entre el polvo que la cubría, el pelo revuelto, la ropa desgarrada y el letrero imaginario con luces de neón que llevaba encima y decía SOY UNA DESGRACIADA, Morana estaba segurísima de que la otra mujer se había percatado de que había pasado algo muy grave.

Al final se detuvo frente a ella, se sentó sin dudar en el suelo como si no le importara ensuciarse, ni la hierba ni nada, y apoyó la espalda en la lápida de enfrente. En silencio, sin preguntar, rebuscó en su bolso, sacó una botella de agua y se la pasó.

Morana la abrió, se la llevó a la boca y bebió a grandes tragos, sedienta. El agua fresca fluyó por su garganta, y la hizo gemir de felicidad. No se había dado cuenta de la sed que tenía hasta que probó el agua.

Una vez saciada, Morana se lavó las manos con lo que quedaba en la botella, se echó un poco en la cara, respiró hondo e intentó limpiarse lo mejor posible.

—Este lugar es bastante bonito para ser un cementerio.

Las suaves palabras de Amara hicieron que alzase la mirada hacia ella. Al ver la preocupación en sus oscuros ojos verdes, Morana inspiró profundamente.

—Pues sí. Aunque la mejor vista está en el otro extremo. Cerca de la puerta.

Amara levantó las cejas.

—Supongo que no te refieres a los coches quemados.

Morana se rio entre dientes.

—No. Pero tenemos que hablar de ellos, ¿verdad?

—Solo si quieres, Morana. —La aspereza de su voz hizo que las palabras fueran aún más tiernas.

Morana no dudaba de que, a esas alturas, estaba más que medio enamorada de Amara. Le resultaba imposible no quererla. Además, después de lo mucho que había hecho por ella, esa mujer se merecía una amiga. Igual que ella.

A la mierda. Iba a ser su amiga.

Que hubiera perdido todo lo que conocía no significaba que no pudiera encontrar algo bonito en lo desconocido. Y tras esa reflexión, carraspeó y dijo:

—Últimamente he descubierto muchas cosas sobre mí misma y sobre la gente que me rodea, Amara. Y nada es lo que parece. —Sin interrumpirla, la otra mujer inclinó la cabeza para que continuara. Morana esbozó una leve sonrisa—. Sé lo de Luna —siguió, y vio que Amara abría un poco los ojos—. Sé lo de todas las desapariciones y lo de las víctimas. Sé que yo fui una de ellas, y la única a la que encontraron.

Amara tragó saliva y afirmó con la cabeza.

—Exacto. Aunque no todo el mundo lo sabe. Se mantuvo muy en secreto.

Morana asintió, pero no le pidió que se explicara más.

—Sé que esos secuestros tienen algo que ver con la Alianza, quizá incluso el mío. Y sé que él no me odia porque yo estoy viva y su hermana no —continuó. A Amara se le llenaron los ojos de lágrimas mientras se mordía el labio, pero no pronunció palabra alguna y, por alguna razón, esa lealtad hizo que Morana la respetara todavía más—. Sé que a mi padre no le importo nada —siguió—. Está pasando algo más importante que yo con lo del programa, con todo. Lo sé. Sé que mi propio padre le ha puesto precio a mi cabeza, que ha ordenado instalar una bomba en mi coche y que casi me mata. Pero no entiendo por qué. ¿Por qué lo ha hecho?

Amara tragó saliva y la sinceridad relució en esos penetrantes ojos verdes.

—Lo siento mucho.

Morana asintió.

—Acabo de matar a dos hombres y, como no tenía a nadie a quien recurrir, he decidido confiar en ti. Solo quiero que sepas que, si decides corresponderme, nunca te traicionaré. —Hizo una pausa y luego añadió sin rodeos, con el corazón en un puño—: No puedo traicionarte porque no tengo a nadie a mi lado. El hombre que se supone que debe protegerme me quiere muerta, y el hombre que se supone que debe matarme me ofrece protección. Y, por enrevesado que sea, jamás traicionaría ese acto de bondad. En mi vida no ha habido mucha y la poca que he conocido ha venido de ti, de Dante y de él. No puedo traicionar eso. —Respiró hondo—. Pero todo se reduce a algo muy simple: no sé quién fue Tristan Caine ni quién es. Ayúdame a entenderlo. Ayúdame a luchar.

Amara echó la cabeza hacia atrás y miró al cielo durante un momento muy largo. Morana le dio tiempo para reflexionar y, al final, la otra mujer volvió a hablar, con un tono de voz todavía más suave.

—Sé por qué te odia, Morana, pero no porque él me lo haya dicho. Él no se sincera con nadie. No deja que nadie se le acerque. Por muy solos que estemos los demás, él es el más solitario de todos nosotros.

Morana sintió que se le encogía el corazón cuando el recuerdo de una noche lluviosa frente a un ventanal apareció en su mente. Observó en silencio que una lágrima se deslizaba por la mejilla de Amara mientras esta seguía hablando.

—Dante sabe la verdad porque es el heredero. Y en un momento de confianza, para aliviar la impotencia que sentía al ver sangrar a su hermano sin poder hacer nada al respecto, me lo contó. Y le juré por mi vida que la verdad de Tristan nunca saldría de mis labios.

Morana era consciente del «pero» que flotaba en el aire, aunque Amara no lo hubiera pronunciado. Se mordió la lengua, renuente a romper el momento.

Otra lágrima resbaló por el rostro de la mujer.

—Veo cómo te mira. Aunque siempre he sabido quién eras, nunca imaginé que él pudiera estar así contigo.

—¿Así cómo? —Las palabras se le escaparon suavemente antes de que se diera cuenta.

Amara no la miró, siguió observando las nubes, con una pequeña sonrisa en los labios.

—Vivo —dijo, y Morana sintió que algo le atravesaba el corazón. Una corriente eléctrica, una descarga, lo que fuera—. No hay otra palabra para describirlo. Por eso no creo que pueda hacerte daño de verdad. Porque después de saborear la vida, te aferras a ella para que no se escape, ¿verdad?

Exacto. Eso le había pasado a ella.

Recordó de nuevo la insistente pregunta que le había hecho esa mañana: «¿Te he hecho daño?».

¿Tendría razón Amara?

Morana se quedó callada, perdida en sus reflexiones.

—Me caes bien —dijo Amara, que por fin la miró, con un brillo decidido en los ojos, aunque también de dolor—. Me encantaría tenerte como amiga, pero por eso también creo que debo advertirte. Conociendo a Tristan, sabiendo el motivo por el que se guarda ese odio tan dentro de sí mismo, sé que acabará haciéndote daño. No porque quiera, sino porque no sabe ser de otra forma. Ha vivido veinte años sin sentir un ápice de afecto por nadie, salvo por Dante y por mí. Y solo un ápice. Nosotros lo sabemos y lo aceptamos. ¿Tú te ves capaz?

Morana parpadeó, mientras el corazón le latía con fuerza.

—¿Qué es lo que me estás preguntando?

Amara respiró hondo.

—Quiero que sepas las razones, Morana. Quiero que lo sepas, de mujer a mujer, de amiga a amiga, pero también quiero que lo sepas porque creo que eres la única que puede salvar a Tristan de sí mismo. Para conseguirlo, necesitas saber la verdad. Para conseguirlo, tienes que comprender y aceptar que no será nada fácil, y que el propio Tristan será el mayor obstáculo en tu camino.

Morana inspiró hondo y sintió que le temblaban las manos mientras sopesaba las palabras de Amara.

—La verdad cambiará tu forma de entender a Tristan, Morana. Cambiará las cosas para ti, pero no cambiará las cosas para él. ¿Todavía quieres saberlo?

Dios, qué desastre.

Saber o no saber, esa era la cuestión.

En la ignorancia estaba la felicidad, decían. Pero... sintiéndolo mucho por el antiguo filósofo que acuñara la frase, la ignorancia era una mierda.

Sin embargo, una vez que lo supiera, Morana no podría volver atrás. Ninguno podría volver atrás. ¿Cómo cambiaría eso las cosas entre ellos? ¿Cómo cambiaría eso las cosas entre sus familias? Y si él decidía librarse de ella porque había descubierto la verdad en contra de su voluntad, ¿qué pasaría entonces?

Morana estaba a tiempo de dejar todo aquello atrás y marcharse.

No, no podía. Ya no. No hasta que descubriera toda la información que existía sobre sí misma.

El conflicto que había en su interior, la preocupación, la ira, la curiosidad, todo se enredó hasta formar un nudo que se le alojó en el pecho, haciendo que le costara respirar y que le doliera el corazón. Cerró los ojos, tomó aire y asintió.

—Quiero saberlo.

Con esas palabras selló su destino. Sabía que nunca volvería a ser la misma.

Con esas palabras se tumbó en el suelo y abrió los ojos, mientras las manos le temblaban de nuevo y Amara empezaba a hablar lenta y suavemente.

17

Miedo

Tristan, 8 años. Ciudad Tenebrae

Tenía miedo.

«No debería estar aquí».

Tristan sabía que estaba infringiendo las normas mientras se impulsaba tan alto como se lo permitían los pequeños dedos de sus pies. Apoyó su corto cuerpo en la columna al tiempo que intentaba mirar hacia el comedor de la casa grande. Era un espacio enorme, con altas lámparas de pie en los rincones que iluminaban la zona con intensidad y mesas auxiliares repartidas cerca de las paredes. En el centro había una larga mesa marrón con veinte sillas a cada lado y dos en los extremos. Los muros eran de la misma piedra, cuyo nombre no recordaba, de la que estaba hecha la casa, y las cortinas eran de color azul intenso. Le gustaba ese color. También le gustaba la estancia.

Solo había estado dos veces en el interior de la mansión, durante dos fiestas que el Jefe había celebrado. Su madre había ayudado a organizarlo todo. Tristan había tenido muchas ganas de ver esa cena en concreto para ver a su padre protegiendo al Jefe.

Le había dicho muchas veces que el de su padre era un trabajo muy importante. Por eso su madre siempre lo dejaba jugar en el jardín, pero nunca le permitía entrar en la casa. Las dos veces que había entrado a hurtadillas se había limitado a deambular por los grandes salones y había salido después a escondidas, temeroso de que alguien lo viera y se quejara.

Ya era lo bastante mayor para saber que si la queja llegaba al Jefe, se metería en un buen lío. El Jefe no mataba a los niños, o eso había oído, pero los castigaba según le parecía. Y él no quería que lo castigaran.

Aunque se había colado antes, hacía mucho tiempo que no entraba en la casa. La verdad, debería marcharse, pero sus pies parecían pegados al suelo mientras observaba el vestíbulo. Al principio se colaba por simple curiosidad. Sin embargo, en esa ocasión lo había hecho en busca de información.

Nadie le decía nada, porque se suponía que no tenía edad para que le contaran cosas de adultos, pero eso no significaba que no se diera cuenta de las cosas.

Lo sabía.

Veía.

Oía.

Sentía.

Mucho dolor. Mucha culpa.

Su hermana pequeña había desaparecido y era culpa suya. Protegerla era su deber. Él era el responsable de su seguridad. Habían pasado diecisiete días y no había ni rastro de ella.

Recordaba aquella noche con tanta claridad que era una imagen vívida en su cabeza. Recordaba haberle hecho cosquillas a la pequeña Luna mientras ella reía con esa voz tan dulce, vestida con su pijama blanco con corazones rojos. Recordaba sus grandes ojos verdes, mirándolo con ese amor tan inocente, con una devoción que le provocaba una sensación rara en el pecho. Recordaba que había mirado debajo de su cama y que la había abrazado para darle las buenas noches; recordaba su suave olor a bebé mientras ella le agarraba el pelo con un puño diminuto.

Era la hermana pequeña más preciosa del mundo. Desde que vio esa carita rosada por primera vez y apretó su cuerpecito entre sus delgados brazos, Tristan juró que siempre la mantendría a salvo. Al fin y al cabo, era su hermano mayor y eso hacían los hermanos mayores: protegían a sus hermanas a cualquier precio.

Sin embargo, aquella noche había fracasado. No sabía cómo, pero de algún modo lo había hecho.

Las ventanas del dormitorio estaban cerradas, él mismo las cerró. Y la única manera de entrar era a través de su propia habitación. Ni su madre era capaz de atravesar la puerta para ver cómo estaba su hija sin despertarlo a él en el proceso.

Aquella vez, Tristan la había abrazado para darle las buenas noches como cualquier otro día.

Y por la mañana su camita estaba vacía.

Las ventanas seguían cerradas. Tristan no se había despertado ni una sola vez durante la noche. Luna había desaparecido sin dejar rastro y él se había quedado dormido cuando lo había necesitado. Le había fallado.

Su ausencia le había dejado un agujero que lo carcomía. Solo quería que volviera. Quería sentir el olor infantil de su piel, oír sus risas y abrazarla. La echaba *muchísimo* de menos.

Se secó despacio las lágrimas que le resbalaban por las mejillas con las mangas blancas de la camiseta. Su padre le había enseñado a no llorar nunca. Era un niño grande y, si quería ser poderoso, no podía llorar jamás.

Tristan lo intentaba. Lo intentaba con todas sus fuerzas.

Sin embargo, cuando por las noches veía la camita vacía en la habitación de al lado, se le saltaban las lágrimas. Cuando oía a su padre lanzando acusaciones y gritándole de dolor a su madre, se le saltaban las lágrimas. Cuando oía que esta intentaba calmarlo con la misma agonía en su propia voz, se le saltaban las lágrimas.

Todo el mundo lloraba últimamente. Sin embargo, Tristan se había asegurado de que sus padres jamás supieran que él también lo hacía. Se lavaba la cara por las mañanas para eliminar las pruebas y se mantenía muy callado al respecto.

Nadie sabía que todas las noches cerraba los ojos y rezaba en silencio por su hermana pequeña. Rezaba para que volviese. Rezaba para que estuviera a salvo, abrigada y alimentada. Rezaba para que no lo echase de menos.

Rezaba mucho, y estaba muy cansado de rezar.

La necesidad de hacer algo, lo que fuera, lo acosaba.

Y aunque nadie le contaba nada, Tristan tenía el oído muy fino. La noche anterior oyó a su padre gritarle a su madre sobre una conspiración que era la causante de que se hubieran llevado a Luna y a muchas otras niñas de la ciudad. Descubrir que había otros hermanos mayores que se sentían como él, indefensos y heridos, lo enfureció. Lo oyó todo mientras miraba la lluvia por la ventana, recordando lo contenta que se ponía Luna cuando veía llover.

Esperaba poder verla contenta de nuevo.

Sin embargo, diecisiete días sin tener noticias era demasiado tiempo; y aunque a él no se le había pasado por la cabeza la posibilidad de que le hubiera ocurrido algo malo, sabía que sus padres sí lo pensaban.

Y entonces su padre mencionó a la niña..., la niña a la que habían encontrado.

La única niña que había vuelto a casa.

Por eso se había colado. Para poder verla. Había entrado para ver a la niña que había regresado mientras su Luna seguía perdida. Solo quería verla, quizá enterarse si sabía qué le había ocurrido a su hermana. Quería saber si había estado con ella; si la había visto.

Mientras acechaba detrás de la columna, recorrió la estancia con la mirada, observando a la gente, vigilando. Había diez hombres en total, incluidos los guardias, y una mujer.

Su padre siempre le había dicho que recordara las caras. «En mi trabajo —le había dicho al pequeño Tristan—, las caras son secretos». Y los secretos eran armas que podían utilizarse algún día.

Su madre siempre le había dicho que se fijara en los ojos. Los ojos, decía, eran las ventanas del alma. Por eso sabía que su hermana pequeña tenía la más pura del mundo. Por eso sabía que la de su padre se ennegrecía cada día que Luna pasaba lejos de casa. Así fue como supo que la de su madre se estaba muriendo bajo el peso de tanto sufrimiento.

Se tomó su tiempo para observar las caras y los ojos de las personas que estaban alrededor de la mesa, sin mirar a los guardias que flanqueaban la sala circular. Sus ojos fueron directos a su padre.

David Caine estaba de pie junto a la silla del Jefe. El padre de Tristan era un hombre alto y delgado con las manos entrelazadas a la espalda, unas manos que él sabía que temblaban. Llevaban mucho tiempo temblando, y ese temblor había empeorado en los últimos días. No permitió que ese pensamiento lo distrajera y dejó que sus ojos se desviaran hacia el Jefe.

El Jefe —cuyo nombre real era Lorenzo Maroni, pero al que su padre llamaba «Jefe»— estaba sentado a un extremo de la mesa. Vestía el traje negro que usaban todos los miembros de la familia, llevaba una barba poblada en la cara y el pelo corto, y tenía los ojos oscuros.

Tristan recordó la primera vez que vio a aquel hombre. Había estado sentado fuera, en el jardín, mientras su madre organizaba otra cena, cuando el Jefe salió. Tristan no había sabido quién era en aquel momento. Se había limitado a mirar a aquel hombre alto y grande, con esos ojos oscuros y ese rostro duro, y le cayó mal de inmediato.

El Jefe le había sostenido la mirada.

—A la gente que me mira así me la como, niño.

Tristan no había replicado, pero su antipatía aumentó.

El hombre había sonreído en ese instante, pero fue una sonrisa fea.

—No eres como los demás niños, ¿verdad?

—No, no lo soy —había respondido él, entrecerrando los ojos.

El hombre lo había observado con atención antes de alejarse y Tristan había regresado corriendo a su banco, y no había vuelto a encontrarse con el Jefe desde entonces. Nunca había entendido por qué su padre trabajaba para un tipo de ojos oscuros y rostro duro.

Observó con atención al hombre ahora, que se estaba fumando un puro y tenía una pistola sobre la mesa, en cuyo metal se reflejaba la luz de las lámparas. Otros también tenían sus armas fuera.

Eso no lo inquietaba. Las armas nunca lo habían inquietado. Su padre le había enseñado a empuñar una y, aunque nunca había disparado, le gustaban. Le gustaba sentirlas en las manos. Algún día, le diría a su padre que le enseñara a usarlas correctamente y tendría una colección.

Algún día. Después de que Luna estuviera a salvo en casa.

Tras pasar por las caras conocidas de los miembros de la familia, hombres que solo había visto de pasada con su padre, pero de los que no sabía los nombres, volvió el cuello para mirar hacia el otro extremo de la mesa. Allí estaban los invitados de fuera de la ciudad.

Los observó con atención. El hombre sentado en el extremo era grande, más que el Jefe, pero no más que su padre. Vestía un traje oscuro como todos los demás y llevaba una barba corta. Tristan contempló su rostro durante un buen rato, memorizándolo, y lo miró a los ojos.

Sintió un peso enorme en el estómago.

No le gustaba ese hombre. No le gustaba en absoluto.

Tenía un rostro regular y ojos oscuros, pero había algo en ellos que habría asustado a cualquier otro niño de su edad. Eso solo hizo que le desagradase todavía más.

Sin embargo, no fue él quien retuvo su atención un momento después. Fue la mujer que estaba sentada a su lado, con un bonito vestido azul y una niña en brazos.

Tristan sintió que se quedaba sin respiración.

Era muy pequeña.

Mucho más pequeña que Luna. Llevaba un vestido rosa y apenas si tenía pelo en la cabeza, aunque el poco que tenía era oscuro y rizado. Solo la veía de espaldas, en brazos de la mujer.

¿Habría estado con Luna? ¿Habría estado con su hermana? ¿Se habría sentado con ella? ¿Habría llorado con ella?

¿Cómo la habían encontrado? ¿Por qué solo a ella y a ninguna más?

Las preguntas siguieron atravesándole la mente mientras observaba a la pequeña en brazos de la mujer, olvidado todo lo demás. Se movía como un gusanillo curioso, intentando alejarse de la que él supuso que era su madre. Recordaba cuando Luna hacía eso, esos gorjeos que brotaban de su diminuto pecho en señal de frustración, su risa alegre cuando por fin la soltaban.

Esa niña hacía los mismos ruidos. Los estaba oyendo en ese mismo instante, desde el otro extremo del comedor.

—¡Ponla en la mesa y ya, Alice! —La voz del hombre malo hizo que Tristan entrecerrara los ojos.

Vio que la tal Alice se apresuraba a sentar a la niña en la mesa de forma que pudiera ver la habitación de espaldas a ella.

Tristan miró a la pequeña a la cara y sintió el mismo aleteo en el pecho que había sentido la primera vez que vio a su hermana.

Era preciosa, con unas mejillas regordetas en esa cara sonrosada, unas piernas muy monas y rollizas, que dobló para sentarse en la mesa de madera, y una boca de labios rosados que abrió por el asombro mientras miraba a toda la gente que había en la estancia. Sin embargo, lo que más bonito le pareció a Tristan no fue nada de eso. Fueron sus ojos. Unos ojos enormes y preciosos del color del trigo y la hierba mezclados. Parpadeaban mientras ella miraba a la gente, mientras miraba las cosas. Eran claros, dulces, puros. El mal que los rodeaba no los había tocado.

Tristan esperaba que su hermana fuera igual. Esperaba poder verla así algún día. Esperaba volver a besarle los deditos y hacerle pedorretas en la barriga.

Se le escapó otra lágrima.

Y entonces ocurrió algo.

No supo cómo. No supo por qué. Pero, de repente, los ojos de la niña llegaron hasta él, junto a la columna, entre las sombras, y lo encontraron.

La vio ladear esa cabecita de mejillas regordetas, asombrada.

Y sonrió.

Una sonrisa que dejó a la vista sus encías sin dientes, una sonrisa tan bonita que fue como si a Tristan le dieran un puñetazo en el estómago.

Sintió que sus propios labios se movían. Sintió que sonreía por primera vez desde que Luna desapareció.

La niña agitó esos brazos regordetes y empezó a moverse sobre la mesa, mientras su risa flotaba en la estancia.

—Me alegra ver que la pequeña Morana está bien.

La voz del Jefe borró la sonrisa del rostro de Tristan.

Morana. Un nombre precioso. Tristan vio que la niña se giraba hacia el sonido de la voz y que volvía a inclinar la cabeza. No le gustó. No le gustaba que la hubieran sentado en la mesa al lado de tantas armas. No le gustaba que la estancia estuviera llena de hombres de ojos oscuros y que todos la miraran.

Le daban ganas de cogerla en brazos y salir de allí, como hacía con Luna cuando venían hombres a su casa. No le gustaba que miraran a su hermana pequeña con esos ojos. Como tampoco le gustaba que miraran a esa niña tan pequeña con esos ojos.

Sin embargo, Tristan siguió escondido y en silencio.

—Querías verla por ti mismo, así que aquí la tienes, Lorenzo —dijo el hombre malo, dirigiéndose al Jefe, de un extremo de la mesa al otro. Se acomodó en la silla con una mano sobre el tablero—. ¿Ahora podemos hablar de negocios?

Tristan apretó los dientes al oír el tono que empleó.

—Un segundo —respondió el Jefe, que apagó el puro y dejó que el humo se enroscara a su alrededor. El ventilador del techo hizo circular el aire por la habitación, esparciéndolo.

—Alice —le dijo el hombre malo a la mujer—, sal y llévate a Morana.

—Deja aquí a la niña —lo contradijo el Jefe mientras la mujer se levantaba.

La mujer dudó un segundo, pero se dio media vuelta y salió de la estancia sola. La puerta se cerró tras ella. La niña, Morana, completamente ajena a todo, se llevó a la boca el bajo de su vestido rosa y empezó a mordisquearlo.

La voz del Jefe rompió el silencio:

—Puesto que de todas las niñas desaparecidas solo se ha encontrado a tu hija, tendrás la amabilidad de responder a algunas de las preguntas de uno de los míos, ¿verdad, Gabriel?

Hubo algo en su voz que Tristan no entendía, como si hubiera un acertijo en sus palabras.

El hombre malo levantó las cejas.

—¿Quién tiene preguntas?

Los ojos del Jefe brillaban bajo las luces de la estancia.

—Mi jefe de seguridad. Su hija lleva un par de semanas desaparecida.

Tristan contuvo el aliento al ver que su padre daba un paso adelante, acercándose a la mesa mientras el hombre malo, Gabriel, le hacía un gesto con la cabeza.

—¿Cómo desapareció tu hija? —oyó que preguntaba su padre con su voz fría. Tristan nunca había entendido cómo era capaz de gritar y chillar en casa como lo hacía y, sin embargo, de mantener la compostura fuera.

Gabriel señaló la puerta por la que había salido la mujer del vestido azul.

—Mi mujer la llevó al parque y la perdió. No supimos que había sido un secuestro hasta que la encontramos cuatro días después.

Los hombres sentados cerca del Jefe se enderezaron cuando su padre asintió y se aproximó a la mesa.

—¿Y cómo disteis con ella?

—No hicimos nada —contestó el hombre malo, Gabriel—. La dejaron por la noche delante de nuestra puerta.

«¿Así de fácil? Pero ¿por qué?».

Al parecer, los pensamientos de su padre iban por el mismo camino.

—Así que ¿se la llevan y cuatro días después la dejan de nuevo en la puerta? —preguntó él, con una voz que había perdido la frialdad y empezaba a asemejarse al tono que Tristan había oído durante tantas noches—. Qué conveniente.

El hombre malo fulminó a su padre con la mirada.

—¿Estás insinuando algo?

—Desde luego que sí —respondió su padre, plantándose delante de la mesa.

Se inclinó hacia delante y su rostro bajo el brillo de la luz, la expresión de sus ojos, asustó a Tristan. Miró la expresión de su padre, miró al hombre malo sentado al borde de su silla, miró a la niña que había entre ellos y se le cayó el alma a los pies. Tenían que sacarla de allí antes de que su padre empezara a gritar y el hombre malo respondiera.

—Te he investigado, Gabriel Vitalio —siguió su padre, con una voz tan amenazante como la oscuridad de sus ojos—. Sé las cosas que has hecho. Tantas niñas desaparecidas y ninguna ha sido encontrada. Sin embargo, cuando se trata de tu hija, te la devuelven como si fuera un regalo. Y eso solo puede significar dos cosas: o los que se la llevaron te tienen miedo, o los conoces. ¿Cuál es la respuesta correcta?

Gabriel Vitalio volvió la cabeza hacia el Jefe, con una expresión furiosa en los ojos, mientras sus hombres se tensaban y acercaban las manos a las armas.

—¿Para esto me has invitado, Lorenzo? ¿Para esto?

El Jefe se rio.

—Sabes exactamente por qué te he invitado, Gabriel. Hemos terminado.

—¿De verdad quieres que airee nuestros trapos sucios aquí? Te tengo cogido por las pelotas y lo sabes, Sabueso.

El Jefe se reclinó en su silla y soltó una risilla, aunque sus ojos permanecieron muertos.

—Mira a tu alrededor, Víbora. Estás en mi ciudad. En mi territorio. En mi casa. Rodeado de mis hombres. Con tu círculo de confianza contigo.

Como si fuera una señal, los hombres del Jefe apuntaron a los de Vitalio. Tristan tragó saliva, observándolo todo.

Gabriel Vitalio inspiró hondo.

—Aunque rompas nuestro acuerdo, no puedes matarme. Tengo mi propio territorio y mis medidas de seguridad.

—Ya lo sé. Puede que no vaya a matarte ahora mismo —replicó el Jefe—, pero puedo hacerte lo que le hicimos al Segador.

Gabriel Vitalio enmudeció durante un instante.

—Eres un puto cabrón.

Tristan levantó las cejas casi hasta el nacimiento del pelo. ¿Quién era el Segador y qué le habían hecho?

—Como ya he dicho, hemos terminado, Víbora. Eso significa que, por lo que a mí respecta, mi jefe de seguridad puede hacerte lo que quiera. Si no eres mi aliado, eres mi enemigo.

—Si crees que puedes amenazarme para que me calle es que eres estúpido, Sabueso —replicó Gabriel Vitalio en voz baja—. Con todo lo que sé puedo quemar tu imperio.

—En ese caso, prepárate para arder conmigo.

Silencio.

Tristan no entendía de qué hablaban, pero contuvo la respiración mientras contemplaba lo que sucedía en el comedor. Los dos hombres se miraban por encima de la mesa, y la tensión que reinaba en el ambiente era tan fuerte que sintió que se le erizaba la piel de los brazos. Se los frotó despacio en un intento por relajarse.

Quizá debería irse. Dejar hablar a los mayores. Su padre estaba allí. Él se encargaría de averiguar todo lo que pudiera sobre Luna.

Sin embargo, no se movió.

Sus ojos volvían una y otra vez a la niña que estaba en medio de los hombres, la niña que tal vez fuera la última persona que había visto a su hermana. La niña que inspeccionaba con curiosidad la cuchara que había cogido.

Tristan se mordió el labio y siguió donde estaba.

Fue la voz de su padre la que rompió el silencio, sus duras palabras dirigidas al hombre malo. A la Víbora.

—¿Dónde están las niñas?

La Víbora apretó los dientes.

—¿Y yo qué coño sé?

A su padre no le gustó esa respuesta.

En un abrir y cerrar de ojos, Tristan lo vio sacar la pistola y apuntar directamente a la cabeza de la Víbora mientras el Jefe permanecía sentado, observando el espectáculo.

La Víbora acercó una mano a su bolsillo. Su padre negó con la cabeza.

—No te muevas ni un milímetro.

Tristan se aferró a la columna y tensó los músculos de forma instintiva. Sin apartar los ojos de la escena, se agachó para meterse una mano en el calcetín y sacar la navaja suiza que un día robó del escondite de su padre por si tenía que proteger a Luna. Le parecía un poco pesada en su pequeña mano, pero la empuñó, dispuesto a luchar si era necesario.

Su padre se volvió hacia el hombre malo y habló con ese tono amenazante que hacía que Tristan se estremeciera, de manera que se le resbaló la navaja y se cortó en la palma. El dolor estalló de repente, pero se mordió el labio, resistiéndose a delatar su presencia mientras se limpiaba las lágrimas que le resbalaban por las mejillas.

—Sé que sabes algo, Gabriel Vitalio. Lo sé. Suéltalo ahora mismo o no seré responsable de lo que ocurra.

La Víbora se echó a reír.

—Pobre desgraciado, no tienes ni idea de lo que está pasando, ¿verdad?

Tristan quiso pegarle a ese hombre en la cara. Se olvidó de su herida y ansió golpear a ese hombre y romperle la nariz. ¿Su hermana había desaparecido y él se reía? ¿Cuando acababa de recuperar a su propia hija? Nunca había visto hombres así ni quería verlos. Hombres capaces de reír con tanta maldad.

Se estremeció.

Su padre acercó la pistola a la cara de la Víbora.

—¡Dímelo! ¿Qué sabes?

El hombre se rio.

—¿Quieres que se lo diga, Sabueso? ¿Quieres que le diga por qué tienes tantas ganas de ponerle fin a la Alianza?

Tristan miró al Jefe, que se había quedado muy quieto.

—Acuérdate del Segador cada vez que te den ganas de abrir la boca, Víbora.

El susodicho le enseñó los dientes, pero guardó silencio.

El padre de Tristan chasqueó los dedos.

—¿Qué tiene eso que ver con mi hija?

La Víbora se encogió de hombros. Y en ese momento su padre reaccionó.

Antes de que Tristan pudiera pestañear, su padre movió la mano y desplazó la pistola, con la que pasó a apuntar a una cara regordeta de brillantes ojos verdosos que miraban el arma, fascinados.

Tristan se quedó sin respiración.

La mano temblorosa de su padre se estabilizó y sus ojos se volvieron completamente negros.

—O me dices lo que quiero saber —susurró su padre—, o morirá. Tu hija por la mía.

Tristan solo acertaba a contemplar la escena con horror, frenando su mente para no pensar mal. Su padre no iba en serio. Solo quería torturar al otro hombre para averiguar qué había pasado con Luna. Sí. Eso era.

A lo mejor Tristan podía serle de ayuda, por si la Víbora intentaba algo. Se olvidó de los nervios y salió de detrás de la columna, oculto entre las sombras y mirando a su alrededor.

Sus ojos se posaron en la pistola que descansaba a su derecha en una mesita pegada a la pared. Sin pensarlo, dejó en la superficie de madera la navaja que empuñaba con la mano ensangrentada y cogió la pistola. No sabía de qué tipo era, ni cuántas balas tenía, pero pesaba en sus manos pequeñas y temblorosas. Pesaba.

No obstante, levantó los delgados brazos, apuntó con el arma a la Víbora y le quitó el seguro como su padre le había enseñado a hacer. Estaba dispuesto a dispararle al hombre malo, que no era consciente del milagro que había recibido cuando le devolvieron a su hija. Tristan haría cualquier cosa, daría cualquier cosa, por recuperar a su hermana. Deseaba recuperarla más que nada.

Su padre también la echaba de menos. Por eso estaba haciendo aquello. Por eso intentaba obtener información como fuera. Tristan lo comprendía.

Así que se limitó a mantener las manos firmes incluso cuando empezaron a molestarle, un dolor que se sumó a las palpitantes punzadas de la herida sangrante de la palma.

Apretó los dientes para no hacer ruido y siguió observando la escena desde las sombras. Vio que los ojos de la Víbora se movían hacia el Jefe, que negó disimuladamente con la cabeza, y después el hombre malo se acomodó de nuevo en su silla.

—No puedo decirte nada —dijo en voz alta, con la voz controlada—. Haz lo que quieras.

La sangre se le agolpó a Tristan en los oídos. Los hombres del Jefe seguían apuntando con sus armas a los hombres de la Víbora mientras su padre apuntaba a la cabeza de la niña. Tristan comprendía su motivación, pero no alcanzaba a entender cómo los demás podían hacer lo que estaban haciendo y por qué nadie hacía nada para detenerlos.

¿Cómo era un hombre capaz de hacerle eso a su propia hija?

Tristan tragó saliva, esperando a que su padre bajara el arma e hiciera otra cosa.

Pero él no lo hizo.

El corazón empezó a latirle con fuerza, mientras el arma se agitaba en sus manos temblorosas.

¿Por qué su padre no bajaba el arma? ¿Por qué no se alejaba de la niña? ¿Por qué nadie hacía nada?

—Última oportunidad, Vitalio —dijo su padre en voz baja.

La Víbora negó con la cabeza.

El Jefe habló.

—Ya está bien, David.

«Aparta el arma, papá», pensó Tristan mientras le temblaban los labios.

Su padre negó con la cabeza.

—Su hija por la mía.

«Apártate, papá».

No debería estar allí.

No debería haberse colado para ver aquello.

No alcanzaba a entender nada.

No entendía nada.

Por Dios, ¿por qué su padre no es estaba alejando?

Tristan tenía mucho miedo. Muchísimo.

Quería irse.

Sin embargo, sus pies no se movían. No se *movían*.

Contuvo los sollozos mientras el corazón empezaba a dolerle. Solo quería irse a casa. Solo quería dormir en su cama. Solo quería recuperar a su hermana. Solo quería volver a casa.

No obstante, sus zapatos estaban pegados al suelo.

«No debería estar aquí».

Dios, tenía mucho miedo.

El corazón le latía tan fuerte que le retumbaba en los oídos y tenía el estómago encogido. Le temblaba todo el cuerpo. Le temblaban los brazos, seguía sangrando, le dolía.

Su padre le quitó el seguro al arma.

Tristan empezó a llorar, incapaz ya de contenerse. Quería mucho a su padre. Pero ¿por qué estaba haciendo aquello? No lo entendía. Aquello no les devolvería a Luna.

Empezó a faltarle el aire.

Vio que su padre acercaba el dedo al gatillo, vio el movimiento de sus músculos y supo, con repentina certeza, que iba a apretarlo.

Aquello no era un farol. No era un juego. Era un momento de vida o muerte.

Miró la cara de su padre y no vio nada. Ni rastro de la expresión que tenía cuando miraba a Luna. Ningún indicio de bondad.

Esperó.

«Inspira». «Espira».

«Dentro». «Fuera».

Su padre flexionó el dedo.
«Dentro». «Fuera».
Su padre empezó a apretar.
Tristan sollozó, aterrado.
Y, antes incluso de procesar lo que hacía, apretó el gatillo.
La fuerza del retroceso lo tiró al suelo, con la pistola todavía entre las manos, mientras el disparo retumbaba en el salón, acompañado de improperios, de gritos y del llanto de la niña.
Dios.
El repentino estruendo desapareció de repente cuando Tristan volvió a mirar hacia la mesa y vio a la niña con la cara salpicada de sangre.
Sin pensarlo, con la mente en blanco, completamente en blanco, salió de entre las sombras y fue directo hacia la niña, que seguía llorando con la cara roja. Con manos temblorosas, le limpió la sangre de las suaves mejillas, olvidando que a él también le sangraba la palma. Así que, en vez de limpiarla, lo que hizo fue mancharla todavía más con su propia sangre.
Su padre iba a castigarlo por aquello.
Dispuesto a disculparse por haberle disparado, a aceptar cualquier castigo que le impusiera, Tristan se volvió.
Y se le paró el corazón.
«No. No. No. No. No».
La pistola se le cayó de la mano y golpeó el suelo, un sonido que reverberó en la estancia, repentinamente silenciosa.
Negó con la cabeza.
«No. No. No. No. No».
Su padre yacía en el suelo, con los ojos abiertos, mirando al techo, con el cuerpo inmóvil.
Con un agujero en medio de la cabeza.
El agujero de una bala.
Tristan sintió algo pesado en el pecho.
—¿Has matado a tu propio padre?
Oyó la voz del Jefe. Lo oyó hacerle esa pregunta, oyó las palabras, pero siguió mirando a su padre, negándolo en su fuero interno.
«No. No. No. No. No».
—¿Ese es su padre? —preguntó otra persona.

—¿Cómo ha podido darle desde ahí?

—¿Cómo es que nadie sabía que estaba aquí?

—Un niño despiadado. ¿Te imaginas en lo que puede convertirse?

Palabras.

Sobre él.

Volando a su alrededor.

Por encima de él.

Una palabra.

Repetida.

«No. No. No. No. No».

—El siguiente plato está listo para cuando...

La voz de su madre fue lo que hizo que Tristan levantara la cabeza.

Dios, *¿qué había hecho?*

La vio detenerse en el umbral de la puerta con los ojos clavados en él.

—Tristan, ¿qué haces aquí? —le preguntó con expresión furiosa mientras se acercaba a él. Volviéndose hacia el Jefe, dijo—: Le pido disculpas, señor Maroni. Solo es un niño. No sabe lo que hace.

Y, de repente, dejó de hablar cuando sus ojos se posaron en su marido. Las palabras murieron en su boca.

Tristan vio que su madre se llevaba las manos a los labios y que las lágrimas le resbalaban por las mejillas mientras se le escapaba un sollozo del pecho. La imagen lo hizo apretar tanto los dientes que acabó doliéndole la mandíbula.

—¿Quién ha sido? —preguntó su madre con voz temblorosa.

El Jefe se acercó a Tristan.

—Tu hijo.

Los ojos de su madre se clavaron en los suyos, con el rostro demudado por la incredulidad. Tristan se mantuvo en silencio mientras ella lo miraba y vio que la incredulidad se transformaba en horror al ver la verdad en su cara. El horror que vio en los ojos de su madre mató algo en su interior. Le temblaba la barbilla mientras se acercaba a ella, deseando arrojarse a sus brazos y que le dijera que todo iría bien.

Ella se apartó, con la boca abierta por el terror.

—Aléjate de mí.

Tristan se detuvo.

Su madre lo miró mientras negaba con la cabeza.

—¿Por qué?

—Es que... La... —Se le atascaron las palabras en la garganta, donde se le quedaron, incapaces de escapar.

Su madre retrocedió un paso.

—Dejaste que se llevaran a tu hermana. Ahora has matado a tu padre. Mi marido. Mi hija.

Tristan cerró las manos para no acercarse a ella, sin pronunciar palabra. No podía decir nada.

—Mi hijo era un buen niño —susurró su madre, que ya casi estaba en la puerta—. Tú no eres él. ¡Eres como *ellos*! ¡Un monstruo! —Algo se rompió..., algo se quebró de forma irreparable en el pecho de Tristan al oírla—. No quiero volver a verte —dijo su madre, tras lo cual se le quebró la voz, mientras atravesaba la puerta por la que había entrado—. Para mí estás muerto.

Y se fue.

Tristan se quedó allí de pie.

Solo.

Sin su hermana.

Sin su padre.

Sin su madre.

Con unos hombres que lo miraban como si fueran a comérselo vivo.

Y con una niña que había dejado de llorar.

Una niña que hasta hacía unos minutos no había sido nada para él. Una niña por la que había matado al padre, al que tanto había querido.

La miró en ese momento. Tenía los ojos hinchados de llorar y sus iris relucían, sus colores intensificados. Esa boquita sonrosada y suave. Esa cara regordeta manchada con su sangre, y con la de su padre.

El aleteo que había sentido en el pecho unos minutos antes había desaparecido. En su lugar había otra cosa. Algo que nunca había sentido. Algo que no comprendía. Algo retorcido, feo y vivo, que se enraizó en su caja torácica mientras veía que ella seguía respirando porque él le había permitido vivir. Algo ponzoñoso se abrió paso hasta su corazón, paralizándolo, amortiguándolo, hasta que ya no pudo sentirlo.

Hasta que solo pudo sentir el veneno. Hasta que solo vio la cara de la niña manchada con su sangre.

Había derramado la sangre de su padre para protegerla.

Su madre lo había llamado monstruo. Y con razón. En un segundo se había convertido en uno, más malvado que todos los hombres del comedor.

Y todo por *ella*. Porque ella lo había obligado a elegir.

Y ya no tenía nada. No tenía a nadie.

Nada. Nada salvo esa sensación en el pecho. Se aferró a ella mientras miraba a la niña a la cara y grababa sus facciones en la memoria. Miró sus ojos y vio su alma, manchada para siempre con su sangre.

A partir de esa noche, su vida le pertenecía. Había renunciado a todo para que ella pudiera vivir. Así que su vida le *pertenecía*.

No sabía qué haría con ella. Pero era suya.

—Ven conmigo, chico —oyó que le decía el Jefe. No, no era el Jefe. Había sido el Jefe para su padre. Y su padre había muerto.

Tristan Caine también había muerto. En su lugar había nacido otra persona. Alguien que miraba con total indiferencia a Lorenzo Maroni y el brillo de sus ojos oscuros.

Se mantuvo callado mientras en su interior todo se desvanecía salvo la extraña y amarga sensación que había experimentado al mirar a la niña. Los hombres que lo rodeaban lo miraban con expresiones pensativas, todos más grandes que él, con armas pesadas y el poder de asustarlo.

Pero ya no tenía miedo.

Se juró a sí mismo que esa sería la última vez que tendría miedo.

Nunca más.

Se convertiría en el más aterrador de todos.

Salvar a esa niña lo había destruido. Algún día, se juró con los ojos clavados en ella mientras veía que un hombre la cogía en brazos y se la llevaba, se cobraría su deuda.

18

Elección

Morana
En la actualidad

No sabía lo que era todo ese nudo de emociones enroscadas en su pecho.

Le dolía.

Le dolía todo. Todo, joder.

Le temblaban las manos, los labios, el corazón. Todo.

Morana no podía respirar. Tenía el aire atrapado en algún punto del pecho, cerca de su corazón herido. Tenía un nudo en la garganta que se la cerraba por completo. Sentía un peso enorme en el estómago mientras el ruido del avión que sobrevolaba el cementerio rompía el silencio sepulcral.

El avión se alejó.

Y todavía le dolía.

Le dolía todo.

Era un sufrimiento que jamás había imaginado que podría experimentar. No sabía que una persona pudiera sentirse así.

Parpadeó con rapidez para librarse del escozor en los ojos, porque los años que había pasado entrenando para no derramar una sola lágrima delante de alguien no le permitían la libertad de que se le escapara una en ese momento. Aunque ¿habría parado tras una sola lágrima? ¿Habría sido capaz de parar, cuando el peso que le aplastaba el pecho parecía aumentar y aumentar con cada inspiración?

Quería aullar hasta que la garganta le doliera tanto como el corazón. Quería quedarse ronca hasta que el sonido se convirtiera en la nada en su interior. Quería gritar, pero no le salía la voz.

Era inocente.

Totalmente inocente.

No había hecho nada malo, salvo existir.

Sin embargo, su propia existencia le daba ganas de llorar. Su propia existencia le daba ganas de partirle los huesos a alguien.

Morana seguía existiendo gracias a Tristan Caine. Era inocente, pero él también lo había sido. Era inocente, pero estaba manchada de sangre.

De la de Tristan Caine.

De la de su padre.

De la sangre que aquel niño había derramado para salvarla; de la sangre con la que la había marcado en un intento por limpiarla.

La gente que conocía la historia creía que la había reclamado para sí mismo con ese gesto. Pero ella sabía, lo sabía sin más, que él solo había sido un niño bueno que quiso limpiarle la sangre de la cara a un bebé inocente.

El dolor y la rabia, el odio y la confusión, la compasión y la angustia, todo se fundió en su interior y se convirtió en el nudo que sentía en la garganta y que se colaba en la sangre que corría por cada centímetro de su cuerpo; sentimientos mezclados hasta tal punto que ya no era capaz de distinguir uno de otro, que ya no sabía a quién iba dirigido cada cual.

Cerró los ojos cuando empezó a temblarle el cuerpo, incapaz de soportar el conflicto que tenía lugar en su alma.

—Morana.

La voz rota de Amara hizo que parpadeara hasta abrir los ojos. A diferencia de ella, la otra mujer lloraba abiertamente, y vio reflejado en su rostro el dolor que ella sentía. Morana le debía muchísimo, tanto que ni siquiera alcanzaba a comprenderlo, porque Amara le había contado la verdad que le habían negado a cada paso, porque había roto su juramento y había confiado en ella.

—¿Quieres que pare?

Morana negó con la cabeza de inmediato, con la voz atrapada en su interior, enredada en la maraña de emociones que la asaltaban, con la mandíbula dolorida por la fuerza con la que apretaba los dientes. Necesitaba saberlo. Necesitaba saber todo lo que se pudiera de Tristan Caine. Necesitaba devorar todo el conocimiento que le habían negado. Necesitaba saberlo, necesitaba comprenderlo. La verdad sobre ella misma llevaba años encerrada, fuera de su alcance, y él era la llave para descubrirla.

Necesitaba saberlo.

Amara se secó las mejillas con sus manos delicadas, con las uñas pintadas de un verde que combinaba con el inusual color de sus ojos. Después siguió hablando con voz trémula como una hoja al viento.

—Conocí a Tristan cuando el señor Maroni lo llevó a la casa aquel día... —Su preciosa mirada se nubló, sumida en el recuerdo del que hablaba, lo que hizo que Morana apretara todavía más los dientes al oír la continuación de la historia—. Llevaba una camiseta blanca de manga larga salpicada de rojo, una mano entera ensangrentada y tenía el pelo alborotado. Solo era dos años mayor que yo, pero parecía serlo más. Sus ojos... Dios, Morana, sus ojos... estaban totalmente muertos —dijo Amara, y se estremeció con la mirada perdida mientras se le ponía la carne de gallina en los brazos. Se los frotó despacio—. El señor Maroni nos dijo a todos que viviría con nosotros en el complejo. Aunque estaba hablando de él, Tristan se quedó allí plantado, sin moverse, sin reaccionar, recorriéndonos con la mirada a todos. Pero no observaba a nadie en concreto, se limitaba a pasarnos por encima... como si no viera nada... Resultaba aterrador viniendo de un niño tan pequeño.

Morana intentó ver la conexión de lo que decía Amara con lo que ella había presenciado. Lo había visto mirar así a otras personas (a los hombres del casino, a los del cobertizo, a la multitud del restaurante). Recordaba que a ella también la había mirado así aquella primera noche, en Tenebrae, cuando no había sabido quién era y le había colocado la hoja de su propio cuchillo en la garganta.

Ahora que sabía la verdad, Morana se daba cuenta de que nunca, ni una sola vez desde aquella noche, la había vuelto a mirar con ese vacío en los ojos. Siempre había algo en ellos. Siempre la observaba con una intensidad que la atravesaba.

Una fría ráfaga de viento le revolvió los mechones oscuros, arrancándole un estremecimiento, al tiempo que Amara interrumpía sus pensamientos.

—Aquella noche le pregunté a mi madre por él. Nadie en nuestro mundo sabía por qué la familia había acogido a un extraño, sobre todo para vivir en el complejo. Eso nunca había pasado. Pero unos cuantos días después empezaron los rumores.

Morana se rodeó con los brazos, con el frío calándole hasta los huesos mientras esperaba a que la otra mujer continuase.

—Mi madre me dijo que había oído a los criados cuchicheando sobre él. El personal del servicio siempre sabía lo que pasaba en el complejo, pero no hablaban por miedo. Miedo por sus familias, por sí mismos, aunque algunos no hablaban por lealtad. Pero sí cotilleaban entre ellos, y Tristan había causado mucho revuelo. Mi madre me contó los rumores de que Tristan había matado a su propio padre a sangre fría, en una habitación llena de mafiosos, de que era muy peligroso, de que decían que iba a ser el hombre más temido de todos cuando creciera. Me dijo que me mantuviera alejada de él. Todos lo hacían. Y me avergüenza admitir que yo también lo hice, que le di la espalda como los demás porque le tenía un poco de miedo.

—Solo eras una niña —replicó Morana con un hilo de voz antes de poder contenerse.

Amara esbozó una sonrisa triste mientras jugueteaba con el bajo de su camisa.

—Él también, Morana. A todos se nos olvidó que él también era solo un niño.

Morana tragó saliva para aliviar el nudo que sentía en la garganta, aferrándose el bajo del top con las manos.

—Que fuera tan callado que daba miedo avivó la desconfianza que sentía la gente hacia él —continuó Amara—. Hablaban de él, y estoy segura de que Tristan lo sabía, pero nunca dijo nada. Nada. La primera vez que lo oí hablar fue años después de que lo trajeran. —Sacudió la cabeza, como si quisiera quitarse de encima el recuerdo, y prosiguió—: El señor Maroni les había hecho jurar a sus hombres que no dirían nada de la verdad sobre lo que había sucedido con Tristan, pero no lo hizo por bondad, porque no sabe ni lo que es eso, y tampoco lo hizo por protegerlo. Qué va, fue para que Tristan le debiera un favor cuando se convirtiera en el hombre que es ahora.

El desdén de la voz de Amara se le coló bajo la piel a Morana y se le estremeció el corazón. La absoluta crueldad de su mundo la dejaba anonadada. Aunque ya sabía lo brutal que era, aquella historia consiguió pillarla desprevenida. No había sitio para la inocencia. Ninguno. Un niño se había dejado llevar por el instinto, y aquello le había costado todo. No porque quisieran vengarse de él o matarlo, sino porque alguien quiso utilizarlo. Deberían haberlo querido, haberlo protegido. Por encima de todo, deberían haberlo perdonado. En cambio, su sufrimiento no hizo más que empezar a manos del hombre que lo acogió.

—Joder —susurró Morana, sin saber qué otra cosa decir, aunque esa palabra lo englobaba todo a la perfección.

—Sí. Y por si eso no fuera suficiente, lo mantuvieron alejado de los niños de la familia, en un ala separada —dijo Amara mientras otra lágrima resbalaba por una mejilla, con la voz ronca temblándole—. Durante el día, cuando los demás iban al colegio o jugaban hasta la hora del entrenamiento, a él lo dejaban encerrado en el complejo con tutores privados. Los mejores hombres de Maroni lo adiestraron, lo torturaron, y él no soltó una sola palabra. Mi madre me dijo que a veces oía sus gritos cuando pasaba por su ala. Todos lo oímos gritar en algún momento, pero nunca hablar. Y al cabo de un tiempo, los gritos cesaron sin más.

Morana cerró los ojos, con la sangre hirviéndole de la rabia, con unas ganas tan enormes de matar a todas aquellas personas, de destruirlas como ellas habían destruido a un niño, que se le encogió el corazón de dolor. Recordó las profundas cicatrices que le salpicaban todo el cuerpo, las marcas de quemaduras que tenía en la espalda. ¿Cuántas eran obra de esa gente? ¿Cuántas le hicieron cuando solo era un niño? ¿Cuántas lo habían llevado al borde de la muerte, al borde de la locura?

Se le escapó una lágrima que le resbaló por la mejilla (una lágrima de dolor, de rabia, de compasión) antes de que pudiera contenerla. Dejó que cayera y tomó una honda bocanada de aire para calmar su corazón acelerado.

Abrió los ojos.

—Sigue.

Amara soltó un leve suspiro, con el remordimiento pintado en la cara.

—Nunca me perdonaré por ignorarlo en aquel entonces. Sé que solo era una niña, pero sabía que no debería dejarlo de lado de esa forma. Sabía que no estaba bien. Sin embargo, no hice nada para ayudarlo, nada en absoluto. Y a veces me pregunto si una palaba amable, un gesto desinteresado, una mano amiga..., si algo de eso habría mejorado las cosas para él, aunque solo fuera un poco...

Morana no dijo nada. No podía. No con la rabia que sentía.

Amara tragó saliva, obviamente debatiéndose consigo misma antes de tomar aire para continuar.

—Lo vi en el complejo durante años. Yo deambulaba por las habitaciones, jugando con los otros niños que no tenían que adiestrarse o ayudando a mi madre, y lo veía de vez en cuando. —Se frotó la cara blanca con una mano y siguió—: Siempre estaba magullado. A veces cojeaba. A veces apenas podía andar. Y ni siquiera entonces nos atrevíamos a compadecernos ni a hablar con él. Con el paso del tiempo había quedado claro que era letal. Su silencio alimentaba más esa idea. Los miembros de la familia le dieron la espalda por ser de fuera, y las personas de fuera le dieron la espalda por ser de la familia. No pertenecía a ninguna parte. Y aunque nadie se metía con él, tampoco nadie le hablaba.

—¿Qué...? ¿Qué pasó después? —preguntó Morana con la voz entrecortada, casi sin poder pronunciar las palabras. Se le encogía el corazón al pensar en el niño que había sido al tiempo que deseaba haberlo conocido en aquel entonces. Ella también había crecido sola, rodeada de personas, pero sin tener a nadie. A lo mejor podría haberle tendido la mano, por más surrealista que hubiera sido. A lo mejor podrían haberse sentido menos solos.

A lo mejor...

Amara esbozó una leve sonrisa, interrumpiendo sus pensamientos cuando se le suavizó la expresión.

—Después pasó Dante.

Morana frunció el ceño sin comprender.

Amara sacudió la cabeza, aún sonriendo, con los ojos brillantes.

—Unos años más tarde, el señor Maroni ordenó que Dante empezara el adiestramiento con los mismos hombres que llevaban años instruyendo a Tristan. A veces entrenaban en el mismo sitio. La gente había empezado a rumorear que Tristan se haría cargo de la familia cuando creciera, y Dante era el heredero evidente, al ser el primogénito y demás. No ayudaba mucho que Tristan no se relacionara con nadie. Dante intentaba hablar con él y Tristan lo cortaba en seco...; era así con todos. Solo hablaba cuando le preguntaban algo y la mayoría de las veces ni siquiera entonces. Dante no estaba acostumbrado a no salirse con la suya. Se generó mucha tensión entre los dos.

Morana se hacía una idea.

—Una noche, después del entrenamiento, Dante perdió la paciencia. Se encaró con Tristan y este intentó esquivarlo, pero Dante le dio un puñetazo. Y Tristan le partió la mandíbula. —Amara hizo una pausa—. Le partió la mandíbula al primogénito de Lorenzo Maroni, el Jefe de la Organización Tenebrae.

Morana abrió mucho los ojos. Sabía lo que aquello implicaba y un escalofrío la recorrió.

El viento se levantó a su alrededor, dejándoles hojas caídas sobre el regazo.

—¿Lo castigaron? —susurró, temiendo la respuesta.

La carcajada que soltó Amara como contestación, negando con la cabeza, la sorprendió.

—El señor Maroni mandó llamar a todos a la mansión, incluido el personal de servicio, que también observó en silencio. Montó un pollo enorme, exigiendo saber quién era el culpable, quién le había roto la mandíbula a su hijo. Se lo tomó como una afrenta a su honor o algo así.

Morana se inclinó hacia delante, con la respiración acelerada.

—¿Y...?

Amara no perdió la sonrisa.

—Dante no soltó prenda, ni siquiera miró a Tristan. Ya odiaba a su padre. Sin embargo, Tristan sí lo hizo. Recuerdo cómo me sorprendí al verlo dar un paso al frente sin titubear. Ese chico no tenía miedo. Ninguno. Yo había visto a hombres hechos y derechos echarse a temblar ante Lorenzo Maroni, pero Tristan... En fin, Maroni intentó amenazarlo con sutileza... —El viento arreció más. Morana se estremeció. La cosa mejoraba por momentos—. Y entonces oí por primera vez la voz de Tristan.

Morana levantó una ceja, con el corazón desbocado.

—¿Qué dijo?

La expresión de asombro de Amara, incluso por el recuerdo, encajaba con el tono de su voz.

—Dios, lo recuerdo como si fuera ayer. El señor Maroni amenazó a Tristan, creyendo que se sentiría en deuda con él, o que se asustaría o se mostraría respetuoso... A saber lo que estaba pensando. Pero Tristan se plantó delante de él y le soltó: «Como me ponga una puta correa, lo estrangulo con ella».

Morana parpadeó, incrédula.

—¿¡Que dijo qué!?

Amara asintió.

—«Como me ponga una puta correa, lo estrangulo con ella». Palabras textuales.

Morana intentó asimilarlo mientras la perplejidad la consumía.

—¿Cuántos años tenía?

—Catorce.

Morana se echó hacia atrás, con la sensación de que la habían dejado sin aire de un solo golpe.

Amara asintió de nuevo con la cabeza, como si entendiera a la perfección lo que sentía.

—No tenía miedo a nada, Morana. Era la primera vez que veíamos a un niño replicarle al Jefe. Y también fue el momento en el que Dante decidió que era del Equipo Tristan. Luego, cuando su padre le contó la verdad sobre Tristan para obligarlo a que se alejara de él, Dante se empeñó todavía más en hacerse su amigo.

Morana tomó una rápida bocanada de aire antes de preguntar:

—¿Y se convirtieron en un equipo?

—¡Qué va! —contestó Amara, negando con la cabeza con cariño ante los recuerdos—. Dante siempre ha sido un zalamero. Era capaz de conquistarte con unas pocas palabras mientras, por detrás, planeaba un millón de maneras de matarte, y ni te dabas cuenta. Tristan no confiaba en él en absoluto, pero tampoco se lo podía quitar de encima. Dante era, y sigue siendo, muy terco, aunque no lo parezca. Y a pesar de que su condición como el primogénito le acarreaba ciertas obligaciones, fue en contra de los deseos de su padre y estableció un vínculo con Tristan. Maroni quería enfrentarlos, que compitieran. Ellos, básicamente, lo mandaron a la mierda. Con el paso de los años, acabaron forjando esta especie de relación en la que no son amigos, no exactamente, y tampoco hermanos. Pero no tienen a nadie más luchando de su lado. Es complicado.

Morana se quedó callada mientras lo asimilaba todo.

Amara le quitó el tapón a la botella que tenía en la mano y bebió un sorbo, tragando despacio. Se recostó en la lápida y se quedó en silencio durante un largo momento mientras Morana lo absorbía todo.

—A mí me secuestraron varios años después —dijo con un hilo de voz que fluyó entre ellas, con su aspereza habitual y la mirada perdida en el pasado—. Tristan fue quien me encontró. —Morana se sorprendió al oírla. Amara asintió en respuesta—. Sí, me encontró y me dejó con Dante mientras se ocupaba de mis secuestradores. Fue a partir de entonces cuando empecé a relacionarme con Tristan. Durante mi recuperación, él estuvo... más presente, supongo, pero sin que fuera muy evidente. En aquel entonces, yo no sabía que la situación le tocaba muy de cerca. Estaba protegiéndome. No de forma clara y nunca delante de otras personas, pero se... convirtió en una constante en mi vida. No hablaba demasiado, pero se quedaba mirándome y me escuchaba, y eso significaba mucho para mí. Por eso sé que las mujeres y los niños le importan de verdad. Llevo años siendo testigo.

Morana empezaba a entender esa profunda necesidad que tenía él de proteger a los demás. Que hubiera sobrevivido a todo eso y no se hubiera desecho de ese impulso decía más de su carácter que cualquier otra cosa, más de lo que él podría demostrar jamás.

—Nunca ha confiado en nadie, Morana —siguió Amara, con la voz teñida por la tristeza—. Nunca ha tenido motivos para hacerlo.

—Confía en Dante y en ti —le recordó ella.

La otra mujer volvió a sonreír con tristeza.

—Hasta cierto punto. Vive detrás de sus muros, solo, ajeno al mundo. Podemos acercarnos a ellos, pero nunca traspasarlos. Por eso lo temen tanto. Todo el mundo sabe que no tiene nada que perder. Le arrancaron las debilidades. Así que a estas alturas no tiene ningún punto débil. Nada. Nunca, en todos estos años, lo he visto ser más que una amenaza. No es feliz. No está triste. No sufre. Se ha convertido en la nada...

Los recuerdos acudieron en tropel a la mente de Morana.

«¿Te he hecho daño?».

Sus ojos rojos por la falta de sueño, la intensidad de la pregunta, la quietud de su cuerpo.

La rabia que lo consumió cuando ella acudió a él en busca de ayuda. El fuego cuando se la follaba con la mirada. La forma en la que había maldecido en la ducha, cuando dio puñetazos a la pared hasta sangrar.

Amara se equivocaba al afirmar que Tristan Caine se había convertido en la nada.

Sentía. Sentía tanto que no se podía permitir sentir.

Sentía tanto que le daban miedo sus propias reacciones.

¿O había sido todo una treta para manipularla? Para que aceptara su venganza...

Un trueno resonó en los cielos, haciendo que Morana diera un respingo. Alzó la mirada, sorprendida al ver el sol muy bajo en el horizonte, ocultándose tras nubarrones que se superponían unos a otros. El viento soplaba por el cementerio, agitando las hojas de los árboles con frenesí, alborotándole el pelo, silbando entre las columnas, haciendo que Morana fuera consciente de la sangre seca del brazo, allí donde se le había abierto la herida de bala por la explosión.

Le cogió la botella de agua a Amara sin decir nada y se arrancó un trozo del bajo del top, relativamente limpio, para retirar la suciedad de la herida con el poco líquido que quedaba antes de envolverse el brazo con la tela para evitar que sangrara de nuevo. Le devolvió la botella casi vacía a Amara, consciente de que ella la observaba en silencio.

Morana necesitaba estar sola.

Necesitaba no tener a nadie a su alrededor para empezar a procesar lo que le había contado. Necesitaba tiempo para asimilar hasta qué punto su vida y la de Tristan Caine habían estado entrelazadas desde siempre, hasta qué punto habían estado definidos (él más que ella) por su pasado. Pero, sobre todo, necesitaba tiempo para saber qué hacer con su futuro, con el futuro de ambos, si es que podían tenerlo.

Respiró hondo y tragó con fuerza para deshacer el nudo que tenía en la garganta antes de mirar a Amara a los ojos.

—Necesito... Necesito un... —Se devanó los sesos en busca de las palabras, sin saber qué decir.

Vio que a Amara se le suavizaba la mirada. La mujer asintió y se incorporó para arrodillarse. Cogió su bolso, guardó la botella y se levantó, colgándoselo del hombro. Se sacudió la hierba del trasero.

Morana siguió sentada en el suelo duro, apoyada en la lápida, y miró a la alta mujer, con la tenue luz iluminando la cicatriz que tenía en el cuello elegante. La marca que le habían dejado por negarse a dar información cuando tenía quince años. Morana nunca la había visto con claridad (por culpa de los pañuelos, del maquillaje o de las sombras), pero en ese momento quedaba a la vista, una línea blanca y desigual de piel rugosa que le recorría la garganta.

Levantó la vista hasta sus preciosos ojos para evitar mirarle durante demasiado tiempo la cicatriz. Amara había ido a ayudarla llevándola al descubierto, demostrando una confianza que Morana nunca había experimentado, y no pensaba fallarle haciendo que se sintiera incómoda.

—Ni me imagino lo duro que es esto para ti, Morana —dijo la guapísima mujer con esa voz ronca, con esa cadencia de alguna manera había empezado a tranquilizarla—. Llámame si me necesitas.

¿Aquello era la amistad, entonces?

Morana no lo sabía. Se le humedecieron los ojos por la amabilidad que esa desconocida le había demostrado repetidamente, por la verdad que había sacado a la luz a pesar de haberle dado su palabra a alguien a quien quería, por haberlo dejado todo para acudir en su ayuda tras una llamada... Todo eso le resultaba ajeno. Pero, que Dios la ayudara, iba a intentarlo.

Tragó saliva para evitar que le temblaran los labios.

—Gracias, Amara —dijo en un susurro que se le escapó, arrancado de lo más hondo de su alma—. Gracias... por todo.

Amara sorbió por la nariz, se secó las lágrimas y sonrió.

—Me alegro de conocerte. Y de tenerte tanto en mi vida como en la de Tristan. Él... ha pasado veinte años sufriendo sin reconocerlo. Lo quiero, Morana. Es como un hermano que no sabía que tenía. Y ha pasado por tantas cosas, ha estado tan solo que... Pues...

Morana tomó aire al verla titubear mientras esperaba que continuase.

Amara respiró hondo.

—Entiendo que pueda ser demasiado para ti..., que él sea demasiado para ti. La verdad, me sorprendería que no lo fuera. Pero si es demasiado..., no le des esperanza si no la hay. Nunca demuestra debilidad. No espera que nadie se quede con él, que se quede por él. Es uno de los motivos por los que no confía en la gente. Así que lo único que te pido, Morana, es que por favor no lo animes a confiar en ti si vas a acabar yéndote. —Amara soltó un largo suspiro y se pasó una mano por el pelo oscuro—. Te lo he contado todo porque necesitabas saber la verdad de vuestra historia. Haz lo que tengas que hacer, Morana. No voy a negar que una parte de mí espera que hagas justo lo que él necesita, pero, si no es así, haz lo que tengas que hacer por tu propio bien y, por favor, no le hagas daño.

El nudo que Morana tenía en la garganta aumentó de tamaño hasta que se le nubló la vista. Cerró los ojos y asintió.

—Necesito... procesarlo todo. Es mucho.

—Lo sé. Te dejaré tranquila.

—Pero no..., no le cuentes esto a nadie durante un tiempo, por favor.

—Vale.

Tras murmurar esa palabra, Morana oyó que Amara se alejaba y la dejaba sola en el cementerio, con los muertos.

Cerró los ojos y echó la cabeza hacia atrás para apoyarla en la lápida.

Muerte. Cuánta muerte.

En su pasado. En su presente. ¿También en su futuro? ¿Hacia eso avanzaba? ¿Quería avanzar así? ¿A pesar de que sabía que ella no había hecho nada malo? Solo era un bebé. Ni siquiera recordaba nada, joder...

Y sin embargo, una parte de ella, en lo más profundo de su ser, clavada en el pecho, arraigada en su corazón, estaba bañada por la pena. Por el niño que él fue, por el hombre en el que se había convertido, por todo lo que había perdido.

Habían pasado veinte años. ¿Cómo había sobrevivido?

Morana abrió los ojos. Lo sabía.

Había sobrevivido a fuerza de voluntad, por ella.

Se imaginó todas las cicatrices que había visto en su cuerpo, todas las que le quedaban por ver. Se lo imaginó a él, al niño que lo había perdido todo, que no había recibido nada salvo dolor, cicatriz tras cicatriz, día tras día, año tras año. Durante veinte años no había tenido nada, absolutamente nada, excepto lo que creía que ella le debía: su vida.

Tristan Caine había sobrevivido por su vida. Se había aferrado a la vida para reclamar la de Morana. Y, aunque tenía el corazón desgarrado por él, aunque lo comprendía, ¿acaso era aquello lo que Morana merecía? ¿Haría lo correcto si se quedaba al lado de un hombre que había jurado cobrarse esa deuda algún día? ¿Podría vivir con una espada tan pesada pendiendo sobre su cabeza?

No, no podría.

Se miró los dedos, los dedos sucios, y se permitió ser absoluta y totalmente sincera consigo misma. Se acabó la negación. Se permitió reflexionar sobre cada momento que había pasado con él; desde el instante en el que el cuchillo había rozado su cuello hasta el mensaje en el que le había dicho que nadie podía lidiar con ella sin su permiso. En el breve lapso de unas semanas, Morana había cambiado. Se había rebelado contra ese cambio, lo había temido, pero había sido incontrolable.

Había cambiado.

Y se negaba a creer, después de la sinceridad que había visto en los ojos de Tristan Caine una y otra vez (sobre su deseo, su odio e incluso su dolor), que él no hubiera cambiado también. Aunque el niño que había sido quisiera cobrarse su vida, quisiera aferrarse a esa deuda, el hombre en el que se había convertido tan solo la quería a ella.

Aquella era su debilidad: la deseaba, y lo había dejado claro. La deseaba, y ese era el motivo de que ella siguiera viva. La deseaba, y por eso la protegía, le daba cobijo, la salvaba una y otra vez, hasta de su propio padre.

Ese deseo era su debilidad.

Y a Morana se le planteaban dos opciones: podía explotar ese talón de Aquiles y luchar con él para que cambiara de idea o podía enseñarle la garganta y depositar su confianza en él, para que no se la arrancara de un mordisco.

El instinto de supervivencia que llevaba años perfeccionando protestaba solo con pensar en la segunda opción. Sin embargo, una vocecita en lo más profundo de su ser le decía que ese era el único camino. Durante las últimas semanas, él siempre había reaccionado a las decisiones que ella tomaba. Así que tendría que ser la primera en actuar.

Dejando aparte todo lo demás, en el fondo Morana estaba viva ese día porque él había decidido salvarla. No podía marcharse, no sin darle algo para cerrar el círculo. Era lo mínimo que le debía. Huir ya no era una opción. Su vida lo era todo para él. Incluso estaba haciendo que a ella le importase de nuevo.

Se había cargado a dos hombres de su padre. Los había matado llevada por la ira y por la sed de venganza que había sentido durante veinte minutos por su coche.

Él había llevado consigo la misma rabia durante veinte años.

Dios, que desastre. Y eso que ni siquiera se había permitido pensar en su padre —o en Lorenzo Maroni, el Gilipollas—, ni en toda la mierda esa de la Alianza. Su cerebro no podría con tantas cosas a la vez.

Inspiró hondo y miró el cielo oscurecido mientras otro rayo lo atravesaba, seguido de un trueno, fijándose en cómo las nubes grises resaltaban contra la oscuridad de la noche.

Morana necesitaba algo. Si iba a mostrarle su propia debilidad, su vulnerabilidad, necesitaba algo, lo que fuera, una prueba que le indicara que no estaba cometiendo el peor error de su vida. Algo que le demostrara que todo lo que había vivido hasta ese momento no era un intento de manipulación por su parte, que no se lo había imaginado todo.

Un ruido cerca de la verja de entrada interrumpió de repente el silencio.

Morana se quedó inmóvil.

Era tarde, más tarde de lo que creía.

Con el corazón desbocado, tocó el arma que tenía al lado en silencio, intentando que las manos dejaran de temblarle. No podría tomar ninguna decisión si acababa muerta. Y no podía morir así, no después de haber sobrevivido a los intentos de su padre de matarla, no después de haber averiguado la verdad, no después de los veinte años que Tristan Caine llevaba esperando para cerrar el círculo.

La lluvia se aferraba a las nubes, los truenos retumbaban en el viento. Lo sentía en el aire, sentía la tormenta que la empaparía esa noche. Ya había oscurecido, el sol se había perdido por el horizonte, y Morana se dio cuenta de lo aislada que estaba.

Se puso en pie, intentando no hacer ruido, mientras el viento le helaba los brazos desnudos, se agachó y dejó atrás la lápida, tras lo cual se dirigió hacia el lugar de la explosión cerca de la verja, desde donde le había llegado aquel sonido. Se quedó en las sombras, agradecida por la tierra que amortiguaba el ruido de sus zapatos, agradecida por las nubes que ocultaban la luna y la cobijaban, y siguió avanzando. Tras las gafas, los ojos se le habían acostumbrado a la oscuridad, lo que le permitió ver con mayor claridad.

Llegó a un árbol desde el que divisaba la verja y se pegó al tronco, inclinada un poco hacia un lado, lo justo para poder distinguir qué pasaba.

Dos corpulentos hombres trajeados, a todas luces hombres de su padre, daban vueltas alrededor del coche que ella había hecho estallar. Uno tenía un teléfono pegado a la oreja, mientras que el otro echaba un vistazo, fumando, y el brillo anaranjado del extremo era un punto ardiente desde donde ella se encontraba.

Con el arma en la mano, Morana se quedó donde estaba y observó.

Y después se le paró el corazón.

Él estaba allí.

De alguna forma, de algún modo, la había encontrado.

La sorpresa le duró un segundo, con el corazón apesadumbrado por la información de la que antes carecía. Amara estaba en lo cierto. Saber la verdad cambiaría las cosas para ella, pero no para él. Eso tendría que hacerlo ella misma.

Con el corazón desbocado y consciente de su presencia con todo el cuerpo, como siempre le pasaba cuando él aparecía, Morana observó, alerta, cómo él se bajaba del todoterreno negro que conducía, con un traje y una corbata oscura cerrándole el cuello de la camisa que llevaba abierto normalmente. Su ropa le indicaba que había estado en algún sitio importante, en alguna otra parte, y que había ido allí justo después.

¿Por qué?

Los dos hombres levantaron las armas y le apuntaron.

Él le disparó a uno en una rodilla antes de salir siquiera por completo del coche.

El hombre cayó al suelo, gritando de dolor mientras su compañero apuntaba. Morana ni se estremeció. Había visto en acción a Tristan Caine en suficientes ocasiones como para saber que él no sufriría ni un rasguño.

Tras cerrar la puerta con fuerza, él echó a andar despacio, con el cuerpo en tensión y moviéndose con agilidad. Un relámpago lo iluminó con un resplandor letal antes de que el mundo volviera a sumirse en la oscuridad.

Y después dijo, con un deje mortífero en la voz, esa voz de whisky y pecado:

—¿Dónde está?

Silencio.

El corazón de Morana empezó a latir desaforado, atronándole los oídos. Sin ser consciente de lo que hacía, se pegó más al tronco del árbol, aferrándose con fuerza hasta que los nudillos de los dedos se le pusieron blancos, con los ojos pegados en el hombre que decidiría si esa noche ella vivía o moría.

El repentino impulso de llamarlo le provocó un nudo en la garganta. Se contuvo.

El hombre de su padre que no estaba herido no dijo ni una palabra; se limitó a apuntarle con el arma.

—¡He dicho que dónde está!

Tristan Caine no amenazaba. No perdía el tiempo como Morana había visto hacer a tantos otros. A él no le hacía falta. Esas palabras destilaban tanta muerte que costaba pasarlas por alto.

Saltaba a la vista que el matón de su padre, el que estaba gimoteando en el suelo, pensó lo mismo.

—Acabamos de llegar. La explosión se cargó ambos coches. Por favor, déjanos marchar. Tenemos familia.

Morana vio que él se quedaba inmóvil de repente y que miraba por primera vez los restos calcinados de su Mustang.

Durante un instante nada se movió, ni el viento ni las hojas ni los hombres.

—¿¡Dónde cojones está!?

Los truenos retumbaron en el cielo y el viento se levantó con fuerza, haciendo que su corbata y su chaqueta abierta se agitaran contra su torso corpulento. Apuntó al otro hombre y el tono en su voz que anunciaba una muerte inminente hizo que Morana se estremeciera.

Sin embargo, él mantenía los ojos clavados en el Mustang.

Morana sintió una punzada en el pecho.

—No lo sabemos. Solo nos han dicho que viniéramos a comprobar qué había pasado con los nuestros.

Él se volvió hacia los dos hombres, bajando el arma, sin la menor expresión en su cara.

—Largaos. Ya. Como os deis media vuelta, estáis muertos.

El hombre que estaba de pie asintió y se guardó el arma antes de ayudar al herido a levantarse y encaminarse hacia el coche. Tardaron pocos minutos en meterse en el vehículo y alejarse. En cuanto las brillantes luces traseras desaparecieron, la oscuridad descendió de nuevo.

Los había dejado marchar.

Morana sacó un poco el cuerpo de detrás del árbol, incapaz de comprenderlo, con el corazón latiéndole con una fuerza inusitada mientras la sangre le ardía en las venas.

El polvo se asentó poco a poco.

Lo vio dar unos pasos hacia el amasijo de metal retorcido que había sido su querido coche y detenerse.

Sostenía el arma a un lado, con los dedos laxos.

Se detuvo delante de los restos de su Mustang, dándole la espalda a Morana, con la chaqueta del traje ceñida a la espalda tensa, antes de que la prenda se agitara por el azote del viento.

Morana se quedó quieta contra el árbol, a la vista, y lo observó desde atrás deseando ver su reacción, necesitando ver su reacción. Porque si iba a apostar con ese hombre, necesitaba saber qué cartas se habían repartido.

No había hablado con él desde el último mensaje que le había mandado. Había apagado el teléfono y había obligado a Amara a prometerle que le daría un tiempo a solas para asimilarlo todo. Llevaba horas desaparecida y necesitaba ver cómo reaccionaba él, no delante de esos hombres, sino a solas. Porque, aunque Morana aún no había decidido nada, si él le daba aunque solo fuera una pizca de esperanza, sabía que no iba a huir. Por una vez en su vida quería quedarse.

Vio que se le movía la espalda al respirar, que apretaba las manos a los costados mientras seguía mirando su coche destrozado. La oscuridad se amoldaba a su cuerpo. Los relámpagos lo iluminaban durante unos segundos antes de dejarlo a oscuras de nuevo en el cementerio.

Los truenos rugían de agonía.

El viento se lamentaba.

Morana tragó saliva mientras el dolor que sentía en el pecho aumentaba, pero no hizo movimiento alguno. El instinto le decía que incluso el movimiento más insignificante haría que él se percatara de su presencia.

De modo que siguió observándolo, a la espera de que él hiciera algo.

Y lo hizo.

Tocó su coche.

Lo acarició. Solo una vez. Pero lo hizo.

Lo hizo cuando creía que nadie lo veía.

Lo hizo cuando creía que estaba totalmente solo.

Morana parpadeó al sentir el escozor de las lágrimas mientras contemplaba su mano enorme y áspera recorrer los restos calcinados con ternura, y el rayo de esperanza que sentía se hizo cada vez más brillante.

Lo sabía.

Lo había visto.

E iba a pelear contra él, a pelear por él, como él había peleado por ella. Iba a apostar. Iba a lanzarse desde el precipicio con la esperanza de que él la atrapara. Porque no veía otra manera de avanzar si no lo hacía. Bien sabía Dios que él no lo haría.

Tragó saliva con fuerza y dio un paso para salir de la oscuridad, con los ojos clavados en él. Durante un instante no pasó nada.

Había silencio. Había oscuridad. Había vacío.

Ya estaba a plena vista, lo suficiente para que él pudiera volver la cabeza y verla.

Sin embargo, no sucedió nada.

Con el corazón desbocado, Morana tragó saliva de nuevo, sujetando el arma, y dio otro paso.

Él se limitó a tomar una profunda bocanada de aire, estirando la chaqueta sobre esos músculos llenos de cicatrices, pero no se volvió.

Morana sintió que él sabía que estaba allí. Sabía que estaba de pie detrás de él, observándolo, y no se volvía.

Dios, no pensaba ponérselo fácil. En fin, ella tampoco se lo iba a poner fácil él.

Dio otro paso al frente, y otro más, y otro, viendo que se le iba tensando la espalda con cada uno de ellos, que se le iba tensando el cuerpo.

Experimentó un *déjà vu* de esa misma mañana, cuando se enfrentó a él para preguntarle por el odio que le tenía, por su hermana y por el hecho de que ella había sido una de las niñas desaparecidas.

«Nunca te he odiado por eso».

No. Nunca lo había hecho. Por eso no.

¿Había sido esa misma mañana? ¿Hacía unas pocas horas? Parecía que había pasado una eternidad.

Sin embargo, Morana le había arrancado una reacción.

Inhaló hondo de nuevo, cerró los ojos un segundo e hizo acopio de todo su valor antes de lanzarse por el precipicio.

—Lo sé.

Dos palabras.

Atravesaron el silencio como balas.

Se quedaron suspendidas en el aire entre ellos.

Él no se giró, no se movió, solo tensó la espalda una vez mientras inspiraba. A Morana le ardían las manos por el deseo de sentir esos músculos, esas cicatrices bajo los dedos. Las apretó con fuerza.

Aunque él siguió con la mano con la que sujetaba el arma a un costado, se metió la otra en el bolsillo de los pantalones. Pero no se dio la vuelta, no la miró, no reconoció su presencia.

—Lo sé... —dijo Morana, y se mordió el labio—, Tristan.

Congelado. El mundo entero se quedó congelado.

Él se quedó incluso más inmóvil, aunque fuera imposible.

Ella se quedó incluso más inmóvil, movida por el instinto.

El aire entre ellos se quedó inmóvil, delatando el peligro.

Morana sabía que había cruzado una línea invisible que ambos habían reconocido en numerosas ocasiones, pero que nunca habían traspasado. Sabía que, al llamarlo por su nombre de pila, se había adentrado en territorio desconocido. Y eso la asustaba. Tanto que se quedó temblando bajo la tormenta, cuyo viento había amainado, con los puños apretados a los costados mientras clavaba la mirada en su espalda, a la espera de una reacción.

Y llegó.
Él se dio media vuelta.
Un relámpago iluminó el cielo.
Y, a esa breve luz, sus magníficos ojos azules la encontraron, la aprisionaron, la abrasaron.
Sintió un nudo en la garganta, el corazón se le desbocó y la sangre le atronó los oídos con fuerza. Empezó a respirar de forma acelerada hasta casi jadear. Porque él estaba a unos pasos, con ese porte letal en la oscuridad que lo rodeaba, que lo envolvía como a un amante, que la envolvía a ella como un enemigo.
Él no pronunció una sola palabra.
Dios, no iba a darle nada, no a menos que ella lo obligara. Y lo obligaría. No le quedaba más remedio, no en ese momento, no para ella, no para él y no para los dos.
Con esa certeza en lo más hondo del corazón, Morana cerró los ojos un segundo, cogió aire y se obligó a aparentar un mínimo de calma.
—Gracias —le dijo en voz baja, aunque sus palabras resonaron en el silencioso cementerio.
No podía verle la expresión con claridad, así que no sabía cómo había reaccionado a su declaración. Iba casi a ciegas, guiada solo por la fe y la esperanza.
Así que, sin esperar a que él reaccionara ni a darse más tiempo para que el pánico la atenazara, empezó a hablar.
—Gracias por salvarme —le dijo a su silueta inmóvil. En cierto sentido, era mejor que no pudiera verlo. Casi lo hacía mucho más fácil—. No solo en las últimas semanas, sino hace veinte años.
Advirtió que él apretaba los dedos en torno al arma.
—Sé que te costó un precio que nadie debería pagar, y mucho menos un niño pequeño, y lo siento mucho, lo siento muchísimo.
Percibió su pecho al moverse. Al subir. Al bajar.
Empezó a respirar de forma acompasada con él.
Muy bien.
—Pero no voy a seguir hablando de eso, no de esta manera y no cuando tú no quieres. Solo lo hablaremos cuando estés preparado, porque es tu historia.

Y había llegado a la parte peliaguda. Se permitió el ramalazo de rabia que le corrió por las venas y dio un paso adelante, con el miedo mezclado con la furia que llevaba dentro.

—Pero me odias, me detestas, por algo que nunca hice. Y aunque lo entiendo, lo entiendo muy bien, no puedo vivir con esa carga. No sabiendo que soy inocente —dijo antes de tomar aire de nuevo a toda prisa—. Pero me salvaste, y mi conciencia no me permitirá pasar página sin ofrecerte una forma de cerrar el círculo.

El olor a tierra mojada flotaba en el ambiente, junto con el de las flores silvestres que se abrían de noche y que crecían por esa zona. Morana aspiró su aroma, tomando fuerzas del recuerdo de otra noche lluviosa que la había cambiado para siempre.

Se humedeció los labios y siguió hablando, manteniendo la voz todo lo firme que pudo, aunque temblaba por dentro.

—Así que te voy a decir cómo son las cosas, Caine. —No lo volvería a llamar por su nombre de pila, no hasta que él le diera permiso—. He tomado una decisión, para bien o para mal. Ahora te toca a ti. Te doy la oportunidad de matarme, aquí y ahora.

Pasó un segundo.

Con la misma fuerza de antes, Morana levantó la mano que sujetaba el arma, la misma que la había salvado durante tanto tiempo, y la arrojó a un lado. Él mantuvo la suya baja, taladrándola con la mirada.

Morana hizo acopio de valor y siguió hablando.

—Mi padre ya ha intentado matarme, y si muero esta noche, nadie sabrá que has sido tú. Todos creerán que morí cuando estalló la bomba y la responsabilidad recaerá sobre mi padre, no sobre ti ni sobre la Organización. Nadie sabrá que has venido ni que has estado involucrado. La culpa no recaerá sobre Tenebrae. Todo quedará atado y bien atado. Sin cabos sueltos.

El viento le azotó el pelo contra la cara, y la tocó por todo el cuerpo antes de asaltarlo a él y cerrarle la chaqueta contra el torso.

Los truenos retumbaron de nuevo en el cielo.

Morana esperó a que reinara el silencio para continuar.

—En cuanto al programa —dijo, incapaz de detenerse a esas alturas, mientras se preguntaba si alguna vez alguien había dado argumentos convincentes para provocar su propia muerte como estaba haciendo ella—, los dos sabemos que puedes conseguir a otro experto informático, así que no es un problema. No se te presentará otra oportunidad mejor para matarme. Lo sabes, yo lo sé. Se quedará entre nosotros y los muertos enterrados aquí. Así que apúntame con esa arma al corazón una vez más. Dispárame. Ponle fin a esta historia y cierra el círculo. Obtén lo que llevas veinte años buscando.

Él no movió la mano, aunque le temblaron los dedos. El silencio, pese a que había sido aliado de Morana mientras pronunciaba esas palabras, empezó a destrozarla poco a poco.

Dio un paso hacia él, aun cuando todavía había bastante distancia entre ellos, para ocultar que le temblaba el cuerpo.

—Pero que una cosa te quede clara —añadió con la misma voz firme, que por suerte no le tembló—: esta es la única oportunidad que voy a darte para que me mates. Si decides no hacerlo, no tendrás más. Después de esto te quitarás la idea de la cabeza. Después de esto nunca más, nunca, *jamás*, volverás a amenazar mi vida.

Vio que él sacaba la mano que tenía en el bolsillo, abriéndola y cerrándola con fuerza.

Ese gesto le infundió valor.

—O me matas o te olvidas de hacerlo. Sea como sea, tienes que tomar una decisión, como yo lo he hecho, y aceptarla. Porque si tus decisiones me afectan tanto, si una elección de hace veinte años va a definir mi vida ahora mismo, entonces tienes que decidir de nuevo. Pero esta vez, no como un niño, sino como un hombre. —Y en ese momento el temblor de la voz apareció, de modo que apretó los dientes cuando se le quebró—. Porque ni de coña permitiré que vuelvas a creer que vas a matarme. Esta es la única oportunidad que vas a tener. —El instinto rugía en su interior—. Así que decide.

Le empezaron a sudar las palmas de las manos.

Vio que él apretaba el arma con más fuerza, que empezaba a mover el brazo, y cerró los ojos. Los ruidos que la rodeaban parecían más fuertes en la absoluta oscuridad detrás de sus párpados. Los sonidos de las criaturas que llevaban a cabo sus rituales nocturnos, el rumor del viento al silbar entre las hojas, el latido de su corazón retumbando en su interior. Los olores también eran más fuertes. El de los nubarrones en el cielo, el de su propio miedo que le permeaba la piel, el de las flores silvestres en la noche. La tormenta que se avecinaba en la lejanía, la tempestad que la sacudía por dentro, mezclándose, colisionando, atrapándola.

¿Le estaba apuntando con el arma? Sintió una opresión en el pecho.

¿Se lo estaba pensando? Una bola de plomo se le asentó en el estómago.

¿Estaba a punto de dispararle y acabar con su sufrimiento? ¿Su último acto en este mundo iba a ser haber depositado su confianza en el hombre equivocado otra vez?

El corazón le latía desbocado.

¿Debería haber huido para vivir con el arrepentimiento de no saber nunca lo que habría pasado, de no haber explorado nunca la posibilidad de un futuro juntos? ¿Podría haber vivido mejor sin ofrecerle una forma de cerrar el círculo? Empezó a temblar.

Segundos, minutos, horas. Se quedaron suspendidos entre ellos. Entre la decisión de Tristan Caine y la suya.

Recuerdos, momentos, una historia entera. Estaban flotando entre ellos. Entre la decisión de Tristan Caine y la suya.

Preguntas, dudas, miedos. Estaban instalados entre ellos. Entre la decisión de Tristan Caine y la suya.

Silencio.

Morana estaba desmoronándose poco a poco. Estaba deshilachándose poco a poco. Estaba implosionando poco a poco.

Necesitaba que él tomase una decisión. Necesitaba que la eligiera, tal como la había elegido años antes. Necesitaba que la eligiera... porque, después del día que había pasado, de que su padre intentase matarla como si su vida no valiera nada, necesitaba que Tristan Caine la eligiera no porque consideraba que su vida le pertenecía, sino por ella misma.

Morana notó cambio en el aire que la rodeaba.

El perfume amaderado y almizcleño.
La calidez de su aliento en la cara.
Y después lo sintió.
Unos labios.
Unos labios suaves y tiernos que rozaban los suyos.
Se le paró el corazón.
Se le paró al mismo tiempo que se le encogía el estómago. Se le atascó el aire en la garganta mientras empezaban a temblarle los labios contra los suyos, mientras le ardían los ojos, con el corazón henchido.

No se atrevía a abrir los ojos, temerosa de que aquello se detuviera, de que él se detuviera. No se atrevía a abrir los ojos, temerosa de que el momento se hiciera añicos para no volver a repetirse. No se atrevía a abrir los ojos, temerosa de que cediese la lágrima que colgaba en el umbral de sus pestañas.

No se atrevía a *respirar*.

Y entonces él le rozó los labios antes de volver dejarlos posados sobre ella.

Morana apretó los ojos, con la respiración acelerada, clavándose los dedos en las palmas para no tocarlo, porque él no la estaba tocando, aunque echó la cabeza hacia atrás todo lo que pudo y dejó que esa boca se apoderara de la suya.

Una gota fría de lluvia le cayó en la mejilla. Un trueno retumbó en el cielo.

Entreabrió los labios para sentir la forma, el tacto y la belleza de los suyos. Él le atrapó el inferior y se lo lamió brevemente antes de acariciarla de nuevo.

Empezó a llover, empapándolos en cuestión de segundos.

Morana permitió que la lágrima que tenía en el ojo cayera, dejó que se mezclara con la lluvia, mientras se estremecía de forma evidente contra el cuerpo de Tristan Caine. Él se apoderó de su boca con más firmeza, aunque ninguna otra parte de sus cuerpos se tocaba. La barba que le rodeaba los labios arañó la piel de Morana de un modo que hizo que esta le ardiera y se preguntara en qué otros puntos podría usar esa boca y qué sensaciones le provocaría esa barba, y eso hizo que se inclinara un poco hacia delante.

Morana ladeó la cabeza de forma instintiva, con las manos temblorosas mientras el fuego le corría por las venas por ese mínimo contacto con sus labios.

Él la besó, con ternura, con sencillez, con pericia.

La besó, hasta que a ella le temblaron las rodillas y sintió el deseo en las entrañas.

La besó, sin lengua, sin manos, sin su cuerpo. Solo con sus labios, tiernos, firmes, presentes contra los suyos.

Fue el beso más maravilloso que podría haber imaginado, más puro de lo que habría esperado viniendo de él, con una ternura de la que no le creía capaz. Con su intensidad y sus fulgurantes ojos, siempre le había prometido en silencio que la devoraría.

Sin embargo, no la estaba devorando. La estaba saboreando.

La estaba saboreando con los labios, memorizándola, mostrándose de forma mucho más íntima que nunca. Morana sintió mariposas en el estómago, aunque tenía el corazón encogido y el pulso le latía por todo el cuerpo.

La lluvia caía sobre ellos, el olor a tierra mojada se levantaba desde el suelo y se mezclaba con el que él desprendía, invadiéndole los sentidos, enterrándose bajo su piel, endureciéndole los pezones y encendiéndole una llama entre los muslos.

La besó durante lo que le pareció muchísimo tiempo, un beso casto como pocos pero que Morana sintió en el centro del alma.

Y entonces sintió la boca fría del arma de la pistola acariciándole la cara, el metal besándole la piel húmeda desde la sien al mentón.

Se apartó un poco, solo un centímetro, y descubrió que esos magníficos ojos la miraban con el infierno reflejado en ellos, con la cara ensombrecida mojada y los labios un poco hinchados, resaltando contra la barba.

Desvió la mirada hacia el arma que sujetaba con la enorme mano. Se sorprendió al verle los nudillos abiertos por heridas recientes, mojados por la lluvia. Esa contradicción, verlo con traje y corbata mientras tenía las manos en carne viva, hechizó a Morana. ¿A quién había estado golpeando con tanta fuerza antes de ir al cementerio?

Él le presionó un poco la mandíbula con el arma, exigiéndole que lo mirase a los ojos en silencio. Morana obedeció, consciente de que tenía el dedo en el gatillo, y el arma, en su yugular.

Porque, al fin y al cabo, le había pedido que tomara una decisión.

Él le recorrió la boca hinchada con la punta del arma una sola vez antes de ponérsela de nuevo bajo la barbilla.

La miró a la cara durante un largo instante mientras ella mantenía la cabeza hacia atrás, con el arma en el cuello. Estaban empapados y muy cerca, pero no llegaban a tocarse. El viento frío y el agua le azotaban la piel ardiente a Morana, se colaban entre sus pechos, y el contraste hizo que se le endurecieran tanto los pezones que resultó casi doloroso. El corazón empezó a latirle todavía más deprisa cuando el anhelo que la embargaba, el anhelo por tantas cosas, pasó a un primer plano. Él lo vio, y el fulgor de sus ojos la quemó, haciéndola estallas en llamas.

Antes de que pudiera parpadear, Tristan Caine le atrapó la boca de nuevo, le separó los labios con la lengua y le acarició la suya de tal forma que Morana lo sintió entre las piernas. Apretó los muslos para aliviar la tensión, cerró los ojos y se puso de puntillas, permitiéndole más de forma instintiva.

Y entonces él la *devoró*.

Cumpliendo todas las promesas que le había hecho con los ojos.

La devoró bajo la lluvia, con el arma bajo su mentón. La devoró mientras ella saboreaba el whisky y el pecado que oía en su voz. La devoró sin tocar otra parte de su cuerpo, acariciándole la lengua con la suya, saboreándola tan a conciencia que se le aflojaron las rodillas y se aferró a las solapas de su chaqueta con las manos para mantenerse en pie, sin tocarle la piel de la misma manera que él no la tocaba a ella, pero dejando que le sirviera de apoyo.

Era eléctrico.

No había otra manera de describirlo.

Chisporroteaba. Brillaba. Consumía.

Le arañó la piel húmeda con la barba, los labios fundiéndose sobre los suyos mientras el calor la inundaba, y Morana supo que, más tarde, llevaría la prueba de esa aspereza alrededor de la boca. Quería esa prueba. Quería que él viera su piel enrojecida al día siguiente y sintiera el deseo en su cuerpo del mismo modo que lo haría ella cada vez que la viera. Quería que la mirase a los labios hinchados y recordara la línea invisible que había cruzado con ella. Quería que la mirase y recordara ese primer beso bajo la lluvia.

Se aferró a su chaqueta calada y le chupó la lengua, invitándolo a metérsela más, y en respuesta él le mordisqueó el labio inferior, con el arma besándole la piel, deslizándosela hacia abajo, por la curva del cuello, por el escote, antes detenerse entre sus pechos.

Se paró justo encima de su corazón, haciendo que se le desbocara incluso mientras él seguía devorándole la boca, descargando todo su ardor, toda su intensidad, sobre ella bajo la lluvia.

A Morana la recorrió un escalofrío y cerró los dedos sobre su chaqueta, con los labios temblándole contra los suyos, y él se apartó.

Ella abrió los ojos, sorprendida por la fuerza de ese beso, sorprendida por su propia reacción, sorprendida por él.

Lo miró a los labios, que tenía hinchados, la prueba de lo que su boca salvaje había hecho. La piel le ardía, y se le endurecieron todavía más los pezones, a pesar de que era consciente del arma que le descansaba sobre el corazón.

Él apretó los dientes y se le marcó una vena en la sien mientras la taladraba con la mirada durante un momento. Morana le sostuvo la mirada, sin parpadear una sola vez, con el agua cayendo por sus caras mientras se miraban.

Él permaneció inmóvil un segundo, dos, con los labios casi pegados a ella, sin que ninguno hiciera un movimiento, mirándose a los ojos antes de que él los cerrara durante un brevísimo instante.

Durante un instante, Tristan Caine cerró los ojos. Durante un instante, Morana vio que la nuez en su garganta se movía arriba y abajo.

Y, después, él bajó el brazo.

Morana soltó de golpe el aire que no sabía que había estado conteniendo.

Él retrocedió, sin mirarla de nuevo a los ojos, dejándola para que la fría lluvia y el gélido aire la besaran, desprendiendo la chaqueta de sus dedos cuando se inclinó a toda prisa para recoger el arma que ella había soltado en el suelo embarrado.

Después se incorporó, muy derecho, con la camisa blanca pegada al torso, con la piel y los tatuajes visibles bajo la tela transparente, haciendo que ella tragara saliva, y le ofreció su arma. Morana dejó que sus ojos se apartaran del torso y se clavaran en la mano de nudillos magullados que hacía que su pistola pareciera minúscula. La aceptó en silencio, rozándole los dedos con los suyos, lo que le provocó una descarga por el brazo.

Él no reaccionó, como era habitual.

Tampoco la miró a los ojos, algo nada habitual.

Se limitó a dar media vuelta y a echar a andar hacia su enorme vehículo mientras la lluvia golpeaba su imponente cuerpo en la noche oscura, después de robarle todo el aire a Morana con un beso.

«Si te pongo la boca encima, nunca volverás a ser la misma».

Ella recordaba lo que él le había dicho. Tenía razón.

Miró el arma que él había recogido del suelo para devolvérsela.

Ella había necesitado una prueba y él se la había dado, a su manera, sin pronunciar palabra. Pero había tomado una decisión. Al igual que ella.

Tras inspirar hondo, Morana tragó saliva y dio un paso al frente.

Y lo siguió hacia la oscuridad.

La historia de Tristan y Morana continúa en
la segunda entrega del Dark Verse.
Sigue leyendo para disfrutar de un avance.

La puerta se abrió.

La sorpresa la invadió por completo al tiempo que el instinto y una voz arraigada en lo más profundo de su ser le indicaban que no moviera un músculo ni abriera los ojos, por si él se iba sin hacer lo que había ido a hacer. ¿Y qué había ido a hacer? ¿Había ido a verla dormir, como ya había hecho en una ocasión? ¿O a hablar, cosa que a ella aún no le parecía plausible?

De repente fue muy consciente de que tenía los brazos expuestos, de que la manta apenas si le cubría los pechos, de que se le había olvidado taparse una pierna y que estaba desnuda hasta la cadera. Notó algo eléctrico que le corría el cuerpo, se le erizó la piel, sintió un hormigueo en los dedos de los pies y el deseo le subió por la pierna expuesta, haciendo que se le endurecieran los pezones, uno de los cuales casi asomaba por encima de la sábana.

Sin embargo, no se movió, no hizo nada para taparse, no hizo gesto alguno que delatara que no dormía plácidamente. Respiró de manera regular, aunque le costó la misma vida, al igual que mantener el cuerpo relajado.

No sabía si él estaba junto a la puerta, si había entrado en la habitación o si se había acercado a la cama. No sabía si tenía un buen ángulo para verle la pierna, o el pecho. Ni siquiera sabía si la intensa mirada que sentía sobre ella era real o producto de su imaginación. Sin embargo, lo que sí sabía era que él ya la había observado antes mientras dormía, aunque no sabía durante cuánto tiempo ni desde qué distancia. En aquel entonces no estaba despierta. En ese momento, sí. Y quería ver qué haría él, si revelaría algo más de sí mismo cuando creía que nadie lo veía.

Morana mantuvo la respiración relajada, aunque el corazón se le desbocó en el pecho cuando un trueno retumbó en el cielo, y se contuvo para no clavarse las uñas en las palmas, para no morderse los labios magullados, para mantener a raya los estremecimientos. Sentía los labios ardiendo, el peso de su mirada en ellos, acariciándolos con los ojos, separándolos en su mente. Tal vez todo fuera producto de su imaginación, pero de alguna manera esa misma voz de su interior le dijo que él la estaba observando, y ese mismo instinto primario hizo que quisiera arquear la espalda por el deseo y despojarse de la manta.

No lo hizo.

Prefirió dejar que sus labios sintieran el ardor de esa mirada, que su interior sintiera el anhelo, que su boca sintiera el recuerdo de la suya.

Algo feroz y ferviente se le enroscó en las entrañas.

El corazón le latía con rapidez, el pulso le retumbaba en los oídos mientras una presión crecía en su interior, entre sus muslos, provocándole un cosquilleo en la piel, haciendo que tuviera más calor del que debía bajo la sábana y que quisiera sacársela de encima a puntapiés. Le hervía la sangre de placer y él no le había puesto ni un dedo encima.

Sin embargo, Morana permaneció inmóvil todo el tiempo, mientras esas llamas le corrían por el cuerpo, mientras sentía una punzada en el pecho, mientras las emociones le abrumaban el corazón. Permaneció inmóvil y relajada por fuera, con la máscara perfecta que había llevado durante tantos años.

Pasó el tiempo.

Unos segundos largos y tensos.

Unos segundos cortos y pecaminosos.

Con la facilidad de los granos de arena colándose entre los dedos.

Con la dificultad de un reloj roto.

Pasó el tiempo.

Con latidos.

Con respiraciones.

Y el aire se movió de nuevo.

Estaba allí.

Lo supo, con una claridad repentina, lo supo: estaba justo delante de ella.

A juzgar por lo que percibía, se encontraba entre la ventana y ella. Morana tenía el cuerpo vuelto hacia él, la cara a escasa distancia de sus muslos. Percibía la cercanía de esa mirada, la proximidad de su calor, el olor almizcleño que despedía su cuerpo, ese olor, amplificado por la ropa mojada, que era él en sí mismo.

La curva de su estómago temblaba, oculta bajo la sábana; el corazón le latía por la expectación que crepitaba entre ellos; se le humedecieron las palmas de las manos mientras hacía acopio de fuerzas para mantenerse relajada, a la espera de descubrir qué iba a hacer él.

A una parte de ella le inquietaba lo mucho que la afectaba, el poder que ostentaba sobre su cuerpo. Sin embargo, la otra parte disfrutaba y celebraba las sensaciones que le provocaba, el sentirse viva de una forma que había creído inalcanzable.

No lo entendía. Pero, en ese instante, tampoco quería entenderlo.

De modo que se quedó respirando con tranquilidad.

Dentro.

Fuera.

Dentro.

Fuera.

Dentro…

Notó un dedo.

Un dedo, pasando sobre su herida.

AGRADECIMIENTOS

Quiero dar las gracias a muchas personas por hacer que este libro, que yo, sea posible. Esta novela ha sido un trabajo llevado a cabo con amor a lo largo de muchos años. Por eso, ante todo quiero agradecérselo a todos y cada uno de los lectores que me han acompañado durante este tiempo. Quiero agradecer todos y cada uno de los comentarios, preguntas, tuits, elogios, mensajes; todo. Nunca tendré palabras para expresar lo mucho que vuestro cariño y vuestro apoyo significan para mí. Todos me habéis ayudado a sobrellevar algunos de los momentos más oscuros de mi vida, y sois mi inspiración cada día. Dar las gracias nunca será suficiente para transmitir todo lo que siento por vosotros. Solo espero seguir contando historias que os gusten.

También quiero darles las gracias a mis padres por animarme siempre a perseguir mis sueños y por creer en mí, incluso en las malas rachas y a través de los baches. Vuestro amor me muestra el camino cada día. Gracias por quererme de forma incondicional.

Le doy las gracias también a Nelly, por ser la bomba. Lo he dicho innumerables veces y lo repetiré: tu visión y tu talento me dejan boquiabierta. Gracias por darle a esta historia una portada preciosa que ha superado con creces todos mis sueños.

Y a vosotros, mis nuevos lectores. Ojalá que este libro haya hecho que os evadáis durante unas horas. Gracias por elegir leerme.